# 구비설화를 활용한
# 처가갈등 상담 프로그램 개발

서 은 아

지식과교양

이 논문 또는 저서는 2017년 대한민국 교육부와 한국연구재단의 지원을 받아 수행된 연구임
(NRF-2017S1A5B5A07062383)

This work was supported by the Ministry of Education of the Republic of Korea and the
National Research Foundation of Korea (NRF-2017S1A5B5A07062383)

# 머리말

　최근 처가갈등, 장서갈등, 옹서갈등, 신고부갈등, 역고부갈등 등 처가와 사위의 관계를 단적으로 보여주는 기사들이 많이 등장하고 있다. 또 시(媤)월드에 맞서 처(妻)월드(장인, 장모, 처남, 처제, 처형처럼 '처(妻)' 자가 들어간 사람들의 세상)라는 신조어까지 생겨나며, 처가갈등이 새로운 사회적 문제로 떠오르고 있다.

　출산율의 감소로 인해 딸만 있는 가정이 늘어나면서 아들 중심의 전통적 유교적 사고관이 약화되었고, 여성의 사회적 진출이 늘어나고 육아를 시부모보다 친정부모에게 맡기는 것을 선호하면서, 처가와 사위 간의 갈등 또한 증가하고 있다. 맞벌이 부부에게 처가란 육아와 살림을 대신해줄 수 있는 가장 믿음직한 대안이며, 저출산 시대 소수의 자녀를 둔 장모나 장인 역시 노후를 희생해서라도 자신의 딸이 자아실현의 욕구를 충족하기 바란다. 이러한 관계 속에서 처가는 막강한 권한을 가지고 딸의 부부문제에 적극적으로 개입하며, 대부분의 사위들은 처가의 도움은 묵인하면서도 간섭은 받아들일 수 없다는 입장을 고수한다. 이처럼 현대사회에서 처가갈등은 고부갈등 못지않게 커다란 사회적 문제가 되고 있으며, 시간이 지날수록 늘어가는 추세이다.

이 서적에서는 이러한 처가갈등에 관하여 다루고 있다. 여기서는 『한국구비문학대계』와 『임석재전집』을 대상으로 처가갈등 설화들을 추출하고, 설화에 나타나는 처가갈등의 양상과 해결방안을 분석하였다. 그리고 그 결과를 현대 처가갈등으로 고민하고 있는 내담자들을 대상으로 한 상담에 적용하여, 구비설화에서의 해결방안이 현대 처가갈등 해결에는 어떠한 도움을 줄 수 있을지 제시하여 보았다. 이러한 과정을 통해 현대 처가갈등 문제 해결에 도움을 줄 수 있는 〈처가갈등 상담 프로그램〉을 개발해 내고자 하였다.

위와 같은 제시가 가능한 이유는, 내담자 자신의 '문제의 경험을 중심으로 만들어진 이야기(problem saturated story)'를 '문제 이야기에 대항하여 새롭게 만들어지는 이야기(alternative story)'로 바꾸어 나갈 수 있다는 이야기치료의 원리 때문이다. 즉 내담자는 자신과 동일한 처가갈등 양상을 구비설화를 통해 경험하면서, 문제의 소유자가 아니라 문제를 바라보는 관찰자의 입장에서 자신의 문제를 객관적인 시각으로 통찰하게 될 것이다. 그리고 설화에서 제시되는 문제해결 방안을 통해, 자신의 이야기를 수정해 나아가게 될 것이다. 이것은 동일한 처가갈등을 경험하고 있는 독자에게도 마찬가지로 적용될 것이라 생각된다.

이 서적에서는 처가갈등을 1) 가치관, 문화의 차이 2) 처가의 무시 3) 처가의 간섭 4) 처가 위주의 생활 5) 사위 간 차별 6) 사위의 외모

7) 오해로 인한 문제 8) 습관, 성격적 문제 9) 경제적 문제 10) 손위, 손아래 처남과의 문제 11) 처형, 처제와의 문제 등 11가지 항목으로 분류하였다. 이처럼 분류한 이유는 현대 사위와 처가 간 갈등양상이 이와 같은 형태로 나타나기에, 처가갈등으로 고민하고 있는 독자가 이 서적을 읽었을 때, 자신의 처가갈등과 동일한 양상을 쉽게 찾아보고 해결방안을 얻을 수 있도록 하기 위해서이다.

현대 처가갈등 양상을 찾아내기 위해 필자는 http://miznet.daum. net(다음 미즈넷 게시판)https://pann.nate.com(네이트 판 게시판), http://www.ubtalk.co.kr(유부토크 게시판)에서 처가갈등과 관련된 모든 내담자들의 글을 추출하여 정리하고, 각 항목에 해당되는 처가갈등에 적합하다고 판단되는 글을 골라 본 서적의 사례로 제시하였다. 사례 인용은 독자의 이해를 돕기 위해 전문을 제시하고자 하였으나, 전문이 길 경우 필요한 부분을 중심으로 인용하였다. 또 내담자의 글쓰기 특성을 살리기 위해 되도록 원상태를 살리고자 노력하였다. 그리고 구비설화의 줄거리를 요약하고 설화군의 제목을 정하는데 『문학치료서사사전』[1]의 도움을 크게 받았다.

이 서적을 구상하면서 필자가 소망했던 것은 책을 읽는 즐거움이다. 권위적이고 딱딱한 학술서보다는 누구나 쉽게 읽고 공감할 수 있

---

1) 정운채 외, 『문학치료서사사전』 I II III, 문학과치료, 2009.

는 교양서를 만들고 싶었다. 이 서적에는 아주 다양하고 재미있는 처가갈등 설화들이 제시된다. 이런 다양한 이야기들을 통해 독자들은 다양한 처가갈등을 간접적으로 체험해볼 수 있을 것이며, 본인의 상황과 비교해볼 수 있을 것이다. 또 구비설화 각 편이 모두 온전한 하나의 이야기라는 점에서 이를 바탕으로 한 각색스토리텔링이 가능할 것이며, 서적에서 제시되고 있는 다양한 처가갈등 설화들은 영화나 드라마의 소재로도 활용될 수 있을 것이다.

　이 서적의 강점은 흥미로운 이야기의 나열에 그치지 않는다는 점이다. 이 서적에서는 처가갈등 문제를, 구비설화를 매개로 하여 쉽고도 재미있는 방법으로 접근하고 있다. 이것은 누구나 이해하기 쉬운 짤막한 설화를 사용한다는 점에서 독자들의 지적 호기심을 불러일으킬 수 있으며, 흥미로운 하나의 담론으로 자리 잡을 수 있을 것이다. 또한 처가갈등 양상과 해결방안이 일목요연하게 정리되어 있기에, 그 내용만으로도 독자들은 단시간 내에 본인에게 문제가 되는 요인을 체크해내고 해결방안을 확인해볼 수 있을 것이다. 이러한 과정을 통해 필자는 독자들에게 구비설화의 문학적 효용을 증명해 보이고 싶었다. 즉 독자들은 이 서적을 통해 구비설화가 구태의연한 옛이야기가 아니라, 현대에도 얼마든지 변용되고 재해석되어 우리들에게 활용될 수 있는 귀중한 유산임을 깨달을 수 있을 것이다.

이 서적을 출간하면서 너무나 고마운 분들이 많이 계시다. 내가 하는 일이라면 늘 믿어주고 지원해주는 우리 아빠, 아빠의 동반자인 이순옥 여사님, 나에게 힘이 되어주는 정아언니와 남동생 상균이, 언제나 온전한 내편인 남편 정지용과 하나님이 나에게 주신 가장 좋은 선물, 아들 구윤이 사랑합니다. 하늘에 계신 우리엄마, 엄마의 딸이라서 행복했습니다. 늘 염려해주시는 시댁 가족분들 고맙습니다. 국문학 연구자의 길을 가게 해주신 박기석 선생님, 고(故) 정운채 선생님, 학문적 대화상대가 되어 주시는 김택중 선생님, 교정보느라 수고해준 홍매에게도 감사의 마음을 전합니다. 끝으로 늘 하나님 말씀 안에 살게 해주시는 도담교회 소춘영 목사님과 남은 일생 함께 할 나의 믿음의 가족들에게도 깊은 감사와 사랑을 전합니다.

나의 삶에 살아 역사하시는 하나님을 찬양합니다.
지금까지 아버지의 이끄심 따라 왔습니다.
앞으로의 삶 또한 아버지가 함께 해주실 것을 믿습니다.
늘 아버지 은혜 안에 거하게 하시고, 말씀에 순종하는 삶을 살게 하소서.

2020. 8. 17. 서은아 씀

# | 차례 |

**1 가치관, 문화의 차이** ·········································· 11
[밀 냄새에 취했다던 술고래 사위] [정직해도 말 안 해도 거짓말해도 탈인 사위] [신립장군과 원귀] 설화군

**2 처가의 무시** ·················································· 39
[바보 온달과 평강공주] [상놈 시아버지 양반 만든 정승 딸] [어사가 된 막내사위] [처남 셋 따돌린 평안감사] [두꺼비 신랑] [남편을 반정공신 만든 이기축의 아내] 설화군

**3 처가의 간섭** ·················································· 81
[기생 덕에 고자 면한 사람] 설화군, 〈왕신에 관한 이야기(1)〉 설화

**4 처가 위주의 생활** ············································ 103
[구렁덩덩 신선비] 설화군

**5 사위 간 차별** ················································ 131
[글 지어 장모의 괄시 면한 사위] 설화군, 〈장인 골탕먹인 가난한 사위〉 〈이야기 잘 하는 막내 사위〉 설화

**6 사위의 외모** ················································· 157
[두꺼비 신랑] 설화군, 〈잘 고른 사위〉 설화

**❼ 오해로 인한 문제** ···················································· 177
[딸에게 일 다시 가르쳐 시댁으로 보낸 정승] [은하수 정기를 담은
한일자] [배반한 줄 알았던 종의 딸과 혼인한 남자] 설화군

**❽ 습관, 성격적 문제** ···················································· 201
[연산군에게 기운 아내 죽인 이장곤] [임란을 피하게 한 이인과 동고
대감] 설화군, 〈미움받는 사위〉〈미움받는 데릴사위〉 설화

**❾ 경제적 문제** ··························································· 233
〈배은에 대한 복수와 은혜에 대한 보답〉〈팔모쌀〉 설화

**❿ 손위, 손아래 처남과의 문제** ········································· 269
[칠십에 얻은 아들에게 물려준 유산] [나무꾼과 선녀] 설화군, 〈대감
딸과 결혼한 머슴〉 설화

**⓫ 처형, 처제와의 문제** ················································· 297
[나무꾼과 선녀] 설화군

참고자료 ································································· 322
작품색인 ································································· 323

# 가치관, 문화의 차이

# 1. 가치관, 문화의 차이

## 1) 처가갈등 양상과 해결방안

본 장에서 살펴볼 설화는 사위와 처가 간 가치관이나 문화적 차이
로 인해 갈등이 유발된 경우이다. 가치관(價値觀, sense of value)이란,
인간이 자기를 포함한 세계나 그 속의 어떤 대상에 대하여 가지는 평
가의 근본적 태도나 관점(觀點)을 이야기한다. 쉽게 말하여 옳은 것,
바람직한 것, 해야 할 것 또는 하지 말아야 할 것 등에 관한 일반적인
생각을 말한다. 가치관은 개인적 가치관과 사회적 가치관이 있는데
개인적 가치관이 개인의 선호 의지에 따라 명백해진다면, 사회적 가
치관은 개인적 가치관보다 범위가 넓고 안정적이며 공식성(公式性)
을 지니고 있다. 또 문화(文化, culture)란, 자연 상태에서 벗어나 일정
한 목적 또는 생활 이상을 실현하고자 사회 구성원에 의하여 습득, 공
유, 전달되는 행동 양식이나 생활양식의 과정 및 그 과정에서 이룩하

여 낸 물질적·정신적 소득을 통틀어 이르는 말로, 의식주를 비롯하여 언어, 풍습, 종교, 학문, 예술, 제도 따위를 모두 포함하고 있다.

먼저 살펴볼 것은 [밀 냄새에 취했다던 술고래 사위] 설화군이다. 대강의 줄거리는 다음과 같다.

어떤 사람이 막내딸은 술 먹지 않는 사위에게 주고 싶었다. 그래서 고을을 다니면서 술을 먹지 못하는 사람을 찾았다. 그러자 어느 대감이 술 안 먹는 사위를 보려고 찾으러 다닌다는 소문이 났다. 그러던 어느 날 대감이 밀밭을 지나가는데 숯구이 총각이 갑자기 길을 가다가 구불구불 구르는 것이었다. 놀란 대감이 왜 그러냐고 묻자, 총각은 자신이 밀밭 근처에만 가도 이렇게 쓰러진다고 하였다. 대감이 그 말을 듣고 옳다 되었다 생각하고는 총각의 집에 가서 총각아버지에게 사돈을 맺자고 했다. 그리하여 총각이 대감의 막내딸에게 장가를 갔다. 막내딸이 그 집안의 술도가의 열쇠를 관리하고 있었는데, 총각은 장가를 들자마자 술도가의 열쇠를 달라고 하였다. 막내딸이 안 된다고 하자, 그러면 첫날부터 소박을 놓을 것이라고 위협하여 열쇠를 받았다. 그리고는 창고의 술을 다 먹어 치우기 시작했다. 딸이 기가 막혀서 아버지에게 일러 바쳤다. 대감이 사위가 아주 미워서 동네의 뒤편에 샘을 파 놓고 그 속에 술을 채운 다음에 사위를 데리고 왔다. 대감은 사위에게 저 샘에 금붕어가 보이냐고 말하여 주의를 끈 다음 사위 엉덩이를 발로 차서 술이 가득한 샘에 밀어 넣고 뚜껑을 닫았다. 그리고 한 석 달 지나고 나서 뚜껑을 열었더니, 사위가 얼굴이 벌겋게 되어서 빙장어른 이런 주천당(酒泉堂)이 어디 있냐면서 한 군데 더 알려 달라고 했다.[1]

---

1) 『한국구비문학대계』 8-9, 279-283면, 진영읍 설화44, 이태백 이야기, 이봉주(여, 82)

어떤 대감이 막내딸을 술을 마시지 않는 사람과 결혼을 시키려고, 고을을 다니면서 술을 먹지 못하는 사람을 찾았다. 그러던 어느 날 밀 밭을 지나다가 숯구이 총각이 구르는 것을 보게 되고, 그 연유를 묻는 다. 총각이 밀밭 근처에만 가도 쓰러진다고 하자, 대감은 밀밭 근처에 만 가도 쓰러지는 사람이라면 술을 마시지 못할 것이라 생각해 총각 을 사위로 맞는다. 그러나 사위가 된 숯구이 총각은 아내에게 소박을 놓겠다는 위협을 가해 열쇠를 받아내고, 술 창고의 술을 마시기 시작 한다. 아내는 남편의 행동을 아버지에게 이야기하고, 장인은 사위가 아주 미워진다. 대감은 동네 뒤편에 샘을 파놓고, 술을 채운 후, 사위 엉덩이를 차 샘에 빠뜨린 후 뚜껑을 닫는다. 석 달이 지나 뚜껑을 열 자, 사위는 얼굴이 벌겋게 되어 장인에게 이런 주천당(酒泉堂)이 어디 있냐고 하며 한 군데를 더 알려달라고 한다.

이 설화군은 『한국구비문학대계』에 3편이 수록되어 있는데 모든 설 화에서 장인은 술을 마시지 않는 사위를 원하고, 그 소문을 들은 총각 이 술을 마시지 못하는 것처럼 속여 사위가 된다. 이 설화에서는 '술 을 마시는 것은 나쁘다'는 장인의 가치관이 드러나는데, 장인은 자신 의 가치관에 따라 술을 먹지 않는 사위를 택하려고 하는 것이다. 그러 나 결혼을 한 후 사위는 본색을 드러내고, 자신의 선택이 틀렸음을 알 게 된 장인은 화가 나 사위를 징치하려고 한다. 장인은 징치의 방법으 로 사위를 술로 채운 샘에 빠뜨리지만, 장인의 의도와는 달리 사위는 장인이 넣어준 술샘이나 술독에 만족하며 이야기가 마무리된다.

여기서는 음주가 장인과 사위의 갈등을 유발하는 문화적 요소가 되 는데, 음주문화는 예로부터 종교나 외교 등의 상징이나 의례로 영위 되어 왔다. 전통적으로 관혼상제(冠婚喪祭) 등의 행사에 음주 행위가

있었으며, 음주는 친교(親交)나 사교(私交)적인 역할을 담당하여 왔
다. 오늘날에도 음주는 대인관계를 영위하는 행동 양식이 되고 있으며,
인간관계의 조정이나 스트레스 경감을 위한 긍정적인 역할도 한다. 그
러나 고독, 불안, 욕구불만, 억압으로부터의 도피로서의 음주는 폭력행
동이나 알코올 의존, 병을 초래하며 부정적인 폐해 또한 낳는다. 그러
므로 음주문화에는 긍정적인 측면과 부정적인 측면이 공존한다.

[밀 냄새에 취했다던 술고래 사위]에서는 음주에 대한 장인과 사위
의 가치관의 차이, 혹은 문화적 충돌이 일어나고 있는데 설화에서 해
결방안은 나타나고 있지 않다. 다만 음주문제는 '된다' '안 된다'는 가
치 판단이 불가능하며, 이 경우 장인과 사위 사이에는 서로가 수긍할
수 있는 적당한 선에서의 합의가 필요하다.

다음으로 살펴볼 설화는 [정직해도 말 안 해도 거짓말해도 탈인 사
위] 설화군이다. 이 또한 『한국구비문학대계』에 3편이 수록되어 있다.
대강의 줄거리를 제시하면 다음과 같다.

어떤 부부가 사위를 얻는데 남편은 거짓말 하는 사위는 필요 없다
고 했지만 아내는 남자는 거짓말을 좀 할 줄 알아야 한다고 했다. 부부
가 사위를 얻었는데 장모가 자주 그런 말을 하자 사위는 장인에게 집에
밧줄을 두고 왔다며 혼자 집으로 돌아갔다. 집으로 돌아온 사위는 장모
를 길들이려고 장인이 바위에서 떨어졌다고 했다. 그랬더니 장모가 울
고 야단이 났다. 사위는 다시 장인에게 돌아가서는 집에 불이 나 밧줄
도 못 가지고 왔다며 거짓말을 했다. 조금 뒤에 장모가 울면서 달려왔
는데 장인이 왜 이렇게 우느냐고 하자 남편이 바위에서 떨어졌다고 해
서 운다고 했다. 그랬더니 장인은 이래도 거짓말 하는 사위가 좋으냐

고 했다. 장인은 사위에게 이제부터는 바른 말만 하라고 했다. 그 뒤 장
인이 사위와 함께 다리를 저는 소를 팔러 갔는데 사위가 다리를 전다고
바른 말을 해서 흥정이 깨져 버렸다. 그러자 이번에는 장인이 사위에게
본체만체하라고 했다. 한 번은 장인과 사위가 신을 삼고 있었는데 장인
이 졸다가 잠이 들어 탕건에 화롯불이 옮겨 붙어 몽땅 타버렸다. 장인
이 사위에게 냄새가 이렇게 나는 데도 몰랐냐고 하자 사위는 본체만체
하라고 해서 그랬다고 했다. 화가 난 장인이 사위에게 앞으로는 자네
요량대로 하라고 한다.[2]

이 설화에서는 거짓말에 대한 장모와 사위 간의 가치관의 차이가
드러난다. 어떤 부부가 사위를 얻는데 장인은 거짓말을 하는 사위는
필요가 없다고 했지만, 장모는 남자가 거짓말을 좀 할 줄 알아야 한다
고 했다. 장모가 자주 그런 말을 하자, 사위는 장인이 바위에서 떨어졌
다는 거짓말로 장모를 놀라게 한다. 장인은 이래도 거짓말하는 사위
가 좋으냐고 하며, 사위에게 이제부터는 바른 말만 하라고 한다. 그 뒤
장인과 사위는 다리를 저는 소를 팔러 갔는데, 사위의 바른 말에 흥정
이 깨져버리고, 장인은 사위에게 앞으로는 본체만체 하라고 한다. 장
인과 사위가 신을 삼던 중 장인은 졸다가 잠이 들고, 탕건에 화롯불이
옮겨 붙어 탕건은 몽땅 타버린다. 장인이 이렇게 냄새가 나도 몰랐냐
고 하자, 사위는 본체만체 하라는 장인의 말을 따랐다고 한다. 화가 난
장인은 사위에게 앞으로는 자네 마음대로 하라고 한다.

이 설화군에서 사위는 '남자는 거짓말을 좀 할 줄 알아야 한다.'는
장모의 가치관을 수정하게 만들며, 결국은 장인이나 장모에게서 자신

---

2) 『한국구비문학대계』 7-7, 485-489면, 강구면 설화44, 엇질이 사위, 김놈이(여, 58)

이 원하는 바대로 말할 수 있는 권리를 획득하고 있다. 이와는 반대로 이 설화군 중 〈거짓말 하나 하고 부자집 사위가 된 이야기(『한국구비문학대계』 3-3, 276-277면, 매포읍 설화24, 심상원(남, 64)〉 설화에서는 거짓말 잘하는 사위를 보겠다고 한 장인의 요구를 만족시킨 총각이, 부잣집 사위가 된다. 이처럼 이 설화군에서는 '거짓말'에 대한 가치판단이 드러나며, 처가갈등의 해결방안으로 제시할 수 있는 것은 가치관의 수정이다.

이와 동일한 전개를 보여주는 것으로, 〈장인의 버릇을 뗀 사위〉라는 설화가 있다. 이 설화는 『한국구비문학대계』에 수록된 것은 아니지만, 가치판단의 수정을 더 선명하게 보여주기에 시사해주는 바가 있다. 이에 인용해 보도록 하겠다.[3] 이 설화에서도 꽃 같은 딸을 둔 부자가

---

3) 장인의 버릇을 뗀 사위, 황노인 구술, 요녕편, 305-309면, 1983년(민간설화자료집 3, 연변대학교 조선문학연구소 저, 허경진 역, 보고사, 2006.04.28.) (1)옛날 꽃 같은 딸을 둔 부자가 거짓 말 잘 하는 사위를 삼겠다고 소문을 냈다. (2)소문을 들은 총각들이 꼬리에 꼬리를 물고 찾아왔으나 부자는 누가 뭐라 해도 정말이라고 대답하니, 사람들은 색시구경도 못하고 되돌아갔다. (3)이 소문은 팔도강산에 다 퍼져 그의 명성은 더러워질 대로 더러워졌으나 부자는 상관하지 않고 날마다 거짓말 듣는 것으로 세월을 보냈다. (4)그러던 어느 날 한 시골총각이 찾아와서 거짓말을 하면 정말 딸을 주겠느냐고 따지는지라, 부자는 딸을 줄 테니 거짓말을 하라고 했다. (5)시골총각은 "내가 전에는 일국의 갑부였고 주인님은 내가 부리는 머슴이었는데, 주인님께서는 거짓말을 잘 하는 재간이 있었고 나에게는 꽃 같은 딸이 있었다"면서 나는 그때 주인님을 사위로 삼고 싶어 거짓말 잘 하는 사람을 사위로 삼겠다고 했다고 말했다. (6)그러자 부자는 부아통이 터져 말을 채 듣기도전에 내가 누구라고 너의 머슴질을 했다고 함부로 헐뜯느냐면서 장가도 가지 않은 네놈에게 딸은 무슨 놈의 딸이냐고 했다. (7)이에 총각이 "그러게 거짓말이지요. 어서 딸을 주세요."하자 부자는 거짓말 한마디 더하라고 했다. (8)총각은 전에 우리가 일국의 갑부로 있을 때 대인님께서는 저의 집 돈 만 냥을 꾸었다면서 오늘 돈 받으러 왔으니 어서 돈 만 냥을 내놓으라고 했다. (9)부자는 그렇다고 하자니 돈 만 냥을 내놓아야 하겠고 거짓말이라고 하자니 딸을 내놓아야할 판이라 한마디 말도 못하고 입만 쩝쩝 다시면서, 옛말도 세 컬레를 하는데 거짓말을 두 컬레만 하겠느냐면서 한 컬레만 더 하라

거짓말을 잘 하는 사위를 구하였고, 이 소문을 들은 총각들이 꼬리에 꼬리를 물고 찾아왔으나 다들 성공하지 못하고 돌아간다. 이 소문은 팔도강산에 퍼졌고 그의 명성은 더러워질 대로 더러워졌지만 부자는 상관하지 않고 거짓말을 듣는 것으로 세월을 보낸다. 그러던 중 한 시골총각이 거짓말을 세 편 하고, 부자의 인정을 받아 이 집 사위가 되었다. 부자는 사위가 거짓말을 잘 하는 것을 알기에, 이제부터는 눈으로 본 것만을 말하고 보지 않은 것은 말하지 말라고 한다. 어느 날 부자가 사위를 데리고 소를 팔러 갔는데, 한 사람이 흥정을 하고 돈을 주려고

---

고 했다. (10)총각은 이번에는 전에 대인께서 우리 글방 선생질을 하였는데, 그때 제가 공부를 잘해 선생사랑은 제가 혼자 받았고, 선생님께서는 "크거들랑 너를 사위로 삼겠으니 아무 해 아무 날에 찾아오라"고 했다고 말했다. 그러면서 오늘이 그 날이라 색시 데리러 왔다고 했다. (11)이에 부자는 거짓말이라 해도 딸을 주고 정말이라 해도 딸을 주게 되었지라 할 수 없이 승낙했다. (12)시골총각은 거짓말 세 컬레를 하고 이 집 사위가 되어 부자네 울안에서 살았는데 부자는 그의 거짓말 재간을 아는지라 그를 보고 이제부터는 눈으로 본 것만 말하고 보지 않은 것은 말하지 말라고 했다. (13)어느 날 부자가 사위를 데리고 소를 팔려고 장에 갔는데 이 소는 발통에 병이 있어서 보기는 좋아도 마음대로 부릴 수 없었다. 부자는 소 발통에 병이 있다는 말은 하지 않고 사겠다는 사람이 많으니 값만 높였다. (14)한사람이 흥정을 하고 돈을 주려 하자 사위가 "이 소는 보기는 좋아도 발통에 병이 있다"고 말했다. 그러자 소 사자던 사람은 온 장판이 떠나가도록 부자를 욕했다. (15)소도 못 팔고 욕만 얻어먹은 부자는 집에 오자 사위를 욕하면서 이후부터는 보는 말도 하지 말라고 했다. (16)가을이 오자 부자는 마당에 산더미 같은 낟가리를 가려놓고도 남의 집 낟가리가 더 높지 않나 쳐다보았다. (17)사위는 어두운 밤에 낟가리에 불을 달아놓고 마루턱에 앉아서 구경만 하였다. 이에 부자가 뛰어나와 소리를 치는데 사위는 소리 한마디 지르지 않고 옆에서 구경만 했다. (18)부아통이 난 부자가 사위에게 "왜 소리 한마디 치지 않느냐"고 욕하자 사위는 "장인께서 소 팔러 갔다 온 후로는 저를 보고 보는 소리도 하지 말라"고 하지 않았냐며 장인님의 분부를 어겼다가 또 노여워 하실까봐 소리를 못 쳤다면서 사위 버릇을 고치겠다고 하지 말고 장인님의 그 고약한 버릇이나 떼라고 했다. 그러면서 안 그러면 후에는 재산이 몽땅 재가 되어 날아날 수도 있다고 했다. (19)그 후 부자는 더는 남을 속이지 않았고 시골사람은 그 딸과 살면서 장인을 받들어 모셨다.

하자 사위는 소의 발굽에 병이 있다는 말을 한다. 소를 사려던 사람은 온 시장이 떠나가게 욕을 하고, 부자는 소도 못 팔고 욕만 얻어먹게 된다. 부자는 집으로 돌아와 사위를 욕하며 이후부터는 본 것도 말을 하지 말라고 한다. 가을이 오자 부자는 마당에 산더미 같은 낟가리를 쌓아놓았는데, 낟가리에 불이 붙어 부자가 뛰어나와 소리를 치는데도 사위는 옆에서 구경만 했다. 부아가 난 부자가 사위에게 "왜 소리 한마디 치지 않느냐"고 욕을 하자 사위는 "장인께서 소 팔러 갔다 온 이후 저를 보고 보는 소리도 하지 말라"고 하지 않았냐며 장인의 분부를 어겼다가 또 노여워 하실까봐 그랬다고 한다. 사위는 장인에게 "사위 버릇을 고치겠다고 하지 말고 장인님의 그 고약한 버릇이나 떼라"고 하며 "안 그러면 후에는 재산이 몽땅 재가 되어 날아갈 수도 있다"고 한다. 그 후 부자는 더는 남을 속이지 않았고 사위는 장인을 받들어 모셨다.

이 설화에서는 거짓말을 좋아하던 장인의 가치관이, 사위로 인해 수정된 것이 더 확연히 나타난다. 또한 이후 사위는 장인을 받들어 모셨다고 하여, 이후 사위가 장인에게 가져야 될 태도까지 분명하게 보여준다.

마지막으로 살펴볼 설화군은 [신립장군과 원귀]이다. 대강의 줄거리는 다음과 같다.

권판서는 딸이 둘인데, 맏사위로 오성을 둘째 사위로 신립을 얻었다. 권판서는 몇 해 동안 두 사위에게 글을 가르친 후 열흘씩 놀다 오라고 했다. 맏사위 오성이 나귀를 타고 가다가 비를 만나 주막집에 들어가 저녁을 먹는데 어떤 미친년이 춤을 추면서 방으로 들어와 오성을 덮쳤다. 몇 해 글을 읽느라 단방(斷房)을 했던 오성은 미친년과 관계를 했

다. 그러자 미친년이 죽어도 원이 없다며 춤을 추며 나가더니 마당에서
죽어 버렸다. 오성이 걱정을 하자 아랫방에 있던 사람이 오더니 여자의
송장은 동네에서 알아서 치울 테니 아무 걱정 말고 가라고 했다. 한편
둘째 사위 신립은 총을 둘러메고 강원도로 사냥을 갔다가 날이 저물어
어느 집을 방문했다. 그 집 처녀는 "오늘 저녁에 내가 마지막으로 죽을
참이니 여기 있으면 죽을 테니 가라."고 했다. 신립은 "죽기는 무슨 일
로 죽겠느냐?"며 대수롭지 않게 저녁을 먹고 있는데 갑자기 장사가 '와
르륵' 하면서 마루로 올라와서 "어느 놈이 여길 들어와 있느냐?"고 했
다. 순간 신립은 재빠르게 몸을 피해 장사를 밀어 죽어 버렸다. 신립이
처녀에게 사연을 묻자 처녀는 서울에서 피난을 왔는데, 부리는 이 중
하나가 처녀를 아내로 맞으려 했다. 어머니와 오라비가 반대를 하자 모
두 죽이고, 오늘 저녁에는 나 하나마저 죽일 참이었다고 했다. 처녀는
신립에게 데려다 몸종 부엌데기, 소실로 삼아도 좋으니 함께 살자고 했
지만 신립이 그렇게 할 수 없다며 다른 데로 가라고 했다. 그렇게 박절
을 하고 나왔는데 처녀가 집 주위에 기름을 두르고 "나 좀 보라!"며 지
붕에서 타 죽었다. 처갓집에 두 사위가 들어오는데 권판서가 보고 맏사
위에게는 무슨 일을 해서 화가 도냐고 했다. 오성이 자초지종을 말하자
"참 남에게 잘 했다."며 칭찬을 했다. 또 둘째 사위에게는 내가 큰 사람
이 될 줄 알고 사위로 삼았는데 얼굴에 수심이 도니 무슨 일을 하고 얼
굴이 흉하게 되었냐? 고 했다. 신립이 자초지종을 말하자 권판서는 "에
이, 못 생긴 놈이다"하며 유리병을 주면서 일평생 이것을 몸에 지니고
다니며 어느 정도 할 일을 다 한 뒤 그 마개를 뽑아 보라고 했다. 나중에
신립이 대장이 되어 탄금대에 진을 치는데 공중에서 여자가 "이곳에 진
을 치면 안 된다 여기다 쳐라."고 했다. 그래서 진을 치니 꼭 막은 병마
개가 빠졌다. 결국 여자 때문에 탄금대 전나무에 올라가다 신립은 떨어

져 죽었다.[4]

이 설화군은 신립장군이 탄금대 전투에서 패배한 원인에 관해 설명하는 이야기이다. 권판서에게 두 사위가 있었는데, 맏사위가 오성이고 둘째 사위가 신립이었다. 권판서는 두 사위에게 몇 해 동안 글을 가르친 후 열흘씩 놀다 오라고 했다. 맏사위 오성이 비를 피해 주막에 들어가 저녁을 먹는데, 어떤 미친 여자가 방으로 들어와 오성을 덮쳤고 오성은 그 여자와 관계를 맺는다. 그런 후 미친 여자는 죽어도 원이 없다면서 춤을 추며 나가더니 마당에서 죽어 버렸고, 아랫방에 있던 사람들이 여자의 송장은 동네에서 알아서 치울 테니 아무 걱정 말고 가라고 했다. 한편 둘째 사위 신립은 강원도로 사냥을 갔다가 날이 저물자 어떤 집으로 들어갔는데, 그 집 처녀는 "오늘 저녁에 내가 마지막으로 죽을 참이니 가라."고 한다. 신립이 대수롭지 않게 저녁을 먹고 있는데, 갑자기 장사가 마루 위로 올라왔고 신립은 장사를 밀어서 죽여 버린다. 처녀는 신립에게 자신들은 서울에서 피난을 왔는데, 부리는 사람 중 하나가 처녀를 아내로 맞이하려 하자 어머니와 오라비가 반대를 했다고 한다. 그러자 부리는 사람이 그들을 죽이고, 오늘 저녁에는 자신마저 죽일 참이었다고 이야기를 한다. 처녀는 신립에게 데려가기를 청하였지만 신립은 거절을 하였고, 처녀는 집 주위에 기름을 두르고 지붕에서 타 죽는다.

두 사위가 처가로 오자, 권판서는 맏사위를 칭찬하고 둘째 사위는 꾸중을 한다. 권판서는 신립에게 유리병을 하나 내어준 후 평생 몸에

4) 『한국구비문학대계』 3-2, 703-706면, 미원면 설화2, 오성과 신립, 홍종운(남, 76)

지니고 다니다가 할 일을 다 한 뒤 그 마개를 뽑아 보라고 한다. 나중에 신립이 대장이 되어 전쟁을 하게 되었는데, 공중에 한 여자가 나타나 탄금대에 진을 치라고 한다. 신립이 탄금대에 진을 치자 꼭 막혀있던 마개가 빠졌고 신립은 전쟁에서 죽는다. 결국 신립은 자신이 거절한 여자의 원한으로 말미암아 죽게 된다.

 이 설화군에서는 장인과 사위 사이의 가치관의 차이가 나타나고, 구연자들은 사위보다는 장인의 의견에 동조하고 있다. 〈처녀귀신 탓에 일본군에 패한 신립장군(『한국구비문학대계』 7-17, 518-523, 용문면 설화36, 박춘수(남, 70))〉에서 처녀는 자신을 소실로 삼아달라고 하지만 신립은 부인이 있기에 소실을 둘 수 없다며 처녀의 요구를 거절하고, 〈살릴 여자 죽인 신립 장군(『한국구비문학대계』 3-2, 387-392면, 모충동 설화20, 김동근(남, 73))〉에서는 신립이 섬기는 형우대장이 남자가 열 계집을 버리는 예가 있냐고 이야기 한다. 〈신립장군과 탄금대(『한국구비문학대계』 2-9, 814-816면, 주천면 설화24, 신승남(남, 69))〉에서도 신립은 자신이 결혼한 몸이라며 처녀를 뿌리치지만, 장인은 사내대장부가 여자를 둘 두고 지내는 것은 예사라고 이야기하며, 〈원귀 때문에 탄금대에서 패한 신립(『한국구비문학대계』 3-3, 156-161면, 단양읍 설화39, 주달업(남, 71))〉에서도 사위 신립이 온다고 하면 십리씩 마중을 나오던 장인이, 한 놈이 열 계집을 버릴 수 있느냐고 말하며 신립을 나무란다. 〈원혼 때문에 죽어간 장군(『한국구비문학대계』 2-8, 839-843면, 영월읍 설화242, 김금자(여, 50))〉에서 역시 장인이 아닌 신립의 아내가 남편이 악질을 하였다며 처녀를 살리지 못한 것을 탓하고, 구연자 또한 지금이나 옛날이나 크게 될 사람들은 여자가 특히 애걸을 하고 사랑하겠다고 덤빌 때는 거절을 하면 안 된다고 이야기 한다. 이 설화군의 모든 설화에서 신립이 탄금대 전쟁에서 패배하고 목숨을 잃었다는 것은, 장인의 가치관이 옳다는 것을 반증하고 있다.

그런데 과연 현대에도 장인이나 구연자들이 옳다고 생각하는 가치관은 옳은 것일까? 현대인들에게 설화 속 장인의 견해가 어떻게 받아들여질 지는 생각해야봐야 될 부분이다. 다만 이 설화에서 해결방안으로 제시해줄 수 있는 것은, 장인과 사위 사이에 가치관의 차이로 인해 갈등이 유발되었을 경우 현재 사회적 통념에 따라 행동을 하는 것이 옳다는 것이다.


## 2) 현대 처가갈등에의 적용

[밀 냄새에 취했다던 술고래 사위] [정직해도 말 안 해도 거짓말해도 탈인 사위] [신립장군과 원귀] 설화군은 현대 처가갈등에 어떻게 적용될 수 있을까? 먼저 가치관이나 문화적 차이로 인해 처가갈등이 유발된 사례들을 살펴보고, 본 설화군의 적용 가능성을 타진해 보고자 한다.


**사례 1** 한번 물어보고 싶네요~~

여행을 무지 좋아하는 아내와 저학년 아들, 딸이 가족인 아빠입니다. 개인적으로 캠핑에 안 좋은 기억이 있어서, 애들이 자라면서도 가까운 곳에서나 텐트 쳐봤고, 어디 나가서 텐트 치고 자는 캠핑은 안 갔었습니다. 대신 리조트나 콘도에는 빠짐없이 부족함 없이 놀러 다녔구요. 하지만 처가 쪽이 캠핑을 좋아해서 자주 밖에 나가 캠핑장에서 텐트치고 잡니다. 저는 리조트나 콘도에 가자고 해도, 애들이 좋아한다고, (아마 어른들이 더 좋아하는 것 같기도 함) 캠핑을 더 선호하더라구요. 근데, 문제는 캠핑을 가도 모두 한 텐트에서 잔다는 겁니다. 장인 장모, 처제내외 애들... 텐트가 넓어봐야 거기서 거긴데, 좁은데서 그렇게 잔다는 거 제가 보기엔 안돼 보이지만, 본인들이 만족한다면, 제가 뭐라 하겠습니까? 이번에도 캠핑장으로 떠난다고 하면서 저희 집도 같이 가자고 하는데, 사실 캠핑이 성가신 부분도 있지만, 그 많은 인원이 한 텐트에서 쭈구리고 자는 거 전 아니라고 생각해서 거절했습니다. 아내는 서운해 하네요. 한번 가주면 안 되냐고 하는데, 이틀을 거기서 코고는 사람도 있을 텐데, 애들도 어리고, 분명 기분 좋은 일만 있지 않을 텐데, 굳이 왜 가려는지 답답합니다. 제가 리조트를 예약해줄까 하니, 처가 쪽이 캠핑을 좋아해서 가는데, 오히려 자존심 상할 거라고 놔두라고 합니다. 만약 입장을 바꿔 제가 본가의 부모님 형 동생 가족과 같이 한 텐트에서 잔다고 하면, 아내는 얼척 없다고 뛸 거면서, 애들이 좋아한다는 이유로 제가 거기 가는 것을 수용해야 될까요? 안되면 텐트를 따로 각각 치고 자던가, 그런 예약이 힘들거나 준비가 안 되면 자기 식구들만 가는 게 맞는 거 아닌가요? 어디 여행가서도 전 돈이 좀 들더라도 각자 가족 방에서 애들과 자도록 하는데, 아무리 가족이라도 처제 장모 처형 제부가 같이 자는 건 좀 아니지 않나요?

**사례 2** **장인어른, 장모님이 해외여행 가자고 합니다.**

평소 장인, 장모님께서 소득에 비해 소비가 과하신 편이십니다. 장인

어른 스스로 소비적이신 것을 인정하세요. 조그마한 빌라가 전 재산이
시지만, 지금 안 즐기면 언제 즐기냐는 생각으로 노후 준비는 거의 안
하시고 버시는 것을 옷이며 여행 등으로 소비하십니다. 이제 내년이면
두 분 다 칠순이신데... 모든 가족(두 딸과 사위, 손자, 손녀)과 함께 해
외여행을 가시기를 희망하십니다. 물론 각 가족들의 경비는 각자 각출
해야 합니다. 저희 가족도 4인 가족이라 약 300여 만원 이상 준비해야
되는데... 두 사위인 저와 제 동서는 매우 부담스러워 하고 있습니다. 어
제 식사할 때 장모님이 "내년에 칠순인데... 평범하게 칠순 잔치는 싫다.
온 가족이 해외여행 가는 것이 어떻겠는가? 사위들 생각은 어떠한가?"
라고 말씀하시기에, 저는 가만히 있으려다가 말씀드렸습니다. "모든 사
람들이 다 좋은 차, 좋은 곳에서 살고 싶어 한다. 하지만 외벌이 입장으
로 내년 전세 계약도 다시 시작하면 오천 여 만원 더 올려주어야만 하
고... 해외여행까지 생각하면 내가 주말에도 계속 다른 일을 찾아서 해
야만 한다. 조금 부담스럽다" 그러니 장모님이 이렇게 말씀 하시더군
요. "어차피 이래도 한세상 저래도 한세상이네. 너무 각박하게 살지 말
게. 지금 장인어른이 수입이 있으시고, 몸이 건강하시니까 같이 가자는
것이네. 우리에게 이런 추억을 줘야 되지 않겠나" 물론 장모님 말씀이
맞습니다. 하지만 장모님, 장인어른은 집이 있으시고, 소비하실 곳을
이런 가족여행, 옷, 신발 구입에 집중하시는 것도 그분들 생활이시니까
상관없습니다. 하지만 제가 걱정하는 것은 그분들 입장과 저의 입장이
다르다는 겁니다. 저는 2년마다 오르는 전세비에 항상 긴장하고 있고,
또 애들도 초등학교에 다니며 매번 생활비도 증가하고 있는 상황에서
장모님 말씀대로 가족 추억을 위해 굳이 해외여행까지 함께 무리하게
가는 게 옳은지 의문입니다.(이미 지금도 매년 2-4회 정도의 가족여행
을 하고 있습니다.) 따라서 또 저에게 권유하게 되면 그분들 기분을 상

하지 않게 거절하고 싶은데… 어떤 방법이 가장 효과적인지요? 다른 비슷한 경험이 있으신 분들의 의견을 구합니다.

### 사례 3  속상한 제가 이상한건가요?

간단하게 발생한 사실만 나열하겠습니다. 읽고서 제가 이상한건지 판단 부탁드립니다. 제가 결혼할 땐 처가집 근처서 예식을 올렸습니다. 지방에 계신 저희 부모님 외 일가친척들은 버스를 대절해서 모셨구요. 그리고 첫아이가 태어나고 돌잔치를 계획하며 배우자와 협의 하에 저희 친가근처에서 간단하게 양가부모님 형제자매들만 초대하여 식사 겸 돌잔치를 하기로 했습니다. 장인장모님께는 장거리 이동이 불편하시면 근처에 호텔을 예약해드리겠다고 말씀드렸는데… 며칠 뒤 장모님이 가까운 친구아들 결혼식이 있어서 돌잔치에 참석 못하신다고 말씀하시더군요. 결국 돌잔치는 처가식구 한명도 없이 저희 친가식구들만 모여서 하게 됐습니다. 이 일로 장모님께 많이 서운한 감정이 생겼고 쉽게 잊혀지진 않더라구요. 결국 이런 제 마음을 알게 된 장모님은 노발대발하셨고, 제가 서운해 하는 게 이해가 안 된다고 하시네요. 속상해하는 제가 잘못된 걸까요?

### 사례 4  처갓집 제사에 왜 참석하죠?

제 아내 친할머니 제사에 사위포함 꼭 참석해서 같이 제사를 지내야 하는 건가요? 본가에는 제사가 없어요. 기독교 신자라 그냥 기도하고 끝인데 항상 처가에 제사 때만 되면 제 아내를 불러서 음식도 같이하고 퇴근 후에는 저보고 와서 절하고 밥 먹고 가라고 하는데요. 장인어른께서 매번 전화해서 미리 말씀해 주시니 거절하기도 난감하고 해서 가긴 가는데 제사를 지내지 않는 집에서 생활하던 저로서는 제사지내고 그 음식을 나눠먹는 게 조금 그러네요. 아내한테 혼자 가서 지내고 오면 안 되냐고 나는 빠지고 싶다고 했더니 가족이면 다 같이 참석해야지 시댁에 행사 있으면 그럼 혼자 갈 거냐고 그러니깐 빠질 수도 없어요. 제사를 안 지내다 보니 명절 때도 항상 처가에 먼저 들려서 차례도 지내고 명절을 맞고 나서 시댁에 가는데 저희 집에서도 저보고 거기 가서 니가 절을 왜하냐고 하시고 저는 그럼 시키는데 안하냐고 하고 매번 싸우게 됩니다. 중간에서 제가 어떻게 해야 합니까? 한쪽 편을 들으면 한쪽이 꽤씸하다 그러고 결혼할 때 까지만 해도 저는 이런 게 문제가 될 거라는 생각을 해본 적이 없었는데 처가에서는 당연한 일이라 생각해서 저한테 말씀을 안하신걸까요? 아내는 그냥 당연하게 어릴 때부터 자기도 절하고 제사를 지낸 거에 익숙해 져서 아무렇지 않나본데 저는 갈 때마다 솔직히 가고 싶지 않거든요 이해를 안 해주고 아예 문제로 삼지도 않아서 가끔 서운할 때가 있어요. 처갓집 행사라 생각하고 제가 항상 참석해야 하는 게 맞는 걸까요?

### 사례 5 처갓집 종교 갈등

저는 아이 둘을 둔 7년차 가장입니다. 저에게는 한 가지 고민이 있는데 매주 일요일 오전 8시면 어김없이 장모님, 장인어른께서 교회를 가야한다며 저희 집에 매주 오시는데 정말 죽겠습니다. 제가 기독교 신자도 아니었을 뿐더러 저는 장사를 하는 사람이라 평일, 주말에도 늦게까지 장사하고 가끔 친구들과 만나서 술 한잔 하려고 하면 새벽에 들어오는데 그런 날도 어김없이 주말이면 아침부터 깨우십니다. 개신교? 암

튼 그런 곳의 조그만 교회에서 목사를 하시는데 정말 너무 힘듭니다. 조금 늦게까지 자고 싶고 정말 일어나기 힘든 날에도 저희 생각은 일절 하지 않으시고 무조건 교회에 가야한다면서 깨우시는데... 제 아내는 당연한 듯 아침부터 아이들과 교회가려고 준비를 하고 있네요. 주말아 침 교회에 신자라고는 정말 장인어른 장모님 저희가족 이외에는 신자 도 없는데 말이죠... 정말 하루 이틀도 아니고 저는 정말 주말이 너무 싫 습니다. 결혼 후 지금까지 매주 이어져 오고 있는 전쟁 아닌 전쟁을 겪 고 있는데 아내한테 얘기해 봤자 귓등으로도 안 듣고 그렇다고 장인어 른께 말씀드리자니 노발대발 하실 것 같고 종교는 자유 아닌가요? 정 말... 어떻게 해야 할 지 미치겠습니다. 설교하실 때면 정말 딴생각에 꾸 벅꾸벅 졸기 일쑤인데... 그러고 나서 쉬지도 못하고 다시 출근해야 하 는데 이건 진짜 편하게 늦잠 한번 자보는 게 소원입니다.

사례1)은 캠핑으로 인해 처가와 갈등이 유발된 경우이다. 글쓴이는 여행은 좋아하지만, 캠핑은 안 좋은 기억이 있어 가지 않는다. 반면에 처가 쪽은 캠핑을 좋아해 자주 캠핑장에서 텐트를 치고 잔다. 문제는 이번에 처가 쪽에서 캠핑장을 가면서, 글쓴이 가족도 같이 가자고 한 다. 글쓴이는 좁은 텐트에서 장인, 장모에 처형, 제부가 같이 자야 되 는 것이 불편하고 싫어 처가 쪽 제안을 거절하지만 아내는 서운해 하 며 같이 가기를 원한다. 글쓴이는 자신이 처가 쪽 캠핑 제안을 수용해 야 되는지 의견을 구하고 있다.

사례2)는 해외여행에 대한 글쓴이와 장인, 장모의 의견이 대립되면 서 갈등이 유발된 경우이다. 글쓴이가 생각하기에 장인과 장모는 평 소 소득에 비해 소비가 과한 편이다. 장인과 장모는 작은 빌라가 전 재산이지만, 지금 안 즐기면 언제 즐기냐는 생각으로 노후준비는 거의 안하고 버는 것은 옷이나 여행으로 소비를 한다. 근데 내년이 칠순이 신 장인과 장모가 모든 가족과 해외여행 가기를 희망하면서, 처가와 사위 사이에는 문제가 발생한다. 내년 전세금도 5천 만원이나 올려줘야 되는 상황에서 글쓴이는 해외여행을 가자고 하는 장인 장모가 부담스럽다. 장모는 이래도 저래도 한 세상이라고 너무 각박하게 살지 말라고 하며, 장인이 수입이 있고 건강하기에 같이 가자는 것이고, 자신들에게 추억을 만들어주기를 원한다. 글쓴이는 장인과 장모의 입장을 이해하면서도 굳이 무리를 해 해외여행을 가야 될지 의문이며, 장인 장모의 기분이 상하지 않게 그분들의 제안을 거절하고 싶다.

  사례3〉은 돌잔치로 인해 사위와 장모 간에 갈등이 유발된 경우이다. 결혼 당시 처갓집 근처에서 결혼을 했기에, 지방에 계신 본가 식구들은 버스로 모셔 결혼식을 올렸다. 첫 아이가 태어나 돌잔치를 계획하면서 글쓴이는 배우자와 협의하여, 친가근처에서 양가부모님과 형제자매들만 초대하여 돌잔치를 하기로 했다. 근데 며칠 뒤 장모는 가까운 친구아들 결혼식이 있어 돌잔치에 참석을 못한다고 하고, 결국 처가식구 한 명도 없이 돌잔치를 치르게 된다. 글쓴이는 장모에게 서운한 감정이 생겼고, 사위의 마음을 알게 된 장모 또한 노발대발하며 사위가 서운해 하는 게 이해가 안 된다고 한다. 글쓴이는 자신이 속상해 하는 것이 잘못된 것이냐면서 의견을 구하고 있다.

  사례4〉에서 글쓴이는 아내의 친할머니 제사에, 사위가 참석해야 되는지 묻고 있다. 글쓴이는 기독교 신자라 제사가 없지만, 처가에서는 제사 때만 되면 아내를 불러 음식을 같이 하고, 사위가 퇴근 후에 들러 절을 하고 밥을 먹고 가기를 원한다. 글쓴이는 장인의 말씀을 거절하기 난감해 따르지만, 제사 음식을 나눠 먹는 것이 불편하다. 본가에서는 아들이 처가 제사에 가서 절하는 것을 못마땅해 하고, 이 문제로 인해 본가 부모님과 매번 싸우게 된다. 글쓴이는 자신의 입장을 이해해 주지 않는 아내에게도 화가 나며, 처갓집 제사에 항상 참석해야 될 지 의문이다.

사례5)는 종교로 인해 갈등이 유발된 경우이다. 매주 일요일 오전 8시면 장인과 장모는 교회를 가자며 사위를 찾아오고, 기독교 신자가 아닌 글쓴이는 그들의 방문이 곤욕스럽다. 더군다나 사위는 장사를 하는 사람이라 늦게까지 장사를 하고, 가끔 친구들과 만나 술을 한잔하고 새벽에 들어온 날이면 아침부터 깨우시는 장인 장모가 너무 힘들다. 글쓴이는 결혼 후 지금까지 매주 전쟁 아닌 전쟁을 겪고 있지만, 아내는 남편의 말을 무시하며, 장인이 노발대발할 걸 염려해 사위는 이야기도 못 꺼내고 있다. 글쓴이는 늦잠 한번 자보는 게 소원이다.

**사례 6**  처갓집 문화.....

저희 장인어른 결혼 때부터 호칭은 야, 니 아님 이름 부르고 사위나 서방이라는 말은 안 씀... 한번쯤 듣고 싶은데... 처갓집 가끔씩 가면 식사할 때 음식 차리기도 전에 장인어른 같이 먹자 얼른 먹자 이런 소리 한 번도 안하고 무조건 혼자 드시기 바쁨... 처음에는 완전 멘붕. 이번 설에도 갔는데 어쩜 첫 명절인데 혼자 드시기 바쁜 장인어른. 강아지 한 마리 키우는데, 엄청 좋아하시는데, 결혼식 끝나고 처음 저희 부모님이랑 식사 자리에 장인어른 강아지 안고 오셔서 저희 아버지랑 강아지 안은 채로 악수하고 저희 아버지 이해 안 가신다는 표정... 식사 도중에도 강아지 밥 챙기리라 바쁘신 장인어른. 어쩜 우리 집 문화랑 너무 틀린 것 같아 제가 부모님께 죄송한 마음이 들었어요. 이번 명절에 저희도 첫 명절이고 제가 장남이라 점심 먹구 오후에 간다고 연락 드렸는데. 장모님 언제 오냐 전화 계속 하시고. 가고 있는 도중에도 어디냐 물어보시고... 결혼하기 전 몰랐던 부분들이 이런 문제로 제가 고민할 줄은 몰랐는데 결혼 생활이 쉽지만은 않은 거 같네요. 참고로 저희 집에서는 며느리한테 호칭도 아가야 아님 우리 며느리라 부르고 하는데, 전 처갓집만 가면 동네 개처럼 불려 다니고... 저희 집에서는 항상 식사 할 때 며느리한테 얼른 식사 같이 먹자 수고했다 이런 말 자주 하시는데 전 처갓집만 가면 이런 대접 받으니 서운한 맘이 드는 건 어쩔 수 없네요. 얼마 전에도 장인어른 생신이라 멀리 있어 가보지 못하여 선물이랑 용돈을 와이프 편으로 보냈고 글구 다음 주에 가서 식사하기로 했죠. 근데 장인 장모님 꼭 받자고 하는 건 아니지만 저한테 고맙다는 전화 한통 없으시네요. 내가 살아온 우리 집 환경이랑 너무 틀려 신경이 자꾸 쓰이네요......

### 사례 7  집들이 날 처갓집 선물 황당

오늘 저희신혼집 마련해서 처음 처가 식구들 집들이 겸 왔네요. 근데 장모는 귤 한 봉지 사과 한 봉지 사왔네요. 참 황당하구 어이가 없네요. 한 박스도 아닌 한 봉지 글구 처남 부부는 빈손으로 왔네요.ㅠㅠ 이런데 나두 처갓집에 잘하구 싶지가 않네요. 저녁 먹는 내내 참나 나두 사람인지라 짜증나는 걸 겨우 참았네요. 결혼이라는 게 그 집안의 부모를 보라는 말이 이제야 새삼스레 느껴지네요.

사례6)은 본가와는 너무 다른 처갓집 문화에 당황하는 사위의 글이다. 장인은 사위에게 '야' '니' 아니면 이름을 부르고 사위나 서방이라는 호칭은 사용하지 않으며, 식사할 때도 같이 먹자는 이야기 없이 혼자 먹기 바쁘다. 강아지를 엄청 좋아하는 장인은 결혼식 이후 처음 사돈과 식사를 하는 자리에 강아지를 데리고 오고, 강아지를 안은 채로 사돈과 악수를 하며, 식사를 하면서도 강아지 밥을 챙기느라 바쁘다. 본인의 집과는 너무 다른 처갓집 문화에 글쓴이는 자꾸 신경이 쓰이고, 부모님께 죄송한 마음이 든다.

사례7)에서 글쓴이는 신혼집 집들이 선물로 귤 한 봉지, 사과 한 봉지를 사온 장모도, 빈손으로 온 처남 부부도 황당하고 어이가 없다. 저녁 먹는 내내 짜증이 나는 걸 겨우 참으며, 결혼하기 전에 그 집안의 부모를 보라는 말이 새삼스레 떠오른다.

### 사례 8  처갓집과의 갈등

대학교 때부터 와이프랑 연애 6년 끝에, 신혼생활이 2년차로 접어들었습니다.…… 문제의 발단은 소중한 우리의 아기가 태어나면서입니다.…… 그래서 얻었던 기준 한 가지는 손 씻기의 생활화로 위생관리에 신경을 쓰면 감기로 인한 고열이나 각종바이러스의 전염에서 조금이나마 벗어날 수 있다는 사실. 겨울에 항상 감기를 달고 살던 제가 이번엔 너무나 건강하네요.^^ "손주사랑 안하시는 부모님이 어디 있겠습니까? 그만큼 사랑하시면 만지기 전에 손을 씻어주시는 게 손주사랑의 시작입니다. 부탁드리겠습니다." 항상 이야기를 하고 설득을 시키려고 노력합니다. 하지만, 처가쪽 식구들이… 항상 이야기를 하시길… "누구는 아기를 안 키워봤냐""그딴 식으로 아기를 키우지 마라""그렇게 키우면 낮을 가려서 엄마가 힘들다"는 대답이 돌아오고 훈육과 잔소리를 많이 하시네요. 너무 화가 나서 지난 설에 한번 마음에 담아두었던 이야기를 쏟아냈습니다. 예전의 육아방식과 지금의 육아방식은 엄연히 다르며, 그때와 주위환경이나 환경오염의 정도는 틀리다. 그리고 아기에 대한 책임은 부모에게 있다. 주위 어르신들 서운한 것만 생각하시고, 혹여나 아기가 아플 때의 부모의 심정은 생각해보았냐? 부모가슴은 찢어질 듯한 고통과 애처로움, 자괴감이 든다. 그런 아픔을 겪기 전에 손 씻기만 잘해도 충분히 예방할 수 있다. 저희의 육아철학에 대해서 간섭하지 않았으면 한다. 등등으로 이야기 했습니다. 결국 장인어른은 화를 내셨고, 저 또한 장인어른의 태도에 화가 나서 집으로 돌아와 버렸습니다. 당연히 격식을 갖추고 정중히 부탁을 드렸는데 말이죠. 어떻게든 설득이 불가능할 것 같아요. 그리고 개념 없는 처남은... 거들기를......"나도 아기안고 싶은데, 자형이 자기 드러우니깐 아기만지지 말라고 했다"떠드네요. 헐헐헐~~~~~ 전 단지 손을 깨끗이 씻고 와서 아기 만지면 좋겠다. 눈에 보이지 않는 세균이 손에는 많다. 아기가 어리니깐. 신경을 써야 한다. 충고를 한 것 같은데... 너무 억울하고 화가 나서 이렇게 글을 올립니다. 시골 분들이고 옛 어르신들이라 정말 위생개념이 제로에요. 정말 처갓집 방문이 꺼려지고, 싫어지네요. 저만 유난히 유별나게 아기를 키우는 걸까요? 충고와 조언 부탁드립니다.

### 사례 9 간접흡연으로 장인어른께 돌직구 날렸습니다ㅜㅜ

어디서부터 시작해야할까요? 결론부터 말하자면 애연가신 장인어른께 함께 사는 손주들 생각해서서 담배 끊으시는 게 좋을 것 같다 말

쏨 드렸습니다. "아버님 기분 나쁘게 듣지 마세요... 3차 간접흡연이 아기들에게 각종 질병을 일으킨다 하네요... 이 참에 끊어보세요... 건강도 챙기실 겸..." 이후 아버님 기분 상하셔서 아이들에게 안가십니다. 제겐 생후 12개월 된 쌍둥이 아기들이 있고 장인 장모님과 살고 있습니다. 애연가이신 아버님 때문에 아가들이 간접흡연에 시달리고 있네요. 곁에선 직접 안 피우시지만 아가들을 자주 안아주시는 편이라 아가들 몸에서 담배냄새가 날 정도입니다. 더더욱 심장수술을 받으신 아버님 건강도 매우 안 좋구요.(밤마다 기침으로 잠을 깨실 정도..) 이런 이유들로 줄곧 생각만 하다 결국 오늘에서야 말씀드렸네요. 고집이 세신 아버님 스탈 때문에 가족 누구도 그 부분은 말한 적 없는데(포기상태/ 가족들이 끊어라 하면 더 피우고 싶으시다고 아버님은 주장) 오늘은 제가 터트렸습니다. 아가들 생각하니 꼭 말씀이라도 드려봐야 하겠더군요. 이리하여 일은 발생되었고... 아버님은 기분이 상하셔서 아이들 곁으로 안가시고 저와도 말도 안 하시네요ㅜㅜ 평소 아버님과의 사이는 좋았지만 조심스런 부분들은 많았습니다. 이렇게 되다보니 생각이 복잡합니다. 그냥 참고 살 걸 하는 후회도 들구요. 여러분 생각들은 어떻습니까??! 어렵네요ㅜㅜ

사례8)에서 글쓴이는 손 씻기 생활화로 각종 바이러스의 전염에서 벗어날 수 있다는 생각에, 처가 식구들이 손을 씻고 아기를 만지기를 원한다. 그러나 처가 식구들은 "누구는 아기를 안 키워봤냐" "그딴 식으로 아기를 키우지 마라" "그렇게 키우면 낯을 가려서 엄마가 힘들다"고 하며 사위의 의견을 묵살한다. 글쓴이는 화가 나 자신의 육아철학에 간섭하지 말라고 하고, 장인 또한 사위의 말에 화를 내며 두 사람 간에는 갈등이 유발된 상태이다. 글쓴이는 너무 억울하고 화가 나며,

처갓집 방문이 꺼려지고 싫어진다.

사례9)에서는 생후 12개월이 된 쌍둥이 아기들을 위해, 장인에게 담배 끊기를 요구하였다가 갈등이 발생하고 있다. 글쓴이는 애연가인 장인에게 손주들을 생각해 담배를 끊으시는 게 좋겠다고 이야기를 한다. 글쓴이는 장인 장모와 살고 있는데, 애연가인 장인 때문에 아기들이 간접흡연에 노출되어 있으며, 아기들을 자주 안아주시는 편이라 아기들 몸에서 담배 냄새가 날 정도이다. 글쓴이가 장인에게 담배 끊기를 이야기 한 후, 장인은 기분이 상해 아기들 곁으로 가지 않고 사위와도 말을 하지 않는다. 글쓴이는 그냥 참고 살 걸 그랬나 후회도 되고, 여러 가지로 생각이 복잡하다.

그렇다면 이러한 사례들에 설화에서의 해결방안은 어떻게 적용될 수 있을까? 앞서 설화들에서 해결방안으로 제시된 것은 첫째, 적당한 선에서의 합의 둘째, 가치관의 수정 셋째, 사회적 통념에 따름이었다.

먼저 사례1)~사례5)의 경우는 적당한 선에서의 합의가 필요하다. 사례1)의 경우 캠핑을 가자는 처가 쪽 제안과, 캠핑 가는 것이 성가시고 더군다나 한 텐트에서 여러 명의 처가 쪽 식구들과 자는 것이 불편한 사위의 생각이 대립하고 있다. 이 경우 캠핑을 가자는 처가 쪽 제안은 수용하되, 한 텐트에서 여러 명의 사람들이 함께 자는 것은 불편하다는 본인의 의사를 밝힐 필요가 있다. 혹은 캠핑은 함께 가되 부근에 숙소는 따로 잡아 불편한 상황을 면하는 방도도 있다. 사례2)의 경우에도 추억 만들기를 위해 해외여행을 원하는 장인 장모와 여행비용이 부담스러운 사위가 대립하고 있다. 이 경우 역시 일방적으로 한 쪽의 의견을 수용하여 갈등의 여지를 남겨두기보다, 적당한 선에서의 합의

가 필요하다. 해외여행을 가되 금전적 비용을 최대한 줄일 수 있는 여
행지를 택하거나, 해외가 아닌 국내로 여행지를 제안해볼 필요가 있
다. 사례3)의 경우는 친구아들 결혼식에 참석하느라 손주 돌잔치에
참석하지 않은 장모에게 서운한 사위와 사위의 마음을 알고 화가 난
장모 간의 대립이다. 이미 돌잔치가 끝난 상황에서 잘잘못을 따지기
보다, 사위와 장모는 서로의 감정을 이해해보려고 노력할 필요가 있
다. 필요에 따라서는 늦었지만 처가 쪽과 돌잔치 명목의 식사모임을
가지는 것도 문제 해결에 도움이 될 것이다. 사례4)의 경우 기독교 신
자인 사위에게는 처가집의 제사나, 제사 음식을 나누어 먹는 것이 불
편할 수 있다. 글쓴이는 자신의 생각을 장인에게 알려 참석은 하되 음
식은 먹지 않거나, 처가 쪽 양해를 얻어 제사에 참석을 안 하는 방향으
로 서로의 생각을 조율할 필요가 있다. 이야기하지 않으면 장인은 사
위의 불편함을 모를 수도 있다. 사례5)의 경우도 일요일에 좀 쉬고 싶
은 비기독교 신자인 사위와 교회 갈 것을 요구하는 처가와의 갈등이
다. 이 경우도 글쓴이가 정 힘들다면 장인의 감정을 염려할 것이 아니
라, 본인의 상황을 이야기하고 적당한 선에서 합의할 필요가 있다. 어
차피 갈등이 커지면 상황은 더 악화될 수밖에 없다.

　다음으로 사례6)과 사례7)의 경우는 사회적 통념이 판단의 기준이
될 것이다. 사위를 '야' '니' 같은 호칭으로 부르거나, 사돈과의 첫 자
리에 강아지를 안은 채로 악수를 하는 것은 사회적 통념에서 벗어나
는 언행이 될 것이다. 또 신혼집 집들이 선물로 귤 한 봉지, 사과 한 봉
지를 사온 장모나, 빈손으로 온 처남 부부도 사회적 통념으로 보기에
는 어려운 측면이 있다. 예전에는 집들이 선물로 성냥이나 양초를 선
물하였고, 근래에는 합성세제나 휴지, 혹은 정성이 담긴 선물을 가져

가는 것이 관례이다. 특이하게 경기도 옹진군 일대에서는 국수뭉치를 집들이 선물로 택하는데, 성냥이나 초, 합성세제는 그 집의 운이 불길이나 거품처럼 일어나라는 것을 휴지는 모든 일이 잘 풀리라는 상징으로 사용되며, 국수는 긴 가락처럼 운이 오래 가라는 뜻을 나타낸다고 한다.

마지막으로 사례8)과 사례9)의 경우는 바이러스 전염을 막기 위한 손 씻기의 생활화나 건강을 위한 금연이 올바른 문화적 현상이 될 것이다. 그러므로 상대방을 설득해, 잘못된 가치관을 수정해줄 필요가 있다. 또한 수정된 이후에는 장인을 어른으로 대우하고, 섬겨주는 태도가 필요하다.

이 모든 사례들에서 서로 합의를 이루거나 상대방을 설득할 때 중요한 것은 이야기를 전달하는 방식이다. 필자는 '나-전달법(I-message)'을 권한다. '나-전달법(I-message)'은 화가 나거나 불만이 있을 때 그것을 꾹꾹 참고 있는 것이 아니라, 말로 솔직하게 자신의 감정을 나타내는 것이다.

너로 시작하는 '너-전달법'은 상대방을 비난하는 것처럼 들리기 때문에 상대방 또한 감정이 상해 잘못을 인정하기보다는 같이 비난하기가 쉽다. 이럴 경우 나-전달법이 효과적인데, 나에게 문제가 되는 장인 혹은 장모의 행동이나 상황을 구체적으로 이야기하고, 그런 행동이나 상황이 나에게 미치는 영향을 구체적으로 말한 후, 그에 대한 나의 감정을 솔직하게 이야기 하면 된다.

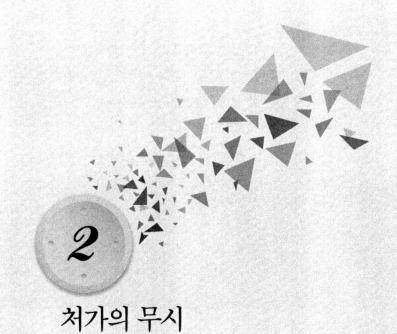

# 2

## 처가의 무시

# 2. 처가의 무시

## 1) 처가갈등 양상과 해결방안

본 장에서 살펴볼 설화는 처가의 무시로 인해 갈등이 유발된 경우이다. 먼저 [상놈 시아버지 양반 만든 정승 딸] 설화군이다. 대강의 줄거리는 다음과 같다.

시골 사는 어부가 아내를 잃고 아들 하나를 데리고 살고 있었다. 어부의 아들은 나이가 조금 들자 이렇게 계속 있어서는 안 되고 출세를 해야 될 것 같아 아버지 밑을 떠나 서울로 올라갔다. 어부의 아들은 서울 어느 정승의 눈에 들어 임금에게 천거되었다. 공주가 어부의 아들을 보고 마음에 들어 했는데, 둘이 서로 눈이 맞게 되었다. 한날은 대과가 열렸는데 임금이 대과에서 일등한 사람을 부마로 삼겠다고 했다. 공주는 임금에게 자기는 어부의 아들이 좋다며 대과 결과와 상관없이 어부의 아들과 결혼하겠다고 했는데 임금도 그 남자를 마음에 두고 있었던 터라 그렇게 하라고 했다. 한편 시골에서 아들을 떠나보내고 혼자 지내던 어부는 아들이 걱정되어 고기를 한 보따리 싸들고 서울로 올라갔다. 어부 아버지는 어느 여관에 머물면서 과객들에게 자기 아들의 소식을 물었는데 그 소문이 부마가 된 아들에게까지 들어가게 되었다. 부마가 자기가 한번 그 사람을 만나보겠다고 하여 가보니 바로 자기 아버지인 것이었다. 아들은 아버지에게 임금이 자기가 어부 아들이라는 것을 알게 되면 큰일이 난다면서, 자기가 임금 몰래 아버지를 대접해 드리겠다고 했다. 공주가 가만 보니 요사이 남편이 항상 밥만 먹고 나면 바로 나가서 며칠 후에나 들어오는 것이 이상했다. 한번은 공주가 남편의 뒤를 따라가 보았는데, 남편이 어느 여관으로 들어가서 자기 아버지를 극진히 대접하고 효도하는 것이었다. 나중에 공주가 남편에게 몰래 남편 뒤를 따라가 보았다며, 자기도 시아버님을 모시겠으니 따로 살림을 내자고 하였다. 그러던 중에 임금과 사돈이 식사를 하게 되었는데, 술을 먹고 고기를 낚아서 그 자리에서 찢어 안주로 먹는 모습이 영락없는 뱃놈이었다. 그래서 부마와 딸을 내쫓아 버렸다. 공주와 어부의 아들이 시골에 큰 집 하나를 지어놓고 따로 나가 살게 되었는데, 공주가 생각하니 남편이 뱃놈 자식인 것을 벗어나지 못하면 평생 고개를 들고 살 수 없을 것 같아 궁리를 했다. 공주가 자기집에 큰 연못을 만든 다음 그 안에 고기를 가득 채웠다. 그리고는 자기 오라버니에게 연락하여 집으로 초대했다. 오라버니가 공주의 시골집에 찾아오자 공주는 남편에게 별당 연못에 나가 안주할 고기를 잡아오라고 했다. 그 모습을 본 공주의 오라버니는 이 집에서는 원래 이렇게 연못에 고기를 풀어놓고 자주 잡아먹는다고 여기게 되었다. 공주의 오빠는 대궐로 돌아와서 임금에게 부마가 뱃놈의 자식이 아니라 원래 그 집에서는 그렇게 고기를 자주 잡아먹더라고 했다. 나중에 임금이 직접 공주의 집에 찾아왔는데, 집도 아주 으리으리하게 잘 지어놓고 큰 연못 안에 고기를 가득 담아놓고 마

2. 처가의 무시 **43**

음대로 찍어 올리자 자기가 사돈을 오해하여 무시했다며 부마의 벼슬
을 올려 주었다.[1]

　시골에 사는 어부가 아내를 잃고 아들 하나를 데리고 살고 있었는
데, 어부의 아들은 출세를 하고 싶어 아버지를 떠나 서울로 올라갔다.
그는 서울 어느 정승의 눈에 들어 임금에게 천거되었는데, 공주가 어
부의 아들을 보고 마음에 들어 했다. 대과가 열려 임금이 대과에서 일
등한 사람을 부마로 삼겠다고 했는데, 공주는 아버지에게 자기는 어
부의 아들이 좋다며 대과 결과와 상관없이 그와 결혼을 하겠다고 하
고 임금도 허락한다. 한편 아들을 떠나보내고 혼자 지내던 어부는, 아
들이 걱정되어 고기를 한 보따리 싸들고 서울로 올라갔다. 어부 아버
지는 여관에 머물면서 과객들에게 아들의 소식을 물었는데, 그 소문
이 부마가 된 아들에게까지 들어가게 된다. 아들이 그 사람을 만나보
겠다고 하며 가보니 바로 자기 아버지였다. 아들은 아버지에게 임금
이 자기가 어부 아들이라는 것을 알게 되면 큰일이 난다면서, 자기가
임금 몰래 아버지를 대접해 드리겠다고 했다. 공주는 남편이 항상 밥
만 먹으면 바로 나가서 며칠 후에나 들어오는 것이 이상했다. 공주가
남편의 뒤를 따라가 보니, 남편이 어느 여관으로 들어가서 자기 아버
지를 극진히 대접하고 효도하는 것이었다. 공주는 남편에게 자기가
본 것을 이야기하며, 자기가 시아버님을 모시겠으니 따로 살림을 내
자고 한다. 그러던 중 임금은 사돈과 식사를 하게 되었는데, 고기를 낚
아서 그 자리에서 찢어 안주로 먹는 모습이 영락없는 뱃놈이었다. 그

---

1) 『한국구비문학대계』 7-14, 559-569면, 가창면 설화20, 부마된 업무 아들과 공주의
　 지혜, 이재현(남, 74)

래서 부마와 딸을 내쫓아 버렸다. 공주와 어부의 아들은 시골에 큰 집을 지어 따로 나가 살게 되었는데, 공주의 생각에 남편이 뱃놈 자식인 것을 벗어나지 못하면 평생 고개를 들고 살 수 없을 것 같았다. 공주는 자기집에 큰 연못을 만든 다음, 그 안에 고기를 가득 채우고 자기 오라버니를 초대했다. 오라버니가 공주의 시골집에 찾아오자 공주는 남편에게 별당 연못에 나가 안주할 고기를 잡아오라고 했다. 그 모습을 본 공주의 오라버니는 이 집에서는 원래 이렇게 연못에 고기를 풀어놓고 자주 잡아먹는다고 여기게 되었다. 공주의 오빠는 대궐로 돌아와서 임금에게 부마가 뱃놈의 자식이 아니라 원래 그 집에서는 그렇게 고기를 자주 잡아먹더라고 했다. 나중에 임금이 직접 공주의 집에 찾아왔는데, 집도 아주 으리으리하게 잘 지어놓고 큰 연못 안에 고기를 가득 담아놓고 마음대로 찍어 올리자 자기가 사돈을 오해하여 무시했다며 부마의 벼슬을 올려 주었다.

이 설화에서는 임금이 사돈이 뱃놈일 것이라 예상하면서 뱃놈의 아들인 사위와 그와 결혼한 딸까지 미움을 받게 된다. 이 상황에서 공주는 기지를 발휘하여, 자신의 집 연못에 고기를 풀어두고 시아버지의 행동이 집에서 하는 행동인 듯 만든다. 공주의 기지로 인해 사돈과 사위를 무시하던 장인의 생각은 변화된다. 여기서 해결방안으로 지적해 볼 수 있는 것은 그것이 사실이 아니더라도 사실로 만들어 아버지의 의심을 풀어주는 공주의 행동이다.

『한국구비문학대계』에 수록된 것은 아니지만 이와 동일한 전개를 보여주는 것으로, 〈며느리 덕에 양반행세를 한 최서방〉이라는 설화가 있다. 여기서도 남편과 친정아버지 사이에서 갈등을 해결해주는 아내

(딸)의 기지가 돋보인다. 이에 인용하여 보도록 하겠다.[2]

---

2) 며느리 덕에 양반 행세를 한 최서방, 한인철 구술, 김재권 수집, 연길현, 334-345
면, 1983년(민간설화자료집2, 연변대학교 조선문학연구소 저, 허경진 역, 보고사,
2006.04.28.) (1)옛날 한 고을에 개장사를 해서 살아가는 최서방이라는 사람이 있
었는데, 제일 천한 상놈인데다 개장사를 해서 살아간다고 하여 양반들은 그를 사람
축에도 넣지 않았다. (2)최서방은 아들 하나만은 개장사를 시키지 않겠노라 마음먹
고 아들 이름도 팔개라 짓고 철이 들자 글공부를 하게 했다. (3)어느 날 중이 동냥을
왔다가 팔개를 보고 "훌륭하게 생겼는데 개 팔자라 제명에 못살고 객사 하겠구나"
라고 하는 말을 들은 최서방은 깜짝 놀라며 액운을 면할 방도를 가르쳐달라고 빌었
다. (4)중이 공양미 30석을 가지고 백운사 대사님께 가서 석 달 열흘을 빌어야 액운
을 면한다고 하자, 사흘 먹을 것도 없는 최서방은 자식에게 희망을 걸고 살아오던
신세를 한탄하며 생기면 마시고 취하여 저도 모르게 개 타령을 부르게 되었다. (5)
이런 사정을 알게 된 아들은 더욱 열심히 공부하여 과거시험을 보러 서울로 떠나
게 되었다. (6)아들이 객지로 떠난다는 말에 최서방은 중이 하던 말이 생각나서 이
제야 〈객사〉할 때가 온 것이라며 아들을 붙잡고 가지 못하게 하였다. 그래도 아들
이 떠나가자 최서방은 황금은 혹사심이요 미녀는 귀신이라 했으니 부디 명심하라
고 신신당부했다. (7)최팔개가 며칠을 걸어 서울을 지척에 둔 한 고을에 이르니 날
이 저물어 번듯한 기와집을 찾아갔다. 머슴에게 지나가던 길손이 하룻밤 묵어가자
고 했더니 깨끗한 객방에 모셨다. (8)이슥하여 저녁 밥상이 나오는데 갑사댕기를
드린 과년한 처녀가 상을 놓고 찬 없는 진지라도 많이 드시라고 하고는 들어갔다.
(9)김치 쪼가리 하나 남기지 않고 게 눈 감추듯 먹은 팔개는 며칠 만에 후한 주인
을 만났다고 생각하며 흥타령을 부르다가 저도 모르게 아버지가 늘 부르던 개 타령
이 귀에 배었는지라 들은 풍월에 자기 신세를 엮어 한곡 넘겼다. (10)그런데 그 소
리가 본채에 있는 김정승의 귀에까지 들리게 되어 호출을 받고 불려갔다. (11)이 집
은 원래 김정승의 소첩의 댁인데 김정승이 이 고을 원으로 있을 때 한 처녀와 관계
하여 딸을 낳고 첩으로 삼았다. 그 후 서울로 올라갔으나 본댁한테서 자식을 못 보
게 되니 가끔 소첩 댁으로 딸을 보러 다녔던 것이다. (12)금년에 김정승이 마지막으
로 과거급제의 상시관을 맡게 되어 과거에 급제하는 사람한테 과년한 딸을 맡기려
는 생각으로 첩과 상의하고 오늘 밤엔 딸의 의향을 들어보려던 참이었는데 마침 객
방에서 타령소리가 들려왔다. 김정승이 들을수록 청룡의 목소리요 백호의 꾸중이
라 하녀를 시켜 손님을 불렀던 것이었다. '개야 개야 얼럭개야 너만 짖지 말아/ 너
까지 짖으면 불쌍한 상놈신세/ 어데 가서 하소하랴 어데 가서 하소하랴. 검둥개 한
마리 석 냥이요/ 황둥개 한 마리 닷 냥인데/ 두 냥도 못되는 양반행세/ 눈 뜨고 보
자니 못 보겠네. (13)최팔개는 죽을 때가 된 모양이라며 정신을 가다듬고 본채에 들
어섰다. 인사가 끝나고 물어볼 것을 다 물어본 김정승은 방금 부른 타령을 하라고
했다. 최팔개는 아무래도 죽을 바엔 또 한마디 한다고 또다시 개 타령을 했다. '개

야 개야 검둥개야 짖지 말아라/ 저기 오는 저 손님은 귀한 분이다. 날 보려고 야밤길을 찾아오시니/ 짖지 말고 어서 나가 대문 열어라. 개야 개야 황둥개야 짖지 말아라/ 한양가신 낭군님이 과거 급제해. 날 데리러 야밤중에 내려오시니/ 짖지 말고 어서 나가 마중하여라. 김정승이 들으니 자기가 소첩 집에 다니던 일을 눈에 보는 듯 그려는지라 기쁜 김에 딸을 불러 춤까지 추게 했는데 이는 딸에게 선을 보이자는 심사에서였다. (14)당장 죽는 줄로만 알았던 최팔개가 객방에 돌아와 이 생각 저 생각에 잠을 이루지 못하고 있는데 발소리와 함께 문이 열리며 김정승의 딸이 들어왔다. (15)처녀는 부친이 금년에 마지막으로 과거시험의 상시관으로서 과거에 급제하신 분에게 저를 맡기겠다고 했는데, 도련님은 과거에 급제할 상인데다 인물체격 빠진데 없으니 부디 과거에 급제하여 저를 구해주신다면 평생을 받들어 모시겠다고 했다. (16)최팔개는 안 될 말이라며 부정하고 나서 다시 처녀를 보니 천하미인이라 아내로 삼았으면 하는 생각이 간절하지만, 아버지의 당부가 떠오르는지라 「나는 배운 건 없어도 예의범절만은 알고 있으니 밝은 대낮에 상담하도록 하고 어서 물러감이 지당한 줄로 안다」고 말했다. (17)그러나 처녀는 아버지의 권세를 믿었던지 제법 주인행세를 하면서 내 집에 오신 것이며 부친께서 과거시험의 상시관이 된 것 역시 우연한 인연이 아니오니 백년가약을 허락해주시기 바란다고 했다. (18)이에 최팔개는 얌전하게 보이던 처녀가 요물로 보이는지라 처녀가 나가지 않으면 내가 나가겠다고 하면서 일어서려는데, 김정승의 딸이 소리 없이 일어나 나갔다. (19) 온밤을 뜬눈으로 새운 최팔개는 이른 새벽에 김정승을 하직하고 길을 떠났다. 그가 동구 밖을 벗어나 조금 갔을 때 뒤에서 다급히 부르는 소리가 들려 돌아보니 김정승의 딸이었다. 그녀는 이번 8도 장원의 제목을 알려주면서 엊저녁에는 권세와 정으로 장부다운가를 알아보았던 것이니 부디 소원대로 처분하시기 바란다고 했다. 그제야 영문을 알게 된 최팔개는 백배 치하하고 길을 떠났다. (19)과거에 급제한 최팔개는 김정승의 딸과 잔치를 한 후 잠시 동안 관가의 일을 보다가 고을 원으로 내려가게 되었다. (20)이때 개장사 최서방은 아무리 기다려도 아들의 소식이 없는지라 꼬장떡을 보자기에 싸가지고 아들을 찾아 떠났다. 아들이 객사했겠으니 뼈다귀라도 찾아 묻어야 원혼이나마 저승에 가서라도 만나보리라 생각했던 것이다. (21)그런데, 길에서 만나는 선비마다 붙잡고 물으면 이번에 장원급제한 선비는 최팔개라고 하는지라 최서방이 곧장 서울로 올라가 사람들이 가리켜주는 집을 찾아가 대문을 두드리니 예쁜 색시가 나왔다. (22)남편의 이름을 부르는 시골 늙은이를 훑어보던 색시는 관가에 나가서 안계시다며 누구신가고 물었다. (23)최서방이 팔개가 아들이라고 하자 색시가 "아버님, 인사가 늦어 죄송합니다. 절을 받으세요" 하는지라 최서방은 깜짝 놀라 애비도 모르게 잔치를 했냐고 했다. 색시가 일이 그렇게 되었다며 죄송하다고 하자 최서방은 시 애비 처사를 못해 그랬다고 했다. (24)며느리가 보니 시아버지의 언행이 시원시원한지라 주안상을 대접시키고 자리를 펴드리고는 남편을 찾아갔다. (25)최팔개가 집에 와보니 옷주제가 말이 아닌 아버지가 방

한가운데 대자로 누워서 코를 고는데 실로 가관이었으며 불쌍하기도 하고 고생하시며 오신 것이 고맙기도 했다. (26)이때 부인이 더운물을 대야에 떠다놓고 아버지의 발을 씻어주는지라 아내를 밀어놓고 자기가 씻노라니 고생하며 찾아오신 걸 생각하면서 눈물을 흘렸다. 이에 부인도 같이 울었다. (27)최서방이 깨니 아들 며느리가 자기의 발을 씻고 있는지라 꿈이냐 생시냐 하며 일어나니, 며느리가 새 옷을 갖다 주는지라 갈아입었다. (28)아들은 아버지에게 내일은 장인, 장모를 보셔야 하겠다면서 예의범절을 가르쳐드렸다. 그것인즉 들어갈 때 옆을 보지 말고 꼿꼿이 들어가서는 정한 자리에 앉는데 망건은 언제나 단정히 쓰고 있어야 하며, 음식을 자실 때에는 눈치를 보아가며 적게 잡수시고 돌아와서 맘껏 잡수시라고 했다. 그리고 담배도 장인께서 피우는 대로 피우라고 했다. 그러자 최서방이 개를 잡아 파는 문서보다 더 복잡하다고 했다. (29)아들이 또 혹시 사돈들께서 흥에 겨워 타령을 부르며 놀게 되더라도 제발 개 타령만은 부르지 말라고 하자 최서방은 염려 말라며 대수롭지 않게 넘겨버렸다. (30)이튿날 김정승이 의관을 갖춰 쓰고 마루에 앉아보니, 최서방이 큰 통량갓을 쓰고 활개를 치며 팔자걸음으로 들어오는 것이 사위가 전에 말하던 상놈의 행실은 하나도 없고 한다하는 양반의 거동이라 정중히 맞아들였다. (31)아들며느리가 잠시도 옆을 떠나지 않고 에돌자 정승네 일가친척들은 실로 효자에 효부라고 소곤거렸다. (32)서로 인사를 하고 술이 서너 순배 돌아가자 노랫가락이 나오더니 김정승이 다음엔 사돈께서 한 곡조 넘기실 차례라고 권했다. 술이 거나하게 된 최서방은 아들며느리가 눈치를 주었건만 의관을 풀어헤치며 개 타령을 불렀다. 검정개는 석 냥 받고 팔아서/ 한 짐 짜리 개똥밭을 장만하고/ 황둥개는 닷 냥 받고 팔아서/ 팔개를 공부시켜... (33)정승네 일가친척들은 아연실색해서 팔개와 며느리를 번갈아보았고, 아들며느리는 "아버지께서 과음하셨나봅니다"하며 얼버무리려 했으나 점잔을 빼는 양반 몇은 김정승 앞이라 감히 욕은 못하고 이맛살을 찌푸리며 혀를 찼다. (34)김정승이 그 소리를 어디서 들었던가 생각해보니 고을에 갔을 때 들은 기억이 나는지라 그놈에 그 아들이라고 탄식했으나 이미 엎지른 물이라 속히 고을로 보내기로 작심했다. (35)집에 돌아와 술이 깬 최서방은 아들한테서 사연을 듣고 내 탓이라며 통곡하는데 며느리가 상심하지 말라며 여차여차하면 어떠냐고 했다. (36)최팔개는 한 고을의 군수로 도임되는 즉시로 탐관오리들을 파직할 건 파직시키고 빼앗아간 재물은 돌리게 하여 백성들에게 나눠주니 인심이 민심이라 원이 한마디 하면 어김없이 낙착되었다. (37)하여 아무 고을에선 이틀내로 목수 몇 십 명을, 아무 고을에선 황금 몇 십 냥을 삼일내로 보내라고 령을 내리니 가차 없이 실행되었고 불과 한 달 사이에 최서방의 고을에다 지상낙원을 만들어놓고, 최서방의 며느리가 서울로 올라가 김정승께 아뢰었다. (38)김정승은 아직도 노염이 풀리지 않아 외마디로 거절하는데 어머니가 딸의 말을 들어보지도 않고 성부터 내시냐며 할 말 있으면 하라고 했다. (39)딸의 이야기인즉 시가에 가보니 비록 시골이나 천하의 지상낙원이라 시아버지는 한번 개고기를 먹어보니 세상에 별맛이요 원기를 옛날에 개장사를 해 살아가는 최서방이라는 사람이 있었는데, 천한 상놈에 개장사를 한다고 해 양반들은 그를 사람 축에도 넣지 않았다. 그는 아들만은 개장사를 시키지 않겠다고 아들의 이름을 팔개라고 지었다. 팔개가 과거시험을 보러 서울을 올라가다가 번듯한 기와집에 하룻밤 묵어가기를 청하였다. 팔개는 저녁을 잘 먹은 후 아버지가 늘 부르던 개 타령이 귀에 배어, 자기 신세를 엮어 불렀다. 그런데 그 소리가 본채에 있는 김정승의 귀에까지 들리게 된다. 이 집은 원래 김정승의 소첩의 집으로, 김정승은 본댁한테 자식이 없어 가끔 소첩의 집으로 딸을 보러 다녔다. 팔개가 개타령을 불렀는데, 그 내용이 김정승이 소첩 집에 다니던 일을 생각나게 하였고 김정승은 자신의 딸을 불러 팔개에게 선을 보였다. 김정승은 이번 과거시험의 상시관이었고, 김정승 딸 덕분에 팔개는 과거에 급제하게 된다. 한편 최서방은 아들을 찾아 나서게 되는데, 자신의 아들이 과거에 급제하였다는 것을 알게 되고, 물어물어 아들의 집을 찾아간다. 아들 부부는 아버지를 반갑게 맞이하고, 아버지께 예의범절을 가르쳐 드리며, 제발 개 타령만은

---

회복하고 몸보신하는데 특효라 그때부터 개장사를 시작했다고 했다. (40)김정승이 먹어보지도 못한 개고기가 그토록 귀중한줄 모르는지라 반신반의하며 묻자 딸이 정 믿어지지 않으면 한번 다녀오심이 좋겠다고 했다. (41)김정승이 가보니 부채질해주는 선녀들 속에 책상다리를 틀고 앉아 개 타령을 부르는 것은 분명 사돈이었다. (42)인사가 끝나고 들어오는 술안주가 모두 개고기라기에 좀 꺼림직 했으나, 맛이 별맛이요 술이 당기는데 아무리 먹어도 취하지 않았고 아침에 자고 일어나니 몸이 거뿐하고 힘이 났다. (43)김정승은 문안 온 최서방을 보자 피차간에 거리가 멀다보니 이렇게 지내는 걸 모르고 나무랐으니 용서하라고 했다. (44)최서방이 자부께서 내 아들을 잘 섬기고 이 늙은 것도 잘 공대하는 덕에 상놈의 신세라도 양반이 부럽지 않게 잘 지낸다고 하자 김정승은 사돈도 한 호적에 드니 그런 말은 하지 말라고 했다. (45)이로부터 김정승은 상놈이란 말을 입 밖에 내지 않았으며 최서방은 며느리 덕에 양반행세를 했고, 총명한 며느리 때문에 양반들도 개고기를 먹기 시작했다.

부르지 말라고 한다. 다음 날 정승집 일가친척이 다 모인 자리에서, 술에 거나하게 취한 최서방은 흥에 젖어 개 타령을 부른다. 정승네 일가친척은 아연실색한다. 집에 돌아와 술이 깬 아버지가 통곡을 하자, 며느리는 상심하지 말라고 한다. 팔개부부는 자신이 원으로 간 고을에 지상낙원을 만들어놓고, 김정승의 딸은 친정아버지를 찾아간다. 김정승은 아직도 노여움이 풀리지 않았는데, 딸은 아버지에게 시가가 비록 시골이지만 지상낙원이라고 하면서, 시아버지는 개고기를 먹어보니 세상에 별맛이요 원기를 회복하고 몸보신하는데 특효라 그때부터 개장사를 시작했다고 이야기를 한다. 김정승이 반신반의하자 딸은 시가로 오시라고 하고, 김정승이 가보니 부채질해주는 선녀들 속에 사돈이 앉아 개 타령을 부르고 있었다. 인사가 끝나고 술안주로 개고기가 들어왔는데, 먹어보니 딸의 말 대로였다. 김정승은 문안 온 최서방을 보며 피차간 거리가 멀어 이렇게 지내는 걸 모르고 나무랐으니 용서하라고 한다. 며느리 덕분에 최서방은 양반행세를 하게 된다. 이 설화에서도 김정승의 딸은 기지를 발휘하여 친정아버지의 노여움을 풀어주고, 사위와 사돈에 대한 친정아버지의 생각을 바꾸어준다. 즉 여기서 해결방안으로 제시할 수 있는 것은 아내의 내조이다.

다음으로 [바보 온달과 평강공주] 설화군이다. 대강의 줄거리는 다음과 같다.

나라님이 공주를 낳았는데 자꾸 우니까 바보 온달에게 시집보내겠다고 했다. 공주가 컸을 때에 아버지가 바보 온달이 아닌 다른 사람에게 시집보내려고 하니까 공주가 바보 온달에게 가겠다고 했다. 아버지가 화를 내니, 공주가 아버지가 한 말인데 왜 그런고 했다. 공주는 궁에서 쫓겨나와 바보 온달네로 찾아갔다. 집에는 바보 온달의 눈 먼 어미가 있었는데, 온달이 산에 있다고 했다. 공주가 그곳으로 찾아갔다. 바보 온달이 공주를 보고는 여우라고 생각하고 집으로 뛰어 들어왔다. 공주가 자신은 여우도 도깨비도 아니고 사람이라며 안심하라고 했다. 공주는 가지고 나온 패물을 모두 팔아 양식을 마련하고 온달에게 낮에는 무술을, 밤에는 공부를 가르쳤다. 그 때 나라에서 전쟁이 났는데, 공주가 온달에게 나가서 싸우라고 했다. 온달이 전쟁에 나가 이기고 돌아왔다. 나라님이 바보 온달이 이기고 돌아오자 칭찬하며 사위로 받아들였다. 나중에 온달이 전쟁에 또 나갔다가 죽었다.[3]

임금이 공주를 낳았는데 자꾸 우니, 공주에게 바보 온달한테 시집을 보내겠다고 했다. 공주가 자라 결혼할 때가 되어 바보 온달이 아닌 다른 남자에게 시집을 보내려고 하자, 공주는 바보 온달에게 시집을 가겠다고 하고 임금은 화를 낸다. 공주가 바보 온달에게 시집가기를 고집하자 임금은 공주를 내쫓고, 공주는 온달의 집을 찾아갔다. 집에는 바보 온달의 눈 먼 어머니가 있었는데, 온달이 어디에 있냐고 물으니 온달은 산에 있다고 했다. 공주가 그곳으로 찾아갔는데, 바보 온달은 공주를 보고는 여우라고 생각하고 집으로 뛰어 들어왔다. 공주가 자신은 여우도 도깨비도 아니고 사람이라고 하면서 안심하라고 한다. 공주는 가지고 나온 패물을 모두 팔아 양식을 마련하고, 온달에게 낮에는 무술을, 밤에는 공부를 가르친다. 나라에서 전쟁이 나자 공주는 온달에게 나가서 싸우라고 하고. 온달은 전쟁에서 승리를 거둔다. 임금은 온달을 칭찬하며 사위로 받아들인다.

---

3) 『한국구비문학대계』 1-7, 314-317면. 길상면 설화32, 바보 온달, 김순이(여, 81)

이 설화에서 임금인 장인은 온달이 바보이기에 그를 무시한다. 그러나 평강공주는 아버지에게 무시 받는 온달을 내조해 그의 능력을 키워주고, 그가 아버지에게 인정받을 수 있도록 도와준다. 임금이 온달을 사위로 받아들였다는 것은, 그가 사위의 능력을 인정하였음을 뜻한다. 이에 해결방안으로 제시할 수 있는 것은 아내의 내조와 장인의 인정이다.

이어지는 설화군은 [어사가 된 막내사위]이다. 대강의 줄거리는 다음과 같다.

조진사에게 세 딸이 있었다. 하루는 조진사가 상을 볼 줄 아는 종에게 막내 사윗감을 찾아보라고 시켰다. 종이 길을 돌아다니다가 거적을 뒤집어쓰고 글을 읽는 소년을 발견하였다. 종이 그 소년을 조진사의 막내 사윗감으로 추천하였다. 그리하여 아무것도 가진 것 없던 소년이 조진사의 막내사위가 되었다. 조진사는 막내사위가 형편없자 얼른 오두막집을 지어서 막내딸을 분가시켜 버렸다. 철없는 막내사위는 조진사 대문간에서 뛰어 놀았는데, 그러면 조진사가 막내사위의 이마를 쥐어박으면서 내쫓았다. 그 뒤 과거 시절이 되자 조진사의 첫째, 둘째 사위가 과거를 보러 서울로 떠났다. 조진사의 막내사위도 아내에게 돈을 얻어서 서울로 향하다가 길에서 먼저 떠난 두 동서들을 만났다. 세 사람이 서울에 도착하여 여관을 잡고 과거 준비를 하였다. 그런데 첫째와 둘째 사위는 막내사위와 지내는 것을 싫어했다. 막내사위도 두 동서의 마음을 알고 돈을 한 냥씩 들고 하루 종일 밖에서 놀다 들어왔다. 그러다 과거 시험날이 되자 막내사위는 명주를 사서 글을 지어 올렸다. 얼마 후에 과거 결과가 나와서 보니 막내사위만 합격을 하였다. 막내사위가 과거에 합격했다고 말했지만 두 동서는 비웃기만 하였다. 두 동서가 집으로 돌아간다고 하자 막내사위가 먼저 내려가라고 했다. 조진사의 막내딸이 집에 돌아온 두 동서에게 자기 남편은 어디에 있느냐고 물었다. 그러나 두 동서는 모르겠다고 대답했다. 서울에 남아있던 막내사위는 어사 벼슬을 제수 받아 고향으로 내려갔다. 어사가 된 남편은 거지 차림을 하고 부인을 찾아가 찬물 한 그릇을 떠다 놓고 절을 하라고 했다. 부인이 거지꼴을 한 남편을 보고 화를 내며 절을 하지 않자 남편이 혼자 절을 하였다. 그때 남편의 옷 속에 있던 마패가 보여 부인이 남편의 급제 사실을 알게 되었다. 새벽에 징소리가 요란하게 울리더니 조진사의 집으로 어사 일행이 몰려 들어갔다. 어사가 된 막내사위가 장인을 불러오게 하여 조진사가 어사 앞에 엎어져 있었다. 막내사위가 조진사에게 인사를 청하니 조진사가 그제서야 막내사위가 어사가 된 것을 알게 되었다. 막내사위가 어사가 되자 위의 두 동서들이 주먹을 꼭 쥐고 다니면서 손을 펴지 않았다. 나중에 막내사위가 그 동서들에게 벼슬자리 하나씩을 주었다.[4]

조진사에게 세 딸이 있었는데, 관상을 볼 줄 아는 막내 사윗감을 찾아보라고 시켰다. 종이 길을 돌아다니다가 거적을 뒤집어쓰고 글을 읽는 소년을 발견했고, 그를 조진사의 막내 사윗감으로 추천하여, 그 소년이 조진사의 막내사위가 되었다. 조진사는 막내사위가 형편없자 오두막집을 지어 막내딸을 분가시켜 버렸다. 철없는 막내사위는 조진사 대문간에서 뛰어 놀았는데, 조진사는 막내사위의 이마를 쥐어박으면서 내쫓았다. 과거볼 때가 되자 조진사의 첫째, 둘째 사위는 과거를

---

4) 『한국구비문학대계』 5-1, 382-392면, 산동면 설화7, 조진사의 막내 사위, 양승환 (남, 70)

보러 서울로 떠났고, 막내사위도 아내에게 돈을 얻어 서울로 향하다
가 길에서 두 동서들을 만났다. 세 사람이 서울에 도착하여 여관을 잡
고 과거 준비를 하였는데, 첫째와 둘째 사위는 막내사위와 지내는 것
을 싫어했다. 막내사위는 두 동서의 마음을 알고 돈을 한 냥씩 들고 하
루 종일 밖에서 놀다 들어왔다. 과거 시험 결과 막내사위만 합격을 하
였는데, 그가 과거에 합격했다고 말하자 두 동서는 비웃고, 두 동서는
먼저 집으로 내려간다. 서울에 남아있던 막내사위는 어사를 제수 받
아 고향으로 내려갔는데, 아내에게 찬물 한 그릇을 떠 놓고 절을 하라
고 하자 아내는 거지꼴을 한 남편을 보고 화를 내며 절을 하지 않았다.
남편이 혼자 절을 하였는데, 그때 남편의 옷 속에 있던 마패가 보여 부
인이 남편의 급제 사실을 알게 된다. 새벽에 징소리가 요란하게 울리
더니 조진사의 집으로 어사 일행이 몰려 들어갔고, 조진사는 막내사
위가 어사가 된 것을 알게 되었다. 이 설화에서도 막내사위가 형편없
자 장인은 오두막을 지어 사위와 딸을 내쫓고, 막내사위가 대문간에
서 뛰놀 때마다 이마를 쥐어박으며 내쫓는다. 이것은 장인이 막내사
위를 무시하고 있음을 잘 보여준다. 이후 사위가 과거에 급제해 어사
가 되면서 상황은 반전되는데 여기서는 사위가 자신의 능력을 장인에
게 보여줌으로써 갈등이 해결되고 있다.

　[처남 셋 따돌린 평안감사] 설화군 또한 처가의 무시가 드러난다.
대강의 줄거리는 다음과 같다.

　　옛날에 김정승이 삼정승의 아들을 사위로 삼았다. 그런데 삼정승이
　　죽고 살림이 없어지자 사위가 매일 김정승의 집에 와서 얻어먹곤 하였
　　다. 김정승이 아무리 사위라고 하더라도 매번 얻어먹고만 가서 미워했

는데, 사위가 그것을 알고는 자기 부인과 눈칫밥을 먹고 어찌 살겠느냐며 상의를 하였다. 사위가 부인에게 장인영감이 타고 다니는 백마를 훔쳐올 테니 먹을 갈아 검정말로 만들어 놓으라고 했다. 이튿날 김정승네 집에서는 백마가 사라졌다며 동네 장정들을 시켜 찾으라고 명을 내렸지만 찾을 수가 없었다. 하루는 사위가 장인을 찾아가서는 자기 아버지가 타고 다니시던 말이라며 검정 먹물로 칠한 말을 드렸다. 김정승이 자기 말인 줄도 모르고 사위에게 보답을 하겠다며 평양감사를 시켜주었다. 하루는 김정승이 말을 타고 구경을 나갔다가 소나기를 만났는데 말배에서 검은 물이 흘러나왔다. 사위에게 받은 말이 자신의 백마라는 것을 알게 된 김정승은 첫째 아들을 시켜 사위의 관직을 삭탈시키라고 했다. 한편 평양감사는 언젠가 그 일이 탄로날 것을 미리 알고는 첩보 요원들을 배치시켜 두었는데 첩보 요원들로부터 큰처남이 평양으로 온다는 연락을 받게 되었다. 평양감사는 큰처남이 오자 장인이 죽어 부고를 받은 것처럼 꾸몄다. 그러자 큰처남이 울며 얼른 집으로 되돌아갔다. 김정승이 첫째 아들이 평양감사인 사위에게 속은 것으로 알고 둘째 아들을 보냈다. 평양감사가 둘째 처남이 온다는 소식을 듣고는 산꼭대기에다 신선당이라는 정갈한 기와집을 지어놓았다. 둘째 처남이 가다가 신선당을 보고 밭가는 사람에게 저것이 무엇이냐고 물으니, 밭가는 사람은 신선들이 놀다가는 신선당이라 하였다. 둘째 처남이 구경 좀 하려고 신선당에 가니 수염이 길고 옷도 깨끗하게 입은 영감들이 바둑을 두며 앉아있었다. 둘째 처남은 노인들이 권하는 독주를 한잔씩 받아 마시고 술에 취해 잠이 들었다 그러자 평양감사는 인부를 시켜 신선당을 없애버리고 그 위에 풀과 소나무를 마구 심어놓았다. 둘째 처남이 일어나보니 동아줄이며 도끼자루가 썩은 것들이 있어 자신이 신선놀음을 하다 보니 이렇게 시간이 흘렀나보다 하고 생각했다. 둘째 처남은 며칠

이나 지났는지 물어보려고 밭가는 사람에게 다가갔는데 다른 사람이
었다. 그 사람은 둘째 아들에게 신선당이 자기 고조할아버지 때 있었던
것이라고 했다. 둘째 처남은 당연히 평양감사도 다 늙어죽었을 것이라
생각하고 그냥 집으로 되돌아갔다. 김정승이 둘째 아들도 사위에게 속
은 것을 알고 셋째 아들을 보냈다. 평양감사는 셋째 처남이 온다는 소
식을 듣고 길가에 술집을 멋지게 지어놓고는 평양의 일류 기생을 데려
다 놓았다. 그리고 기생에게 셋째 처남이 지나가거든 꼭 붙들어 술집으
로 들이라고 하였다. 여자가 빨래를 하다가 셋째 처남이 오는 것을 보
고는 집으로 살며시 들어갔다. 셋째 처남이 미녀가 집으로 들어가는 것
을 보고는 그 집으로 가서 하루 저녁 쉬고 가겠다고 하자, 여자가 그러
라고 하였다. 여자는 셋째 처남에게 남편은 평양감사 밑에서 심부름 하
는 사람인데 한번 집에 왔다 일을 하러 나가면 한참 있다가 돌아온다며
그저께 집에 다녀갔다고 했다. 셋째 처남이 여자와 동품을 해도 무슨 병
폐는 없겠다 싶어 옷을 전부 벗고 이부자리에 누웠다. 그때 여자의 본
남편이 와서는 문을 두드렸다. 여자가 자기 남편은 사람도 죽이는 고약
한 사람이니 얼른 피하라면서 셋째 처남을 궤짝 속으로 떠밀었다. 남편
은 집에 오더니 여자에게 십오 년을 살아도 자식도 없으니 이혼하는 수
밖에 없다며 살림을 서로 나누자고 하였다. 그러다가 남편과 여자는 서
로 궤짝을 갖겠다고 싸웠다. 할 수 없이 내외가 평양감사한테 가서 판결
을 부탁하자고 하여 관가로 가져가니, 평양감사가 궤짝을 똑같이 갈라
서 반쪽씩 갖으라고 하였다. 그러자 내외가 명판결이라며 평양감사에
게 선물로 드리겠다고 하였다. 평양감사는 선물 받은 귀한 궤짝이라 처
갓집에 부치니 감사히 받으라면서 장인에게 편지를 써서 처갓집으로
보냈다. 김정승이 보니 셋째 아들이 궤짝 안에 들어있었다. 김정승이 너
희들 삼형제가 뭉쳐도 매제 하나를 못 당한다며 사위를 그냥 잘 먹고 살

게 놔두기로 하였다. 평양감사가 그렇게 하여 잘 먹고 잘 살았다.[5]

옛날에 김정승이 삼정승의 아들을 사위로 삼았는데, 삼정승이 죽고 살림이 없어지자 사위가 매일 김정승의 집에 와서 얻어먹곤 하였다. 김정승은 아무리 사위라고 하더라도 매번 얻어먹고만 가니 미워했다. 사위가 그것을 알고는 자기 부인과 눈칫밥을 먹고 어찌 살겠느냐며 상의를 해 장인의 백마를 훔쳤다. 이튿날 김정승네 집에서는 백마가 사라졌다며 동네 장정들을 시켜 찾으라고 했지만 찾을 수가 없었다. 하루는 사위가 장인을 찾아가 자기 아버지가 타고 다니던 말이라며 검정 먹물로 칠한 말을 드렸고, 김정승은 자기 말인 줄도 모르고 사위에게 보답으로 평양감사를 시켜 주었다.

하루는 김정승이 말을 타고 나갔다가 소나기를 만났는데, 말배에서 검은 물이 흘러나왔다. 사위에게 받은 말이 자신의 백마라는 것을 알게 된 김정승은 첫째 아들을 시켜 사위의 관직을 삭탈시키라고 하였다. 한편 큰처남이 평양으로 온다는 연락을 받게 된 평양감사는 큰처남이 내려오자 장인의 부고를 받은 것처럼 꾸몄고 큰처남은 울며 얼른 집으로 되돌아갔다. 김정승은 둘째 아들을 보냈는데, 평양감사는 둘째 처남이 온다는 소식을 듣고 산꼭대기에 신선당이라는 정갈한 기와집을 지었다. 둘째 처남이 신선당을 보고 저것이 무엇이냐고 물으니, 밭가는 사람은 신선들이 놀다가는 신선당이라 하였다. 둘째 처남이 구경을 하려고 신선당에 가니 수염이 길고 옷도 깨끗하게 입은 영감들이 바둑을 두며 앉아있었다. 둘째 처남은 노인들이 권하는 독주

---

5) 『한국구비문학대계』 4-2, 578-589면, 기성면 설화21, 정승과 꾀 많은 사위, 곽명천 (남, 47)

를 마시고 술에 취해 잠이 들었다 둘째 처남이 취하여 잠들자, 평양감
사는 인부를 시켜 신선당을 없애버리고 그 위에 풀과 소나무를 마구
심어놓았다. 둘째 처남이 일어나보니 동아줄이며 도끼자루가 썩은 것
들이 있어, 자신이 신선놀음을 하다 보니 이렇게 시간이 흘렀나보다
생각하였다. 둘째 처남은 며칠이나 지났는지 물어보려고 밭가는 사람
에게 다가갔는데, 다른 사람이었다. 그 사람은 둘째 아들에게 신선당
이 자기 고조할아버지 때 있었던 것이라고 했다. 둘째 처남은 당연히
평양감사도 다 늙어죽었을 것이라 생각해 그냥 집으로 되돌아왔다.
김정승이 셋째 아들은 보냈는데, 평양감사는 셋째 처남이 온다는 소
식에 길가에 술집을 지어놓고 평양 일류 기생을 데려다 놓았다. 기생
은 평양감사의 명을 받고 계교를 부려 셋째 처남을 집 안으로 들였다.
셋째 처남이 쉬고 가겠다고 하자, 여자는 남편은 평양감사 밑에서 심
부름을 하는 사람인데 한번 집에 왔다가 일을 나가면 한참 있다가 돌
아온다고 했다. 셋째 처남은 여자와 동품을 하려고 옷을 벗고 누웠는
데, 그때 여자의 남편이 와서 문을 두드렸고, 셋째 처남을 궤짝 속으로
들어갔다. 남편은 여자에게 십오 년을 살아도 자식도 없으니 이혼을
하자고 하며, 궤짝을 서로 가지겠다고 싸웠다. 내외가 평양감사한테
판결을 부탁하자고 하고, 평양감사가 궤짝을 똑같이 갈라 반쪽씩 갖
으라고 하였다. 내외는 명판결이라며 평양감사에게 궤짝을 선물로 주
고, 평양감사는 선물로 받은 귀한 궤짝을 장인에게 보낸다고 하면서
셋째 아들이 들어있는 궤짝을 처갓집으로 보냈다. 김정승이 보니 셋
째 아들이 궤짝 안에 들어있었다. 김정승이 너희들 삼형제가 뭉쳐도
매제 하나를 못 당한다며 사위를 그냥 잘 먹고 살게 놔두기로 하였다.
　이 설화에서는 사위의 거짓 계교에 화가 난 장인의 모습이 드러난

다. 장인은 사위를 혼내주려고 세 아들을 보내지만 아들들은 번번이 처남에게 속아서 돌아오고, 장인은 사위를 당할 수 없음을 알고 사위를 잘 먹고 잘 살게 그대로 둔다. 여기서도 장인과의 갈등을 해결하는 것은 사위의 능력이다.

마지막으로 살펴볼 설화군은 [남편을 반정공신 만든 이기축의 아내]이다. 대강의 줄거리는 다음과 같다.

기축이란 사람이 조실부모하고 돌아다니며 남의 집에서 머슴을 살았다. 옛날에는 사랑방이 하나라서 과객이 오면 머슴하고 한 방에서 잤는데, 어느 날 옴쟁이가 와서 기축에게 옴을 옮겨놓고 갔다. 옴쟁이가 되어 쫓겨난 기축은 짚가리 밑에서 잠을 자고 밥을 얻어먹으며 다녔다. 어느 날 기축은 충청남도 홍주의 김생원이라는 거부의 집에 가서 밥을 얻어먹었는데, 김생원이 사연을 듣더니 자신이 옴을 잘 뗄 때는 기술이 있다며, 옴을 떼 줄 테니 머슴을 살라고 하였다. 김생원은 약을 써서 옴을 떼 주었고, 기축은 그 집에서 머슴을 살게 되었다. 기축은 기운이 세고 일을 잘하여 일꾼 중의 총책임자인 박씨를 대신하여 도마름이 되었다. 김생원의 딸은 무경칠서를 통달하고 관상까지 잘 보았는데, 기축이 언제 되어도 한번 잘 될 사람이라고 생각하여 연애를 했다. 김생원 딸이 기축에게 늘 민어 살찐 토막만 먹이고 하니, 괘씸하게 여긴 박씨는 둘의 뒤를 밟아 연애하는 눈치 채고 김생원에게 알렸다. 김생원은 기축이 은혜도 모르고 집안 망신을 시켰다며 기축을 쫓아내고 딸도 야단을 쳤다. 김생원의 딸은 미리 숨겨 놓았던 금을 가지고 기축을 따라갔다. 서울로 간 두 사람은 금을 팔아 술장사를 시작했다. 그리고 찬물을 떠 놓고 작수성례를 하여 김생원 딸은 비녀를 찌르고, 기축은 상투를 틀고 부부가 되었다. 술맛도 좋고 값도 싸게 팔아 술장사가 잘 되었는데, 인조 반정공신들도 그 집에 술을 먹으러 다녔다. 김생원 딸은 남자라면 글을 알아야 한다며 열 시만 되면 문을 닫아걸고 남편에게 글을 가르쳤다. 김생원의 딸은 남편에게 맹자 두 권을 가지고 능양군을 찾아가 옛날 무왕이 상주를 몰아낸 대목만 물어보고 오라고 시켰다. 능양군은 그것을 보고 깜짝 놀라서 반정공신들을 소집하여 술집 내외가 우리 일을 아는 것 같으니 오늘밤 잡아 죽이자고 하였다. 그 때 원두표가 나서서 죽이더라도 확실한 근거를 알아야 한다며 오늘 저녁 그 집으로 술을 먹으러 한번 더 가보자고 하였다. 김생원의 딸은 술을 먹으러 여러 명이 와도 꼭 능양군에게 먼저 술을 올렸다. 원두표가 왜 그러냐고 따지자, 김생원의 딸이 말하길 자신이 상서를 좀 보는데, 능양군이 왕의 상을 가졌기에 먼저 부어 올렸다고 대답하였다. 그러면서 자신의 지아비도 좀 참여를 시켜주면 어떠냐고 물었다. 그래서 기축도 그 당에 들어갔다. 광해군을 몰아낼 때 원두표가 도끼로 광해군을 몰아냈다는 말이 있는데, 기운이 장사였던 기축이 도끼로 광해군을 몰아낸 것이었다. 그 뒤 능양군이 인조 대왕이 되어 기축에게 한 자리를 주겠다고 하자, 기축이 홍주 목사를 시켜 달라고 지원을 하여 고향에 내려갔다. 김생원의 딸은 기축이 홍주 목사로 부임하여 친정아버지를 찾아갔고, 그 뒤에 남편을 잘 가르쳐 기축이를 판서까지 지내게 했다.[6]

기축이란 사람이 조실부모하고 남의 집에서 머슴을 살았는데, 어느 날 옴쟁이가 와서 기축에게 옴을 옮겨놓고 갔다. 옴쟁이가 되어 쫓겨난 기축은 짚가리 밑에서 잠을 자고 밥을 얻어먹으며 다녔는데, 어느 날 김생원이라는 거부가 자신이 옴을 잘 떼는 기술이 있다고 하며 옴

<hr>

[6] 『한국구비문학대계』 2-3, 63-68면. 삼척읍 설화13, 여자 잘 만나 판서가 된 옴쟁이 기축이, 이광숙(남, 70)

을 떼 줄 테니 머슴을 살라고 하였다. 김생원은 옴을 떼 주었고, 기축은 그 집에서 머슴을 살게 되었다. 기축은 기운이 세고 일을 잘하여 일꾼 중의 총책임자인 박씨를 대신하여 도마름이 되었다. 김생원의 딸은 무경칠서를 통달하고 관상까지 잘 보았는데, 기축이 언젠가는 잘 될 사람이라고 생각하여 연애를 했다. 김생원 딸이 기축에게 늘 민어의 살찐 토막만 먹이니, 괘씸하게 여긴 박씨가 둘의 연애를 김생원에게 알렸다. 김생원은 기축을 은혜도 모르고 집안 망신을 시켰다며 쫓아내고, 딸도 야단을 쳤다. 김생원의 딸은 미리 숨겨 놓았던 금을 가지고 기축을 따라갔다. 서울로 간 두 사람은 금을 팔아 술장사를 시작했고 부부가 되었다. 인조반정 공신들이 그 집에 술을 먹으러 다녔는데, 김생원 딸은 남자라면 글을 알아야 한다며 열 시만 되면 문을 닫고 남편에게 글을 가르쳤다. 김생원의 딸은 남편에게 맹자 두 권을 가지고 능양군을 찾아가 옛날 무왕이 상주를 몰아낸 대목만 물어보고 오라고 시켰다. 능양군은 깜짝 놀라 반정공신들을 소집하고 술집 내외가 우리 일을 아는 것 같으니 죽이자고 한다. 그 때 원두표가 죽이더라도 확실한 근거를 알아야 한다며, 오늘 저녁 그 집으로 술을 먹으러 가보자고 한다. 김생원의 딸은 여러 명이 와도 꼭 능양군에게 먼저 술을 올렸는데, 원두표가 왜 그러냐고 따지자 자신이 상서를 좀 보는데 능양군은 왕이 될 상이라고 이야기한다. 그러면서 자신의 지아비도 참여를 시켜달라고 한다. 그 뒤에 능양군이 인조 대왕이 되고 기축은 홍주목사가 되어 고향으로 내려가 처갓집을 찾아간다. 기축의 아내는 남편을 잘 가르쳐 판서까지 지내게 했다.

이 설화에서는 남편을 도와주는 아내의 모습이 잘 나타난다. 장인인 김생원은 자신의 집에서 머슴살이를 하는 기축을 무시하고, 자신

의 딸과 기축이 연애를 하자 은혜도 모른다며 기축을 내쫓는다. 그러
나 김생원의 딸은 기축이 잘될 사람임을 확신하고, 그를 따라 나와 부
부가 되며, 남편을 성공시킨다. 기축이 홍주목사가 되어 고향으로 돌
아가 처갓집을 찾아갔다는 것은 이제 이 부부가 장인에게 인정받았음
을 의미하며, 장인과 사위의 갈등이 해결되었음을 이야기한다. 여기서
갈등해결 방안으로 이야기할 수 있는 것은 아내의 내조이다.


## 2) 현대 처가갈등에의 적용

[상놈 시아버지 양반 만든 정승 딸] [바보 온달과 평강공주] [어사
가 된 막내사위] [처남 셋 따돌린 평안감사] [남편을 반정공신 만든
이기축의 아내] 설화군은 현대 처가갈등에 어떻게 적용될 수 있을까?
먼저 처가의 무시로 인해 처가갈등이 유발된 사례들을 살펴보고, 본
설화의 적용 가능성을 타진해 보고자 한다.

**사례 1  대단한 처가의 무시**

결혼 9년 차 연애9년 38 남편이예요. 저희 부모님 초등학교 교사셨
고 아버진 교장 퇴직, 어머니는 교감 퇴직, 장인어른 신경외과 교수, 장
모님 개인 산부인과 닥터 지금은 주부십니다. 처가가 잘 살아요. 결혼
후 알게 되었는데 처가 부모님 받으신 유산이 많아서 두 분 다 처음부
터 여유롭게 시작하신 분들. 그래서 그런가요? 뭐든 돈으로 해결... 상
견례도 남자인 저희가 장소잡고 결제하려 했었는데 처가에서 바꿔서

상견례 식사비용만 천 만원 가까이... 전 2남 중 차남, 아낸 3남 1녀중 막내 결혼 때가.. 제가 입사 3개월쯤이라 번 돈도 모아둔 돈도 없어 저희 집에서 24평 전세 얻어주시려 하셨는데 처가에서 아내 앞으로 53평 아파트 해놓으셨다고.. 제 전세금 보태 큰 집서 시작했지요. 싫지 않았어요. 그때는.... 그런데. 항상 매번 만날 때마다 돈. 돈. 돈. 돈을 달라시는 건 아니지만 얘기의 시작과 끝이 돈 얘기. 어쩌다 제가 반대 의견이나 얘길 치고 들어가면 장모님이나 처남들 얘기가... 자넨 없이 자라 잘 모른다. 아내처럼 여유롭게 자라진 않았어도 없이 자란 건 아닌데... 형님들도 가끔 술자리엔.. 매제는 아직 어리고 가난하게 자라서 뭘 모른다.. 제 나이가 이제 불혹 가까인데... 1년에 한번 겨울에 처가 식구들과 해외여행 가는데 그때마다 저보고 자넨 이런데 못 와봤지? 네.. 전 유럽도 처가 식구들과, 몰디브 하와이도 처가 식구들과 첨 가 본건 맞아요. 그래도 꼭 그리 말씀하셨어야하는지. 그렇다고 아내가 살림을 못하거나 우리 부모를 무시하거나 하진 않은데 처가의 스펙에 못 미친 제가 불만이신지 아님 공무원 집안에서 검소히 자란 제가 구질구질해 보이는 건지... 그냥 제가 싫으신 건지... 가족 된 지 십 년이 다 되어 가는데도 이방인 같은 이 느낌 진짜 싫더라고요.…… 뭐만 하면 자라온 환경이 나온다는 둥... 정말 원래 처가 입김이 이리도 센가요? 저희 부모님도 상견례부터 지금까지 쭉 처가 눈치 보시는 게 보여 싫고, 잘 하려 해도 가족 아닌 머슴 같은 느낌 받는 저도 싫어요. 정말 화나서 글 올린 이유는 이번에 조류인플루엔자 지역이 저희 본가 쪽이라 처가에서 이번 설에 가지 말라 하시더라고요. 아내도 이번엔 가지 않는 것이 좋겠다며 아예 수요일부터 처가에 가자하는데 기분 나쁩니다. 점점 이렇게 처가에 기울고 눈치보고 머슴 같아지는 저도 싫고 부모님께 죄짓는 기분 들어 기분 더럽습니다. 요샌 시어머니보다 장모 눈치 보는 세상이 되었다지만 이건 해도 해도 넘 한 거 아닌가요?

### 사례 2  나의 인연이 오늘로 마지막이네요.

결혼 5년차인 지금 처와 이혼을 결심하고 오늘 처와 장인, 장모님 그리고 저의 부모님께 통보하려고 합니다. 사전에 미리 저의 부모님께는 돌려서 말은 해놨습니다. 결혼 당시 나는 1억2천, 처는 3천 만원으로 시작하였습니다. 이 부분은 굳이 말할 필요는 없겠지만..... 아무튼 지금은 4살 그리고 2살 난 두 아이에게 가장 미안하고 부모로서의 역할을 하지 못한 것에 대한 죄책감이 너무도 크고 가슴이 아프네요. 결혼해서 지금까지 경제적으로 넉넉한 것은 아니지만 그래도 실 수령액 연봉 3500만원 정도의 수입이 있습니다. 처는 전업주부이고 외벌이로 생활하고 있고요. 육아는 퇴근 후 또는 주말에는 거의 아이들과 함께 합니다. 처를 도와준다기보다 제가 아이들과 같이하는 것을 더 좋아해서 함께 합니다. 말이 좀 길어졌네요. 결혼해서 지금까지 나는 무능한 남편이고 사위로 낙인 되어 살아왔고 저의 부모님도 무능한 사람으로 함부로 말하는 모습을 보며 살아왔습니다. 남들이 보기에 어떨지 몰라도 나는 나름 이름 있는 중견기업의 관리직으로 근무하고 있으며 학력도 결코 떨어지지 않아요. 그렇다고 사리분별 없는 그런 사람도 아니고요. 그리고 부모님은 농사를 지으시지만 자식에게 도움을 주면 줬지 도움을 받지 않을 정도의 능력이 있으신 분들입니다. 사실 처는 모르고 있지만 대전 유성에 오래전부터 저에게 주려고 사놓으신 조그만 상가건물이 하나 있어요. 이 건물은 주변 건물과 비교해보니 대략 9~10억 정도 가는 건물입니다. 건물에서 나오는 임대료는 부모님이 한 푼도 쓰지 않고 우리 애들 키우려면 힘들다고 필요할 때 주신다고 그대로 저금하시고 계십니다. 촌에서 농사만 짓고 평생 근검절약하시며 살아오신 분들이라 돈이 있어도 쓸 줄 몰라 항상 시골 노인 모습이십니다. 처갓집은 청주시내의 31평 아파트로 평범한 가정이고요. 제가 이혼을 결심한 것은 지난주에 처갓집에 갔다 사위에게 "니 까짓게~~"와 "니 부모가~~"라는 말씀을 애들이 있는 자리에서 하시는 소리에 태어나서 처음으로 감정이 폭발하여 돈돈거리는 처와 장모님께 이혼을 원하시면 더이상 연연하지 않겠다. 그러니 더이상 부모님께 함부로 말씀하지 마시라고 언성을 높여 말하고 집에 왔습니다. 집에 와서 처에게 이혼여부를 생각해보고 정리되면 말하겠다고 하면서 그동안 쌓이고 참아왔던 생각들을 말하였지만 처는 사과는커녕 남들과 비교하며 능력 없는 나와 부모님을 걸고 들어가길래 부모님 소유의 건물과 시골 땅 얘기를 처음으로 꺼냈습니다. 그 후 일주일이 지난 어제 결정짓고 오늘 이혼을 말하려 합니다. 다른 것은 몰라도 부모로서 아이들에게는 큰 상처를 남기게 되어 가슴이 너무 아프네요. 오늘 출근 전에 장모님께 퇴근하고 이 문제로 방문한다고 말하고 왔네요. 정말로 오늘 하루는 가슴이 너무 아프고 자꾸만 눈물이 나려 하네요..

사례1)은 본가보다 상대적으로 부유한 처가 때문에 기분이 상한 남성의 글이다. 글쓴이는 결혼 9년 차이고, 본가 부모님은 초등학교 교사로 아버지는 교장으로 어머니는 교감으로 퇴직하였다. 반면 처가는 장인이 신경외과 교수, 장모는 개인 산부인과 의사였다가 지금은 주부이다. 그런데 처가는 뭐든지 돈으로 해결을 하려고 한다. 결혼 당시 본가에서 24평 전세를 얻어주려고 했지만, 처가에서는 아내 앞으로 해준 53평 아파트에서 신혼을 시작하게 했다. 그때는 글쓴이도 싫지 않았다. 그러나 이후 항상 만날 때마다 돈 얘기였고, 글쓴이가 반대 의견을 이야기하면 장모나 처남들은 "자넨 없이 자라 잘 모른다." "매제는 아직 어리고 가난하게 자라서 뭘 모른다."고 이야기를 한다. 1년에 한번 겨울에 처가 식구들과 해외여행을 갈 때마다 처가 식구들은 "자넨 이런데 못 와봤지?"라고 무시하는 듯한 말을 하고, 결혼한 지 십년이 다 되어 가는 데도 이방인 같은 느낌이 글쓴이는 진짜 싫다. 본가 부모님도 상견례부터 지금까지 쭉 처가 눈치를 보시고, 잘 하려고 해도 가족이 아니라 머슴 같은 느낌이다.

사례2)는 처가의 무시로 인해 이혼을 결심한 남성의 글이다. 결혼 5년차인 글쓴이는 아내와 이혼을 결심하고 오늘 양가 부모님께 이혼을 통보하려고 한다. 글쓴이는 결혼부터 지금까지 처가에서 무능한 사위로 낙인이 찍혀 살아왔고, 본가 부모님에 대해서도 처가에서는 함부로 말하였다. 글쓴이는 나름 이름 있는 중견기업의 관리직으로 근무하며, 학력도 결코 떨어지지 않는다. 부모님 또한 농사를 짓지만 능력이 있는 분들로, 대전 유성에 오래전 아들에게 주려고 사놓은 조그만 상가건물도 있다. 글쓴이가 이혼을 결심한 이유는 지난주 처갓집에 갔다가, 애들이 있는 자리에서 사위에게 "니 까짓게~~" "니 부모가~~"라는 말을 들었다. 태어나서 처음으로 감정이 폭발하여 돈돈거리는 처와 장모에게, 더 이상 부모님에 대하여 함부로 말씀하지 말라고 언성을 높이고 집으로 왔다. 그 후 일주일이 지난 어제 이혼을 결정짓고 오늘 이혼을 말하려 한다.

### 사례 3  장인어른의 말투

장인어른께서 약간 무뚝뚝하시기도 하시고 말투가 상당히 거슬립니다. 처음 인사드리러 갔을 때도 니 새끼가 내 딸하고 결혼한다고? 이게 첫마디였습니다. 우락부락 하신 얼굴에 말투도 너무 세시고 하셔서 많이 당황한 첫 만남이었는데 결혼하고 아이도 있는데 사위한테 말씀하시는 말투가 여전하십니다. 아내는 그냥 원래 저러신 분이라 악의가 있어서 그런 건 아니라고 말하는데 원래 그런 말투였었다 하셔도 그렇지 이제 어엿한 사위고 아이아빠인데 말투를 고치실 생각을 하셔야지 어떻게 그러려니 넘어가라고 하는 건지요 본인 아들한테도 아직까지 이 새끼. 이놈 이렇게 말씀하시고 장모님한테는 항상 너, 야 , 이렇게 부르십니다. 저도 말씀을 드려볼까 했는데 괜히 저한테 불똥튈까 싶어서 말을 못하는데 아내가 한마디라도 거들어서 말 좀 가려서 하시라고 했음 좋겠는데 별로 시덥지 않게 생각하니 처갓집 갈 때마다 짜증이 납니다. 저도 저희 집에서 그런 소리 한 번도 들어본 적 없는 귀한 자식입니다. 본인자식을 그렇게 부르셨다고 하더라도 엄연히 저는 남의 집 아들 아닙니까? 그럼 조금 생각하고 신중하게 말씀을 하셔야 하는데 그냥 나오는 대로 부르십니다. 저한테도 그렇게 말씀하시는데 손주라고 이쁘다 이쁘다 하시겠습니까? 똑같이 이 새끼가 이렇게 말씀하시는데 저한테 하는 것 보다 더 짜증나고 어머님도 똑같습니다. 그런 말투에 적응되어 사신 세월이 있으셔서 그런지 뭐가 잘못되었는지 모르시더라구요. 요새는 코로나때문에 가끔 전화 안부만 드리고 있는데 전화라고 달라지겠습니까? 여전히 저한테 막대하시는 말투와 손주한테 하시는 말투가 여전하시네요. 이번에는 정말 아버님한테 정중히 그동안 듣기 거북했다고 말투나 호칭 좀 가려달라고 얘기할 참입니다. 뭐라고 하셔도 속상해 하시거나 화를 내셔도 저는 제 아이 때문이라도 고치실 수 있도록 해봐야겠습니다.

**사례 4**  장모님의 막말 어떻게 하면 좋습니까?

······ 저희 부부는 5년 연애하고 결혼하지 1년 반 되었습니다. 30대 중후반에 만나서 마흔 넘어 결혼했고 8개월 된 아이가 있습니다.······ 언제부턴가 장모님이 제가 편한지 말 표현을 좀 과감하게 하시는 경향이 있었습니다. 이를테면 감정표현을 적당히 해서 유추해 낼 수도 있는데 원색적인 단어를 가끔 쓰시면서 말씀 하실 때는 당황하기도 하고요 (제 욕이나 흉이 아니라 일반적인 이야기 하시면서) 그래서 아 이건 좀 아닌데 하구 생각할 때가 많았는데 아내가 그럴 때면 "엄마가 아프시고 오빠가(경제적으로 힘든 상황) 힘들고 하니 나이 들어 짜증만 느끼는 것 같은데 미안하다 라고 표현하고 했습니다. 저도 뭐 마흔이 넘었고 70중반이신 장모님이 좀 격정적이시구나 하고 그렇게 생각했는데, 올해 설에 마음에 상처를 좀 크게 받은 막말로 인해 너무나 큰 고민이 생겼습니다. 작년가을에 오랜 암투병을 하셨던 아버지가 돌아가셨습니다. 같은 날 우리아이가 태어났고 오랜만에 만난 이모님이(연세 비슷) 설날이라고 오랜만에 언니(장모님)한테 방문했는데 아이를 보시고 이뻐하시다가 뭔 이야기 때문인지 모르겠지만 아이 태어날 때 남편이 잘 있어주고 그래야 한다. 그래야 아이 낳을 때 힘든 스트레스 같은 거 잊는다고 말씀하셔서, 제가 "그랬어야 했는데 아이 태어나는 날 아버님 임종을 지키느라 같이 못 있어줬다구" 앞으로 잘해주겠다고 답변을 했습니다. 그런데 무슨 말인지(아버님 임종 아이 태어나는 날 동일하다는 것) 잘 이해가 안 가신 이모님이 어리둥절해 하는 상황에 어머님이 아니 "애 태어나는 날 xx이 시아버지가 꼴까닥 저세상 갔다구"라고 말씀하시는 것이었습니다.(거실에 있던 아내가 같이 들었습니다. 아내도 순간 어안이 벙벙) 아 순간 머리가 띵해졌습니다. 아 말로 형용할 수 없는

분노가 치미는데 차마 그 앞에서는 말은 못하겠구 서둘러 다른 핑계를 대고 아이와 아이엄마를 데리고 집에 왔습니다. 그 순간부터 제 분노가 한 일주일 정도 지속되었습니다.(물론 아내는 집에 오는 그 순간부터 지금까지 어른이라도 정말 해서는 안 될 큰 실수를 했고, 우리 엄마라도 그건 변명의 여지가 없는 막말이다 라며 사과하고 미안해했습니다.) 그런데 쉬이 그 분노의 감정이 삭혀지지 않더군요. 그 이후에는 차분히 내가 아내와 이혼 할 것도 아니고 70넘어서 그렇게 살아오신 장모님이 바뀌실 리도 없고, 그렇다면 결국 내 마음의 분노를 다스리고 현명하게 대처하고 살아가는 게 정답이라 생각이 들기도 했지만 저한테는 좀 시간이 필요했습니다.…… 다음 달이면 장모님 생신이라 가족이 다 같이 모입니다. 물론 이 상황의 끝을 잘 알고 있습니다. 결국 변하시지 않을 사람이라는 것 그렇다면 이 상황의 종식은 제가 마음을 바꾸는 길인데.(아내하고도 아무런 문제가 없고 참 사랑합니다) 그런데 이렇게까지 하시는 장모님의 언행들이 참 저를 힘들게 합니다. 마음을 다스리기 위한 현명한 방법이 있다면 고언을 부탁드립니다. 장모님의 막말 때문에 너무 힘듭니다. 이혼하고 싶습니다.

### 사례 5 듣기 불편한 소리

안녕하세요. 34살 6개월 딸을 둔 아빠입니다. 다름이 아니라 지금 장모님이 애를 봐주신다고 한마디 상의도 없이 저희 집에서 살고 있습니다. 애를 잠깐이라도 봐주시는 건 정말 감사한 일이지만 저는 정말 불편합니다. 다른 불편한건 다 제쳐두고 호칭…… 저도 한가정의 가장인데.. 야…. 너…. 니…. 이런 식으로 깔아뭉개듯이 부르네요. 와이프한테 불편하다 얘기했더만 장모님 왈 친근감의 표시라네요. 뭐가 불편하냐고 이걸 어찌 받아들이고 해결해야할까요?

**사례 6**  **처갓집의 폭력과 폭언....**

　너무 참담한 심정으로 이곳에 글을 올리고 있네요. 저랑 아내가 며칠 전 부부싸움 중 언쟁을 벌이다 제가 아내 어깨를 밀치며 밖으로 나가는 일이 있었는데 와이프가 조금 부풀려 본인이 맞았다며 처갓집 식구들에게 전화로 울고불고 하소연을 하네요.. 그러고 나서 몇 시간 뒤 와이프의 오빠, 동생, 장인, 장모, 우르르 몰려와서 다짜고짜 뺨을 때리며 저에게 욕을 욕을 하고... 협박도 받는 상황에 제가 너무 어리둥절하기도 하고.. 이런 사람들을 처갓집이라.. 그동안 왜 몰랐지? 라는 생각에 한참을 멍하니 앉아서 담배를 한대 피웠네요. 제 아내가 보기에도 처갓집 식구들이 너무했나 싶었는데 저에게 와서 그렇게까지 할 줄을 몰랐다며 미안하다고 .... 자기가 그때 너무 화가 나서 그런 거라는데 듣기도 싫었습니다. 저는 태어나 부모님께 한 번도 맞아본 적이 없던지라... 너무 떨리고 분하고... 다시는 처갓집 얼굴을 보고 싶지도 않습니다. 물론 제 와이프 얼굴도요. 며칠간 생각할 겸 지금 정신으론 집에 있기 너무 싫어 본가에서 출퇴근하며 지내려고 합니다. 부모님 당연히 무슨 일인지 궁금해 하시면서 먼저 물어보진 않으신데 얘기는 당연히 안할 거고 슬기롭게 해결하려 노력은 하겠습니다. 하지만 아마 다시는 진정으로 처갓집식구들을 대하지 못할 것 같은데 어떻게 해결하는 게 슬기롭게 해결하는 건지 답 좀 주세요.

　사례3)은 장인의 말투 때문에 거북한 사위의 글이다. 장인은 우락부락한 얼굴에 말투가 상당히 세다. 첫 인사 때 장인은 "니 새끼가 내

딸하고 결혼한다고?" 이야기를 했고 아이가 태어난 이후에도 사위에게 말씀하시는 말투가 여전하다. 사위는 처갓집에 갈 때마다 장인의 말투가 짜증이 난다.

사례4)는 장모의 막말 때문에 이혼을 하고 싶은 사위의 글이다. 장모는 언제인가부터 사위에게 말을 좀 과감하게 하고, 원색적인 단어를 사용하는 경향이 있었다. 그런데 작년 가을에 암 투병 중이던 아버지가 돌아가셨는데, 돌아가신 날이 아이가 태어난 날이었다. 설날 오랜만에 만난 이모님이 아이가 예쁘다는 이야기를 하다가, 아이가 태어날 때는 남편이 잘 해줘야 한다는 이야기를 했고 글쓴이는 "그랬어야 했는데 아이 태어나는 날 아버님 임종을 지키느라 같이 못 있어줬다고, 앞으로 잘해주겠다"는 답변을 한다. 그런데 이모님이 그 말을 잘 이해하지 못해 어리둥절해 하자, 장모는 "애 태어나는 날 xx이 시아버지가 꼴까닥 저세상 갔다구"라고 이야기를 했다. 그 말을 듣고 글쓴이는 머리가 띵해지고, 분노가 치밀어 올라 서둘러 아이와 아내를 데리고 집으로 왔다. 글쓴이는 장모의 막말이 참 힘들다.

사례5)는 34살 6개월 딸을 둔 남성으로, '야' '너' '니' 같은 장모의 사위를 부르는 호칭이 불편하다. 아내는 친근감의 표시라고 하지만, 글쓴이는 장모가 자신을 깔아뭉개는 듯해 정말 불편하다.

사례6)은 처갓집의 폭력과 폭언으로 인해 처갓집 식구들과 마주하고 싶지 않은 사위의 글이다. 아내와 다투던 중 아내는 처가에 전화로 울고불고 하소연을 하고, 처갓집 식구들은 몰려와 사위의 뺨을 때리고 욕을 한다. 아내 또한 처가 식구들의 행동에 놀라 미안하다고 사과를 했지만, 글쓴이는 너무 떨리고 분하고 화가 난다. 다시는 처가 식구들 얼굴을 보고 싶지 않고, 글쓴이는 아내 얼굴도 보고 싶지 않아 현재 본가에서 출퇴근을 하며 지낸다.

**사례 7  힘이듭니다**

　남들은 고부갈등이다 뭐다 하지만 전 장서갈등이 너무 심합니다. 와이프는 엄마말 틀린 거 하나 없다는데 이글을 보시고 결혼하신 여성분들의 판단 부탁드립니다. 전 현재 저희업종이 일이 없어서 이번년도 3월 4월 2달만 일하고 5월 달부터는 집에서 쉬고 있습니다. 이 점 때문에 저희장모님이 절 너무 마음에 안 들어하십니다. 결혼 전 부터 처갓집에서 반대가 심했습니다. 와이프는 자영업을 장모님과 함께하는데 수입이 꽤 괜찮습니다. 어떻게 보면 와이프덕분에 일 없을 때도 큰 걱정 안하니 그 점은 너무 고맙습니다. 하지만 제가 힘든 점은 제가 집안일을 안 한다는 점입니다. 밥을 먹고 그냥 놓고 그런 점을 마음에 안 들어 하시는데 제가 집에서 자고 있으면 초인종을 누르시면서 문 열라고 하세요. 문 열면 당연히 집안은 개판이고 저에게 자넨 뭐하나 마음에 드는 구석이 없다 돈을 안 벌면 집안일이라도 해야 할 거 아니냐 그러시고 어떻게 와이프 손만 빌릴 생각을 하냐며 막말을 하십니다. 제가 지금 놀고 싶어서 노는게 아니지 않습니까? 일이 없는데 그럼 어떡하나요? 처음엔 와이프도 장모님께 엄마 너무 그러지 말라고 했는데 이젠 그냥 옆에서 지켜보고 같이 자려고 침대에 누우면 일은 언제부터 하냐면서 저에게 압박을 줍니다. 저희 식구들은 와이프에게 어떤 스트레스도 주지 않습니다. 장모님이 처음부터 이랬던 건 아닙니다. 마음에 드는 사위는 아니지만 그래도 잘해주셨는데 제가 일을 안 하고 나서부터 막말이 시작됐습니다. 장인어른도 저 위로한다고 술 한잔 가끔 사주시는데 장모님만 막말하십니다. 어제도 청소기 돌리는데 눈물이 나더군요. 놀고 싶어서 노는 게 아닌데 이런 취급을 당해야 하나 너무 힘이 듭니다. 제 자신이 비참해집니다. 5살 된 딸아이 유치원에서 데리러 가면 저 말고는 다 엄마들이오더군요 이점도 너무 창피합니다. 장모님과의 갈등을 어떻게 풀어야할까요? 전 계속 이렇게 살아야 하는 건가요?

### 사례 8 처가살이 참 서럽네요

제가 처가살이를 시작하게 된 건 제 능력부족 탓이라 아무 말도 못하고 조용히 있는 듯 없는 듯 살아왔습니다. 전세 사기로 인해 있던 돈마저 날리고 돈 한 푼 없이 길거리에 내쫓기게 되었는데 처가에서 들어와서 살다가 차곡차곡 돈 모아 분가하라고 먼저 얘길해 주셔서 얼마나 고마웠는지... 그건 지금도 감사히 생각하고 있습니다. 처음엔 제가 시댁에 들어가서 살면 안되겠냐고 했는데 죽어도 아내는 싫다고 해서 처갓집에 제가 들어가게 되었는데요. 자기집이라 편한 건 알겠는데... 장모님이 모든 수발을 다 들어주고 제 아내는 살림을 놔버리더라구요... 저는 중간에서 퇴근하고 집에 와서 씻는 것도 늦은 시간이라 조심스럽고 밥 먹는 것 또한 너무 눈치가 보이는데 아내가 제 저녁정도는 차려주면 좋으련만 어머님이 주무시지도 못하고 투덜거리시며 제 밥상을 차려주시니 앉은 자리에서 소화도 안 되게 허겁지겁 밥을 대충 먹는 둥 마는 둥 하게 되요. 퇴근하고 편해야 하는 집이 저에게는 지옥의 문을 열고 들어오는 기분이랄까. 제 아내는 제 처지 같은 건 안중에도 없는 사람인 것 같네요. 어머님도 지금은 많이 힘들어 하시는 게 눈에 보입니다. 요새 짜증이 많이 느시고 저에게 이 시간까지 밥도 안 먹고 다니냐면서 대놓고 눈치를 주시는데 ... 진짜 너무 면목도 없고 이런 대접을 받으려고 처가에 들어왔나 싶어 제 자신이 너무 싫습니다. 하루빨리 진짜 처가에서 벗어나길 간절히 바라는데 제 아내는 집에서 놀면서 하루 종일 빈둥대니 시간이 점점 길어질 것 같아요... 저 혼자만 전전긍긍하고 있구요. 이러다 나중에 정말 처가와 연이 끊길 것 같은 생각도 들어요. 오늘도 새벽같이 밥 한 숟가락 뜨지 못하고 나와 편의점에서 라면으로 한 끼 해결하고 출근했는데 너무 서럽고 세상에 혼자 버려진 것 같은 느낌이 들어요.

### 사례 9  처갓집에서 이래도 되나요

올해 추석 생각에 처갓집을 가야 할지 안가야 할 지ㅠ 서두는 빼고 본론만 이야기 할게요. 와이프는 서울, 전 익산이 고향입니다. 제가 하는 일이 서비스업이라 명절에 이틀 쉽니다. 그래서 힘들게 기차표 끊어서 기차타고 갑니다. 매번 명절 전날 내려가서 명절날 올라오는데 이번 추석에 기차역 가는데 차가 너무 밀리고 조금 늦게 나와서 그런지 예약한 기차를 놓치고 말았네요. 여차저차해서 기차표를 끊었는데 다행히 다음날 것이 있어서 매번 추석날 처갓집 가다가 어쩔 수 없이 추석 다음날 처갓집에 가게 되었네요. 서울 도착해서 처갓집 바로 가니 와이프가 처갓집에 전화로 어찌 말했는지 모르지만 처갓집 도착하니 식구들끼리 고스톱을 치고 있더라고요. 그런데 아무도 안보는 겁니다. 장인 장모는 말할 것도 없이 황당했네요. 완전 민망하고 밖에 나가 동서랑 이야기 해보니 장인어른이 기차 놓쳐서 늦게 왔다고 삐져서 저한테 뭐라 했다고 하네요. 처갓집 딸 다섯에 저희가 막내입니다. 제가 잘해준 것은 없지만 그래도 사위이고 고스톱 치고 있으면서 왔냐고는 한마디씩은 할 수 있지 않나요? 완전 무시당하는. 장인이 삐졌다고 전부 꿀 먹은 벙어리처럼 무시해도 되나요? 어찌할까요? 가야 하나요? 참 답답하네요.

사례7>은 장서갈등으로 힘이 든 남성의 글이다. 글쓴이는 현재 일이 없어 이번 년도에 3월, 4월 두 달만 일하고, 5월 달부터는 집에서 쉬고 있다. 이 점 때문에 장모는 글쓴이를 마음에 안 들어 한다. 아내는 자영업을 장모와 함께 하는데 수입이 꽤 괜찮다. 장모는 사위가 집에서 자고 있으면 초인종을 누르시면서 문을 열라고 하고, 돈을 안 벌면 집안일이라도 해야 할 거 아니냐며 막말을 한다. 처음에는 아내가 장모를 말렸지만, 이제는 옆에서 지켜보고 일은 언제부터 할 거냐고 남편을 압박한다. 글쓴이는 청소기를 돌리면서 눈물이 나고, 놀고 싶어서 노는 게 아닌데 이런 취급을 당하는 게 너무 힘이 든다. 5살 딸아이 유치원 하교 때도 글쓴이 말고는 다 엄마들이 아이를 데리러 오고, 글쓴이는 너무 창피하다.

사례8>은 처가살이를 하고 있는 남성으로, 본인의 능력부족으로 인해 처가살이를 시작했기 때문에 조용히 있는 듯 없는 듯 살아왔다. 아내는 처가살이를 시작하면서 살림을 놔버렸고, 장모는 아내의 수발을 다 들어준다. 글쓴이는 퇴근하고 집에 와서 씻는 것도 늦은 시간이라 조심스럽고, 밥 먹는 것도 너무 눈치가 보인다. 아내가 저녁은 차려주면 좋겠는데, 장모가 주무시지 못해 투덜거리며 밥상을 차려준다. 퇴근하고 편해야 하는 집이 글쓴이에게는 지옥의 문을 열고 들어오는 것 같다. 장모는 요새 짜증이 많이 늘어 글쓴이에게 대놓고 눈치를 주고, 글쓴이는 혼자 전전긍긍하며 서럽다.

사례9>에서 글쓴이는 추석날 당일 기차를 타러 갔다가 예약한 기차를 놓치고, 추석 다음날 처갓집에 가게 된다. 처갓집 식구들은 고스톱을 치고 있었는데, 사위가 들어가도 아무도 쳐다보지 않는다. 밖으로 나가 동서와 이야기를 해보니, 장인이 기차를 놓쳐 늦게 왔다고 삐져서 글쓴이에게 뭐라고 했다고 한다. 글쓴이는 장인이 삐졌다고 누구 하나 자신에게 인사를 안 하는 처가 식구들이 황당하고 화가 난다.

그렇다면 이러한 사례들에 설화에서의 해결방안은 어떻게 적용될 수 있을까? 앞서 설화군에서 해결방안으로 제시된 것은 첫째, 아내의 내조 둘째, 사위의 능력 셋째, 장인의 자격인정이다.

사례1)과 사례2)의 경우 처가갈등 해결방안으로 지적해줄 수 있는 것은 아내의 내조인데, 아내들은 남편이 아니라, 친정의 의견에 동조 하고 있다. 사례1)에서 본가가 조류인플루엔자 지역이니 이번 설에는 가지 말라는 처가의 의견에 아내가 동조하면서 남편은 결정적으로 기 분이 상하였으며, 사례2)에서는 아내가 돈으로 시댁을 무시하는 처가 의 의견에 동조하고 있다. 두 사례에서 아내는 친정이 아닌 남편의 편 에서 남편의 감정을 헤아려줄 필요가 있다. 결혼을 하여 가정을 이룬 이상, 아내가 친정에서 독립되어야 하며 그녀가 우선시해야 될 대상 은 남편이다. 이것이 지켜지지 않을 때는 사례2)처럼 남편은 이혼을 생각할 수밖에 없다.

사례3) 사례4) 사례5) 사례6)은 장인이나 장모의 말투나 막말, 처 가의 폭력과 폭언으로 인해 갈등이 유발된 사위의 글이다. 이 갈등을 해결하는 방법은 듣기 거북한 장인이나 장모의 언어습관을 교정하는 것이다. 사위에게 막말을 하는 것은 예법에도 어긋나는 일이 될 것이 다. 그러므로 글쓴이들은 장인이나 장모의 언어가 듣기 거북하고 불 편하다는 것을 이야기할 필요가 있다. 이야기 전달을 어떻게 할지, 장 모와 장인이 사위의 말에 수긍할 지의 여부는 사위의 능력이 될 것이 다. 사례5)의 경우 아내는 장모의 호칭이 친근감의 표현이라고 이야기 한다. 그러나 그것이 사위에게 불편을 준다면, 장모는 호칭을 바꾸어야 한다. 사례들의 아내들 역시 남편과 의견을 함께 해 줄 필요가 있다.

사례6)은 아내와 다투던 중 아내가 친정에 전화로 울고불고 하소연을 하자, 처가 식구들이 몰려와 사위의 뺨을 때리고 욕을 한 상황이다. 아내 또한 처가 식구들의 행동에 놀라 남편에게 미안하다고 사과를 했다는 것을 보면, 남편의 마음을 풀어줄 수 있는 것은 아내의 노력과 처가 식구들의 진심을 담은 사과밖에 없을 것이다. 남편을 잃고 싶지 않다면, 아내는 사위에게 폭언과 폭행을 가한 처가 식구들이 사위에게 진심을 담은 사과를 하도록 만들 필요가 있다. 그것이 아내의 내조가 될 것이다.

사례7) 사례8) 사례9)에서는 사위가 능력을 키워 처가에서 인정을 받는 수밖에 없다. 사례7)에서 글쓴이는 놀고 싶어서 노는 게 아니라고 하지만, 집에서 집안일도 안하고 노는 사위를 대우해줄 처가는 없으며, 사례8)에서도 글쓴이는 본인의 능력이 부족하여 처가살이를 시작했다고 이야기한다. 그러므로 처가와의 갈등에서 벗어나는 길은, 본인이 능력을 키워 처가의 영향에서 벗어나는 수밖에 없다. 사례9)의 경우에도 추석 다음날 처갓집에 간 상황에서, 누구 하나 글쓴이에게 인사를 한 처가 식구들이 하나도 없었다는 것은 아무리 장인이 삐졌다고 해도 정상적인 상황은 아니다. 글쓴이는 이 일을 계기로 처가에서의 본인의 영향력에 대해 생각해볼 필요가 있다. 무시를 받을 만큼 영향력이 전혀 없다면 글쓴이는 영향력을 행사할 수 있는 능력을 키워야 한다. 또한 이 상황으로 기분이 나쁘고 불쾌하였음을 처가에 분명하게 전달하여, 이러한 일이 재발하지 않도록 해야 한다. 이것이 사위의 능력이다.

　다음의 사례는 아내가 친정보다 남편을 우선시하고 내조해줄 때, 처가의 무시로 인한 남편의 갈등이 해결될 수 있음을 보여준다.

**사례 10** 친정의 무시

　친정에서 우리 남편을 무지 반대했었더랍니다. 반대하는 수위가 좀 심해서, 저... 저희 부모님을 가정폭력으로 신고하려고도 했었고, 정신과 의사한테 상담도 했을 정도로요. 저희 부모님 결국 결혼 허락하시고, 저희 아버지 서럽게 우는 거 처음으로 봤습니다. 죄송하기도 하고 (정말 남부럽지 않게 키워놓으셨는데...) 더 잘하고 살리라 마음먹었지요. 아이도 바로 가질 예정이었기에, 친정 가까이에 집을 얻었지요. 저희 애는 아침저녁으로 저희와 함께 친정으로 출퇴근을 합니다. 매일 두 번씩 친정 부모님과 얼굴을 맞대야 하지요. 그동안에도 크고 작은 이런 저런 일들이 있어왔답니다. 예를 들면, 남편 밥먹는 소리가 너무 커서 귀에 거슬린다고...(못 배운 집안에서 자라서 그렇다면서 불쾌해서 함께 식사하기 싫다셨습니다.) 그 때도 남편 교육 좀 잘 시키라고 하셨지요. 이번에 저희 할머니가 돌아가셨습니다. 너무 성의 없게 옷을 입고 온 시댁 식구들 때문에 사실 저와 저희 부모님... 오신 손님들과 친척들에게 너무 민망하고 자존심 상했습니다. 머리는 산발에, 지저분하고 깔끔하지 못하게, 검은 옷으로 차려입지도 않고, 맨발로 온 사람들에게 저도 많이 놀랐습니다. 엄마한테 얼른 미안하다고 금방 모시고 나가겠다고 말씀드리고... 거의 뭐 드시지도 못하고 일어서시게 했습니다. 이미 지나간 일이니, 죄송하다고 말했으니 다 끝난 줄 알았지요. 할머니 돌아가신 게 9월 2일... 어제까지도 우리 남편과 결혼한다고 했을 때부터 지금까지 부모님이 생각하시기에 기분 나빴던 그 모든 행적을 낱낱이 하나하나 드러내시며 뭐라고 하시더군요. 정말 힘듭니다. 사위 자랑할 거 하나 없고, 가능한 숨기고 싶다고, 널 그런 집안에 시집보낸 게 원통하다며 소리치시는 엄마 심하게 하고 오긴 했지만, 아이 고모 행색이 다리 밑 거지, 미*년 아니냐고 하시는 아빠 남편과 부모님 사이에서 당황스러운 저... 그러면서도 아침, 저녁으로 아이를 맡기고 찾아오러 얼굴을 마주쳐야하는 우리...죄송하다고, 미안하다고 앞으로 그런 일 없게 하겠다고 몇 십분에 걸쳐 몇 번을 얘기했는데도 아직도 분이 안 풀리시나 봅니다. 그러면서 그것에 대해 사위가 공식적으로 사과하지 않았다고 처가를 우습게 보는 게 아니냐고 하십니다. 요즘 사위들이 얼마나 처갓집에 잘하는데... 그렇게까지는 바라지도 않는다시며 어디 데리고 가기도 창피하다고 하시네요. 남들 사위 자랑할 때, 자랑 한번 못해 봤다시며... 저희 남편 그렇게 못나지도 않았거든요? 학벌 없다 없다 해도, 서울에 있는 4년제 대학 나왔고 그래도 직장생활하면서 서울에 전세집도 하나 있었고 (뭐 비싼 건 아니래도) 자기 차도 있구요. 그리고 무엇보다 사람 착하고, 성실하고... 나름대로 결단력도 있구요. 그런데 이제는 불똥이 저한테도 튀네요.……조언이나 위로, 격려... 아니면 동감.. 등등 리플 환영합니다. 저 정말 너무 많이 힘들거든요. 저보다 마음고생 심할 착한 남편은 자기보다 내가 더 힘들 거라면서 어제 장미꽃 한 다발을 선사했답니다. 사랑해, 여보야~…… 교회 장로, 권사라시는 분들께서 자기보다 못한 사람들에게는 너무 권위적이거나 업신여기는 스타일이신 게 너무 안타깝고 그렇습니다. 잘 못살거나, 좀 지위가 떨어진다 싶으면 상종 안하시거나 당신들이 아주 윗자리에서 아랫자리 굽어보듯이 그렇게 대하시는 스타일이시거든요. 교회 사람들끼리 서로 좋은 말만 하고 나름대로 잘 사는 사람들 많이 다니는 교회에 계시고 그런 생활에만 젖어 있다보니 정말 사회(모든 계층의 사람들이 사는) 생활에는 저희보다 적응이 덜 되신 것 같아요. 처음엔 남편이 밉기도 했는데, 남편이 뭘 잘못한 건 아니잖아요... [7]

위 사례는 여성이 작성한 글이지만, 결혼 당시부터 처가에서 무시받는 사위의 모습이 잘 나타나고 있다. 글쓴이는 친정 부모님의 결혼 반대가 극심해, 부모님을 가정폭력으로 신고하려고도 했었고, 정신과 치료도 받았다. 직장생활을 하는 여성이라 친정에서 아기를 봐주시는데, 친정 부모님은 사사건건 사위에 대해 못마땅함을 토로한다. 최근 할머니가 돌아가셨을 때, 시댁 식구들의 예의에 벗어난 옷차림에 친정부모는 몹시 화가 났으며, 여성 또한 굉장히 민망하다. 그러나 그런 상황에서도 글쓴이는 남편의 편을 들어주고, 남편 또한 처가의 무시를 받으면서도 아내가 힘들 거라고 꽃다발을 사들고 들어온다.

남편을 우선시해주는 아내의 내조가 없었다면, 이 사례에서의 남편 또한 처가의 무시로 인해 갈등상황에 처한 남편들과 동일한 궤적을 걸어갔을 것이다. 이처럼 아내의 내조란 남편의 처가갈등을 풀어주는 능력이 있으며, 아내의 내조가 중요함을 이 사례는 보여준다.

---

7) 이 글은 아이베이비(www.i-baby.co.kr) 이야기마당에서 재인용한 것이다. 글쓴이가 연구자에게 읽어봐 달라고 권유했고, 기본적인 인적상황에 대해서는 이후 쪽지를 통해 받았다. 조경*, 현재 서울시 중구 거주.

# 3

## 처가의 간섭

# 3. 처가의 간섭

## 1) 처가갈등 양상과 해결방안

본 장에서 살펴볼 설화는 처가의 간섭으로 인해 갈등이 유발된 경우이다. 간섭이란 직접 관계가 없는 남의 일에 부당하게 참견함을 의미하는데, 여기서는 부부사이의 일에 처가 식구들이 참견을 함으로써 갈등이 발생한 경우를 의미한다. 먼저 [기생 덕에 고자 면한 사람] 설화군을 살펴보겠다. 대강의 줄거리는 다음과 같다.

김진사 아들과 박진사 딸은 서로 집이 멀었지만 혼례를 치르게 되었다. 첫날 저녁에 남편이 그냥 잠을 자는 것을 보고 부인은 피곤해서 그러는 것이라 생각을 했는데 뒷날도 자신의 몸에 손도 대지 않았다. 부인은 술만 먹고 자는 남편이 이상해 허리춤을 풀어보니 성기가 없는 것이었다. 부인은 화가 나 자기 어머니한테 가서 분풀이를 하여서 친정 식구들이 그 사실을 모두 알게 되었다. 남자는 이혼을 하지는 못할 것 같아 돈을 좀 달라며 세상구경을 하고 오겠다고 했다. 그래서 백 냥 정

도를 지고 서울로 갔다. 서울에서 남자는 기생 일곱 명을 데리고 놀았
는데 두 달에 돈을 모두 써버리고 아버지에게 또 돈을 부쳐달라고 했
다. 아버지가 돈을 부쳐주지 않자, 기생에게 여비를 조금 받아 어머니
에게 간다고 걸어서 갔다. 팔 월쯤 정자나무에 앉아 남자가 노래를 부
르고 있었는데 그 모습을 보고 기생이 반해 남자를 홀려 집으로 데리
고 들어갔다. 이불을 갈아놓고 옷을 벗고 자려고 했는데 남자가 성기가
없었다. 기생은 화가 나 칼을 갈아서 가지고 와 여러 년 간장 녹일 놈이
라며 죽여 버리겠다고 위협하자 그 부분이 볼록해져 나왔다. 기생은 그
근처에 큰 약방에 가서 그 남자에게 삼주일 정도 약을 먹여 치료를 하
고 나서 남자와 재미를 봤다. 그렇게 성기를 찾은 남자는 본부인에게
돌아가서 부인과 잠자리를 하였다. 부인은 다시 엄마를 찾아가 있었던
일을 이야기 했고, 부모는 잘 됐다고 하였다. 나중에 부인은 임신을 하
게 되었다. 남자는 자기 구멍을 터 준 것이 기생이라, 두 집을 다니며 아
들을 삼형제씩 낳아 잘 살았다.[1]

설화에서 김진사 아들과 박진사 딸은 결혼을 하게 되는데, 첫날 저
녁에 남편은 아내에게 손을 대지 않는다. 아내는 이상했지만 남편이
피곤해서 그런 것이라고 생각한다. 그러나 다음 날에도 남편은 아내
를 가까이 하지 않고, 아내는 술만 먹고 자는 남편이 이상하여 남편의
허리춤을 풀어보고 남편에게 성기가 없다는 것을 알게 된다. 아내는
화가 나서 자신의 어머니에게 분풀이를 하고, 처가에서는 사위가 성
적 불구라는 사실을 알게 된다. 문면에는 드러나지 않지만 사위가 이

---

1) 『한국구비문학대계』 6-1, 434-442면, 지산면 설화32, 성불구 고쳐준 기생, 설국전
   (남, 74)

혼은 하지 못할 것 같아 세상구경을 떠났다는 것을 보면, 성적 불구인 사위에 대한 처가에서의 대처와 간섭이 어떠했을 지는 짐작해 볼 수 있다.

남편은 아내와 이혼은 할 수 없어 세상구경을 다녀오겠다며 서울로 간다. 남자는 서울에서 기생 일곱을 데리고 놀았는데, 여비가 떨어지자 아버지에게 돈을 보내달라고 한다. 아버지가 돈을 보내주지 않자 남자는 기생에게 여비를 조금 받아 어머니에게 간다며 걸어가고, 정자나무에 앉아 노래를 부른다. 그 모습에 반한 기생은 남자를 홀려 집으로 데려간다. 기생은 남자와 자려고 하다가 남자에게 성기가 없는 것을 보고 화가 나, 칼을 갈아서 가지고 와 죽여 버리겠다며 위협을 한다. 그러자 남자의 그 부분이 볼록해져 나왔고, 기생은 남자에게 약을 먹여 치료를 하고 남자와 성관계를 맺게 된다. 성기를 찾은 남자는 돌아와 아내와 잠자리를 하고, 아내는 임신을 하게 된다.

이 설화군에 속해있는 〈기생 덕분에 고자 면한 사람(『한국구비문학대계』 4-4, 647-652면, 오천면 설화28, 김재식(남, 76)〉에서도 남편은 나이가 들었지만 내외간 일을 모르고, 아내는 친정으로 간다. 아내가 친정에 가 있자 남편은 백설기를 잔뜩 해서 등에 짊어지고 금강산 경치 좋은 곳을 찾아다닌다. 그렇게 몇 달을 지내던 중 남자의 시조 읊는 소리에 반한 기생이 남자를 모셔오고, 남자와 연분을 맺게 된다. 하지만 남자는 밤에 기생을 상대하지 않고, 기생이 왜 남녀관계를 하지 않느냐고 묻자 남자는 아내와도 잠자리를 하지 않았다고 대답한다. 기생은 남자를 치료해 그와 동침하였고, 남자는 처가에 있는 아내에게 다녀오겠다고 한다. 남자가 처가에 가자 장인이나 장모는 아무도 반갑게 생각하지 않는다. 밤이 되어 남자는 아내와 잠자리를 하고, 그

날 저녁 모든 처가 식구들은 사위의 성적인 문제가 해소되었음을 알
게 된다. 이렇게 설화에서 해결자로 등장하는 것은 기생이지만 결국
은 처가에서 간섭하는 요인이 제거됨으로써 처가갈등은 해소되고 있
다. 이 설화의 경우 간섭 요인은 외부 환경으로 인해 제거되고 있다.
  다음으로 제시할 설화는 〈왕신에 관한 이야기(1)〉이다. 대강의 줄
거리는 다음과 같다.

  옛날에는 사기 단지에 돌이 섞이지 않은 쌀을 담고 창호지를 덮어 끈
을 매여 놓은 다음 그것을 광 같은 곳에다가 무당 경 읽은 것처럼 울긋
불긋 차려 놓은 것을 왕신(王神)이라고 한다. 왕신이 제일 무서워하는
것은 며느리나 일꾼, 머슴처럼 새로 들어온 사람이라고 한다. 왕신 형
태는 희끗희끗 형체만 보이는데 수염이 잔뜩 난 할아버지 형상을 띠고
있다. 사위가 장가를 들려고 처갓집으로 갔는데, 처갓집 식구들이 사위
를 광으로 데리고 가더니 울긋불긋하게 차려진 곳에 절을 하라고 하였
다. 그런데 사위가 그런 데다 절을 못하겠다며 뛰쳐나갔다. 처갓집 식
구들은 강제로 절을 시킬 수는 없어 그냥 초례를 치렀다. 밤에 잠을 자
는데 신랑이 자다 말고 일어나 신부에게 물 한 동이만 끓이라고 하였
다. 신랑은 질그릇에 펄펄 끓는 물 한 동이를 퍼 담고 기름 두어 방울을
떨어뜨리더니 그 물을 왕신 모셔놓은 데다 끼얹으면서 "빌어먹을 게 이
게 워디 해당하는 것여." 하였다. 그리고 쇠스랑으로 단지를 찍으려고
하는데 단지 위에서 허연 형체가 나타나더니 "이 놈의 집에 더 살고 싶
어두 그 사위 놈의 새끼 땜에 못살구 나간다." 하면서 없어졌다.[2]

---

2) [한국구비문학대계] 4-1, 24-27면, 당진읍 설화1, 왕신에 관한 이야기(1), 홍선기
   (남, 34)

설화에서 처가 식구들은 사위를 광으로 데리고 가 울긋불긋하게 차려진 왕신에게 절을 하라고 한다. 왕신이란, 위대한 힘을 발휘했거나 억울하게 죽은 왕으로 액운을 물리치고 재복을 주거나 마을의 수호 역할을 한다는 신(神)이다. 예문에서는 왕신을 수염이 잔뜩 난 할아버지의 형상을 띠고 있다고 설명하고 있다. 사위는 그런 곳에 절을 할 수 없다고 뛰쳐나가고, 처가 식구들은 강제로 절을 시킬 수는 없어 초례만 치르게 한다. 설화에서 처가 식구들은 사위의 의사와는 관계없이 그에게 왕신에게 절을 할 것을 강요를 하고 있는데, 이는 사위의 종교적 신념을 간섭하는 행위이다.

밤에 신랑은 자다 말고 일어나 신부에게 물 한 동이를 끓이라고 한 후 펄펄 끓는 물에 기름을 두어 방울 떨어뜨리고, 그 물을 왕신 모셔놓은 곳에 끼얹는다. 사위가 쇠스랑으로 단지를 찍으려고 하자, 단지 안에서 허연 형체가 나타나 "이 놈의 집에 더 살고 싶어도 그 사위 놈의 새끼 땜에 못살고 나간다"며 사라져 버린다. 여기서는 사위가 본인 스스로 처가의 간섭 요인을 없애버린다. 그러나 이후 이야기가 전개될 시, 자신들의 종교적 신념이 깨어진 상황에서 처가 식구들과 사위 사이에 새로운 처가갈등이 전개될 가능성은 농후하다.

## 2) 현대 처가갈등에의 적용

[기생 덕에 고자 면한 사람] 설화군과 〈왕신에 관한 이야기(1)〉 설화는 현대 처가갈등에 어떻게 적용될 수 있을까? 먼저 처가의 간섭으로 인해 처가갈등이 유발된 사례들을 살펴보고, 본 설화의 적용 가능

성을 타진해 보고자 한다.

### 사례 1 　6개월의 악몽 같았던 시절...

　　이제 결혼한 지 1년여 정도 흘렀네요.. 저에게 있어 가장 어찌 보면 가장 후회되는 일이 하나가 있네요.. 결혼 시작을 처가집 근처에서 시작을 했거든요. 처갓집은 수도권 지역이고 저희 본가는 지방이거든요. 하여튼 전 직장일로 아내가 더 편하게 지내도록 처갓집 근처에다 신혼을 마련하고 저 역시 다른 지역에서 일을 하고 주말마다 왔다 갔다 시간을 보냈죠. 근데 문제는 처음에는 저희 장인 장모님께서 전 너무나도 좋으신 분들이라 생각했죠. 저한테 너무나도 잘해주시고 말 한마디도 잘해 주시고 그랬죠. 저는 이미 결혼하기 전에 전 여기서 길어야 이년 정도 아님 더 빨리 이사갈 수도 있다고 했죠. 어차피 제 하는 일이 발령이 자주 나는 일이라 전 아내 생각해서 잠시나마 처갓집 근처에서 살면 좀 더 좋을까 생각했죠. 근데 그건 저만의 생각이였죠... 시간이 지날수록 주말에 오면 장인은 맨날 와서 밥먹구 가라. 저두 오랜만에 좀 쉬고 아내랑 둘만의 시간 보내고 싶은데 장인은 맨날 와라.. 그것까지는 이해를 했죠.. 근데 저한테 시간이 지날수록 사위도 아닌 그냥, 야 이리 와라, 니가 말이야... 사위한테 야, 너, 니, 들을수록 이해가 좀 안 가더라구요... 이해를 하려 해도. 글구 장인 장모는 처가 근처에 사는 것이 이제는 당연하다고 느끼고, 가끔 저희 본가에 가려고 하면 왠지 모르게 눈치를 주십니다. 그러다 6개월 지난 다음 회사일로 이사를 하게 되었죠... 근데 처갓집 식구들은 이해를 못하는 표정들. 글구 저한테 즉 사위한테 야 니가 우리딸 잘해줘라 명령식으로 얘기하시네요... 뭐 사실 자네 좀 부탁하네 이것도 아니고 니가 잘해줘라 참 이해를 하려 해도 전 좀 실망이네요. 여러분들의 생각은 어떤지 제가 잘못된 생각인지 궁금하네요.

### 사례 2  처가가 너무 가까워서

결혼한 지 9년째입니다 신혼 초10개월 정도 만 시가 근처 살다가 계속 처가랑 옆에 붙어서 살고 있습니다. 계속 아파트 옆 동, 길 건너 이렇게 살다가 지금은 아예 같은 동 같은 라인에 삽니다. 문제는 너무 가까우니 저희 부부 삶을 훤히 다 보고 알고 잔소리한다는 것입니다. 특히 말다툼이나 부부싸움하면 전화하고 문자하고 난리가 납니다. 부부싸움한 기미가 조금이라도 보이면 장모님으로부터 전화가 불꽃 나게 울립니다. 처형한테 가보라고 하고 손윗동서한테 가서 해결 하라고 하고 무슨 유치원 애들 사는 것도 아니고 부부가 싸울 수도 있고 의견 차이 나는 게 당연하지... 부부싸움에 아주 심히 지나칠 정도로 간섭합니다. 15년 된 형님네 싸우는 거 못 보고 살았다고 너흰 왜 그러냐고 앞뒤 안 가리고 저도 제 감정을 표출하자면 제 와이프 하는 거 보라고 소리 한번 지르고 싶습니다. 평생가야 걸레질 한번 안하는 사람입니다. 진짜 살림 개판이고 지 옷 하나 제대로 거는 법이 없습니다. 집안에 먼지가 항상 수북하고 발바닥에 먼지가 붙어 손으로 밀면 밀립니다. 옆에 살면서 싸우는 거 보이고 왜 걱정 안 되겠습니까? 딸이 걱정되고 혹여 다투다 보면 사람이라는 게 감정 고조되고 무슨 일 날 지도 모르고 얼마나 노심초사 하겠습니까만 저도 딸 키우는 정상적인 사람이고 제 와이프 잡아먹지 않습니다. 그러니 그냥 놔두셔도 된다고 말하고 싶습니다. 제가 와이프 사랑하고 좋아만 한다면 외려 기대가 크고 실망도 많아 저도 가늠하기 어렵지만 와이프 살림하는 거 애키우는 거 가치관 인생관 보며 아무 기대도 정도 없기에 뭔일 날 일 없으니 걱정 마시라고 하고 싶습니다. 그냥 멀리 가서 살고 싶네요. 아....

사례1)은 결혼한 지 1년이 된 남성의 글로, 처갓집 근처에 신혼집을 마련한 것을 후회한다. 시간이 지날수록 주말에 오면 장인은 매번 밥을 먹고 가라고 하고, 사위는 주말에는 좀 쉬면서 아내와 둘만의 시간을 가지고 싶다. 이제 장인, 장모는 처가 근처에 사는 것을 당연하다고 생각하며, 본가에 가려면 눈치를 준다. 6개월 후 처가 근처에서는 이사를 했지만, 사위는 명령식으로 본인에게 이야기하는 장인이 불만이다.

사례2)는 결혼한 지 9년째 되는 남성의 글로, 신혼 초 10개월을 제외하면 이들은 계속 처가 옆에 붙어살았다. 그런데 문제는 처가가 가까우니 부부의 사생활이 모두 노출되며, 부부싸움만 해도 장모는 전화를 하고 문자를 하고 난리가 난다. 말다툼이나 부부싸움을 한 기미가 조금이라도 보이면, 장모의 전화는 부리나케 울린다. 장모는 부부에게 처형에게 가보라고 하고, 손윗동서에게 가서 해결하라고 하며, 유치원생 다루듯이 이들 부부를 다룬다. 글쓴이는 부부싸움에 지나칠 정도로 간섭하는 장모가 못마땅하다.

### 사례 3  명절 어떻게 해야 하나요?

지금 처가집 근처(1km 이내)에 살고 있는 남성입니다. 결혼한지는 3년 정도 되었구요. 그래서 그런지 장인, 장모님은 주 1회 정도 보고 있습니다. 그런데 저희 집은 타지에 있어 추석, 설날, 제사를 제외하고 특별히 가는 일은 없습니다. 저희 부모님이 그렇게 오라고 하시지도 않고요. 그런데 이번 설에 갑자기 장모님이 다음부터는 추석, 설날 중 한번은 자기집에 먼저 왔다가 가라고 하시네요. 이 얘기 들으니 갑자기 화가 나더라구요. 아니 근처에 살아서 자주 찾아뵈었으면 됐지,, 설날, 추석 중 한번은 처갓집에 먼저 와 있다가 저희 집에 가라는 게.. 말이 안되는 소리라는 생각이 들더라구요. 제가 남자 입장으로 봐서 이렇게 생각하는 건지... 여성분 입장에서는 이게 맞는 건지.... 여러분들은 어떻게 생각하시나요?

**사례 4**  **처가와 사이가 안 좋아요~ 꼭 의견 좀 부탁합니다.**

안녕하세요~ 결혼한 지 4년차 아기 4살 한명 있습니다. 집사람하고 결혼할 때 돈이 없어서 집을 얻을 때 반반씩 하고 나머지는 대출로 얻었습니다. 처갓집에서 좀 도와 주었구요~ 당연히 명의는 집사람 명의로 했습니다. 처가집 식구들이 다른 처갓집에 비해 관심이 많고 헌신적입니다. 아기를 3년 봐주시고 모든 일에 잘 도와주시고 제가 평소에 잘못하면 꾸중도 해주시고 합니다. 그런데 작년 12월에 집사람이 저한테 부모하고 얘기한 것을 이야기하는데 충격을 받았습니다. 저보고 처음 봤을 때부터 맘에 안 들었다(그때 인사드릴 때 집사람어디가 좋냐고 했을 때 전 저한테 잘해줍니다.. 라고 했는데 이게 맘에 안 드셨나 봅니다.) 집도 안 해오고 해온 것도 없는데 열심히 사는 것 같지 않다. 집사람보고 넌 등신같이 산다..(장모님이 보기에 제 틀 안에서 사는 것처럼 보였나 봅니다) 넌 항상 베풀기만 하냐(처갓집 근처로 이사올 때 전 제가 모은 거 다 얼마 안 되지만 쏟아 부었습니다. 명의도 집사람으로 해놨구요) 집 다시 살 때 계산해봐라 누가 얼마나 더했는지.. 더욱 충격인 것은 사람일 모르는데 이혼했을 경우 너가 경제권이 없어서 아기를 못 데려온다. 각서라도 받아야 하는 거 아니냐.... 참.... 집사람도 하도 스트레스를 받았는지 저한테 직접 이야기하더라고요... 저는 그게 할 소리냐고 하니까 집 안 해온 건 사실이라고 부모입장에서 그럴 수 있다고 하더라고요~ 결혼할 때 제가 돈이 없어서 결혼이 좀 힘들다고 더 모으고 하자고 했을 때 자기가 좀 더 보탠다고 하고 했습니다. 너무 고마웠죠.. 결국 처갓집이 하도 드세니 집사람이 스트레스를 받았는지 저한테 이야기를 하더라고요. 물론 제가 잘 못하니까 그렇겠죠.. 애를 3년 봐주시는데 힘도 들고 잘 못해서..(지금은 퇴사하고 육아합니다.) 전 평상시 저한테 항상 자식 같다고 했는데 그런 말을 집사람을 통해 들으니 배신감에 어이없고 화가 났습니다. 집사람은 자기가 큰 실수했다고 거듭 사과했지만 전 집사람도 정신 나갔지만 그 말을 한 처갓집에 대해 더 이상 자발적으로 잘하고 싶은 마음이 사라졌습니다. 한 5개월 되었죠.. 처가에서는 인사도 안하고 잘 찾지도 않으니 화가 났죠.. 전 그냥 보면 인사하는 거고 더 이상 예전처럼 잘하고 싶은 마음이 없어졌습니다. 집사람하고도 많이 싸웠죠. 집사람은 잘못은 자기한테 있으니 자기를 혼내고 부모한테 도리를 다해라. 부모 은혜를 생각해라... 지금 처갓집에서도 이 사실을 알고 일주일째 연락안하고 있습니다. 저도 부족한 거 알고 감사한 일 많은 거 알지만 그런 이야기를 들으니 차마 다가가기가 쉽지 않네요.. 물론 집사람한테 이야기한 걸 집사람은 저한테 이야기했지만 결국 직접 들은 것 같네요.. 어떻게 해야 할까요? 물론 딸 가진 부모입장에서 보기에 딸이 안쓰러워서 그럴 수 있지만

사례3〉에서 글쓴이는 처갓집 근처에 살고 있으며, 일주일에 한 번은 장인 장모를 본다. 반면 본가는 타지에 있어서 추석이나 설날, 제사

를 제외하고는 특별히 가는 일이 없다. 그런데 이번 설날에 갑자기 장모는 사위에게 추석, 설날 중 한 번은 처가에 먼저 오라고 한다. 근처에 살고 자주 찾아뵈었으면 되었지, 명절에 한 번은 먼저 오라는 장모의 말이 사위는 말이 안 되는 소리라 생각되며 화가 난다.

사례4)에서 글쓴이는 결혼 당시 돈이 없어서, 처가에서 도움을 받아 집을 얻었고, 당연히 명의는 아내 이름으로 했다. 처갓집 식구들은 관심도 많고 헌신적이며 아기를 3년 동안이나 돌보아 주셨다. 그런데 아내가 친정 부모와 얘기한 것을 전달받아 듣게 되면서, 사위는 충격을 받게 된다. "처음 봤을 때부터 맘에 안 들었다." "집도 안 해오고 해온 것도 없는데 열심히 사는 것 같지 않다." "넌 등신같이 산다." "넌 항상 베풀기만 하냐" "집 다시 살 때 계산해봐라 누가 얼마나 더했는지" "이혼했을 때 너가 경제권이 없어서 아기를 못 데려온다. 각서라도 받아야 하는 거 아니냐" 이런 이야기들을 들으면서 사위는 처가에 배신감을 느끼고, 어이없고 화가 났다. 이후 사위는 처갓집에 더 이상 잘하고 싶은 마음이 사라졌고, 예전처럼 인사도 안하고 잘 찾지도 않는다. 현재 처가에서도 이 사실을 알고 일주일째 연락을 안 한다. 글쓴이는 자신이 부족한 것도 알고 그동안 처가에 감사한 것도 알지만, 그런 이야기를 들은 후 처가 식구들에게 다가가기가 쉽지 않다. 이 경우는 처갓집 부모가 딸의 부부관계에 간섭을 하면서, 사위와 처갓집 사이에는 문제가 발생하게 된다.

**사례 5** **장모님 때문에 이혼하려 합니다.**

…… 자기 딸 데리고 시댁 가서 인사드린 후에는 앞으로 명절 때나

제사지낼 때 혼자 가라고 하더군요. 자기 딸이 그런 사람 북적거리는 날에 시댁에 가면 고생만 하고 온다고. 요즘 다 바쁘게 사느라 명절이나 제사 때 아니면 식구들끼리 만날 시간이 없는데.. 그런 기념일에 시댁에 보내지 말라는 것은 저보고 식구들하고 인연을 끊으라는 거 아니겠습니까? 전 그냥 딸을 아끼는 마음에 장난 반 진심 반으로 말하는 것이라 생각했었는데... 나중에 살다보니 진심이었더군요..ㅜㅜㅜ 이것뿐만이 아닙니다. 정말 A4용지로 20장을 써도 모자랄 정도로... 앞길이 막막합니다. 와이프는 정말 착하고 저를 아껴줍니다. 하지만 자기 어머님 말씀이라면 거역을 못 합니다. 와이프가 나만 믿고 따라온다면 어떻게 해서든 이겨내려 했는데... 제가 잘 설득하고 다음날 회사 갔다 오면 벌써 장모님이 와이프를 180도 바꿔 놓았습니다. 정말 이러는 것도 이제 지칩니다.…… 저녁이면 장모님이 와이프한테 꼭 전화를 합니다. 전화 내용은 뻔합니다. 저를 철저히 교육시키라는 거죠... 정말 지겹습니다. 저 신혼여행 갔다 와서 보름동안 집에서 밥 한 번도 못 먹어봤습니다. 보통 신혼 때 퇴근하고 오면 와이프가 밥 맛있게 차려놓고 기다리지 않습니까? 장모님이 버릇된다고 절대로 차려놓고 기다리지 말라고 했답니다. 저 퇴근하고 돌아오면 같이 밥하고 반찬 만들어서 먹어야 된다고. 그리고 청소나 설거지 빨래 이런 것도 죄다 남자 시켜야 된다고.. 그럼 와이프는 도대체 뭘 하는 겁니까? 집에서...ㅜㅜㅜ 저 이제 지쳐서 헤어지려 합니다. 더는 못 살 거 같습니다. 우리 부모님, 형제들에게도 죄송하고... 결혼한 뒤로 하루도 행복하질 못 했습니다. 하루하루가 지옥 같습니다.

**사례 6** 세상에 나 같은 시집살이 있음 나와 봐!!

　나 같은 시집살이 고부갈등? 있으신겨~ 본문으로 들어갑니다. 현재 마흔 중간에 있는 전 장모한테 시집살이를 하고 있습니다. 같이 사는 건 아니구요. 처갓집과 거리는 차로 약30분거리. 장모님은 운전은 못하시고 맨날 버스로 몸무게는 약40키로 안쪽인데 바리바리 싸서 들고 다니는 짐은 20키로 이상... 너무 바지런하고 오만상의 간섭 오지랖 때문에 살이 안 찌는 겁니다. 야간하고서 집에서 팬티바람으로 쉬고 있는데 갑자기 현관문이 열리더니 들어오시는 장모님!! 후다닥 바지 입었지만 그저께 입었던 팬티 아직 입고 있네 하시면서 오늘도 시집살이가 시작 됩니다. 우리집 살림을 나보다 집사람보다 더 훤하게 읽고 있다는 거죠. 며칠 전 팬티를 빨아서 주신 거라 집사람보다 더 잘 알죠.ㅜㅜ 주방부터 화장실 안방 작은방 창고방... 싹 뒤집고 난리도 아닙니다. 근데 왔다 가시면 내가 더 바빠집니다. 왜? 정리 정돈은 워낙에 못하시는지라 뒤집고는 쓸고 닦고만 하시고선 정리는 안 되는 엉뚱 청소... 그러면서 잔소리가 시작됩니다. 세금 낸 영수증부터 쓰레기봉투 냉장고 반찬 등등... 세금을 늦게 냈으니 영수증은 왜 버리냐는 쓰레기봉투는 꼭꼭 눌러서 버리라는 등... 일주일에 서너 번은 달려오셔서 제 분통을 터뜨립니다. 집사람은 낮엔 일 때문에 집에 없으니 나만 잡고 늘어지는 겁니다. 아침 일찍 오셔서는 막차(22시30분)까지 온 집을 다 쑤시고 라디오처럼 계속 했던 말 하고 또하고... 2분 이상 말이 없으면 걱정됩니다. 쓰러지셨나? 거기다가 고집은 얼마나 센지 아무도 못 말리고 못 이겨요.…… 요즘은 자다가도 텔레비전에서 장모님 소리가 나오면 알람처럼 자동으로 깬답니다. 이러니 어떻게 살까요? 언제 어떻게 오실지는 아무도 모릅니다. 멀리 이사를 가고 싶기도 하고 언제까지 이렇게 살아야 되나요? 참고로 집사람과 저는 아무 문제없는 극히 평범하답니다. 이글을 보시고 방향을 제시해주세요 머리가 터질 것 같아요.ㅜㅜ

**사례 7** **내가 경험한 장모**

　몇 주 전 이혼 소송을 당하고 글을 올린 적이 있는데요. 다들 잘 헤어지는 거라고 말씀은 하시더군요. 그래서 속을 비우려고 노력을 하고 있습니다.ㅜ 장인도 문제가 적지 않게 있었지만 장모는 정말 보통이 아니었습니다. 장인 장모 두 분이 워낙 사이가 좋지 않아서 거의 매일 싸우고 서로 대화를 나누지 않습니다. 그러다 스트레스 받는 부분은 저한테다 풀어요. 가만히 두지 않는다는 등 협박도 서슴지 않습니다. 장모는 딸과도 사이가 많이 좋지 않은데 가끔 딸과 제가 다툴 때는 직장까지 찾아와서 왜 그러냐고 딸 표정이 안 좋다고 나한테 말하라고 달려듭니다. 맨 처음에는 딸 걱정 때문에 그럴 수도 있겠지 싶었는데 계속 직장 앞으로 일하는 중에 찾아와서 시간 내라고 하고 카페에서 왜 딸 표정이 좋지 않냐고 따집니다. 저는 죽을힘을 다해 참고 인내하고 정말 최선을 다했는데 무조건 제 잘못으로 돌리고 달려듭니다. 계속 돈돈 이야기를 많이 했구요. 저도 최선을 다해 사는데 더 많은 걸 해라 나가서 뭐라도 더 해봐라 이럽니다. 딸에게 문자를 보내기를 저희 부모님에게 돈을 더 달라고 해서 많은 걸 누리라고 했더군요. 정말 기가 막혀서 말이 안 나왔습니다. 매일같이 집으로 찾아오고, 퇴근하면 항상 장모가 있었습니다. 집안 가구를 자기 마음대로 옮기고 물어보지도 않고요. 부부침실에도 함부로 들어옵니다. 가끔 집에서 자고 가는 경우도 있었는데 그럴 때는 노크도 안하고 잠자고 있는 부부침실에 문을 화들짝 열고 들어오기도 합니다. 씩씩거리고 전화 조금만 늦게 받아도 숨소리가 너무 거칠

어집니다. 어떻게 이럴 수 있나 싶습니다. 갓난아기가 있는데도 집에서 고함을 지르고 집에 저와 전혀 관계없는 자기 지인들도 데리고 오기도 했습니다. 저는 그런 게 정말 싫었어요. 집 매매부터 모든 부분을 자기 마음대로 관여를 했구요.…… 저희 부모님 만나서도 시부모는 절대 모실 수 없다고 했답니다. 모셔서 안 된다고 했다네요.…… 어머니가 모셔야 한다는 얘기를 안했는데 스스로 시부모는 절대 집에 찾아와서도 안 되고 비밀번호도 몰라야 하고 앞으로 모시는 건 딸이 힘들어서 절대 안 된다고 했답니다.……

사례5〉역시 장모의 지나친 간섭으로 인해 하루하루가 지옥 같은 사위의 글이다. 장모는 사위에게 명절이나 제사 같이 사람들이 북적거리는 날에는 딸이 고생을 한다면서 사위에게 혼자서 시댁을 가라고 한다. 처음에 사위는 장모의 말이 장난이라고 생각했지만 살면서 진심이라는 것을 알게 된다. 아내는 정말 착하고 남편을 아껴주지만, 장모의 말을 거역하지는 못한다. 신혼 때도 장모는 버릇이 된다며 절대로 저녁을 차려놓고 기다리지 말고, 남편이 오면 같이 밥을 하고 반찬을 만들어 먹으라고 한다. 또 청소나 설거지, 빨래 역시 남자를 시키라고 딸에게 가르친다. 사위는 장모의 간섭에 지쳐, 이제는 아내와 헤어지려고 한다.

사례6〉은 장모의 시집살이로 인해 힘들어하는 남성의 글이다. 장모와 같이 사는 것은 아니지만, 처가에서 차로 30분 거리인 사위의 집을 장모는 매일 방문한다. 장모님은 갑자기 현관문이 열고 들어오시며, 사위에게 그제 입었던 팬티를 아직도 입고 있느냐며 잔소리를 시작한다. 주방부터 화장실 안방 작은방 창고까지 싹 뒤집지만, 정리 정돈은 못하기에 사위는 더 바빠진다. 아침 일찍 와서 밤이 늦도록 온 집안을 다 쑤시고 다니며 잔소리를 퍼붓는 장모가 사위는 너무 힘들다. 텔레비전에서 장모님 소리에 알람처럼 자동으로 깬다는 것을 보면 사위의 스트레스가 얼마나 큰 지 짐작할 수 있다. 글쓴이는 갑자기 들이닥치는 장모 때문에 힘이 든다.

  사례7>에서 장모는 사위와 딸이 다툴 경우, 사위의 직장까지 찾아와 딸의 표정이 왜 좋지 않으냐며 따진다. 계속되는 장모의 횡포를 글쓴이는 죽을힘을 다해 참고, 인내하고, 최선을 다하지만 장모는 모든 걸 사위의 잘못으로 돌린다. 매일 같이 집으로 찾아오고, 퇴근하면 항상 집에는 장모가 있다. 장모는 집안 가구를 마음대로 옮기고, 부부침실도 함부로 들어오고, 본인의 지인들을 데려오며 모든 부분을 간섭하려고 한다. 사위는 이런 장모가 너무 힘들어 이혼을 생각한다.

**사례 8  남편과 친정사이**

  저는 결혼 9년차 되는 전업주부, 저는 30대 중반이고 남편은 마흔을 바라보네요. 연애할 때부터 싸움한번 안했고, 결혼해서도 특별한 말싸움한번 없었는데 최근 2~3년 사이... 일 년에 한번 꼴로 목소리 높여 싸우게 되네요. 총 3번이요. 안 싸우는 사이였기 때문에 이런 싸움이 낯설고 힘들어요. 4년 전 남편이 새 직장으로 옮기면서 친정집과 가까이 살게 되었고 자연스럽게 친정 부모님이 집에 자주 방문하게 되었어요. 일주일에 두 번 정도.... 30분에서 길어도 한 시간 안에는 집으로 가셨구요. 아이들 보러도 오시고, 반찬 가져다 주러도 오시고, 엄마 심부름으로 아버지도 오시고. 친정아버지는 괜찮은데, 친정엄마는 잔소리가 좀 심하신 편이예요. 남편 직장일도 엄마가 잘 아는 편이라 이것저것 물어 보기도 하시고 이러쿵 저러쿵... 훈수도 두시고 그러면 안 되는데 잘못 한다고 하기도 하시고 남편 입장에서 좋을 리 없죠.... 저도 알아요. 저 도 친정엄마가 잔소리가 심하다는 걸 결혼하고 나서야 알았어요. 결혼 전엔 어릴 때부터 적응이 되어서 그런지... 당연하다 생각했고 엄마 말 이 다 맞다 싶었거든요. 자립심 강하게 자라온 남편은 그런 장모님이 너무 답답하게 느껴진대요. 마흔이 다 된 사위한테 너무 막 한다 싶기 도 하고, 쓸데없는 잔소리에 진저리가 나나봐요. 게다가 무엇보다 남편 이 불만인 것은 아직도 제가 부모 품에서 못 벗어난 어린아이 같다는 거예요. 친정 부모님이, 특히 친정엄마가 저를 쥐고 마음대로 흔들고 여기 꽂았다가 저기 꽂았다가 한다나요. 결혼하고 수년간 남편한테 이 런 얘기를 듣다보니 저도 좀 계몽(?)이 됐는지 정말 그렇구나 싶은 순 간들이 있긴 해요. 그래서 엄마가 저한테 좀 심하다 싶으면 "엄마, 우리 애들 있을 땐 나한테 그런 소리 좀 하지 마. 애들이 날 뭘로 보겠어..." 해도 귓등 밖으로 듣고, 무시하기도 하시고, 오히려 서운타 하기도 하 셔서 엄마한테 말하기도 쉽지 않아요. 급기야 오늘 말다툼 끝에 친정 식구들 우리 집에 절대로 못 오게 하라고까지 하네요.…… 잘나도 못나 도 내 부모... 딸 하나 있는 거 고생할까봐 여태 물심양면으로 도와주는 내 부모를 남편이 싫어한다는 사실에 너무 실망되고 남편도 미워요. 작 년겨울에 남편이 차사고로 다쳐서 한 해 동안 남편 일을 우리부모님이 많이 도왔어요. 두 분 다 환갑을 넘기고 칠순 바라보는 연세에 뼈골 빠 지게 도왔더니 언제 도와 달라 했냐면서.... 이제 손 떼라 하네요. 저는 남편이 고맙게 생각하는 줄 알았는데 오늘 완전 벙쪘어요. 부모님이 남 편대신 일하는 거 마음아파서 싫었던 참에 그건 잘됐는데... 감사하다 고 절을 해도 시원치 않을 판에 집에 못 오시게 하라는 말까지 들으니

### 제가 너무 억울한 겁니다.……

사례8〉은 남편과 친정엄마 사이에서 고민하고 있는 여성의 글이다. 연애할 때부터 싸움 한번 안 했고, 결혼한 이후에도 특별한 말싸움 한번 없던 부부였지만, 최근 2~3년 사이 일 년에 한번 꼴로 이들 부부는 목소리를 높여 싸우게 된다. 4년 전 남편이 새 직장으로 옮기면서 친정과 가까이 살게 되었고, 자연스럽게 친정 부모님이 집에 자주 방문하게 된다. 친정엄마는 잔소리가 심한 편인데 남편에게 직장 일을 물어보기도 하고, 훈수도 두고, 잘못했다고 이야기도 하면서 남편은 장모의 잔소리가 진절머리가 난다고 한다. 글쓴이는 어렸을 때부터 엄마의 잔소리에 익숙해져 당연하다고 생각했고, 친정엄마의 잔소리가 심하다는 걸 결혼하고 나서야 알았다. 남편은 글쓴이가 부모 품에서 벗어나지 못한 어린아이 같다며, 친정엄마가 글쓴이를 마음대로 쥐고 흔드는 것이 불만이고, 장모의 간섭을 피곤해한다. 급기야 오늘 남편은 말다툼 끝에 친정식구들을 우리 집에 절대로 못 오게 하라고 한다. 글쓴이는 딸 하나 있는 거 고생할까봐 여태 물심양면으로 도와준 친정부모를, 남편이 싫어한다는 사실에 너무 실망을 하고 남편도 미워진다.

그렇다면 이러한 사례들에 설화에서의 해결방안은 어떻게 적용될 수 있을까? 앞서 설화에서 해결방안으로 제시된 것은 처가에서 간섭하는 요인의 제거이다. 간섭요인의 제거란, 결국 처가에서 딸의 부부생활에 영향력을 행사하지 못하도록 차단한다는 의미이다.

사례1〉과 사례2〉는 처갓집과의 가까운 거리로 인하여 문제가 발생

3. 처가의 간섭  101

하고 있는데, 이 경우 처갓집과 거리를 두어 간섭 요인을 제거할 수 있다. 처가와의 가까운 거리는 아무래도 부부의 사생활이 노출되기 쉽다. 그러므로 사생활이 노출되는 것이 싫고, 처가의 간섭에서 벗어나고 싶다면, 아내와의 합의 하에 지금보다 먼 거리로 이사를 가는 것도 생각해볼 수 있다.

사례3)은 명절 중 한번은 처가에 먼저 오라는 장모의 말에, 사위는 화가 난다. 처가 근처에 살기에 일주일에 한 번은 장인과 장모를 보는 사위의 입장에서, 이는 충분히 화가 날 수 있다. 그러므로 장모에서 구체적인 정황과 본인의 생각을 설명하여, 장모가 이와 같은 언급을 하지 않도록 간섭요인을 제거할 필요가 있다. 사례4)는 처가에서 받은 도움에 감사하던 사위가, 처가부모와 아내가 나눈 이야기를 전달받으면서 배신감을 느끼고 있다. 이 경우 양측은 모두 서로에게 배신감을 느끼고, 연락을 끊은 상태이다. 글쓴이는 그런 이야기를 들은 후 처가 식구들에게 다가가기가 쉽지 않다고 이야기하지만, 처가 또한 경제적으로나 육아에 필요한 도움은 이미 다 받은 후 배신감을 느낀다고 나오는 사위가 곱지만은 않을 것이다. 이 경우 대화를 통해 서로의 입장을 정리하고, 처가에서 더 이상은 딸의 부부문제에 간섭하지 않도록 이야기할 필요가 있다. 사위 또한 처가의 간섭이 싫다면, 더이상 처가의 도움을 기대하는 것은 옳지 않다.

사례5) 사례6) 사례7)은 장모가 딸의 부부생활에 매사 간섭을 하고 있고, 사위는 이 상황이 너무나 힘들어 이제는 아내와 헤어지고 싶다. 어차피 이혼까지도 생각하고 있다면, 사위는 장모가 부부생활에 간섭하지 못하도록 차단할 필요가 있다. 더 이상 참고 인내하면서 스트레스를 받을 것이 아니라, 장모가 더 이상 딸의 집에서 본인 마음대로 행동하거나 사위에게 지시하지 않도록 자신의 의사를 장모에게 분명하게 밝힐 필요가 있다. 이혼은 그 후에 생각해도 늦지 않다.

　남편과 친정엄마 사이에서 고민하고 있는 사례8)의 여성의 글은 처가의 간섭으로 인해 힘들어하는 남성들에게 시사해주는 바가 있다. 이들 부부가 싸우게 되는 이유는, 친정과 가까이 살면서 자연스럽게 친정부모가 자주 방문을 하게 되었다는 것이다. 즉 처가와 가까이 산다는 것은, 처가로부터 도움을 받을 일이 많아지는 반면 간섭요인도 많아진다는 의미이다. 남편은 장모의 잔소리가 진절머리가 난다고 하며, 장모의 간섭을 피곤해하고, 급기야는 말다툼 끝에 친정 식구들을 우리집에 절대로 못 오게 하라고 한다. 글쓴이는 친정엄마의 잔소리가 심하다는 걸 결혼한 후에야 알았다고 이야기한다. 알게 되었다면 남편에게 친정어머니의 심한 잔소리가 덜 가도록 막아주었어야 한다. 글쓴이는 여태 물심양면으로 도와준 친정부모를 남편이 싫어한다는 사실에, 너무 실망을 하고 남편도 미워진다고 이야기한다. 사람은 누구나 자신의 입장에서 남의 잘못을 지적하는데 탁월하고, 상대방보다는 자신의 상한 감정을 돌보는데 급급하다. 사례8)에서의 글쓴이 역시 남편과 이혼할 생각이 아니라면, 남편의 힘든 상황을 이해하고 친정엄마의 잔소리나 간섭을 막아줄 필요가 있다.

# 4

## 처가위주의 생활

# 4. 처가위주의 생활

## 1) 처가갈등 양상과 해결방안

본 장에서는 아내가 남편보다 자신의 친정을 가까이함으로써, 남편
과 처가 사이에 갈등이 발생하는 경우를 살펴보겠다. 제시될 설화군
은 [구렁덩덩 신선비]이다. 대강의 줄거리는 다음과 같다.

옛날 딸 셋이 있는 장자라는 사람 집 옆에 늙은 거지가 살았는데, 구
렁덩덩 신선비를 낳은 뒤 굴뚝 속에 감추어 두었다. 장자의 큰딸과 둘
째 딸이 와서 구렁이를 보더니, 장군감을 예쁘게도 낳았다며 큰 국과
밥 한 그릇을 갖다 주었다. 구렁덩덩 신선비가 어머니에게 장자의 집에
있는 삼 년 묵은 장 한 동이와 밀가루 한 포대를 갖다 주면 뱀의 허물을
벗겠다고 하였다. 어머니가 이것들을 갖고 와서 펄펄 끓이자, 구렁덩
덩 신선비는 그 안에 빠져 허물을 벗고 예쁜 새신랑이 되어 나왔다. 장
자집 셋째 딸이 자기 부모한테 구렁덩덩 신선비한테 시집을 가겠다고
하여 결혼을 하니, 구렁덩덩 신선비는 구렁이 허물을 셋째 딸의 속옷에

묶어 주었다. 그리고 허물을 태우면 노린내가 나서 자기가 다시 못 돌아오니 잘 간직하고, 누구에게도 문을 열어 주지 말라고 하고는 서울로 과거를 보러 떠났다. 이 대화를 엿들은 셋째 딸의 언니들은 팥죽을 쑤어 왔다면서 동생에게 문을 열게 하고 그 허물을 불태워 버렸다. 구렁덩덩 신선비는 서울에서 과거를 보고 내려오다가 노린내를 맡고는 되돌아가 버렸다. 신랑이 오지 않자 셋째 딸은 머리를 삭발하고 중바랑을 짊어진 뒤, 목탁을 손에 들고 한양으로 찾아갔다. 그렇게 길을 가던 중 어떤 처녀가 새들에게 우리 오빠 장가갈 때 떡을 해서 줄 테니 곡식을 그만 쪼아 먹고 날아가라고 노래하는 것을 들었다. 셋째 딸이 그 노래를 한 번만 더 불러 달라고 하니, 처녀 오빠가 하루에 한 번씩만 그 노래를 하라고 했다며 거절했다. 하지만 셋째 딸이 간곡히 부탁하니 한번 더 불러 주었다. 처녀에게 집이 어디냐고 물어 그 집에 찾아간 셋째 딸이 시주를 부탁하니, 그 집에서는 쌀을 한 되 퍼 주었다. 그런데 바랑에 난 구멍 사이로 쌀이 빠져 모두 바닥에 떨어져 버렸다. 그 집에서는 빗자루를 갖다 주며 쓸어 담으라 했지만, 셋째 딸은 공을 올릴 쌀이라며 젓가락을 달라고 하여 쌀들을 한 알씩 주워 담았는데 그 사이 날이 저물었다. 집으로 돌아온 신선비는 달을 보며 아내를 그리는 마음을 노래했다. 이것을 들은 셋째 딸이 당신 아내가 왔다며 나가니, 둘은 그렇게 만나 잘 살았다고 한다.[1]

보통 [구렁덩덩 신선비] 설화군은 "한 여성이 아이를 낳았는데, 낳고 보니 구렁이였다"는 것으로 시작된다. 예문에서는 "장자네 집 옆에 늙은 거지가 살았고 그녀가 구렁이를 낳았다"고 되어 있는데, 설화군

---

1) 『한국구비문학대계』 5-5, 698-700면, 정우면 설화2, 구렁덩덩 시선부, 송점순(여, 71)

에서 구렁이를 낳은 여성은 가난하거나, 나이가 많거나, 남의집살이를 하는 등 미천한 여성으로 그려진다. 또한 예문에서는 구렁이를 낳게 된 연유가 나타나 있지 않지만, 대개 연유에 대해 이야기하고 있는 작품에서는 구렁이 알을 집어먹고 구렁이를 낳거나, 여성이 중이 청하는 시주를 거절하고 이에 화가 난 중이 구렁이를 죽인 작대기로 부인을 찌른 후 구렁이를 낳기도 한다. 하여간 모든 작품에서 공통적으로 드러나는 상황은 구렁이를 낳은 집이 경제적 · 사회적으로나 신분상 미천하다는 것이다.

예문에서는 장자의 큰딸과 둘째 딸이 와서 구렁이를 보고 장군감을 예쁘게도 낳았다며 큰 국과 밥 한 그릇을 가져다주고, 셋째 딸이 구렁이 허물을 벗은 구렁이에게 시집을 가겠다고 한다.

그러나 대개 이 설화군의 이야기 전개는 구렁이를 낳았다는 소식을 듣고 구렁이를 낳은 집과는 상대적으로 부자인, 혹은 사회적 지위가 우월한 부잣집, 혹은 정승집 세 딸이 구경을 오고, 첫째 딸과 둘째 딸은 구렁이를 보고 침을 뱉거나 막대기로 구렁이의 눈을 찌르는 등 구렁이를 비하하고 해코지하지만, 막내딸만은 구렁이를 보고 신선비라고 부르며 언니들에게 눈을 찔려 울고 있는 구렁이의 눈물을 옷고름으로 닦아준다. 그리고 다른 사람들이 모두 자신을 외면하는 상황에서 자신에게 따뜻한 눈길을 보내준 막내딸이 마음에 든 구렁이는, 어머니에게 정승집 혹은 부잣집으로 장가를 보내달라고 요구한다. 어머니는 신분상으로나 경제적인 면으로나 자신의 처지보다 너무 우월한 집안, 그리고 구렁이 아들을 혼인시킨다는 것이 불가능하다고 여겨 주저한다. 그러나 구렁이는 그렇게 해주지 않으면 태어난 어머니의 구멍 속으로 다시 들어가거나 죽어버리겠다며 협박을 한다.

어머니는 할 수 없이 정승집을 찾아가고, 몇 차례의 망설임 끝에 혼인 이야기를 하며, 정승은 별다른 반대 없이 딸들의 의사를 물어보고 막내딸에게서 혼인하겠다는 의사를 받아낸다.[2] 막내딸은 순순히 구렁이와 결혼을 하겠다고 하기도 하고, 아버지의 명을 따르겠다는 말로써 구렁이와의 혼인을 받아들인다. 두 경우 모두 막내딸은 강압적으로가 아니라, 본인의 의사에 따라 구렁이와의 혼인을 결정한다. 막내딸의 이러한 결정은 앞서 구렁이의 눈물을 닦아주거나, 구렁이를 보고 신선비라고 이야기했던 그녀의 행동과 연관이 되는 부분이다. 구렁이와 막내딸은 서로의 신분이나 경제적인 능력, 그리고 인간과 구렁이라는 모든 외적으로 보이는 차이를 극복하고 결국 결혼을 한다. 막내딸이 구렁이를 선택한 것은 구렁이의 외모만을 본 언니들과는 달리, 막내딸은 구렁이에게서 그것이 동정이든, 지인지감(知人之鑑)이든 구렁이의 허물 속에 감추어진 무언가를 발견해낸 것이다.

막내딸과의 혼인 후 구렁이는 허물을 벗고 예쁜 신랑이 되는데, 구렁이가 허물을 벗게 되는 과정은 작품마다 다르다. 물로 목욕을 하거나, 재주를 넘고 변신을 하거나, 밀가루를 온 몸에 묻히고 간장에 목욕을 하거나, 신부에게 칼을 주면서 배를 가르라고 하기도 한다. 이렇게 허물을 벗는 과정은 다르지만, 모든 작품에서 구렁이는 허물을 벗고 사람으로 변하게 된다. 구렁이 허물을 벗고 사람이 된 남편은 자신이 벗은 구렁이 허물을 막내딸에게 주며, 허물을 잘 간수해야지 만약 태

---

2) 뱀신랑(7-6 안금옥)의 경우, 구렁이의 어머니가 장자집에 청혼을 하자 장자는 고약한 할미라며 어머니의 목을 친다. 그러나 어머니의 목이 도로 붙고, 청혼을 거절하면 장자집의 구족을 망하게 하겠다는 위협을 가한다. 이에 장자는 할 수 없이 청혼을 허락한다.

워버리거나 손상시키면 다시는 자신의 얼굴을 볼 수 없다고 이야기한다.

그렇다면 이 작품에서 구렁이가 의미하는 것은 무엇이며, 구렁이가 벗은 허물은 어떻게 해석해줄 수 있을까? 서대석은 이것을 수신제의적인 측면과 연관시켜, 숭배의 대상인 신(神)으로 보고 있다. 그가 이러한 해석을 하는 이유는 구렁이를 낳은 할머니가 구렁이를 낳고도 대수롭지 않게 생각하고 있다는 것이며, 구렁이를 굴뚝 밑에 두고 삿갓으로 덮어 놓았다는 것을 신위를 배설하여 봉안한 것이라고 보고 있기 때문이다.[3] 그의 지적처럼 작품에서 할머니는 구렁이를 낳고도 대수롭지 않게 생각한다. 그리고 구렁이의 청혼을 받은 부잣집이나 정승집에서도 아버지는 딸들의 의견을 물어볼 뿐, 이 청혼에 대해서 별다른 반응을 보이지 않는다. 이러한 정황으로 미루어볼 때 구렁이는 미천한 집안에서 태어난 남성으로, 내면에 발전가능성은 지녔지만 아직 그것이 발현되지 않은 남성으로 생각해볼 수 있다. 두 언니와는 달리 막내딸은 구렁이 허물 속에 감추어진 이러한 남성의 발전가능성을 발견해내고 있다. 그리고 실제로 결혼한 첫날, 구렁이는 허물을 벗고 옥골선비로 변하게 된다.

구렁이가 미천한 집안에서 태어난 발전가능성을 지닌 남성이라고 할 때, 구렁이 허물이란 그의 참담했던 과거를 뜻한다. 즉 미천한 집안에서 구렁이로 태어나 남들에게 인정받지 못하고, 혐오와 비하의 대상이었던 그때를 의미하는 것이다. 비록 지금은 막내딸과의 결혼으로

3) 서대석, 「〈구렁덩덩신선비〉의 신화적 성격」, 『고전문학연구』 3, 한국고전문학연구회, 1986, 196면.

부잣집 혹은 정승집의 막내사위가 되었지만, 이 남성은 자신의 과거를 잊지 말고 있는 그대로 인정해줄 것을 아내에게 당부하고 있는 것이다. 남편은 신부의 옷고름이나 동정에 자신의 허물을 채워주는데, 이것은 늘 자신의 과거를 소중하게 간직해 달라는 의미이다. 그 후 허물을 아내에게 맡긴 남편은 과거를 보러 서울로 떠나거나, 천상으로 올라가거나, 잠시 집을 비우게 된다. 이 부분은 두 사람이 이별을 하게 되는 중요한 장면이므로, 작품에서 제시해 보면 다음과 같다.

① 

서울로 과개를 보러감서 그 허물을 각씨 안옷고름. 그전에는 각씨 안옷고름이 있어요. 속 안옷고름에다가 찜매줌서, "인제 성들이, 당신 성들이 와서 인제 구찮게 해쌓고 그러면 이 허물을 몰래 끌러갈 것인개, 끌러다가 태울 것인개, 이 허물 태면은 그 타는 냄새가 서울 장안까장 냄새가 들어온다고. 냄새가 들어오면 내가 다시는 여기는 안 온다."고 안 올 것인개 잘 주의를 해갖고 성들 못오게 허고 문을, 먹을 것은 딱 방에다가 해놓고는 감서, "이것을 묵고 내 문을 잠그로 나올 도막(동안)은 그러고 있으라고 배같에(바깥에) 나오지도 말고, 성들이 와서 죽는 소리를 허고 문을 끌러 달라고 해도 끌러주지 말고 나오는 날까지 방에만 있으라."고 그러고는 갔어요. …… 이 성년들이 어떻게 해서 그냥 문을 끌으라고, 참, 죽쑤어 갖고 왔다고 뜨거죽겠다고, "아이구 뜨거라, 아이구 뜨거라." 험서 죽을 너 줄라고 죽 쒀가지고 왔응개 그냥 문 끌러 돌라고. 뜨거 죽는다고 하도 죽는 소리를 해 싼개 인제 끌러줬어라우. 끌러줘서 인자 들어가서 참말로 죽을 쒀서 멕이고는, 인자 이 잡아주마고 누우라고, 머리에 이 잡아 주마고. 그런개, 이 없다고 그래 싸도 자꾸 둘이 잡아 뉘임서 이 잡아 준다고……그래서 대그빡을 죽이 쌓

고 그러는 참에 참 솔곳이 잠이 들었어라우. 속곳이 잠이 든개는, 그 안
옷고름을 찬 허물을 꺼내갖고는 가번졌어라우, 성들이. 꺼내갖고 가서
는 태번졌어.[4]

② 

"이거로 우쨌든지 징기야(지녀야) 돼지, 안 징기면 못 징기면 내가
니랑 내랑 못 만낸다. 이걸 불에 옇든지 하면 내미가(냄새가) 내 코에
들어가먼 날 못 만낸다." 쿠움서 당부를 하고, 조 년들(저 년들) 두 년이
다 들었어. ……저고리 입고 머리 감으면 저고리 입고 머리 감는다고
지랄로(야단을) 하고, 저고리 안 벗고 머리 감는다고 쌓고 이래도 지가
따악 결심하고 있는데, 어디서 한 번 마 있는데, 좀 있은게 두 년이 달라
들어서 저고리를 확 뜯어 벳기 뿌리(벗겨 버렸어). 벳기 가 그만 따아가
그걸 불에 옇었다 말이다.[5]

①에서 남편은 과거를 보러 가면서, 아내에게 "형들이 허물을 몰래
가져가 태울 테니, 형들이 와서 죽는 소리를 해도 문을 열어주지 말고,
바깥에도 나가지 말고, 방에만 있으라"고 한다. 남편은 이미 형들이 허
물을 가져다 태울 것을 예상하고 아내에게 주의를 당부하며, 아내가
먹을 것까지 치밀하게 준비를 해놓고 간다. 그러나 아내는 남편의 당
부에도 불구하고, "너 주려고 뜨거운 죽을 쑤어왔으니 문을 열어 달
라"는 형들의 성화에 못 이겨 문을 열어준다. 그리고 싫다는 말을 하
지 못하고 형들이 하자는 대로 하다가 얼핏 잠이 들고, 남편이 그토록

4) 구렁덩덩 신선비, 『한국구비문학대계』 5-3, 70-71면.
5) 구렁이 신랑, 『한국구비문학대계』 8-11, 442면.

당부했던 허물을 잃어버리고 만다. ②에서도 "허물을 불에 넣어 냄새가 나면 나를 못 만난다."는 제부의 당부를 엿들은 형들은, 계획적으로 달려들어 동생의 저고리를 벗겨버리고 저고리 속에 들어있는 허물을 빼앗아 태워버린다.

설화군에서 허물을 빼앗기게 되는 계기는 이렇게 언니들이 죽을 가져와 먹으라는 것을 거절하지 못해 언니들을 방에 들이고 이를 잡아준다는 말에 누웠다가 잠이 들어 허물을 빼앗기거나, 머리를 감거나 목욕을 하면서 저고리를 벗어놓게 되고 그것을 언니들이 가져가 허물을 꺼내 태워버리는 경우가 대부분이다. 그리고 사촌 시누이가 허물을 태우는 한 작품을 제외하고 모든 작품에서, 두 언니는 자신의 동생이 옥골선비와 사는 것을 시샘하여 동생을 여러 가지 방법으로 속이고 결국 허물을 찾아내 불에 태워버린다. 막내딸은 언니들의 행동에 대해 아무런 방어도 하지 못한 채, 속수무책으로 당하게 된다.

막내딸이 남편의 당부에도 불구하고 언니들에게 속수무책으로 허물을 빼앗겼다는 것은 두 가지의 해석이 가능하다. 하나는 동생이 가진 허물을 빼앗으려는 언니들의 욕망이 그만큼 치열하다는 것이다. 이 경우 막내딸은 남편의 당부를 지키려고 노력했지만, 언니들의 세(勢)에 밀려서 어쩔 수 없이 허물을 빼앗겼다는 의미가 된다. 다른 하나는 막내딸은 아직 남편의 말보다는 언니들의 말을 더 중요하게 생각하고 있다는 것이다. 즉 막내딸은 결혼은 했지만 아직 친정에서의 막내딸, 두 언니의 동생이라는 자리를 아내의 자리보다 더 중요하게 받아들이고 있다는 것이다. 그러기에 언니들을 차마 거절하지 못하고 받아들인다.

필자는 막내딸의 행동이 전자보다는 후자에서 비롯되었으리라 짐

작하는데, 그 이유는 [나무꾼과 선녀] 설화군에서 두 언니를 대하는
선녀의 태도와 비교해볼 때 확연하게 드러난다. [나무꾼과 선녀] 설화
군에서도 언니들은 동생의 행복을 시샘하여 동생의 남편을 죽이려한
다. 지상에서 천상으로 올라온 나무꾼은 선녀의 친정 식구들에게 온
갖 고난을 당하는데, 이 고난의 중심에서 나무꾼을 괴롭히는 사람은
대개 선녀의 두 언니이다. 그런데 [나무꾼과 선녀]에서 선녀는 남편인
나무꾼의 편에서 모든 일을 진행한다. 선녀는 언니들에게 고난을 당
하는 나무꾼을, 때로는 숨어서 때로는 자신을 드러내며 도와준다. 선
녀는 자신의 친정식구들과 나무꾼 사이에서 늘 남편을 우선시하고 있
으며, 양자택일(兩者擇一)의 상황에서 주저 없이 남편을 선택하고 있
다. 이것은 나무꾼이 목숨을 담보로 아내가 있는 천상으로 이동하였
고, 선녀 또한 남편의 소중함을 깨달으면서 아내로서의 자리에서 행
동하고 있기 때문이다.[6] 이러한 상황과 비교해 볼 때, [구렁덩덩 신선
비] 설화군에서의 막내딸은 아직 남편보다는 친정에 기대어 있는 모
습을 보여준다. 그리고 남편보다 처가를 가까이하는 아내의 태도로
인해, 처가갈등이 유발된다.

  언니들이 허물을 태우자 집으로 돌아오던 남편은 허물이 타는 냄새
를 맡고 오던 길을 되돌아가거나, 비루먹은 말을 타고 사라지거나, 서
울에서 새장가를 들어 살게 된다. 언니들이 허물을 태웠다는 것은, 남
편이 아내에게 잊지 말고 소중하게 간직해달라고 했던 자신의 과거가
그들로 인해 손상되었다는 것을 의미한다. 즉 남편은 자신의 존재기

---

6) 서은아, 『나무꾼과 선녀에 나타난 부부갈등 연구』, 제이앤씨 출판사, 2005, 140-
   153면.

반을 잃어버렸고, 자신의 당부를 외면해버린 아내에 대한 믿음이 사라졌기에, 더 이상 그녀와 함께 할 이유가 없어진 것이다. 남편을 기다리던 막내딸은 남편을 찾아 떠나게 되는데, 남편보다 친정에 기울어져 있던 막내딸은 이제 친정에서 분리되어 남편에게로 자신의 거처를 이동하고 있는 것이다. 즉 이 설화군에서 막내딸이 남편을 찾아가는 과정은, 결국 친정을 중심으로 생활하던 막내딸이 아내로서의 위치를 찾아가는 과정이라고 볼 수 있다.

막내딸은 남편을 찾아 떠나고 징그러운 구더기를 깨끗하게 씻거나, 검은 빨래는 희게 흰 빨래는 검게 빨거나, 칡뿌리를 캐거나, 농사일을 돕는 등의 노역(勞役)을 감당하고 남편의 거처를 알아낸다. 막내딸의 이러한 고난은 한편으로는 마음이 떠난 남편을 되찾는 것이 얼마나 어려운 일인지를 잘 보여주며, 다른 한편으로는 친정으로부터 분리되어 아내의 자리로 이동하는 것이 결코 쉽지 않은 일이라는 것을 보여준다. 남편이 있는 거처를 알아 낸 막내딸은 그 집으로 들어가 하룻밤 재워주기를 청하고, 그 집에 머무르게 된다. 밤이 되자 남편은 밖으로 나와 밝은 달을 보며, 다음과 같은 독백을 한다.

③

그래 실랑이 왔는데 실랑한테다 인자 그런 얘기를 했어. "참 내가 이러하고 이러해서러 참 언니들한테 내가 뺏기가지골랑 이 모양이 됐다." 카민시는 이야기를 하인께, 그래 이 사람은 인자, 허물 거 벗은 이미로 참 괄시를 못 하겠고 이별, 참 이혼을 못 하겠고[7]

---

7) 뱀신랑,『한국구비문학대계』8-5, 52면.

④

　"음! 그 허물을 인간 눈에 뵈지 말랬더니 인간 눈에다 보였으니까루 내가 안 갔다."구. "이거 보라." 구. 재를 풀러 놓더래. 싸났더래 죄. 그래 서 게서 사는데,[8]

　예문 ③④는 막내딸이 남편의 오해를 풀어주는 부분인데, ③에서 막내딸은 언니들에게 허물을 빼앗겼던 상황을 설명하고 막내딸의 설 명에 남편은 오해를 풀고 있다. ④에서도 "허물을 인간 눈에 보이지 말라고 했는데 그것을 보였기에 내가 안 갔다"는 남편의 말에 막내딸 은 가지고 온 허물을 태운 재를 보여주고, 남편은 아내에 대한 오해를 푼다. 허물을 태운 재를 가지고 왔다는 것은, 막내딸이 그것을 소중하 게 생각하지 않아서 태워진 게 아니라는 것을 의미한다. 이렇게 막내 딸은 허물을 태우게 된 상황을 설명해줌으로써 남편의 오해를 풀고, 자신의 진실한 마음을 보여주면서 갈등이 해결되고 있다.

　오래전 〈연애시대〉[9]라는 드라마에서 두 사람(감우성, 손예진)이 이 혼을 하게 되는 계기는 오해에서 비롯된다. 아내가 아이를 사산(死産) 한 날 밤, 남편은 아내의 곁을 지켜주지 않았고, 아내는 자신이 가장 힘들어했던 순간에 곁에 없었던 남편의 행동이 커다란 상처로 남는 다. 그리고 그날 밤 어디에 있었냐는 아내의 물음에, 남편은 침묵으로 일관한다. 거기서부터 둘 사이는 틀어지기 시작했고, 결국 사사건건 말다툼 끝에 이혼을 한다. 나중에 남편의 친구를 통해, 그날 밤 남편이 죽은 아이를 안고 밤새 영안실을 지켰다는 것을 알게 되면서 아내의

---

8) 구렁덩덩 신선비, 『한구국비문학대계』 1-9, 458면.
9) SBS(2006. 4. 3~2006. 5. 23 방송종료) http://www.sbs.co.kr/new/tv/yeonae/

남편에 대한 오해는 풀리게 된다. 그리고 남편에 대한 미안함과 자신을 위해 침묵으로 일관했던 남편의 진심을 확인하면서, 이 둘은 재결합을 이루게 된다. 이처럼 부부사이에서 오해란 둘 사이를 파경에 이르게 할 만큼 심적으로 고통을 주는 행위이며, 부부간의 의사소통을 방해하는 중요한 요소이다.

[구렁덩덩 신선비] 설화군은 아내가 남편보다 자신의 친정을 가까이함으로써 발생하는 처가갈등에 도움을 줄 수 있는데, 아내는 설화를 통해 남편과 친정 사이에서 본인의 위치를 체크해볼 수 있을 것이다. 그리고 아내가 친정에서 독립되지 않는 한, 이 갈등은 계속될 수밖에 없음을 이 설화는 보여준다.

여성(남성도 마찬가지)은 결혼을 하면 친정으로부터 심리적·경제적으로 독립해야 되지만, 설화에서 아내는 남편과 이룬 가정보다는 친정이 본인의 가정이라고 생각하고 있다. 남편은 둘만의 공간보다 친정을 위주로 생활하는 아내가 불만스럽고, 이로 인해 남편의 처가갈등은 유발된다. 결혼한 여성이 친정으로부터 분리되어 한 남성의 아내라는 온전한 위치를 찾게 될 때, 남편과 처가 사이의 갈등은 해결될 수 있다.

## 2) 현대 처가갈등에의 적용

앞서 살펴본 [구렁덩덩 신선비] 설화군은 현대 처가갈등에는 어떻게 적용될 수 있을까? 본 장에서는 먼저 처가위주의 생활로 인해 처가갈등이 유발된 사례들을 살펴보고, 본 설화군의 적용 가능성을 타진해 보고자 한다.

### 사례 1  친정집에 자주 가는 아내 어떡해야 하나요

안녕하세요. 저는 이제 갓 결혼한 부부입니다. 결혼 2달째.. 결혼하고 지금까지 매주 친정집에 가고 있네요. 사실 결혼하고 그러면 주말되면 아내랑 오붓하고 여유롭게 시간을 보내고 싶은데... 주말이면 어김없이 내 의견은 들어보지도 않고 무조건 친정집에 가는 약속을 잡네요. 친정집이 아니면 처형 집으로.... 사실 제가 친정집이나 처형 집 가는 것이 싫은 것은 아닙니다. 그리고 가서도 그렇게 불편한 것도 아니구요. 그렇지만 신혼생활 매주 이렇게 보내니 사실 좀 기분이 그렇더라구요. 그리고 지난 설에는 시집에 하루 묵고 점심 먹고 가자고 했더니 친정에 빨리 가야 한다고 화를 내더라구요. 저보고도 점심먹지 말고 그냥 가자고 하더군요. 그때 시간이 1시정도니까 점심을 안 먹고 가면 배고플 거 같고 시골집에 어머님 혼자 계신데 식사라도 한 끼 더하고 가려는데 가자고 화를 내니 저도 화가 나서 같이 화를 냈습니다. 결국 점심은 저만 먹고 가고 아내는 화난 얼굴로 밥엔 손도 안대고 화난 표정으로 상에 앉아 있다가 출발하고요. 물로 그런 다음 친정집 가서 2틀 묵고 왔습니다. 2틀 묵고 오후에는 또 저녁에 처형 집에 가서 저녁까지 먹고 왔습니다.ㅠㅠㅠ 앞으로도 만약 이렇게 주말마다 친정식구들 집에 가느라 보낸다고 생각하니 참 그렇습니다. 물론 자주 가는 게 나쁜 건 아니지만 신혼생활이 저에겐 완전 엉망이 되었네요... 제가 어떡하면 이런 아내를 변화시킬 수 있을까요? 아직까지 정서적으로 불안해서 그런 것인지... 저에게 어떤 불만이 있는 건지 알고 싶네요. 좋은 의견 부탁드립니다.

사례 2  **이혼 할까요 말까요**

안녕하세요... 2살짜리 남자 아기를 둔 남자입니다. 요즘 이혼에 대
해 심각한 고민중입니다. 이유는 보통 여자들이 겪는 고부와의 갈등과
는 반대인, 처갓집과의 갈등이라고나 할까요. 제가 이런 것들을 겪으
니 평소 여자들이 고부갈등을 왜 힘들어하는지 그 심정이 100% 이해
가 가더군요. 기본적으로, 장모님이 저를 미워합니다. 자기 딸이 더 좋
은데 시집갈 수도 있었는데, 나 같은 놈한테 잡혀서 이렇게 됐다 라는
마인드가 박혀 계시지요. 또 와이프가 지독한 마마걸입니다. 예를 들어
와이프가 친정에 너무 갑니다. 거의 매일 가는 것까지는 뭐라고 말 안
하겠는데, 일주일에 평균 한번 꼴로 며칠씩 친정에서 애기 데리고 자고
들어옵니다. 그렇다고 친정과 제 집이 거리가 멀면 말을 안 합니다. 수
원이 크면 얼마나 크겠습니까... 두 집 간의 거리가 버스로 5분이나 될
까. 어떨 때는 애기가 보고 싶어서 제가 퇴근 후에 처갓집으로 찾아가
는데 저 혼자 돌아올 때 마치 이혼한 남자가 아이 면접교섭권을 가지러
간 기분이더군요. 왜 나는 내 와이프랑 아기랑 이렇게 떨어져서 살아
야 하나 하는... 그러다보니 와이프와 무슨 작은 말다툼이라도 하면 장
인장모가 난리가 납니다. 와서 저에게 무지막지하게 야단을 치는데 내
가 왜 이런 인격적 모독을 당해야하나 싶을 정도입니다. 와이프는 옆에
서 말리는 게 아니라 소리를 질러가며 장인장모를 더 돋구지요... 또 와
이프는 제가 완전히 장인장모의 종이 되길 바랍니다. 예를 들어 식당에
가서 제가 깜박 잊고 수저를 안 놓아드리면, 눈을 흘기다가 집에서 난
리가 납니다. "당신은 예의범절도 모르냐? 어떻게 어른이 식사하는데
물도 안 따르고... 등등" 내가 처갓집에 종으로 들어간 건지 뭔지 모르겠
더군요. 그렇다고 와이프가 저희 집에는 잘 하느냐... 절대 아니지요. 저

회 시댁 식구 모두, 와이프의 경우 없음과 막돼먹음에 이미 포기한 지 오래입니다. 저희 집에 찾아오는 건 다들 포기하고 기대도 안 해요. 이 심정 당해본 사람 아니면 모를 겁니다. PS: 남자분들... 와이프가 시어머니한테 야단맞을 때는, 설사 와이프가 잘못했다고 하더라도 최소한 그 자리에서 옆에서 같이 시어머니 편들면서 뭐라고 하지 마세요... 그것만큼 비참한 것도 없습니다... 나중에 잘못을 지적할망정...

**사례 3** 장인장모님에게 바라는 글

우선 여기 글들에 시어머니의 갈등 문제가 참으로 많더군요. 전 어머니, 아버지께서 촌에서 농사일을 하시기 때문에 직장 문제도 그렇고 해서 타지에서 부인과 함께 생활을 하고 있습니다. 처갓집과 가까운 거리에 자리를 잡게 됐죠. 솔직히 말해 직장과 가까운 거리에 집을 구해 자리 잡고 싶었으나 부인의 권유로 제가 양보한 것이 실수 아닌 실수가 돼 버린 것이죠. 넉넉한 살림은 아니지만 시집오기 전까지 같은 회사에서 고생한 동료로서 그동안의 고생이 눈에 밟혀 주부로서 가사 일에 신경 써 달라는 제 부탁과 함께 말 그대로 주부지요.. 제가 나이가 충분이 찼음에도 불구하고 월200의 적은월급으로 부인에게 생활비를 주기에 손이 부끄러워 일주일에 3~4번의 야근까지 나름대로 부지런히 일했다고 자부합니다. 만 19개월된 저의 아들도 눈에 밟혀 가끔 이른 퇴근길에 수박이라도 한 덩이 사가지고 집으로 발걸음을 재촉하면 항상 부인은 처가에서 절 맞이하곤 하죠. 어린 아들까지 돌보느라 피곤하겠거니와 집안 살림의 노동 또한 한몫, 또한 절 기다리느라 무료함을 달래기 위해 처갓집에 마실 아닌 마실을 갔다는 거에 대해서 아무런 불만은 없으나 것도 한 두 번이죠. 하루도 거르지 않고 매번 처갓집에서 절 맞이하는 부인이 야속하여 어쩔 땐 홀로 집으로 발걸음을 옮깁니다. 허나 그날은 부인이 토라진 얼굴로써 절 대하기 일쑤였고 진심어린 말투로 제 속사정을 말하면 오히려 절 설득하려 들죠.……

**사례 4** **출산 후 이혼생각중입니다.**

어렵사리 둘 다 지난5월에 결혼을 했고 얼마 전에 아이를 낳았습니다. 주위에서는 다들 축하한다고 하지만 제 마음은 무겁기만 하네요. 참, 저는 남편이고 이혼을 신중하게 생각하고 있습니다. 이혼하려는 이유는 다른 것이 아닙니다. 처가 아직도 어머님(장모님) 곁을 떠나지 못하고 있습니다.…… 툭하면 친정집에 가는데 정말 속이 뒤집힙니다. 최소 일주일에 한 번씩은 꼭 가더군요. 친정집에 가는 것이 무엇이 그리 나쁜 것이냐고 한다면 그리 할 말은 없지만 저희 시댁은 한번 가려면 입이 이만큼 나와서 안 가려고 애를 씁니다. 둘 다 서울이고 저희 집이 조금 더 가까운 위치에 있습니다. 오늘 갔다가 다음날 또 가고 다음날 또 가고.... 장모님께도 이야기해봤는데 소용 없더군요. 오히려 저한테 이해를 하라고 합니다. 게다가 결혼 후에 저희 아버지께서 사돈어른께 인사를 드리고자 한다고 했는데 처가 쪽에서 거절을 했습니다. 이유는 저희아버지가 자신의 집을 무시했다는 것이지요. 장모님께 다시 말씀 드려봤는데 장모님도 결국은 처의 편을 들더군요. ㅜㅜㅜ 이번 명절에도 저희 집에 가서 인사를 하려는데 장모님께서 못 가게 하시더군요. 이유인즉 아직 아이를 낳은 지 한 달도 안 되었기 때문이라는 것인데 집이 먼 것도 아니고 차로 20분정도면 가는 거리인데도 못 가게 하는 것이 납득이 가지 않습니다. 집에서 설거지 등은 절대로 안 시킵니다. 임신하고 나서 아무것도 못하게 해요. 그리고 저의 처는 하는 소리가 조리

4. 처가위주의 생활  121

원에서 나오면 친정엄마가 우리 집에 와 있을 것인데 어떻게 친정엄마
를 두고 시댁을 가느냐는 것입니다. 어이가 없더군요, 가서 잠깐 인사
만 하는 것인데도 그것을 못 하겠다는 것입니다. 왕복 총 3시간정도. 지
난번에도 그런 적이 있었는데 장모님이 저희 집에 오셨는데 마침 저희
아버지께서 저희를 좀 부르셔서 간 적이 있거든요. 그런데 자기 엄마가
집에 와 계시는데 불렀다고 며칠 동안 말도 안했습니다.

　사례1〉은 친정에 너무 자주 가는 아내 때문에 불편해하는 남편의
글이다. 이제 결혼한 지 두 달이 되었고 글쓴이는 아내와 오붓하고 여
유롭게 주말을 보내고 싶지만, 아내는 매번 주말이 되면 어김없이 남
편의 의견은 들어보지 않은 채 친정이나 처형 집으로 가는 약속을 잡
는다. 지난 설날에도 시집에 하루 묵고 점심을 먹고 가자고 하자, 아내
는 친정에 빨리 가야된다고 하며 화를 낸다. 글쓴이는 시골집에 혼자
계신 어머니와 식사라도 한 끼 더하고 싶어 점심을 먹고 가자고 하고,
아내는 화난 얼굴로 밥에는 손도 안 댄 채 상에 앉아 있다가 출발을 한
다. 그 후 친정에서 이틀을 묵고, 오후에는 처형 집에 가서 저녁까지
먹고 온다. 글쓴이는 주말마다 처가 식구들과 시간을 보내는 것이 힘
들고, 이런 아내를 어떻게 해야 될 지 난감하다.
　사례2〉는 2살 된 남아를 둔 남성으로, 이혼에 대해 심각하게 고민
중이다. 글쓴이가 생각하기에 아내는 지독한 마마걸로, 일주일에 한번
꼴로 아기를 데리고 친정으로 가 자고 온다. 글쓴이는 본인의 집과 5
분 거리인 친정에서 자고 오는 아내를 이해할 수 없다. 아기가 보고 싶
을 때는 처갓집에 가서 아들을 보고 오는데, 혼자 돌아올 때면 꼭 이혼
한 남자가 아이 면접교섭권을 가지고 간 기분이 든다. 남편은 본인보

다 처가를 중요시하는 아내에게 화가 나고, 아내가 장인 장모의 편을 들 때면 기분이 비참해진다.

사례3)의 남성 또한 늘 처갓집에서 남편을 기다리는 아내로 인해 마음이 상한다. 본가 부모님은 시골에서 농사를 짓고 계시기에, 글쓴이는 아내의 권유로 처갓집과 가까운 거리에 집을 잡았다. 근데 아내는 하루도 거르지 않고 처갓집에서 남편을 맞이하고, 그게 야속해 처갓집이 아닌 집으로 발걸음을 옮기면 아내는 토라진 얼굴로 남편을 대한다. 남편은 아내에게 자신의 속마음을 이야기하지만, 아내는 오히려 남편을 설득하려 한다.

사례4)는 결혼한 지 1년이 안된 남성으로, 얼마 전에 아이가 태어났다. 이 남성의 문제는 아내가 장모 곁을 떠나지 못하고 있다는 것이다. 아내는 툭하면 친정에 가지만, 시댁에 가는 것은 한 번도 안 가려고 애를 쓴다. 이번 명절에도 시댁에 인사 가려는 것을, 장모는 아이를 낳은 지 한 달도 안 되었다며 막는다. 차로 20분 거리인 시댁 가는 것을 막는 장모를 글쓴이는 이해할 수 없다.

**사례 5** **가족애가 너무 강한 아내**

답답한 마음에 어디 얘기할 데가 없어서 혼자 맥주 한잔 하다 글 남깁니다. 결혼한지는 이제 4달이 되어가는 신혼이네요. 근데 남들이 들으면 그게 뭔 고민이냐 하겠지만 저한테는 이게 맞는 건지 답답합니다. 최초는 신혼여행을 다녀왔을 때 처제가 동서와의 어떤 이유로 처갓집에 애들 데리고 혼자 왔었는데 동생도 오고 애들도 있고 하니까 처갓집에서 자고 가도 되냐고 하기에 그러라고 했는데 그게 4일인가 5일인가

집에를 오질 않았습니다. 처음 이틀 정도는 그런가보다 하다 나중에 짜증이 나서 집에 왔을 때 아무리 그래도 신혼인데 너무한 거 아니냐고 짜증을 내니까 알았다고 그건 자기도 미안하다고 하더라구요. 그렇게 이렇게 저렇게 생활하다 이번에 휴가로 처제네가 처갓집에 왔는데 또 오늘까지 5일째 안 오네요. 물론 제가 처음에 자고 오라고 했구요. 중간중간에 근무 땜에 처갓집에 왔다갔다 했구요. 퇴근하고 집에 오니 동서네 데려다주러 거제도에 갔네요. 결혼생활은 큰 다툼 없이 하는데 가족애가 강한 게 뭔 고민이냐 하겠지만 동서네가 왔을 때는 제가 아무것도 아닌 느낌이 들고 당연히 집에를 안 오니까 혼자 자고, 라면 끓여먹고. 이런 걸 누구한테 얘기해도 속 좁은 놈 될 거 같고. 답답하네요~

### 사례 6  와이프, 처가 다 싫습니다.

안녕하세요? 답답하고 스트레스 받기도 하고 하소연할 데가 없어서 이렇게 글을 올립니다. 결혼한 지 1년 7개월 8개월 된 딸 하나가 있습니다. 참 행복할 시기이지요.. 하지만 전 그렇지가 않네요.. 와이프 처갓집 식구들 때문입니다. 일단 처갓집은 딸만 셋인 집안에 어머님이 왕이시고, 아버님은 기를 못 펴고 사시는 그런 상황이지요.. 처형, 처제가 있는데 처제는 결혼해서 아들 하나 딸 하나 두고 있습니다. 문제는 어머니와 딸들의 서로에 대한 사랑이 유별납니다. 모든 부모와 자식 간의 사랑이 마찬가지겠지만... 와이프는 집안의 모든 결정을 처가와 상의합니다. 가장인 내가 있는데... 저한테는 그냥 통보하는 식이지요... 모든 생활이 처갓집 중심으로 돌아가고 있어요... 결혼하기 전에 서로 그렇게 살아 왔다 하더라도.. 결혼 후엔 우리 가정을 중심으로 살아야 하는 거 아닌가 싶습니다. 처음에는 처가와 가까이 지내서 나쁠 건 없다 생각하고 와이프 하자는 대로 해주고 했는데... 이제는 도를 넘고 있는 듯 싶어요.. 뭔 행사만 있으면 장모님 딸 셋이서 우르르 몰려다니고, 뭔 물건을 하나 사더라도 공동구매를 해야 하고, 평일에는 수시로 만나러 다니고, 주말마다 만나서 밥을 먹어야 하고... 옆에서 지켜보기가 부담스럽고 짜증납니다.. 이런 문제로 서로 싸우기도 여러 차례이지만 달라지지 않습니다. 장모님의 경우는 어떨까요? 당신 딸만 귀한 줄 아십니다. 결혼 할 때쯤이었죠.. 사정상 제가 신혼집을 먼저 구해서 4달 정도 먼저 생활 한 적이 있었습니다. 가구가 먼저 들어왔죠.. 와이프한테 건네 들은 얘기가 장모님께서 저보고 침대에서 자지 말라는 겁니다.. 4개월 있다 자기 딸 들어오면 그 때 침대를 쓰라 했답니다. 거기서도 못내 많이 서운하더라구요.. 제가 먼저 침대 쓰면 더러워지는 건지... 또 와이프는 임신 중에도 일을 다녔습니다. 출산하기 3주 전까지요.. 힘든 거 인정합니다.. 그런데 장모님께서는 당신 딸이 임신 중에 일을 다닌다는 게 못마땅 하셨는지 저에게 화를 내시더군요.. 형편이 어쩌구 저쩌구 그러시면서요... 정말 평생 지워지지 않을 것 같아요... 처가는 수시로 가면서 저희 집 한번 가는 건 어쩌나 힘든지요... 저희 어머니는 최근에 메르스 때문에 손녀 얼굴 한번 보고 싶어도.... 저희 집에 오고 싶어도 오지도 못하시는데... 장모님 처형 처제는 너무 쉽게 왔다 갔다 하는 걸 보면 왠지 제가 우리 본가 어머님께 잘못하는 것 같네요.……

### 사례 7  결혼 6년... 남은 건 원망과 한숨뿐이네요

30살에 결혼해서 이제36살입니다 애기가 없어요... 생길 수가 없는 생활이죠... 제 와이프는 자신의 엄마에 대한 집착이 강한 여자입니다. 연애 초기에는 별 문제 없을 거라 생각했지만 생활을 하면 할수록 심해지더군요. 장모님은 음식장사를 하시는데 손이 참 많이 가는 일입니다. 거기서 와이프가 같이 일을 했었고 저는 멀리 남쪽에서 일하느라 한 달에 두 세 번 보며 살았습니다. 장모님이 사람을 못 믿어 자기가 꼭 있어야 한다고 가버리더군요. 그때까지는 이해를 했고 많이 참고 살았어요.…… 오랫동안 일하던 정년이 보장된 직장도 그만두고 제가 올라가게 되었습니다. 장사도 잘돼는 가게였기 때문에 열심히만 하면 먹고사는데 지장 없겠다 라고 생각해서 와이프만 보고 올라갔습니다.…… 제 집은 장모님 집에서 걸어서 십 분입니다. 하지만 와이프는 아침에 일어나면 너무 힘들다고 그냥 장모님 집에서 먹고 자고 하자고 하더군요. 그렇게 2년을 살았습니다. 우리 둘이 생활도 중요하다. 또 나도 내 시간이 있어야 하는 거다 먹고살기 힘들어도 당연한 거다 이렇게 살면 힘들다 집에도 가서 생활해야 한다 라고 수 없이 말했습니다. 하지만 알겠다고 하고 다시 장모님 집에서 생활합니다. 2년 동안 한 번도 집에서 잔 적이 없네요.ㅜ 이 생활을 참고 사는 와이프도 짜증나고 당연히 받아들이는 장모님도 꼴 보기 싫습니다.…… 이제는 너무 지칩니다... 사랑해서 결혼했지만 둘이 아닌 가운데 장모님이 껴서 이래라 저래라 간섭하고 그걸 당연히 받아들이고 자신은 아무 문제없이 정상적인 사람이라고 생각하는 와이프가 정말 죽일 만큼 싫어집니다.... 이혼하고 혼자 고생하더라도 마음 편히 살고 싶네요....ㅜㅜ

사례5〉의 글쓴이는 결혼한 지 4달이 되어 간다. 신혼여행을 다녀온 후 처제가 무슨 이유인지 아이들을 데리고 처갓집에 오자, 아내는 자고 가도 되냐고 묻는다. 그러라고 하자 아내는 4~5일을 집에 들어오지 않고, 오랜 기간 집을 비운 아내의 행동에 남편이 짜증을 내자 아내는 미안하다고 이야기를 한다. 그런데 이번 휴가에도 처제네가 놀러

오자, 아내는 5일째 집에 들어오지 않는다. 글쓴이는 남편보다 자신의 친정 식구를 우선시하는 아내에게 화가 난다.

사례6)의 글쓴이는 결혼한 지 1년 7개월 된 남성으로, 8개월이 된 딸이 하나 있다. 처갓집은 딸만 셋인 집안에 장모는 왕으로 군림을 하고, 장인은 기를 못 펴고 산다. 처제 또한 결혼을 해 아들 하나, 딸 하나를 두고 있다. 문제는 장모와 세 딸의 서로에 대한 애정이 유별나다는 것이다. 아내는 집안의 모든 결정을 처가와 상의하고, 남편에게는 통보만 한다. 물건을 하나 구입해도 공동구매를 하고, 평일에는 수시로 만나고, 주말마다 밥을 함께 먹고, 이제는 옆에서 지켜보는 것이 부담스럽고 짜증이 난다.

사례7)은 결혼한 지 6년이 된 남성의 글로, 아내는 장모에 대한 집착이 강하다. 연애 초기에는 별 문제가 없을 것이라 생각했지만 시간이 지날수록 장모에 대한 아내의 집착은 심해진다. 처음에는 장모를 도와 일하는 아내 때문에, 남편은 아내와 떨어져 살았고 한 달에 두세 번 아내를 보며 살았다. 이후 정년이 보장되는 직장도 버리고 아내만 보고 장모와 장사를 시작했다. 글쓴이의 집은 처가에서 10분 거리지만, 아내는 일어나면 힘이 든다면서 장모 집에서 먹고 자고 하자고 하고, 아내가 원하는 대로 2년을 살았다. 글쓴이는 아내와 둘만의 생활을 원하지만, 아내는 2년 동안 한 번도 집에서 잔 적이 없다. 남편이 이런 아내에게 너무 지치고 이제는 이혼을 생각한다.

**사례 8** **집근처로 이사온다는 처가집**

남양주에 살고 있는 2년차 부부 남편입니다. 결혼 후 저희 부모님, 처갓집 모두 30분정도 거리에 살고 있었는데요, 갑자기 처가집이 저희가 사는 집 걸어서 5분 거리로 이사 온다고 하네요. 그것도 와이프가 주도해서요. 저랑 의논도 없이... 솔직한 저의 심정은 너무 싫습니다. 당장 도배, 장판 직접 하신다고 하는데, 5분 거리인 관계로 모른 척 하기 정말 힘들고, 가야하나 말아야 하나, 정말 사소한 것까지 신경이 쓰이네요. 더 싫은 것은 이러한 상황이 계속될 거라는 거예요. 전세도 아니고 집도 장만한 것이라 10년은 살 생각이었는데, 이사 가야겠다는 생각만 계속 들고요. 사실 처음에 이사 오신다고 했을 때는 이정도로 싫지 않았어요. 그런데 얼마 전 처남이 우리 집에서 자고 가면서 정말 정이 확 떨어졌거든요. 처남하고 저녁밥 먹고 소주한잔 하고 저는 졸려서 먼저 방에 들어갔는데, 와이프랑 처남이랑 1시까지 티비 보면서 떠들더군요. 안방에서 자고 있는 저와 돌도 안 된 아이는 안중에도 없고... 자는데 방해가 될 정도로 티비 소리와 웃음소리.. 중간에 화장실 가느라 거실과 주방을 봤는데 정말 더럽게 해놓고... 처음에는 자고 간다는 말도 없었는데 차 끊겼다고 자고 갈 거라고... 뭐 그 정도는 이해했습니다. 다음날 일어나서 집 꼴이 너무 더러워서 아내와 한바탕 하고 대청소를 했어요. 1시간 청소를 하는 와중에도 처남은 자고 있더군요. 저랑 와이프는 오전에 볼일이 있어 나가는 중에도 갈 생각을 안 하더군요. 더 가관인 것은 거실에 들어 누워서 인사도 안하더군요. 그래서 며칠 후에 와이프랑 이야기 했는데, 처남이 인사를 했다. 지금까지 자고 가면서 이부자리 한번 갠 적 없다고 했더니 항상 개고 갔다고 하고, 눈에 보이는 거짓말로 두둔하더군요. 그러면서 화를 내며 다시는 오지 말라고 하겠다 하더군요. 그리고 나서 며칠 뒤 토요일 집에 왔는데 처남이 있는 거예요. 온다는 말도 없었는데... 뭐 부탁하러 불렀다고... 기가 차더군요. 결혼 직전 장모님이 갑자기 돌아가시면서 내가 잘해야지 했던 마음들이 이제는 너무 당연하게 된 것 같기도 하고요.…… 결혼을 왜 했나 하는 후회도 들고. 호의로 했던 일들이 당연한 의무로 바뀐 것 같아 처음부터 거리를 둘 걸 하는 후회도 들고요. 아직 이사 온 것은 아닌 상황에서 지레 걱정하는 것일 수도 있지만, 아무래도 가까이 살면 부딪힐 일이 많아지겠죠? 그냥 답답해서 끄적거려 보네요. 앞으로는 장인 생일, 명절, 어버이날 정도만 챙기고 그 외에는 신경 끄고 살려구요. 그리고 와이프한테 저 있을 때는 처남이랑 장인 초대 없이 오시지 말라고 할거구요. 뭐 평일 저 없을 때는 상관 없구요. 장인 도배, 장판 한다고 했을 때 안 갔어요. 이사하시는 날은 가야 하나 고민 중인데 아무래도 가야 할 것 같구요. 그 외에는 앞서 말한 날 정도만 챙기려구요. 이렇게 행동하는 것이 경우에 어긋나는 것인가요?

사례8)은 처가가 걸어서 5분 거리로 이사를 오는 것 때문에 마음이 불편한 남성의 글이다. 당장 도배, 장판을 직접 하신다고 하니 5분 거리인 관계로 모른 척 하기도 힘들고, 가야 될 지 말아야 될 지 사소한 것까지 신경이 쓰인다. 그리고 이러한 상황이 계속 될 것이라는 생각에, 다른 곳으로 이사를 가고 싶다. 아직 이사를 온 것은 아니지만 가까이 살면 부딪힐 일이 많을 것 같고, 호의로 했던 일들이 당연한 일들로 바뀔 것 같고, 그냥 답답하다. 글쓴이는 처가가 이사를 올 경우, 본인의 생활이 없어지고 처가 위주의 생활이 될까봐 걱정을 하고있다.

그렇다면 이러한 사례들에 설화에서의 해결방안은 어떻게 적용될 수 있을까? 앞서 [구렁덩덩 신선비] 설화군은 해결방안을 제시하기보다는 경계의 역할을 해줄 수 있다.

[구렁덩덩 신선비] 설화군은 아내가 남편보다 자신의 친정을 가까이했을 때 어떠한 상황이 벌어지는지 이야기해주며, 그 상황을 수습하는 것이 얼마나 힘들고 어려운 일인지 깨닫게 해준다. 또한 남편과 친정 사이에서 본인이 어디쯤 위치하고 있는지, 자신의 위치를 파악하게 해 줄 것이다. 사례들에서 남편보다 친정이 우선인 아내의 모습은, [구렁덩덩 신선비] 설화군에서 결혼은 했지만 아직 남편보다 언니들의 말을 더 중요시하는 막내딸의 모습과 닮아있다. 결혼한 여성이 친정으로부터 분리되어 한 남성의 아내라는 온전한 위치를 찾게 될 때 남편과 처가 사이의 갈등은 해결될 수 있으며, 설화는 이러한 여성들에게 경계의 역할을 해줄 수 있다.

# 5

## 사위 간 차별

# 5. 사위 간 차별

## 1) 처가갈등 양상과 해결방안

사위가 둘 이상일 때, 장인이나 장모는 사위들을 서로 비교·평가하며 사위에 대한 대우를 달리하고, 이로 인해 차별의 대상이 된 사위는 불만을 갖게 된다. 본 장에서는 이러한 사위들의 모습을 살펴보도록 하겠다.

먼저 [글 지어 장모의 괄시 면한 사위] 설화군이다. 대강의 줄거리는 다음과 같다.

어느 집안에 사위가 둘 있었는데, 큰사위는 무식하여 글을 몰랐고, 둘째 사위는 글을 깨쳐 유식하였다. 그 집안 장모가 글을 좀 배워 늘 둘째 사위와 문장을 지어 주고받으며 대화하기를 좋아했는데, 큰사위는 무슨 말인지 몰라 꿔다놓은 보리자루 모양으로 가만히 앉아있기만 했다. 어느 날 큰사위가 집에 돌아와 아내에게 다시는 처갓집에 가지 않겠노라고 말했다. 남편의 말을 들은 아내가 절로 들어가 삼 년간 공부를 해 보라고 권했다. 남편이 아내의 권유에 따라 절로 올라가 삼 년간 온갖 잡일을 하며 밥을 얻어먹고 글을 배웠는데, 참으로 진실한 자세로 공부를 했다. 큰사위가 삼년이 지나 다시 처갓집에 갔더니, 마침 둘째 사위가 장모와 함께 글 한수씩을 지으려던 참이었다. 장모가 '연고 고 (故)'자로 운자를 내니, 둘째 사위가 "산고다석고(山高多石故), 산이 높은 것은 돌이 많은 연고라."고 하였다. 큰사위가 그것도 글이냐며 웃어대자, 장모가 그럼 자네가 글을 한번 지어보라고 했다. 큰사위가 그럼 대구나 한다며 "천고다석고(天高多石故), 하늘이 높은 것도 돌이 많은 연고냐?"고 하였다. 둘째 사위가 다시 "송지청야중견고(松之靑也中堅 故), 소나무가 푸른 것은 가운데가 굳은 연고라" 하니, 큰사위가 "죽지 청야중견고(竹之靑也中堅故), 대나무가 푸른 것도 가운데가 굳은 연고냐?"고 하였다. 둘째 사위가 다시 "학지장명장항고(鶴之長鳴長項故), 학이 길게 뽑는 것은 목이 긴 연고라"고 하니, 큰사위가 "선지장명장항고(蟬之長鳴長項故), 매미가 길게 우는 것도 목이 긴 연고냐?"고 하였다. 둘째 사위가 다시 "노류부장열인고(路柳不長閱人故), 길가에 버드나무가 자라지 않는 것은 사람에게 시달린 연고라."라 하니, 큰사위가 "장모부장열인고(丈母不長閱人故), 장모가 키가 작은 것도 사람들에게 시달린 연고냐?"고 하였다.[1]

이 설화에서는 학식의 차이로 인해 차별받는, 사위의 모습이 나타나고 있다. 어느 집안에 사위가 둘 있는데, 하나는 무식하고 하나는 유식하다. 글을 좀 아는 장모는 늘 유식한 둘째 사위와 대화하기를 좋아하고, 큰사위는 그 둘의 대화에 참여하지 못한다. 자존심이 상한 큰사

---

1) 『한국구비문학대계』 1-5, 98-101면, 수원시 설화 26, 바보 사위의 글짓기, 이명원 (남, 70)

위는 아내에게 다시는 처갓집에 가지 않겠다고 하고, 아내는 남편에게 절로 들어가 삼 년 동안 공부할 것을 권한다. 남편은 아내의 말 대로 절로 들어가 삼 년 동안 온갖 어려움을 견디며 진실하게 글을 배운다. 삼 년이 지나 큰사위는 다시 처갓집을 찾아갔는데, 마침 장모와 둘째 사위는 글을 지으려던 참이었다. 장모가 '연고 고(故)' 자로 운자를 내자 둘째 사위는 "산이 높은 것은 돌이 많은 연고라"는 글을 지었고, 큰사위는 '산고다석고'를 '천고다석고'로 바꾸어 "하늘이 높은 것도 돌이 많은 연고냐?"는 대구를 한다. 둘째 사위가 다시 "소나무가 푸른 것도 가운데가 굳은 연고라"고 하니, 큰사위는 "대나무가 푸른 것도 가운데가 굳은 연고냐?"고 하며, 둘째 사위가 "학이 길게 뽑는 것은 목이 긴 연고라"고 하자 큰사위는 "매미가 길게 우는 것도 목이 긴 연고냐?"고 대구를 한다. 마지막으로 둘째 사위가 "길가에 버드나무가 자라지 않는 것은 사람에게 시달린 연고라."고 하자, 큰사위는 "장모가 키가 작은 것도 사람들에게 시달린 연고냐?"고 하여 장모를 비웃는다. 이렇게 설화에서 큰사위는 학식이 없다고 자기를 무시하고 괄시한 장모에게 앙갚음을 한다.

예문 설화에서 해결방안으로 제시되는 것은 아내의 내조와 사위의 노력이다. 큰사위가 다시는 처갓집에 가지 않겠다고 이야기하는 것은 그동안의 장모의 차별대우에 자존심이 상하고 화가 났기 때문이다. 그리고 그 마음을 이해한 아내는 남편에게 삼 년 동안 절에 들어가 공부할 것을 권하며, 남편은 아내의 권유에 따라 절에서 온갖 잡일을 하고 밥을 얻어먹으면서도 진실한 자세로 글을 배운다. 이 삼 년이라는 기간은 큰사위가 장모의 차별을 이겨내기 위한 성장의 시간이 되는 것이다. 그리고 큰사위는 노력의 결과로 장모보다 뛰어난 능력을 가지게 되며, 장모의 차별로부터 벗어난다.

　『한국구비문학대계』에는 이러한 내용의 설화가 11편 수록되어 있는데, 모두 장인이나 장모가 여러 명의 사위 중 학식이 높다는 이유로, 혹은 집안이 부유하는 이유로, 혹은 가문이 좋다는 이유로, 혹은 외모가 출중하다는 이유로, 혹은 성격이 좋다는 이유로 그렇지 못한 사위와 차별하고 글짓기를 하다가 창피를 당한다. 그리고 장인이나 장모는 본인의 잘못을 깨닫고, 사위들을 공평하게 대우하면서 이야기는 마무리된다.

　설화에 따라서는 부모가 자신의 자녀들을 차별하고 그로 인해 사위도 차별하는 모습이 나타나는데, 〈셋째 사위의 글재주(『한국구비문학대계』 2-7, 56-58면, 횡성군 둔내면 설화7, 이하신(남, 68))〉에서는 딸 삼형제를 둔 부모가 첫째와 둘째 딸은 고맙게 생각해 학자인 사위를 구했지만, 막내딸은 천대를 하여 지게목발을 두들기는 사람을 사위로 맞이한다. 막내 사위는 아내로 인해 자신까지 장인, 장모의 미움을 받게 되자 그들의 행동을 지켜보는데, 막내 사위는 "장모부장인연고(丈母不長人緣故), 장모의 키가 작은 것도 사람이 짓밟아 크지 않은 것이냐?"라는 글을 짓고, 막내 사위의 글을 본 장인은 막내 사위를 무시하면 안 되겠다는 생각에 그에게 글을 가르친다. 그 후 막내 사위는 초시에 등과하여 서당을 차리고, 후진을 양성하게 된다. 〈괄시 받은 막내 사위의 보복(『한국구비문학대계』 7-9, 76-81면, 안동시 설화22, 김응년(남, 62))〉에서는 학문과 가문이 좋은 맏사위와 둘째 사위가 장인과 더불어 학문이나 가문이 한참 못 미치는 막내 사위를 함께 놀리며, 〈골불견(骨不見) 이야기(『한국구비문학대계』 6-12, 533-536면, 득량면 설화1, 이현석(남, 72))〉에서는 '골불견'이 '사람을 얼굴로 판단하

지 말라'는 말이라고 하며 "사람이 아무리 못 생겨도 말을 함부로 하
면 봉변을 당할 수가 있다"고 하여 '골불견'의 유래를 설명하고 있다.
모든 설화군에서 차별대우를 받던 사위는 자신의 글 재주로 장인이나
장모를 비웃고 망신을 주며, 장인이나 장모는 자신의 행동을 반성하
며 사위를 잘 대우하고 있다.

　다음으로 〈장인 골탕먹인 가난한 사위〉이다. 대강의 줄거리는 다음
과 같다.

　　어떤 부자 장인이 사위 둘을 뒀는데 큰사위는 잘 사는 집, 작은 사위
　는 못 사는 집 사위였다. 그런데 장인은 큰사위만 잘 대접하고 작은 사
　위는 식은 밥 대접을 하였다. 장인으로부터 번번이 푸대접을 받은 작은
　사위가 한번은 꾀를 내었다. 작은 사위는 닭 한 마리와 달걀 백 개를 사
　온 후에 부인에게 내일 쌀가마를 얻어다가 음식 장만을 좀 한 다음 장
　인을 집으로 부르라고 하였다. 마침 장인의 생일이라 작은 사위는 장인
　을 잘 대접하였다. 그러자 장인은 작은 사위에게 돈이 어디 있어서 이
　렇게 잘 대접하였냐고 물었다. 작은 사위는 닭이 백 개의 알을 낳아서
　그런다고 속였다. 그래서 결국에 작은 사위는 닭을 장인의 논 다섯 마
　지기와 바꾸었다. 그런데 장인이 돌아와서 닭이 알을 낳는 것을 보니
　하나밖에 안 낳아 작은 사위한테 속았다며 닭을 죽였다. 작은 사위가
　그 소식을 듣고는 장인의 집에 헐레벌떡 쫓아와서 그 때 한 가지를 안
　일러줬다며 닭이 알을 낳으러갈 때 깨 한 줌을 먹여야 달걀 백 개를 낳
　는다고 하였다. 장인은 괜히 아까운 닭 한 마리 죽였다고 생각하였다.
　작은 사위가 이번에는 일등 목수한테 가서 특별한 제사상을 하나 짜게
　하여 자신의 집에 딱 갖다 놓고 아내에게 제사상 아래에 음식을 잘 장
　만해 놓으라고 하였다. 그 후 작은 사위는 장인을 또 집에 모셔 왔는데

제사시간이 되자 방망이를 꺼내서 두드리며 제사상을 차렸다. 그리고 작은 사위는 방망이를 두드리면 뭐든지 나오라는 대로 나온다고 속였다. 장인은 작은 사위에게 이번에도 그 방망이와 논 다섯 마지기를 바꾸자고 하여 방망이를 얻었다. 장인이 집에 와서 그 방망이만 믿고 아무 제사 음식도 안했다가 낭패를 당했다. 십 년 후에 작은 사위는 그 땅을 빌려주셔서 인제 밥을 먹게 되었다며 장인한테 땅문서를 돌려주었다. 장인은 사위에게 자신이 그동안 없이 산다고 무시하여 그런 맘을 먹었을 거라며 도로 갖다가 잘 먹고 살라며 논을 돌려받지 않았다.[2]

부자인 장인이 사위를 둘 뒀는데, 큰사위는 잘 사는 집에서 작은 사위는 못 사는 집에서 얻었다. 장인이 큰사위만 잘 대접을 하고, 작은 사위는 식은 밥으로 대접을 하자 작은 사위는 꾀를 내게 된다. 이 설화에서도 장인의 차별대우와 푸대접에 화가 난 사위의 모습이 그려지고 있다.

작은 사위는 닭 한 마리와 달걀 백 개를 사온 후, 부인에게 쌀가마를 얻어다 음식 장만을 한 후 장인을 집으로 부르라고 하였다. 마침 장인의 생일이라 작은 사위는 장인을 잘 대접하였고 장인은 돈이 어디서나 이렇게 잘 대접을 하였냐고 묻는다. 작은 사위는 닭이 백 개의 알을 낳아서 그런다고 말하고, 장인은 사위의 닭을 논 다섯 마지기와 바꾸었다. 장인이 집으로 돌아와 닭이 알을 낳는 것을 보니 하나밖에 안 낳았고, 작은 사위한테 속았다며 닭을 죽였다. 작은 사위가 그 소식을 듣고는 장인의 집으로 쫓아와, 닭이 알을 낳으러갈 때 깨 한 줌을 먹여야

2) 『한국구비문학대계』 5-3, 298-204면, 줄포면 설화16, 장인 골탕먹인 가난한 사위, 최경호(남, 65)

달걀을 백 개를 낳는다고 하였다. 장인은 괜히 아까운 닭 한 마리 죽였다고 생각하였다. 작은 사위는 다시 목수한테 가서 특별한 제사상을 하나 짜게 하고, 아내에게 제사상 아래 음식을 잘 장만해 놓으라고 하였다. 작은 사위는 장인을 집에 모셔온 후, 제사시간이 되자 방망이를 꺼내 두드리며 제사상을 차렸다. 그리고 방망이를 두드리면 뭐든지 나온다는 말로 장인을 속여, 방망이를 논 다섯 마지기와 바꾼다. 장인은 방망이를 믿고 아무 제사 음식도 안했다가 낭패를 당한다. 십 년 후 작은 사위는 그 땅을 빌려주셔서 인제 밥을 먹게 되었다며 장인한테 땅문서를 돌려주고, 장인은 사위에게 자신이 무시하여 그런 맘을 먹었을 거라며 논을 돌려받지 않는다.

　설화에서 사위는 꾀로 자신을 무시하는 장인을 골려먹으며, 결국 열 마지기의 논을 차지한다. 십 년 후 먹고 살 만하게 된 사위는 장인에게 다시 논을 돌려주지만, 장인은 그동안 자신이 사위를 무시한 것을 생각하며, 자신을 속인 사위의 마음을 이해하고, 논을 돌려받지 않는다. 이 설화는 자신의 잘못을 깨닫고 사위를 진심으로 대하는 장인의 모습이 잘 그려지고 있다. 이제는 먹고 살 만하여 장인의 논을 다시 돌려주는 사위나, 사위의 마음을 이해하며 돌려준 논을 받지 않는 장인은, 서로가 윈윈(win win)하는 아름다운 모습을 보여준다.

　여기서 해결방안으로 제시할 수 있는 것은 십 년이라는 사위의 시간적 노력과 자신의 무시로 인해 속상했을 사위의 마음을 진심으로 이해해주는 장인의 태도가 될 것이다. 비록 장인의 재산을 꾀로 차지했지만 사위는 그 시간동안 장인의 논을 기반으로 재산을 일구었고, 이제는 가난한 자가 아니라 먹고 살만한 재산을 축적하게 된다. 또 장인은 자신의 무시로 인해 사위가 나쁜 마음을 먹었다는 것을 깨닫고 사위를 지켜봐준다. 사위가 돌려주는 논을 돌려받지 않고 사위에게 도로 준 것은, 장인이 사위를 이해하고 그가 성공하기를 기다려줬다는 것을 의미한다. 그리고 장인과 사위는 갈등에서 벗어나 성공적인 옹서관계를 맺게 된다.

마지막으로 〈이야기 잘 하는 막내 사위〉이다. 대강의 줄거리는 다음과 같다.

> 어느 부잣집 딸 셋이 모두 시집을 갔는데, 아버지가 유독 막내 사위만 미워했다. 하루는 장인이 어느 절의 중과 이야기 시합을 했는데, 이야기 하나에 천 냥씩 돈을 걸었다. 첫째, 둘째 사위가 와서 중과 이야기 시합을 했으나, 둘 다 져서 또 이천 냥을 중에게 내주었다. 마지막으로 막내 사위가 와서 이야기를 시작했다. "옛날에 중국하고 한국하고 형제국이라서 왔다 갔다 하는디, 한국은 풍년이 들고 중국은 흉년이 들었어. 그래서 중국에서 사람은 고사하고 짐승까지 싹 굶어 죽게 됐어. 그래서 인제 쥐가 한국으로 먹고 살겠다고 건너오는디 광주 무등산만한 놈이 셋이 쌓여있어. 압록강으로 가서 그놈이 건너 올 때 한 마리씩 밖에 못 건너와. 자 인제 건너 오느만. 똠방 떨어져 부러, 한 마리 건너왔소." 막내 사위가 담배를 피우고 계속 이야기했다. "예, 또 건너오요. 한 마리 풍당, 쪼르르 탈탈 두 마리 건너왔소." 이런 식으로 이야기를 하니 몇 백 년이 지나도 안 끝날 것 같았다. 중이 도저히 못 견디고, 졌다며 천 냥을 내어 주었다. 막내 사위가 그렇게 받은 돈 천 냥을 가지고 그 중에게 갔다. 이번에는 중이 먼저 이야기를 시작했다. 절 앞에 낚시 방죽이 있다며, 그 방죽의 물이 몇 번에 떠낼 수 있냐고 문제를 냈다. 이에 막내 사위는 목수를 불러 그 방죽 크기만한 나무 상자를 짜서 퍼내면

한 번이면 된다고 대답했다.[3] 그렇게 해서 내기에 이겨 천 냥을 받게 되었다. 막내 사위가 잃었던 이천 냥을 되 찾아오자, 장인이 우리 막내 사위가 최고라며 그 뒤로 막내 사위를 예뻐했다.[4]

설화에서 장인은 세 사위 중 유독 막내 사위만 미워하는데, 막내 사위가 미움을 받는 이유는 나타나지 않는다. 하루는 장인이 이야기 하나에 천 냥씩의 돈을 걸고, 중과 이야기 시합을 하게 된다. 첫째 사위와 둘째 사위는 중과의 이야기 시합에서 져 이천 냥을 잃게 된다. 마지막으로 막내 사위가 중과 이야기 시합을 하는데, 중국에서 한국으로 강을 건너오는 쥐 이야기를 하여 이기게 되고 천 냥을 찾게 된다. 막내 사위는 그 천 냥을 가지고 다시 중에게 가는데, 중은 막내 사위에게 "절 앞에 낚시 방죽이 있는데, 그 방죽의 물을 몇 번에 떠낼 수 있느냐"고 묻는다. 이 질문에 막내 사위는 목수에게 그 방죽 크기만한 나무 상자를 짜서 퍼내면 한 번이면 된다고 대답한다. 그렇게 막내 사위는 내기에 이겨 잃었던 이 천 냥을 모두 되찾게 되고, 장인은 우리 사위가 최고라며 그 뒤로는 막내 사위를 예뻐한다.

설화에서 막내 사위는 장인의 고민을 해결하고, 잃었던 돈을 되찾아줌으로써 장인의 인정을 받고 있다. 이에 문제 해결방안으로 제시할 수 있는 것은 장인의 문제를 해결해주는 사위의 능력이다.

---

3) 본문에는 '한 학구'라고 했는데, 그것은 상자를 의미한다.
4) 『한국구비문학대계』 5-6, 336-338면, 태인면 설화 65, 이야기 잘 하는 막내 사위, 김길한(남, 76)

## 2) 현대 처가갈등에의 적용

[글 지어 장모의 괄시 면한 사위] 설화군과 〈장인 골탕먹인 가난한 사위〉〈이야기 잘 하는 막내 사위〉 설화는 현대 처가갈등에 어떻게 적용될 수 있을까? 먼저 사위 간 차별로 인해 처가갈등이 유발된 사례들을 살펴보고, 본 설화의 적용 가능성을 타진해 보고자 한다.

**사례 1** 장서간의 갈등(여성분들의 의견 듣고 싶습니다.)

안녕하세요? 저는 올해 36살 평범한 기혼남입니다. 결혼 만3년차이구요 아직 자녀는 없습니다. 혹시 장서간의 갈등 겪어 보셨나요? 저는 결혼 후 한 번도 편하게 처가에 가본 적이 없습니다.…… 처제가 결혼 전 한참 집을 보러 다니고 가전제품 및 가구를 보러 다닐 때 주말에 장모께서 저보고 부산 자갈치시장에 가서 횟감을 사오라고 하셔서 처제가 결혼 한 달을 앞두고 처가에서 모두 모이게 되었는데 장모께서 은근히 저와 예비 넷째 사위를 비교를 하셨습니다. 처제가 집은 어디 아파트를 구입했고 얼마를 깎아서 샀으며 가구는 어디 거 샀고 가전제품은 어디가 좋더라 얘기를 하는데 갑자기 저를 보시며 "0서방도 얼른 돈 벌어서 너거 집 사라"며 말씀하셨습니다. 제가 사온 회도 처제가 예정시간 보다 늦게 와서 먼저 모인사람들 먼저 식사를 하는데 회를 정말 조금만 가져 오시더니 처제가 와서야 회를 모두 가져 내오십니다. 그리고 죽자고 비교를 하십니다. 예비 넷째 사위가 원자력발전소 다닌다고 하였는데 저와 비교를 엄청 하셨죠. 저보고 0서방도 공부 좀 잘하지. 그래서 공기업에 들어가던가 하지 라며 말씀하시고 0서방 회사가 현대 차 하청이지? 라며 깔아뭉개는 발언을 하셨죠.…… 장인어른이 입이 좀

가벼운 편입니다. 동네 어르신들 하고 어울리시다가 우연히 넷째 사위
가 원자력발전소 정직원이라고 자랑 하셨다가 동네망신 당한 적 있습
니다. 동네 어르신 자제분이 한전KPS 과장인데 장인께서 하도 자랑을
하셔서 동네 어르신이 자제분께 알아보셨는데 알고 보니 넷째 사위는
병원 방사선과에 근무하다가 남자 방사선사는 병원에 장기근속 해봐야
비전이 없어서 원자력발전소에 용역으로 들어갔다고 합니다. 방사선사
자격증이 있어서 방사선 관리 용역업체에 있다고 합니다. 주 5일 근무
빨간 날 다 쉬고 하는 건 좋은데 상여금도 없고 급여도 170만원 겨우
받는다고 합니다. 처제는 아파트 구입한다고 무리하게 대출을 받아서
1억 4천만원 대출 받았다고 합니다. 30년간 한 달에 월 78만원 정도 대
출금 갚는다고 합니다. 처제도 병원 방사선과에 근무하다가 지금의 남
편을 만났다고 합니다. 사위 4명의 직업은 이렇습니다. 큰사위는 경찰
(현재 경사) 작은 사위는 법무사 사무장(처갓집 외삼촌께서 법무사임
거기 사무실에 취직) 저는 중견기업 과장, 넷째 사위는 원자력발전소
용역업체 직원입니다. 그 후론 장모의 직업 비교는 하지 않더군요.……
처가 쪽 큰집에 막내딸이 늦게 시집을 간다고 큰집 잔치이니 모두 참석
을 하라고 하여서 대구에서 서울까지 버스 대여해서 갔었죠. 참석 인원
은 다른 친척과 장인, 장모, 둘째 사위, 저, 아내, 처제 이렇게 갔습니다.
버스 안에서 음식을 나눠먹을 때 장모는 여지없이 저를 지목해서 음식
물 전달을 시켰고 둘째 사위는 가만히 앉아 있기만 합니다. 서울에 도
착해서도 장모는 다른 친척들에게 둘째 사위만 인사 시키고 저는 배제
를 하였고 제가 잠시 다른 곳으로 가면 장모는 저를 찾아서 화를 내셨
죠. 다시 대구로 왔을 때 둘째 사위는 영천에 자기 본가에 친누나가 왔
다며 버스에서 짐 내리는 것도 도와주지 않고 가버리고 저 혼자 짐을
내려야만 했습니다. 올해 여름엔 처갓집 바로 옆 동에 살면서 한 번도

처갓집 일 도와주지 않고 장인, 장모가 운영하는 식당일 한 번도 도와주지 않는 작은 사위가 있으면서도 굳이 저를 불러서 장롱 버리는 거 저에게 시킵니다. 아내는 처가에 서랍장 같은 거 얻을게 있다고 가자고 하더니 그게 장롱 버리는 작업을 하기 위한 핑계였던 겁니다. 서랍장 필요도 없는데 굳이 안 얻어도 되는데 말입니다. 나중에 작은 사위가 저에게 오더니 장롱 다 버렸냐고 묻습니다. 아니 처가에 장롱 버릴 게 있으면 가까이 사는 사위가 해주는 게 당연한 거 아닌가요?…… 이제 이혼하고 싶습니다.

### 사례 2 · 도대체 왜?

…… 처가는 딸만 둘.(아내가 장녀) 이런 좋은 여자를 준 것에 감사해서 제 할 도리는 다 했습니다. 장인, 장모도 저를 좋아해 주셨구요. 처제와도 사이가 좋았습니다. 처제가 재벌 기업 연구원과 결혼을 하면서 분위기가 180도 틀려지더군요. 장모의 노골적인 비교와 차별…. 저는 신경 안 쓰고 제 할 도리를 다 했습니다 하지만, 늦게 가진 저희 아이와 처제 아이를 차별하고 집안 비교(저희 부모님 이혼하셨고, 제 두 동생 중 한 명이 건달 생활을 한 적이 있음). 아내마저 미워지려고 해서 처가에 발길을 끊었습니다. 그러면 만사 ok가 될 줄 알았는데, 아내가 화를 내기 시작해 내 총각 시절 방탕한 생활과 빚을 받아 줬는데, 왜 나는 그걸 이해 못해 주냐고 그 말이 맞다고 생각해서 최소한의 도리는 다시 하기 시작했는데 더 노골적으로 사람을 냉대해 그런데, 처음에 장모를 말리고 나무랐던 장인과 처제 그리고 동서도 침묵하고 아내마저 침묵하거나 심지어 장모 편을 들어 결국 식탁을 뒤집는 일을 해(참았어야 하는데) 이혼하라고 권하는 장모. 아내와 냉전중이고 각 방을 써. 친정

에 가서 오지 않은 적도. 나 총각 시절 방탕한 생활 했고, 수 많은 여자를 쾌락으로만 상대하고 버렸습니다. 그 벌을 받는 것인지 결혼 후 개과천선하고 누구보다 아내만을 위해 살고, 반성하고 살았건만 한 눈 판 적 없고. 아내가 싫어할 만한 모든 것을 끊었건만 빚 다 갚고 집도 사고 가게도 열고, 아무 문제없는데...

### 사례 3   장모에게 드리는 마지막

　방탕한 생활을 한 제가 순결하고, 헌신적인 당신 딸을 아내로 맞이했습니다. 빚만 수 천만 원. 아내가 모아둔 돈으로 신혼살림 차렸습니다. 결혼 전, 수 십 만 원짜리 추리닝과 운동화 사던 아내가 결혼 후 인터넷에서 싸구려를 찾는 걸 보고 화장실에서 샤워기 틀어 놓고 엉엉 울며, 총각 시절 방탕한 생활을 저주했습니다. 4년 만에 빚 다 갚고, 그 후 집 사고, 가게까지 제 명의로 차렸습니다.…… 매달 제 집과 처가에 백 만 원 이상 보내드렸습니다.(3년 전부터) 날 낳아주신 부모님과 사랑하는 아내를 낳아주신 당신들께 조그만한 성의입니다 그 잘난 재벌 연구원 사위 이정도 합니까? 돈 없어서 빌빌 거려, 제가 집 사는데 5천 해 주고 아내가 저 모르게 3천을 더 해 줬습니다. 신혼부터 한 4년간 거의 일주일에 한번 들려 식사와 함께 아내 친정집에 할 도리 다 했습니다. 장모님댁 벽지, 장판부터 못 하나 하나 제가 다 한 겁니다. 그 잘난 재벌 연구원 사위. 지 집 못 하나 박을 줄 모릅니다. 제가 다 해 줬습니다.…… 그래, 재벌 사위도 아닌 재벌 연구원 사위 타이틀이 그렇게 좋으셨습니까? 아니면, 같은 교회 다니는 게 그렇게 좋으셨습니까? 저와 동서 놈을 차별을 한 건 참을 수 있었습니다. 하지만, 제 아이와 처제 아이를 차별하고, 심지어 4살짜리들 끼리 싸움에 저희 아이 뺨을 제 부모 욕까지

(물론 이혼하신 건 있지만) 발길 끊었다가, 아내의 요청으로(딸 둘만 있는 집안이고. 제 총각시절 감싸준 아내 때문에) 하지만, 사단이 났고, 상을 뒤집은 제가 잘못은 했습니다. 아내에게 이혼을 권하고 심지어, 아내에게 딴 사람을 소개 시켜주다니요. 아는 형에게 그 소리 들었을 때... 저 자살도 생각했습니다. 아내에게 눈물 흘리며 이야기 하니 "마음 달래려고 찾아가서 얼떨결에 두 번 식사. 세 번째 그런 자린 줄.. 아내도 이러지도 못 하고 나에게 미안하고 말할 수도 없어서 극한 생각까지 했더군요. 세상에 자식을 죽이려고 작정하셨습니까? 재벌 연구원 사위 한 명으로 만족 못해, 이혼시키고 또 얻으려구요? 배웠다는 동서 놈이 소개 시켜줬다니 교회 인간들. 인륜도 도덕심도 없는 인간들인 줄은 알았지만 저 그놈을 죽지 않을 만큼 팼습니다.(지 놈은 모르고 소개시켜 줬다고 항변했습니다) 아내 당신과 모든 관계를 끊습니다.…… 다음 달에 결혼 10주년. 우리 부모와 장인 장모 처제네와 해외여행 계획을 잡았건만. 내 가정은 내가 지킵니다.

사례1)은 결혼한 지 만 3년차 남성으로, 딸만 넷인 집안의 셋째 딸과 결혼했다. 장모는 처제가 결혼 전부터 은근히 넷째 사위와 글쓴이를 비교하였다. 처제의 결혼 한 달을 앞두고 처가에 모두 모인 자리에서, 장모는 예비 넷째 사위는 어디에 아파트를 구입했고, 가구는 어떤 걸 샀으며 가전제품은 어디가 좋다고 하면서 글쓴이에게 얼른 돈을 벌어서 집을 사라고 한다. 글쓴이가 사온 회도 예비 넷째 사위가 온 후에야 제대로 내오고, 예비 넷째 사위가 원자력발전소에 다닌다고 하면서 글쓴이에게 "O서방도 공부 좀 잘하지. 그래서 공기업에 들어가던가 하지"라며 "O서방 회사가 현대 차 하청이지?"라며 글쓴이를 모욕하는 발언을 한다. 후에 장인이 동네 어른한테 넷째 사위 자랑을 하다가, 넷째 사위가 원자력발전소에 용역으로 들어간 걸 알게 된다. 그 후 장모는 직업 비교는 하지 않는다. 그러나 여전히 다른 사위들과 글쓴이를 비교한다. 처가 쪽 큰집 막내딸이 시집을 간다고 대구에서 서울까지 버스를 대여해 갔을 때, 장모는 둘째 사위는 가만히 두고 글쓴이를 지목해 음식물을 전달하게 하고, 서울에 도착해서도 다른 친척들에게 둘째 사위만 인사를 시키고 글쓴이를 배제하였으며, 글쓴이가 잠시 다른 곳으로 가면 화를 냈다. 다시 대구로 돌아왔을 때도 둘째 사위는 먼저 가버리고 글쓴이는 혼자서 버스 짐을 내려야했다. 올해 여름에는 처가 바로 옆에 사는 넷째 사위가 아니라, 글쓴이를 불러 장롱을 버리게 한다. 넷째 사위가 나중에 글쓴이에게 장롱을 다 버렸냐고 묻는 걸 보면 장모는 일부러 글쓴이를 부른 것 같다. 장모의 사위비교와 부당한 대우에 피곤한 글쓴이는 이제 이혼을 하고 싶다.

  사례2)와 사례3)은 한 사람의 글이다. 사례2)에서 글쓴이는 처제가 대기업의 연구원과 결혼을 한 후 노골적으로 사위들을 비교하고 차별하는 장모로 인해 힘들어한다. 남성은 장모의 비교에도 불구하고 본인의 할 도리를 다 하지만, 늦게 가진 자신의 아이와 처제의 아이를 비교하는 것은 참을 수가 없다. 더군다나 장모는 글쓴이의 집안과 작은 사위의 집안을 비교하고, 글쓴이는 처가에 발길을 끊었다. 이후 아내의 요구로 처가에 최소한의 사위 도리는 하였지만, 장모는 더 노골적으로 글쓴이를 냉대하였고 처음에 장모를 말리던 장인과 처제, 동서, 그리고 아내마저 장모의 편을 들거나 장모의 행동에 침묵한다. 결국 참지 못한 글쓴이는 식탁을 뒤엎는 행동을 했고, 이제 장모는 아내에게 이혼을 권한다. 이어지는 사례3)에서도 장모의 사위 차별이 나타나는데, 장모는 같은 교회를 다니는 대기업 연구원이 사위로 들어오면서 글쓴이를 무시하고 냉대한다. 글쓴이는 자신을 냉대한 것은 참을 수 있지만, 4살짜리 본인과 동서 아이의 싸움에 자신의 아이 뺨을 때리고, 자신의 부모를 욕한 장모를 용서할 수 없다. 더군다나 장모는 아내에게 다른 사람을 소개해주며 이혼하기를 종용한다. 글쓴이는 이제 처가와의 인연을 끊고, 자신의 가정을 지키려고 한다.

### 사례 4 │ 혼자이고 싶다.

그냥 우울한 마음에 적습니다. 1년 반 연애시절 아내 집에 강도가 들었다는 말에 무작정 결혼한 지 6년째, 그중 6개월만 신혼이었고, 임신과 출산 대학에 다시 간 처갓집식구의 동거로 지금까지 계속 살고 있습니다. 서로 눈치 살피고 살았죠. 그런데 같이 사는 처갓집식구가 4학년이 된 올해 9살 많은 아저씨와 결혼한다고 하네요. 손아래지만 나이가 나보다 많지요. 흐흐 돈만 많으면 되는 세상이라는 것을 느끼게 해준 처갓집식구 무심결에 아내에게 처갓집식구가 그 아저씨를 좋아하긴 하냐구 물었더니 버럭 성질내면서 좋아하지 않는데 결혼 하겠냐구 소리치더니 저를 동물 쳐다보듯 하네요...(예술가들의 마음을 이해 못한다구) 후후후 이제 돈 많은 동서와 비교되는 저는 개밥의 도토리겠죠. 아내도 부럽겠죠. 집도 돈도 없는 나에게 시집와서 고생한다구 장모님과 함께 구박하고, 이어서 돈 자랑하는 처갓집식구 부부의 멸시를 받으며 살아야할 지 고민됩니다. 결혼하면 부모가 둘이 된다고 해서 나름대로 잘해드렸는데 이젠 자신 없네요. 혼자 살고 싶은 생각이 간절하네요. 이혼하고 아이들은 제가 키우고 싶은데 이혼 후 남자가 애 키우기가 쉽지 않겠죠.

사례4)는 아직 처제가 결혼을 한 것은 아니지만, 돈 많은 동서와 자신이 비교가 될까봐 미리 걱정을 하고 있는 남성의 글이다. 글쓴이는 1년 반 연애시절 아내의 집에 강도가 들었다는 말에 무작정 결혼하여, 6년째 처갓집 식구들과 함께 살고 있다. 글쓴이는 처제가 9살이나 많은 남성과 결혼을 한다고 하자, 처가 식구들이 돈 많은 그와 자신을 비교할까봐 불안하며, 자신이 개밥의 도토리가 될 것 같아서 고민이다.

**사례 5**  **이유도 모른 채 장모님께 미움 받고 있습니다.**

장모님이 작년과 다르십니다. 제가 느끼기론 이번 년도 초부터 달라지신 것 같아요. 예를 들면 안하시던 전화를 일주일에 두 세 번씩 하신다거나 갑자기 말도 없이 집에 찾아오신다거나 사위 사랑은 장모라시던 분이 커피심부름에 저녁 먹고 마누라가 설거지라도 하려하면 거실로 끌고 가서 자네가 치우고 오게~ 하십니다. 또 설에 차례지내고서 오전 9시 전에 무조건 오라고 으름장을 놓으셔서 아침에 차례지내고 부랴부랴 치우고 아침도 못 먹고 처가로 달려갔습니다. 때문에 저희 부모님은 명절날 아침 아들 떡국도 못 먹이고 보낸다고 많이 서운해 하셨습니다. 처가에 도착하니까 저희랑 같이 밥 먹으려고 기다리셨다고 상차리는 것 좀 거들라하시고 치우는 것도 같이하라하시고 또 마누라가 설거지하려니까 끌고 가시면서 O서방이 설거지를 참 잘하던데 부탁 좀 한다하셔서 그 많은 설거지 저 혼자 다했습니다. 솔직히 마누라가 도와줄 줄 알았는데 거실에서 처가 식구들이랑 과일 먹으면서 티비만 보더라고요. 원래 안 이러셨던 분인데 혹시 본심? 본성? 을 드러내시는 걸까요? 저는 그저 당황스럽기만 하고 처가에선 소외감만 느끼고 처가식구전용 빵셔틀이 된 기분만 잔뜩 받으면서 이번 명절을 보냈습니다. 오

늘도 어김없이 안부전화가 왔는데 똑같은 레파토리도 이제는 지겹습니
다. 저랑 제 마누라 안부를 물으시고 시시콜콜한 얘기 좀 하시다가 집
에서 집안일도 좀 거들라는 잔소리는 빼 먹지 않으십니다. 오늘은 새롭
게 친구 분 사위랑 저랑 비교를 하셨는데 기분 참 묘하더군요. 그냥 저
도 앞으로 섭섭하지 않게 더욱 잘 챙겨 드리겠다하고 끊었는데.. 장모
님이 뭐 때문에 이러실까요? 조금 전 다른 집 사위는 여행도 보내준다
시던데 제가 여행을 안 보내 드려서 이러실까요? 여행 보내드리면 다
시 돌아오실까요? 아니면 장모님 건강상 문제가 생기신건 아닌지도 걱
정됩니다. 예를 들어 치매초기증상이라거나.. 아무튼 요즘 너무 힘들고
가만있어도 한숨만 푹푹 나오고 뭐라도 해서 장모님이 예전의 얼굴로
돌아오시면 좋겠습니다.

　사례5)는 갑작스러운 장모의 태도 변화에 당황스러운 사위의 글이
다. 올해 초부터 장모는 안 하던 전화를 일주일에 두 세 번씩 하고, 말
도 없이 집으로 찾아오고, 아내가 설거지를 하려고 하면 마루로 아내
를 데리고 나가고 사위에게 설거지를 시킨다. 설날 아침에도 차례지
내고 오전 9시 전에 무조건 오라고 으름장을 놓아, 본가에서 아침도
못 먹고 처가로 달려갔고 이 때문에 본가 부모님은 서운해 하셨다. 처
가에 가서도 상 차리는 것, 상 치우는 걸 모두 사위에게 시키고 그 많
은 설거지도 글쓴이 혼자 했다. 장모는 사위에게 전화를 해 친구 사위
와 글쓴이를 비교하고, 글쓴이는 기분이 묘해지면서 혹시 장모가 치
매초기 증상인지 걱정이 된다. 글쓴이는 장모 때문에 너무 힘들고, 한
숨만 푹푹 나오고, 장모님이 예전의 모습으로 돌아오면 좋겠다.

**사례 6**  **친정엄마 때매 은근 속상하네요.ㅜ.ㅜ**

제가 신랑한테 좀 잡혀 살고 있어요.;; 져주는 게 이기는 거라고... 제가 져줘야 신랑이 더 잘해주는 걸 터득한 이후부터요.. 그러고는 알콩달콩 지내는데, 저희 친정엄마는 이런 내가 맘에 안 드는가 봐요. 잘사는 모습 보여드리는데도.......... 선거 날, 신랑은 출근하고 전 쉬는 날이라 놀다가 친정집에 갔었어요. 신랑 퇴근하고 친정집에 와서 저녁 먹고 그랬는데. 오늘 또 전화 와서는 볼일 보러 가는데 같이 저녁먹자고;;;;;; 저번에도 이런 적이 있어서.. 일주일에 한 번씩 가면 된 거 아니냐. 너무 자주 부르지 말아 달라. 했는데.. 이번에 또...ㅜ.ㅜ 그러고 하시는 말씀 니가 길을 잘못 들여서 큰일이다. 너무 좋아하지 마라. 이뿌지도 않더만 왜 그리 좋아하냐.. 이런 식으로...;;;; 저희 엄마도 저희 신랑 좋아하거든요.;;; 사위사랑은 장모라며. 너무 잘해주셔서 부담스러워하는 울 신랑인데...ㅎㅎㅎ 무튼, 오늘 엄마 때매 속상하네요.. 처가댁에 자주 오는 사위랑 비교하며..... 보고 또 보면 안 되냐는 식...ㅎㅎㅎ 그럼 자주 안 오는 사위랑 왜 비교 안하시는지.... 에휴.... 이래저래 꿀~ 하네용 ㅜ.ㅜ

**사례 7**  **사위들을 비교하는 친정엄마**

어디 하소연할 데도 없고.. 해서 큰 맘 먹고 글 올려요ㅜㅜ 저희 집은 딸이 넷입니다 언니와 전 20대 후반에 결혼해서 지금 2~3년 정도 된 상태구요. 저희 둘 다 신랑들 직장이 친정 쪽이라 가깝게 왕래하며 지내고 있어요. 언니와 형부가 만나게 된 계기는 엄마 아시는 분의 아들인데 평소 눈여겨보며 맘에 들어 하시다 자리를 주선하여 서로 좋아 연애하다 1년 만에 결혼을 하게 됐어요. 엄마가 형부를 정말 이뻐라 하셨고, 지금도 뭘 해도 '역시 우리 큰사위'라며 예뻐하세요. 뭐든 형부의 말이 옳은 줄 알고 형부에 대한 신뢰도는 200%입니다. 저도 그런 형부가 좋고 아빠 없는 집이라서 든직했죠. 하지만 제가 친정엄마를 미워하게 된 이유는 제가 결혼을 하고 나서부터였어요. 무조건 큰사위말만 옳은 줄 알고 큰사위 큰사위만 하는 친정엄마입니다. 정말 이건 사소한 문제인데.. 형부가 회사에서 술자리가 자주 있어요. 형부말로는 직장상사들이 부르면 어쩔 수 없이 있기 싫은 자리라도 가야된다며 못내 술자리를 가요. 거의 일주일에 3~4번?? 언니는 지금 둘째를 임신해 있는 상태라 항상 옆에서 돌봐줘도 모자랄 판인데 말이에요. 근데 저희형부는 주당에다 술을 정말로 좋아해요. 제가 "아무리 부르고 그래도 너무 한 거 아니야? 홀몸도 아니고 임신해 있는 사람을 저녁마다 혼자 놔두고 새벽에 들어오고"라고 말하면 형부는 사회생활을 너무 잘하는 사람이라 그런데는 절대 안 빠지려 하고, 직장상사들한테 이쁨 받고, 직장에서 알아주는 사람이라서 더 잘 보이면 승진할 거라고 합리화를 시켜버립니다. 만약 제 신랑이 그렇게 늦게까지 술 먹고 안 들어온다면 분명 한소리 할 게 뻔해요. 이번 추석에는 양가에 10만원씩 용돈을 드렸어요~ 근데 엄마가 또 비교를 하는 말투로 너희 형부는 예의도 바르고 생각도 깊다면서 언니한테 올 추석에 각각30만원씩 드리자. 라고 했다네요. 언니가 우리 집엔 저번에 용돈 드렸으니 20만원만 드리자. 라고 하니 그래도 같은 부모님인데 30만원씩 드리자 라고 했다며 그걸 또 저한테 말을 하는데 전 왜 굳이 이런 말을 나한테 하는지.. 우린 10만원밖에 안줬는데 비교하는 것 같고.. 친정엄마가 너무너무 얄미웠어요. 이런 건 정말 사소한 일인데.. 정말 많아요. 지나가는 말부터 해서 왜 그렇게 비교를 하는지.…… 한번은 친정엄마랑 크게 싸운 적이 있었는데.. 둘째 사위가 성격도 좋고 장난도 잘 쳤는데 요즘은 웃음이 없어졌다고.. 본인이 그렇게 말하더라구요. 그래서 제가 쌓였던 게 폭발했는지.. "당연한 거 아니야? 내가 오빠여도 그럴 거야. 엄마는 형부만 이뻐하고 비교하는데!!!!" 라며 소리치고 엉엉 울어버렸어요 그러니 엄마가 소리를 지르며 어떻게 내가 똑같은 사위들을 비교를 하냐며 그게 말이 되냐며 외려 더 큰소리를 치십니다. 저는 더 이상 할 말이 없어서 엉엉 울며 나와버렸네요.. 가족모임이 있거나 같이 밥이라도 먹자고 하면 이젠 마주치기 싫어서 항상 피하고 핑계대고 가지도 않구요. 그럴 때면 "넌 너희 남편 없으면 오지도 않냐"라며 핀잔을 놓습니다. 정말 제가 가기 싫어하는 이유도 모르면서 말이죠.. 그렇다고 이러네 저러네 말하기엔 친정엄마와 사이가 서먹해질까봐 그런 말도 못하겠어요. 이젠 언니와 형부까지 미워지고 엄마가 무슨 말을 해도 예민하게 받아드려지고 화부터 불쑥 나게 되요.. 그래도 가족인데 이렇게 지낼 수도 없고,,,, 12월 출산을 앞두고 있는데.. 태교에도 안 좋고 정말 스트레스 지대로입니다ㅜㅜ

### 사례 8  큰사위 작은 사위 차별하시나요?

저희엄마는 큰사위와 작은 사위를 너무 차별하시는 거 같아요. 제가 큰딸인데요.. 저랑 용띠 동갑이구요.. 동생네 제부가 저희보다 두 살이 많은데 얼마 전에 결혼했어요. 동생네는 연애 때부터 티격태격.. 제동생보다 좀 못나게 보시는 거 같아요. 남자가 키도 작고.. 별 능력이 없어 보인다고.. 저희 신랑이 그리 썩 큰사위 노릇을 잘하는 것도 없는데.. 저희 남편한테는 끔찍하게 잘해주시지만.. 제부한테는.. 은근히 무시하는 말투를 많이 하세요. 제 동생이 서운했는지..울면서 전화하더라구요. 자기네는 밉게 보니깐.. 장모님한테도 대우도 못 받는 거 같고 하니깐.. 나

> 중에 친정에 갈 맘이 생기겠냐구요.. 그래도 똑같은 사윈데.. 조심해야
> 하는 거 아닌가요? 동생이랑 제부한테 좀 미안한 생각이 드네요.. 비교
> 당하고 차별받는다는 거 정말 안 좋은 거잖아요.. 엄마한테 제가 뭐라
> 당부를 해야하는 건지.. 걱정이 되네요..

앞서의 사례들이 차별받는 남성의 입장에서 작성된 글이라면, 사례
6)~사례8)은 사위들을 차별하는 엄마 때문에 불편한 여성의 글이다.
사례6)은 친구분 사위와 자신의 남편을 비교하는 친정엄마로 인해 속
이 상한 여성의 글이다. 친정엄마는 사위를 너무 자주 친정으로 부르
고, 글쓴이는 엄마에게 사위를 너무 자주 부르지 말라고 한다. 그러자
친정엄마는 글쓴이에게 사위가 예쁘지도 않은데 왜 그렇게 좋아하냐
고 하며, 남편에게 잡혀 사는 딸을 못마땅해 한다. 글쓴이는 처가에 자
주 오는 사위와 자신의 남편을 비교하는 친정엄마때문에 속상하다.

사례7)의 글쓴이는 딸만 넷인 가정에 둘째 딸이다. 형부는 친정엄
마 지인의 아들로, 평소 엄마가 눈여겨보며 마음에 들어 하시다가 사
위로 맞이하게 된다. 친정엄마는 처음부터 형부를 예뻐했고, 지금도
형부는 뭘 해도 '우리 큰사위'라며 예뻐한다. 무엇이든 형부의 말이 옳
은 줄 알고, 형부에 대한 엄마의 신뢰도는 200%이다. 그런데 글쓴이
가 결혼을 하게 되면서부터 엄마는 큰사위와 글쓴이의 남편을 모든
일에서 비교하기 시작했다. 하루는 친정엄마가 글쓴이에게 둘째 사위
가 성격도 좋고 장난도 잘 쳤는데 요즘은 웃음이 없어졌다는 말을 하
고, 글쓴이는 그동안 쌓인 것이 폭발하여 "당연한 거 아니야? 내가 오
빠여도 그럴 거야. 엄마는 형부만 예뻐하고 비교한다."며 엉엉 운다.
이 말에 엄마는 소리를 지르면서 말도 안 되는 소리라고 한다. 글쓴이

는 이제 엄마가 무슨 말을 해도 예민하게 받아들이게 되며, 언니와 형부까지도 미워진다.

사례8〉은 친정엄마가 자신의 남편과 제부를 너무 차별한다고 생각해 걱정하고 있는 여성의 글이다. 제부는 자신의 남편보다 두 살이 많고 얼마 전에 결혼을 했다. 동생이 연애때부터 티격태격했기에, 친정엄마는 동생보다 사위를 좀 못나게 생각하는 것 같다. 자신의 남편인 큰사위에게는 잘 해 주지만, 작은 사위에게는 은근히 무시하는 말투를 한다. 동생은 친정엄마의 행동에 서운해 하며, 자신의 남편이 친정에 가고 싶은 마음이 생기겠냐며 언니에게 울면서 전화를 한다. 글쓴이는 동생과 제부에게 미안한 생각이 들고, 사위를 차별하는 친정엄마에게 뭐라고 해야 될지 모르겠다.

그렇다면 이러한 사례들에 설화에서의 해결방안은 어떻게 적용될 수 있을까? 앞서 설화들에서 해결방안으로 제시된 것은 첫째, 아내의 내조와 사위의 노력 둘째, 사위의 마음을 진심으로 이해해줌 셋째, 처가의 어려움을 해결해줌이었다.

사례1〉~사례5〉에서 사위들은 능력을 키워 장인이나 장모가 자신을 다른 사위와 차별하지 못하도록 노력할 필요가 있다. 글쓴이들이 차별을 받는 이유는 다른 사위와 비교하여 부족하다는 생각 때문이다. 그러므로 다른 사위와 비교하여 부각시킬 수 있는 자신의 장점을 적극적으로 어필할 필요가 있다. 사례1〉~사례5〉에서 차별의 이유는 결국 돈이다. 사례1〉은 집을 사 온 사위와 그렇지 못한 사위, 사례2〉사례3〉은 대기업에 근무하는 사위와 그렇지 못한 사위, 사례4〉는 돈 많은 사위와 그렇지 못한 사위, 사례5〉는 여행을 보내주는 사위와 그렇지 못한 사위를 비교하고 있다. 돈이 세상을 살아가는데 중요한 요소이기는 하지만, 그렇다고 전부는 아니다. 물질적인 가치보다 정신적인 가치가 중요시되는 상황도 있다. 그러므로 사위가 한결같은 마음이나 정성을 보여준다면, 차별문제는 오히려 쉽게 해결될 수도 있다. 또 장인이나 장모의 신상에 관심을 가지고 그들의 필요를 채워주려고 노력하는 것도, 차별대우를 받지 않는 방안이 될 것이다.

이것은 설화에서 장모의 차별대우에 항거해 사위가 능력을 키우는 것이나, 처가의 어려움을 해결해줌으로써 처가로부터 인정을 받고 차별대우에서 벗어나는 것과 관련될 수 있다.

사례6)~사례8)의 경우는 아내의 내조가 중요하게 작용할 것이다. 친정부모와 편하게 이야기할 수 있고, 그들을 설득시킬 수 있는 것은 사위가 아니라 딸이다. 만약 자신의 친정에서 사위를 차별하거나 비교하는 것이 느껴진다면, 남편의 감정이 상하지 않도록 적극적으로 방어해줄 의무가 있다. 부부는 일심동체(一心同體)다. 남편에 대한 친정의 차별은 결국 본인에 대한 차별이 될 것이다. 남편을 지켜주고 방어해주는 것이 곧 자신을 지키는 길이며, 이것이 진정한 아내의 내조가 될 것이다.

# 6

# 사위의 외모

# 6. 사위의 외모

## 1) 처가갈등 양상과 해결방안

본 장에서 살펴볼 설화는 사위의 외모가 마음에 안 들어 장인이나 장모가 사위를 미워하는 경우이다. 먼저 제시될 설화는 [두꺼비 신랑] 설화군이다.

시골에 사는 어느 영감이 나이 칠십이 되도록 자식이 하나도 없었다. 하루는 영감이 마누라에게 오늘 미꾸라지 잡으러 가자고 하여 내외가 같이 샘으로 갔다. 샘 안에 두꺼비 한 마리가 있었는데, 부부가 두꺼비를 집으로 데리고 와 키우기로 했다. 두꺼비를 키운 지 삼 년째 되는 날, 두꺼비가 처음으로 엄마라면서 말을 했다. 할멈이 생전 처음 듣는 엄마 소리에 굉장히 반가워했는데, 두꺼비가 우리 밑에 정승집에 딸 셋이 있는데 그 끝에 딸에게 중신을 해달라고 했다. 할머니가 처음에는 안 된다고 했는데, 두꺼비가 워낙 졸라대니까 어쩔 수 없이 정승집으로 찾아가 막내딸을 자기집 두꺼비랑 결혼시키자고 했다. 정승이 가만히 생각해보니 뭔가 있는 거 같아서 고민을 하다가 결국은 안 된다면서 다시 내쫓았다. 두꺼비가 이제는 더 이상 가지 말라고 했는데, 그날 밤 두꺼비가 도술로 정승집 마당에 시커먼 똥을 갖다 놓았다. 대감이 마당에 쌓인 똥을 보고는 아무래도 자기 딸을 안 주면 안 되겠다 싶어서, 세 딸을 불러 한명 한명에게 물어보았는데 막내딸만이 시집을 가겠다고 하였다. 그래서 할머니를 불러 자기 막내딸을 주겠다고 했다. 두꺼비와 정승 막내딸 결혼식에 수많은 사람들이 구경을 하려고 모여들었는데, 막상 춤을 추는 두꺼비를 본 막내딸이 두꺼비에게 정을 느꼈다. 다른 사람들은 다 안됐다면서 막내딸을 불쌍히 여겼지만, 두꺼비를 보고 난 막내딸은 이상하게도 자신이 시집을 잘 갔다고 여기게 되었다. 결혼 후 며칠 뒤에 장인어른 정승의 환갑잔치가 있었는데, 첫째 사위와 둘째 사위는 장인어른을 위해 사냥을 하러 산으로 올라갔다. 두꺼비 사위도 사냥을 하러 산으로 올라갔는데, 다들 무시하면서 흉을 보았다. 사실 두꺼비는 옥황선녀의 아들이 죄를 지어서 이렇게 두꺼비가 된 것이었다. 두꺼비가 산에 올라가 도술을 부려 짐승들을 모두 한 곳으로 몰았다. 나중에 두꺼비가 다른 두 사위에게 자신이 잡은 짐승들을 보여주자, 샘이 난 두 사위가 두꺼비를 나무에 매달아 놓고 두꺼비가 잡아 놓은 짐승들을 갖고 집으로 돌아갔다. 하늘에서 옥황상제가 나무에 매달린 두꺼비를 풀어주었는데, 죽은 줄 알았던 두꺼비가 멀쩡히 살아 돌아오자 다른 사위들이 깜짝 놀랐다. 그리고 수많은 짐승을 다 두꺼비가 잡았다는 것을 알게 된 장인이 두꺼비가 보통이 아님을 알게 되었다. 두꺼비가 자기 부인과 자게 되었는데, 자기 부인에게 칼을 내놓으면서 사실 자기는 두꺼비가 아니라며 이 칼로 사정없이 머리에 대고 내리치라고 했다. 그러면 천륜을 벗는다는 것이었다. 부인이 두꺼비가 시키는 대로 하였는데, 정말로 두꺼비가 허물을 벗고 아주 잘생긴 남자로 변하였다.

다음 날 두꺼비가 자기 부모를 데리고 하늘로 올라가버렸다.[1]

시골에 사는 어느 영감이 칠십이 되도록 자식이 없었다. 하루는 영감 내외가 미꾸라지를 잡으러 샘으로 갔다가 두꺼비를 발견하고 데리고 와 키운다. 삼 년째 되는 날, 두꺼비가 처음으로 엄마라면서 말을 했다. 두꺼비는 우리 집 아래 정승집에 딸 셋이 있는데, 막내딸에게 중신을 서달라고 했다. 할머니가 처음에는 안 된다고 했는데, 워낙 졸라대니 어쩔 수 없이 정승집으로 찾아가 막내딸을 자기집 두꺼비랑 결혼을 시키자고 했다. 정승은 안 된다고 내쫓았으나, 그날 밤 두꺼비가 도술로 정승집 마당에 시커먼 똥을 갖다 놓았다. 대감이 마당에 쌓인 똥을 보고 자기 딸을 안 주면 안 되겠다 싶어서, 세 딸을 불러 물어보았는데 막내딸만이 시집을 가겠다고 하였다. 두꺼비와 정승 막내딸 결혼식에 수많은 사람들이 구경을 왔는데, 다른 사람들은 다 안됐다면서 막내딸을 불쌍히 여겼지만 막내딸은 이상하게도 자신이 시집을 잘 갔다고 여기게 되었다.

예문에서는 결혼식에 구경 온 수많은 사람들이 막내딸을 불쌍히 여겼다고 되어 있지만, 〈두꺼비 신랑(『한국구비문학대계』 7-6, 718-730면, 달산면 설화113, 조유란(여, 72)〉에서는 "혼인날 하늘에서 혼례복이 내려와서 두꺼비가 쓰고 말을 타고 장자 집으로 갔다. 두꺼비가 눈치 없이 돌아다니며 파리나 잡아먹고 하니 장자 집에서는 아무도 나와 보지 않았다. 가족들은 모두 막내딸을 나무라고 흉을 보았다."고 하여 외양으로 인해 처갓집에서 대우받지 못하는 두꺼비의 모습이

---

1) 『한국구비문학대계』 7-14, 79-87면, 화원면 설화15, 허물 벗은 두꺼비 신랑, 임덕명(남, 71)

그려지고 있다. 또 〈두꺼비 신랑(『한국구비문학대계』6-9, 762-765 면, 북면 설화27, 송기순(여, 36)〉에서도 "두꺼비를 사위로 얻게 된 이 진사 내외가 남부끄럽다며 병이 나서 누웠고 동서들도 모두 걱정을 했다"고 하여 두꺼비의 외양을 창피해하는 장인과 장모의 모습이 그려지고 있다.

이러한 상황은 『임석재전집』에서도 찾아볼 수 있다.

> 이렇게 히서 장자네 셋째딸허고 두께비허고 혼인허게 됐넌디 혼인 날 동네 사람덜언 모다 구경와서 보고 장자네 딸이 두께비헌티 시집간 다고 쑥덕거리고 있었다. 장자네 셋째딸허고 두께비허고 혼인허고 첫 날밤얼 지내게 되었넌디 그날밤 두께비넌 두께비 허물얼 벗고 이렇다 헌 옥골선풍으 이뿐 신랑이 되었다.[2]

이 예문은 『임석재전집』에 〈두꺼비 신랑〉이라는 제목으로 실려 있 는 것이다. 여기서 사위는 두꺼비의 허물을 쓰고 있다. 장모와 장인은 애초에 두꺼비와 자신의 딸을 결혼시키는 것을 거부하지만, 그것이 인력으로 될 수 없는 것이라는 걸 깨닫고 결국 막내딸과 두꺼비를 결 혼시킨다. 장모와 장인은 동네 사람들이 구경을 와서 자신의 사위가 두꺼비라고 쑥떡거리는 것이 몹시 창피하다. 두꺼비 신랑은 자신의 아내에게는 두꺼비 허물을 벗은 모습을 보여주며 자신이 천상사람이 라는 것을 밝히지만, 그 외 사람들은 그가 사람이라는 것을 알지 못한 다. 이처럼 [두꺼비 신랑] 설화군의 모든 설화에서는 두꺼비의 외양을

---

2) 두꺼비 신랑, 『임석재전집 7: 전라북도 편 I 』, 301면.

한 사위를 창피하게 여기고 못마땅해하는 처가의 모습이 잘 그려지고
있다.

 그러나 두꺼비 사위가 자신의 능력을 보여줌으로써 이러한 상황은
역전되는데, 장인의 환갑잔치 날 첫째 사위와 둘째 사위는 장인어른
을 위해 사냥을 하러 산으로 올라간다. 두꺼비도 사냥을 간다고 하자,
다들 무시하면서 흉을 본다. 그러나 두꺼비는 옥황선녀의 아들이 죄
를 지어서 그와 같은 외양을 한 것이었다. 두꺼비는 산에 올라가 도술
을 부려 많은 짐승들을 잡아 자신의 능력을 증명하고, 장인은 두꺼비
가 비범한 인물임을 알게 된다. 이후 두꺼비는 자신의 아내에게 칼로
자신의 머리를 내리치라고 하고, 아내가 시키는 대로 하자 허물을 벗
고 아주 잘생긴 남자로 변한다. 이 설화군에서 두꺼비 사위는 자신의
능력을 증명해보임으로써 장인과의 갈등을 해결하고 있다.

 다음으로 살펴볼 설화군은 [첫날밤에 신부 빼돌려 재산 차지한 사
위]인데, 이 설화군은 대개 사위가 아내를 빼돌린 후, 장인의 재산을
뺏는 것이 주된 내용이다. 이 중 사위의 외모로 인해 갈등이 유발되는
것은 〈잘 고른 사위〉 설화 한편이다. 대강의 줄거리는 다음과 같다.

 어떤 사람이 사위를 고르러 다니는데 한 남자가 옆구리에 떡하고 책
 을 끼고 서당방을 다니는데 관상을 보니 재주가 있게 생겼다. 그 사람
 은 남자에게 가서 어디 사냐고 물었다. 안동에 산다고 하자 집에 가서
 잠시 쉬었다 가겠다고 했다. 남자의 집은 초막집인데 아버지는 아들을
 서당 공부 시킨다며 나무를 하러 산에 갔다. 남자의 아버지가 오자 이
 사람은 인사를 하고 자신과 사돈을 맺자고 했다. 남자집에서는 예물도
 준비 안됐다며 거절을 하자 이 사람은 걱정 말며 무조건 사돈을 맺자

고 했다. 결국 두 집은 사돈을 맺게 되었다. 남자가 처갓집을 갔는데 남자의 얼굴이 좋지 못하고 불량하게 생긴 것을 못마땅하게 생각하며 장모와 처남들이 소박을 줬다. 사위는 두고 보라며 집을 나섰다. 며칠 후 몰래 각시에게 가서 아무 날 저녁에 바깥에서 똑똑 소리가 나면 나오라고 했다. 그렇게 세 번을 하고는 자신을 따라 오라고 했다. 남자는 산골짜기에 사는 외숙에게 찾아가서 어디를 다녀오다가 보니 처녀 하나가 있는데 불쌍해서 데리고 왔다며 각시를 외숙의 집에 맡기고 갔다. 그리고 남자는 모른 척 서당을 다녔다. 얼마 지나서 남자는 처갓집에 찾아가서 각시를 내놓으라고 난리를 쳤다. 장인은 딸이 죽어서 이미 널 속에다 넣었다고 거짓말을 했다. 남자는 죽었으면 시체를 보여 달라며 널을 떼어 보자고 했다. 처갓집 식구들은 죽은 냄새가 나는데 뭐 하러 널을 떼어 보냐며 사위를 말렸다. 처갓집 식구들은 사위가 보통이 아닌 것을 알고 논문서를 줄 테니 새장가를 가라고 했다. 사위는 그만 두라고 하고는 집으로 와서 처남들에게 새 장가를 가게 되었으니 오라는 편지를 보냈다. 남자는 처남들이 살인을 했다고 소문을 내고는 살인을 한 사람은 죽어야 한다고 했다. 그리고는 쇠돌이라는 친절한 친구를 불러서 오늘 저녁 함께 가서 시체를 담장으로 넘어 가지고 가서 강물에다가 던져 버리라고 했다. 그러면 그 다음의 일은 다 알아서 하겠다고 했다. 앞에서 지글지글 퍼 먹으면서 지랄들을 할 때 남자는 뒤에서 촛불을 켜 놓고 담장으로 송장을 넘겨서 강물에 던져 버리라고 했다. 그리고는 홑이불을 덮고 아랫목에 가서 누었다. 그리고는 불을 불어 꺼버렸다. 사람들은 시체방에 불이 꺼졌다며 서로 들어가지 않으려고 했다. 사람들이 웅성거리며 방으로 들어오려고 하자 남자는 가지고 있던 깨금을 탁 깨물었다. 그때마다 사람들은 놀라서 들어오지 못했다. 마지막 세 개를 깨물고는 남자는 홑이불을 뒤집어쓰고 담배를 붙이면서 나갔다. 사람들은 시체가 밖으로 도망친다고 했다. 그 후 시체를 내놓으라며 흉계를 꾸며서 처남 살림살이를 다 망해 먹으려고 했다. 그러자 시체가 어디 있고 살인이 어디가 났냐며 그냥 막 잡도리를 했다. 그렇게 꾀를 내서 사위를 잘 골랐다는 말을 들었다.[3]

어떤 사람이 사위를 고르러 다니다가 한 남자의 관상을 보니 재주가 있어 보였다. 어디에 사냐고 묻자 안동에 산다고 하였는데, 남자의 집은 초막이고 아버지는 아들을 서당에 보내느라 나무를 하러 갔다. 남자의 아버지가 오자 이 사람은 무조건 자신과 사돈을 맺자고 하고, 결국 두 집은 사돈을 맺게 된다. 남자가 처갓집을 갔는데, 남자의 얼굴이 불량하게 생긴 것을 못마땅하게 생각하며 장모와 처남들이 소박을 줬다. 사위는 두고 보라며 집을 나간다. 며칠 후 아내에게 몰래 가 아무 날 저녁에 바깥에서 똑똑 소리가 나면 나오라고 했는데, 그렇게 세 번을 하고는 자신을 따라 오라고 했다. 남자는 산골짜기에 사는 외숙에게 아내를 맡기고 모르는 척 서당을 다닌다. 얼마가 지나 남자가 처갓집에 찾아가 각시를 내놓으라고 하자, 장인은 딸이 죽었다고 거짓말을 한다. 남자가 시체를 보여 달라고 하자, 처갓집 식구들은 사위를 말리며 논문서를 줄 테니 새장가를 가라고 한다. 사위는 그만 두라고 하고는 집으로 와서 처남들에게 새 장가를 가게 되었으니 오라는 편지를 보낸다. 이후의 내용은 구연자의 구술이 미약하여, 이 설화만으로는 내용을 잘 이해할 수 없다. 이에 『임석재전집』〈못 생긴 사위의 꾀〉[4] 내용을 보충하여 설명하겠다.

---

3) 『한국구비문학대계』 5-7, 379-385면, 옹동면 설화21, 잘 고른 사위, 조정동(남, 85)
4) 못생긴 사위의 꾀, 『임석재전집 8: 전라북도 편 Ⅱ』, 199-200면.

사위가 새장가를 간다고 편지를 하자 장인과 장모는 사위의 집으로 갔는데, 가서 보니 자신의 딸이었다. 사위가 처가를 속인 것이었다. 그 뒤에 처갓집에서는 처남이 빚을 받으러 갔다가 사람을 때린 것이 잘못되어, 그 사람이 죽어버린다. 처남은 옥에 갇히고 맞아죽은 집에서는 일가친척이 시체를 메고 몰려와 죽은 사람을 살려내라고 하며, 주인집(처갓집) 돼지를 잡아먹고, 술을 퍼다 먹으며 난리를 친다. 장인이 사위가 꾀가 있는 것을 생각하고 사위에게 편지를 보내는데, 사위는 쇠돌이라는 친구에게 시체를 담장으로 넘겨 강물에 버리라고 한다. 몰려온 사람들이 난리를 치는 동안 사위는 시체가 있던 방으로 들어가 홑이불을 덮고 아랫목에 가서 누었다. 그리고는 불을 불어 꺼버렸다. 사람들은 시체방에 불이 꺼지자 서로 들어가지 않으려고 했다. 사람들이 웅성거리며 방으로 들어오려고 하자 남자는 가지고 있던 개암을 깨물었고, 그때마다 사람들은 놀라서 들어오지 못했다. 마지막 개암을 깨물고는, 남자는 홑이불을 뒤집어쓰고 담배를 붙이면서 나갔다. 사람들은 시체가 밖으로 도망친다고 했다. 시체가 없어졌기에 처남은 옥에서 풀려났고 몰려온 사람들도 돌아갔다. 처가부모들이 사위가 꾀로 문제를 해결한 것을 알고 사위를 마음에 들어 한다.

『임석재전집』〈못 생긴 사위의 꾀〉에서 못 생긴 사위의 외모로 인해 처갓집 식구들이 실망하는 부분을 제시해보면 다음과 같다.

옛날에 長水에 裵氏란 사람이 있는디 벳石이나 하드랴. 아들 하나를 두었는디 이 아들놈이 얼굴도 하도 못생겨서 장개도 못 딜이고 있지. 중신애비가 와서 보고는 못났다고 그냥 가고 그냥가고 히서 나이 들드락 장개를 못 보내고 있는 판이라.……아 그런디 婚姻 잔칫날 新郎이

둘오는 것을 보니 참말로 못생겼단 말이야. 쟁인 장모 되는 사람이 그
만 죽었다고 발딱 자빠져 누었단 말이지. 그렇지만 점잖헌 사람이 破婚
을 허잔 말도 못하고 그만 덮어놓고 行禮를 치르기로 헀는디 신랑 아버
지는 이런 꼴을 보고 부끄러워서 行禮 지내는 것도 보지 않고 아들만
냉겨두고 집으로 와 버렸다.[5]

여기서도 남성은 얼굴이 하도 못생겨서, 장가를 가지 못하고 있는
사람이다. 중신을 서는 사람들도 그의 얼굴을 보고는 못났다고 그냥
가버릴 정도이다. 그러다가 아버지 친구가 못생겨도 연분은 있다며
남성의 중신을 서주고, 처가에서는 사위의 얼굴을 보지 못한 채 자신
의 딸과 혼인을 약속한다. 혼인날 신랑의 못생긴 얼굴을 보고 장모와
장인은 죽겠다고 누워버리고, 신랑 아버지는 사돈의 이런 행동이 창
피하여 행례 치르는 것도 보지 않고 집으로 가버린다. 사위는 자신의
아버지가 행례도 안보고 가버린 것이나 자신의 얼굴이 못생겼다고 장
모와 장인이 자신을 거부하는 상황이 분할 뿐이다. 신랑은 신부에게
나중에 데리러 오겠다는 약속을 한 후 가버리고, 장모는 못생긴 사위
가 가버린 것을 알고 좋아한다. 그러나 상황은 반전된다. 처남이 예기
치 않게 사람을 죽이게 되면서, 처남은 옥에 갇히고 처가는 커다란 문
제 상황에 직면하게 된다. 그제서 장인과 장모는 꾀 많은 사위를 생각
한다.

장인은 사위에게 도움을 요청하지만 사위는 거절한다. 그러나 속으
로는 안타까운 마음에 시체를 빼돌려 증거를 없애버림으로써 처남을

---

5) 못생긴 사위의 꾀, 『임석재전집 8: 전라북도 편Ⅱ』, 199-200면.

옥에서 구해주며, 처가의 문제를 해결하여 준다. 하지만 처가에서는 문제를 해결한 사람이 사위인 줄 모른다. 옥에서 풀려난 처남은 아버지에게 매부가 이 일을 아느냐고 묻고, 아버지는 그 놈은 한번 와 보지도 않았다고 하며, 그 말에 처남은 그렇게 몰인정한 사람이 어디에 있냐며 매형을 때려죽인다고 화를 내며 매형을 찾아간다. 그러나 매형이 자초지종을 설명하자 오해가 풀리게 된다.

> 妻男은 그제사 사실을 알고 손을 우여잡고 매부 아니었더면 나는 꼭
> 죽는 목심인디 매부 꾀 땜시 살어났다고 만만치사허고 집이 돌아와서
> 부모한티 그런 말을 좌악 했다. 부모들도 그 말을 다 듣고 나더니 좋와
> 라고 험서 "야 못생긴 놈이 어찌 이런 용헌 꾀를 냈다냐. 二百五十石지
> 기커녕 千石지기를 다주어도 원통치 않구나" 하드랴.[6]

처남은 자신이 풀려난 것이 매형 때문이라는 것을 알게 되고, 그 사실을 부모에게도 알린다. 장인과 장모는 그 말을 들은 후 용한 꾀를 낸 사위를 칭찬하며, 사위와의 갈등은 해소된다. 여기서 용한 꾀라는 것은 사위가 가진 능력으로, 사위는 자신의 능력을 장인과 장모에게 보여줌으로써 갈등을 해결하고 있다.

이처럼 [두꺼비 신랑] 설화군이나 〈잘 고른 사위〉에서는 사위가 처가의 문제를 해결해줌으로써 처가 식구들에게 인정을 받고 갈등은 해결된다. 즉 사위의 능력으로 인해 처가갈등은 해결되며, 사위의 외모는 더 이상 문제가 되지 않는다.

---

6) 못생긴 사위의 꾀, 『임석재전집 8: 전라북도 편 II』, 203–204면.

## 2) 현대 처가갈등에의 적용

[두꺼비 신랑] 설화군이나 〈잘 고른 사위〉 설화는 현대 처가갈등에 어떻게 적용될 수 있을까? 먼저 사위의 외모로 인하여 처가갈등이 유발된 사례들을 살펴보고, 본 설화군의 적용 가능성을 타진해 보고자 한다.

**사례 1**  장모님께서 제 키에 대해 계속 언급하시네요...

음... 결혼한지 4년 됐고요, 결혼초기 처갓집에 경제적 도움이 많이 받았고... 첫째, 둘째 장모님께서 많이 돌봐주셔서 항상 감사한 마음을 갖고 있습니다. 그래서 장인 장모님 모시고 자주 여행을 같이 다니는데요... 며칠 전 여행길 가는 차안에서 장모님이 제 아들(3살)하고 이런 이야기를 나누시더라고요. 장모님: "아빠가 커 할머니가 커?" 아들: "아빠가 커" 장모님: "아니야 할머니가 더 커. 비교해 볼까?" 뭐... 대충 이런... ㅜㅜ 이번 여행엔 위의 이야기를 정확히 2번 제 아들한테 하셨어요. 한 번도 아니고... 제 키에 대한 장모님의 간접적인 언급은 이번이 처음은 아닙니다만... (예들 들어, 제 아이들한테 "키가 커야 할 텐데... 왜 하나도 안 큰 것 같다. 그래도 엄마가 크니까 클 거야" 라든...) 속상한 마음에 와이프한테 이야기 했더니... 그냥 장난인데 너무 마음 쓰지 말라고 하네요. 참고로 저는 165cm, 와이프 166cm, 장모님 168정도... 처남은 180이 넘고요... 제가 키에 대한 콤플렉스가 있어서 그럴 수 있다고 하더라도 저로선 도무지 이해가 안 되고 마음이 지금까지 계속 좀 그러네요. 처갓집이 바로 옆(1분 거리)인데 이젠 가기 싫고 가더라도 인상 쓰게 되고...ㅜㅜ 아마도 지금까지 키에 대해 쌓인 감정이 한꺼번에 밀려

온 것 같아요. 제가 괜히 예민하게 구는 걸까요? 모르겠네요...

### 사례 2   장모님이 자꾸 제 뺨을 때리(?)십니다.

...... 제가 5년 전에 장인어른, 장모님께 인사를 드리러 갈 당시였습니다. 집 초인종을 누르니 집 안에서 "아이고 왔나보다" 하며 장모님이 웃음을 터뜨리는 소리가 먼저 들렸고 곧이어 문이 열렸습니다. 장모님은 활짝 웃고 계셨고 저와 눈이 마주치자마자 입 꼬리가 쑤욱 하고 내려 가셨습니다. 잠깐 시선을 회피하시고 표정관리가 안되시는지 입이 심하게 실룩대는 것이 보였습니다. 네, 저 산도둑같이 생겼습니다. 어릴 때부터 그것 때문에 놀림도 많이 받았고 커서 여러 차례 오해도 많이 받곤 했습니다. 그런 시선엔 익숙한데도 막상 장모님이 그런 반응을 보이시니 정말 섭섭하더군요. 장인어르신도 그리 썩 좋아하는 눈치는 아니셨고 예의상 웃기만 하셨습니다. 제 아내 정말 누가 봐도 예쁘고 여리 여리하고 사랑스럽습니다. 제가 생각해도 제겐 과분한 그런 여자입니다. 그런 딸을 제게 주시려니 너무 아까우셨던 것 같습니다. 아내도 이상한 분위기를 감지했는지 제 눈치를 자꾸 보더군요. 쥐구멍에라도 숨고 싶었습니다. 장모님은 들어오란 말도 없이 갑자기 화장실로 쑥 들어가셨고 장인어른은 저녁 다 차려놨으니 어서 들어오라고 말씀하셨습니다. 식탁위엔 정말 다리가 휠 정도로 많은 음식들이 있더군요. 전 제 인상 때문에 그동안 웃는 연습을 많이 했고 착하게 보이려 정말 많은 노력을 했습니다. 그래서 일부러 계속해서 미소를 띠었는데 그럴 때마다 장인어른께서 불편해 하는 게 보이셔서 그만두고 무표정으로 있었죠. 뭐, 제 친구들이 제가 웃으면 더 험악하고 안 좋게 보인다고 여러 번 말을 하긴 했습니다. 아무래도 전 가만히 무표정으로 있어야 되는

가 봐요. 앉아서 어색한 기류 속에 아무런 대화 없이 장모님을 기다리
다 아내가 조금 화난 표정으로 화장실에 들어갔습니다. 장모님과 아내
둘이 살짝 날선 톤으로 소곤소곤 뭐라 말을 하더군요. 장인어른께선 먼
저 저보고 음식을 먹으라 하셨습니다. 하지만 전 장모님도 오시면 같이
먹겠다고 예의상 말했지만 계속해서 권하시길래 계속 거절하기 뭣해서
젓가락을 들었습니다. 음식이 코로 들어가는지 귀로 들어가는지 모르
겠더군요. 몇 분이 지나고 아내와 장모님이 화장실에서 같이 나왔습니
다. 장모님이 밥을 먹고 있던 제게 말하시더군요. 아직 장모도 식사를
안했는데 먼저 한다구요. 그러자 장인어른께서 아니다, 내가 먼저 먹으
라 했다 라고 말씀해도 이건 예의가 아니라고 예의도 모르는 사람 우리
딸이랑 만나는 거 안 좋다고 언성을 높이셨습니다. 전 여지까지 살면서
제 외모에 많은 회의감을 가졌고, 또 그것을 이겨내 왔지만 이번만큼은
이겨내기 힘들었습니다. 정말 힘들었습니다. 어깨가 저절로 축 쳐지더
군요. 눈물이 치밀어 올랐지만 꾸역꾸역 삼켰습니다. 아내가 제 모습을
한번 보더니 장모님께 뭐하는 짓이냐고 소리쳤고 장모님과 아내 둘이
서 옥신각신 다퉜습니다. 장인어른은 몇 번 말리다 안되니 한숨만 쉬며
물을 드셨구요. 저도 괜히 물만 몇 컵을 마셨는지 모르겠습니다.……
저희는 불가능할 것 같은 결혼 허락을 사랑의 힘으로 3년 만에 받았고
결국 결혼식을 올리게 되었습니다. 장모님이 제 뺨을 때리시는 버릇이
이때부터였습니다. 결혼식을 마치고 장모님과 단 둘이 있을 상황이 찾
아왔습니다. 장모님은 갑자기 활짝 웃으시면서 두 손으로 제 뺨을 살짝
두드리시는 겁니다. 아이 달래듯이 두드리시면서 "우리 사위 정말 예
쁘네" 라는 말과 함께 살살 두드리셨습니다. 그 때 솔직히 엄청 감동받
았고 장모님이 마음을 여셨구나 생각했습니다. 하지만 제 착각이었습니
다. 갑자기 점점점 세게 두드리시더니 너무 아파 감당하지 못할 정도

로 두드리셨습니다. 그 후로도 저와 단 둘만 있는 상황이면 항상 제 뺨을 이렇게 때리십니다. 일주일에 한 번씩 처가를 찾아뵈었고 장인어른이 있으실 때나 저와 둘만 있을 때만 이러시고 아내가 같이 있을 땐 이러시지 않습니다. 장인어른도 처음엔 말리시다가 어느 샌가부터 그냥 지켜보시기만 하네요. 몇 년째 지금까지 그러십니다. 처음엔 우리 사위 예쁘네 라는 말과 같이 하셨는데 어느 샌가부턴 어금니 꽉 깨무시고 아무 말 없이 때리십니다. 누구한테 말도 못 터놓고. 이것때문에 너무나 스트레스 받네요. 여러분 부디 조언 좀 해주세요.

사례1)과 사례2)는 사위의 외모로 인해 처가와의 갈등이 유발된 경우이다. 사례1)에서 글쓴이는 자신의 신장에 대한 콤플렉스를 가지고 있다. 그런데 장모가 자꾸 글쓴이의 콤플렉스를 건드린다. 결혼 초기 처갓집의 경제적인 도움을 많이 받았고, 첫째 둘째 아이도 장모가 키워주셨기에 항상 감사한 마음을 가지고 있지만, 자신의 콤플렉스를 건드리는 장모가 못마땅하다. 장모는 3살 된 아들에게, 아빠와 할머니 중 누가 크냐고 묻고, 아들이 아빠가 크다고 하자, 할머니가 크다고 하며 글쓴이의 키가 작음을 언급한다. 또 아이들이 키가 커야 될 텐데 안 큰다고 하면서, 엄마가 크니까 클 거라는 말로 글쓴이의 심기를 건드린다. 글쓴이는 장모의 이러한 말에 마음이 상하고, 1분 거리인 처갓집에도 가고 싶지 않다.

사례2)의 글쓴이 또한 자신의 외모로 인해 처갓집과 갈등이 유발되고 있다. 5년 전 결혼을 하기 위해 장인과 장모에게 인사를 드리러 갔을 때, 장모는 글쓴이의 얼굴에 표정관리가 안되며 시선을 피한다. 글쓴이 생각에도 자신이 산도둑 같이 생겼고, 그로 인해 어릴 때부터 놀림도 받고 오해도 받은 터라 그런 시선에 익숙했지만 막상 장모의 반응에는 서운함을 느낀다. 장인 또한 예의상 웃기만 할 뿐 좋아하는 눈치는 아니었다. 장모는 들어오라는 말도 없이 화장실로 들어갔고, 장인은 어서 들어오라고 한다. 어색한 기류 속에 글쓴이는 계속 미소를 띠었지만 장인은 더욱 불편해하고, 웃으면 더 험악해 보인다는 친구들의 말을 떠올리며 글쓴이는 무표정으로 있었다. 장인이 음식을 권해 거절하기 어려워 젓가락을 들었는데, 몇 분이 지나 나온 장모는 먼저 식사를 한다고 언성을 높이신다. 결국 장모는 딸과 다투고, 장인은 말리다가 안 되니 한숨만 쉬고, 글쓴이도 물만 마시다가 자리는 파하게 된다. 이후 3년 만에 결혼허락을 받고, 결혼식을 올리게 된다. 근데 그때부터 장모가 사위의 뺨을 때리는 버릇이 시작된다. 결혼식을 마치고 장모와 단 둘이 있는 상황에서, 장모는 "우리 사위 정말 예쁘다"는 얘기를 하며 아이를 달래듯이 살짝 사위의 뺨을 두드린다. 글쓴이는 장모가 마음을 열었다고 생각해 감동을 받았지만, 이후 점점 뺨을 때리는 강도가 세어진다. 이제 장모는 어금니를 꽉 깨물고, 사위가 너무 아파 감당하지 못할 강도로 뺨을 때린다.

**사례 3** **장모님과의 이야기**

안녕하세요. 저는 31살 남자입니다. 결혼은 해서 아이가 2명 있지요. 아내와는 결혼한 지 3년이 되어 가는데 한 번도 싸운 적 없이 화목하게 지내고 있습니다. 제가 좀 뚱뚱한데요... 키 170에 몸무게 90입니다. 살이 좀 있죠. 이걸 장모님이 못마땅해 하십니다. 서운함이 폭발한 날이 있었는데요. 저녁 8시가 넘었는데 장모님에게 전화가 왔습니다. "지금 뭐하고 있냐고 잘 지내냐고..." 전 "아직 일하는 중이고 좀 있다가 퇴근합니다." "저녁은 먹었냐고..." 전 "아직 못 먹어서 퇴근하고 먹겠습니다..." (그냥 아무 생각 없이 대답한 것 같습니다. 야근하다보니 밥을 못 먹은 것이었는데...) 그러자 갑자기 장모님이 전화기 상으로 소리를 지르면서 너 살 안 뺄 거냐고 지금이 몇 시인데 그때 밥을 먹냐고... 전화기상에 소리를 계속 지르며 여러 가지 말씀하시는데, 앞에 부하직원들이 몇 명 있어서 "네네네" 대답하였는데, 그게 장모님을 더 화나게 한 모양입니다. 더욱 심하게 말씀하시고 전화를 끊으셨지요. 이후 문자로 나중에 퇴근하면 전화 달라 하시고, 저녁 10시 퇴근 후 전화 드리니 "너무 소리 지른 거 같은데 맘에 두지 말고, 대신 잘 생각하라고..." 하시네요. 이런 일이 몇 번 반복되니 점점 장모님이 싫어지고... 이제는 아내마저 싫어지려는 마음이 생기는 것 같아 무섭습니다. 살을 빼야하는데, 쉽지 않네요......(헬스장 다닌 지 이주일 되었습니다.) 제가 살을 빼면 되는 건데... 그냥 답답한 마음에 글을 적어봅니다.

사례3〉 또한 사위의 외모로 인해 장모와 갈등이 유발된 경우이다. 이 경우는 태생적인 문제가 아니라, 본인 노력 여하에 따라 달라질 수 있는 사례이기에 앞선 사례들과는 분리하여 보았다. 글쓴이는 31살 기혼남으로 아이가 2명 있다. 평소 장모는 사위의 몸무게가 많이 나가는 것을 못마땅해 한다. 그러던 어느 날 저녁 8시가 넘은 시간에 장모에게 전화가 왔고, 아직 일하는 중이고 퇴근해서 저녁을 먹겠다는 말에 장모는 심하게 화를 낸다. 사위는 자신에게 소리를 지르며 살을 빼라고 하는 장모가 싫어지고, 아내마저도 싫어지려는 마음이 생기는 게 무섭다. 본인이 살을 빼면 해결될 문제인데, 그냥 답답하다.

그렇다면 이러한 사례들에 설화에서의 해결방안은 어떻게 적용될 수 있을까? 앞서 설화들에서 해결방안으로 제시된 것은, 처가문제를 해결해주는 사위의 능력이다.

먼저 사례3〉은 본인 노력 여하에 따라서 달라질 수 있는 부분이다. 그러므로 이 경우는 힘은 들겠지만 처가갈등을 해결하고자 한다면 스스로 노력할 필요가 있다. 사위의 노력을 장모도 높이 사줄 것이며, 사위를 더욱 긍정적인 시선으로 바라보게 되어, 장모와의 관계가 돈독해지는 효과도 나타날 수 있을 것이다.

다음으로 사례1〉 사례2〉와 같이 키나 생김새는 태생적인 부분이기에, 변화의 가능성을 기대할 수 없다. 물론 생김새의 경우 성형이라는 선택을 할 수는 있겠지만, 그 또한 쉽지 않을 것이다. 이 경우 설화에서처럼 외모를 덮어줄 수 있는 다른 요인 즉 경제력, 교육수준, 성품이나 성격, 사회적 지위 등 다른 요인이 있다면 외모로 인한 처가와의 갈등을 해결될 수 있을 것이다.

전세계에서 배우자선택에 있어서의 여러 특징들의 중요성 평정치 순위를 보면[7], 18가지 항목 중 외모는 남자의 경우 10위, 여자의 경우 13위로 기록되고 있다.

| 순위 | 남자들 | 순위 | 여자들 |
|---|---|---|---|
| 1 | 상호매력(사랑) | 1 | 상호매력(사랑) |
| 2 | 신뢰성 있는 성품 | 2 | 신뢰성 있는 성품 |
| 3 | 정신적인 안정성과 성숙성 | 3 | 정신적인 안정성과 성숙성 |

---

7) 전세계에서 배우자선택에 있어서의 여러 특징들의 중요성 평정치들의 순위 (홍대식, 『연애와 결혼 심리학』, 청암미디어, 2002, 136면)

| 4 | 재미있는 성격 | 4 | 재미있는 성격 |
|---|---|---|---|
| 5 | 건강함 | 5 | 교육과 지능 |
| 6 | 교육과 지능 | 6 | 사교성 |
| 7 | 사교성 | 7 | 건강함 |
| 8 | 가정과 자녀를 원함 | 8 | 가정과 자녀를 원함 |
| 9 | 세련됨, 말쑥한 | 9 | 야망과 근면성 |
| 10 | 외모 | 10 | 세련됨, 말쑥한 |
| 11 | 야망과 근면성 | 11 | 교육수준이 유사함 |
| 12 | 요리와 집안일을 잘함 | 12 | 경제적 전망이 좋음 |
| 13 | 경제적 전망이 좋음 | 13 | 외모 |
| 14 | 교육수준이 유사함 | 14 | 사회적 지위 |
| 15 | 사회적 지위 | 15 | 요리와 집안일을 잘함 |
| 16 | 순결함(성경험이 없음) | 16 | 종교가 유사함 |
| 17 | 종교가 유사함 | 17 | 정치적 배경이 유사함 |
| 18 | 정치적 배경이 유사함 | 18 | 순결함(성경험이 없음) |

즉 순위상 외모는 중요도 순위면에서 다른 것보다 덜 중요시되고 있는 것이다. 그러므로 외모를 덮어줄 수 있는 여타 요인은 충분하며, 사위의 외모로 인한 처가갈등은 충분히 해결이 가능할 것이다.

# 7

## 오해로 인한 문제

# 7. 오해로 인한 문제

## 1) 처가갈등 양상과 해결방안

본 장에서는 오해로 인해 처가갈등이 유발되는 설화들을 살펴보도록 하겠다. 먼저 [딸에게 일 다시 가르쳐 시댁으로 보낸 정승] 설화군이다. 대강의 줄거리는 다음과 같다.

만석꾼 부자 양반이 정승으로 있었는데 딸만 하나 낳아 스무 살이 되도록 애지중지 키웠다. 정승이 좋은 사위를 고르기 위해 팔도에서 관상과 사주를 잘 보기로 유명한 사람 여덟 명을 불러 각각 삼 년간 먹을 돈과 식량을 준비해 주었다. 그리고 전국을 돌아다니며 잘난 남자들을 골라 보내라고 했다. 삼 년 만에 한 관상쟁이에게서 연락이 왔는데 강원도에 성이 갈(葛)가인 총각이 사는데 살림은 자기 먹을 만큼 있고 글도 잘하고 어디로 내놓든지 나무랄 데가 없다고 하였다. 다른 관상쟁이들에게서는 아무런 연락이 없었기에 결국 정승은 강원도에 사는 갈가네 집에 청혼을 하게 되었다. 갈가네 집에서는 어떻게 자기네가 서울 정승

댁과 사돈을 맺느냐며 벌벌 떨었다. 하지만 정승이 괜찮다고 하여 강제로 자신의 딸을 갈가네 총각과 혼인시켜버렸다. 정승 딸이 강원도로 신행을 가서 시아버지께 문안인사를 드렸다. 그러자 시아버지가 며느리에게 꼭 할 말이 있다며 오늘 아침에는 노비가 아닌 며느리가 해주는 밥이 먹고 싶다고 했다. 정승 딸이 이제까지 한번도 밥을 해본 적이 없어서 밥을 못하겠다고 하자, 시아버지가 안 되겠다며 친정으로 도로 가라고 했다. 결국 정승 딸이 친정으로 돌아오자 정승이 화가 나서 어떻게든 신랑 집에 벌을 주려고 마음먹었다. 이듬해 강원도에 사는 갈가의 아버지가 자기 아들에게 처가에나 한번 다녀오라고 했다. 아들이 서울 장인의 집에 가자 장모와 아내는 반갑게 맞이하였으나 장인은 안 좋게 생각을 하였다. 신랑 집에 벌을 주려고 벼르고 있던 장인은 사위에게 자신이 부자로 살면서 농사를 한 서너 마지기를 짓는데 오늘은 사위가 논을 갈아서 모를 심어주고 가면 좋겠다고 했다. 그런데 사위가 일꾼이 왔다가 뺨맞고 달아날 정도로 일을 잘하는 것이었다. 그 모습을 본 장인이 사돈은 아들 하나라도 저렇게 잘 가르쳤는데 자신은 딸에게 밥 짓는 것도 안 시켜봤으니 쫓겨나는 것은 당연하다고 생각했다. 사위가 강원도로 돌아가자 정승은 딸을 불러 친정에서 일생을 살다 죽을건지 아니면 시가에 가서 시부모와 서방님을 모시고 살 것인지 물었다. 그러자 딸은 여필종부(女必從夫)라며 시가에서 사는 게 마땅하다고 하였다. 그러자 정승은 딸에게 노비들이 하는 일을 배우라고 하였다. 그때부터 딸은 친정에서 집안일을 연습하였다. 일 년 정도 시간이 지난 다음에 딸이 다시 강원도 시댁으로 신행을 갔는데 이번에도 시아버지가 며느리를 불러 오늘 아침에는 조금 된밥도 먹고 싶고, 적당한 밥도 먹고 싶고, 조금 질은 밥도 먹고 싶으니 세 가지 밥을 지어 올리라고 하였다. 며느리가 이번에는 상을 제대로 차려서 시아버지에게 올렸다. 그러자 시아버지가 맛을 보더니 밥을 짓도록 한 것은 자신이 제대로 된 밥을 먹고 싶어서가 아니라고 하였다. 그리고 시아버지는 사람이란 것이 내가 알아야 남을 시켜 먹을 수가 있는 것이라 그런 것이라며 앞으로는 직접 일을 하지 말고 노비를 시키라고 하였다.[1]

부자인 정승이 외동딸을 스무 살이 되도록 애지중지 키워, 좋은 사윗감을 고르고자 하였다. 정승은 팔도에서 관상과 사주를 잘 보기로 유명한 사람 여덟 명을 불러 각각 삼 년간 먹을 돈과 식량을 준비해 주며, 전국을 돌아다니며 잘난 남자들을 골라 보내라고 하였다. 삼 년 만에 한 관상쟁이에게 연락이 왔는데, 강원도에 성이 갈(葛)가인 총각이 사는데 살림은 자기 먹을 만큼 있고 글도 잘하고 어디로 내놓든지 나무랄 데가 없다고 하였다. 다른 관상쟁이들에게 연락이 없자, 정승은 강원도에 사는 갈가네 집에 청혼을 하게 되었다. 갈가네 집에서는 사돈 맺기를 두려워하였으나 정승이 괜찮다고 하여, 강제로 혼인을 시켰다. 정승 딸은 강원도로 신행을 가서 시아버지께 문안인사를 드린다.

그런디 그 이튿달 아침에 가서 현신을 드리니께 시아버지가 있다 허는 말이 무엇인고 허니, "내가 너한티 꼭 한마디 헐 말이 있다. 무슨 말인고 허니 오늘 아침이는 노비를 시키지 말고, 니가 해주는 밥을 먹고 싶다." 그러니께, 그 자, 자부가 허는 말이 뭐라고 허는고니, "자고 이래로 밥 허는디를 보덜 못했읍니다." 해준 밥만 먹고 살았지 허는딜 보덜

1) 『한국구비문학대계』 6-8, 347-351면, 황룡면 설화1, 정승 딸을 며느리로 맞은 시아버지, 김원중(남, 66)

못했다 이것여. [조사자: 그 양반집이서 노비들이 하니까.] 그런데 만석꾼 부자집이고, 밥 허는디를 안봤는디 밥을 허냐 이것여. 그런게, "지가 밥만 이렇게 먹고 이낫으로(이날까지) 살았지 밥 하는디를 보질 안해서 밥을 못 헙니다." 떡 이러네. 긍게, "아 그럼 안되겄다. 그러면 늬집 도루 거거라." 그놈을 싹 실어서 보내버렸네. 싹 실어서 보내버링게 대감이 기냥 뿔이 이마치 났다 그만이여. [조사자: 노발대발 허것네.] 응. 그것 시상이 생전 먹고도 남을 오천석꺼리에다가, 안아팍 노비에다가, 이렇게 보낸 것도 살림 많이 해서 보낸 것도 불구허고 쫓아버링게 뷔야(화)가 되게 날게 아녀? "요니르것들을 어떻게 혀야 연금, 벌을 주고, 요것들을 내가 벌을 줄꼬." 이렇게 생각했단 말여. 대감이.[2] 348

그러자 예문처럼 시아버지는 며느리에게, 오늘 아침은 노비가 아닌 며느리가 해주는 밥이 먹고 싶다고 한다. 정승 딸이 한 번도 밥을 해본 적이 없어서 밥을 못한다고 하자, 시아버지가 며느리를 친정으로 쫓아버린다. 딸이 친정으로 돌아오자 대감은 화가 나서, 어떻게든 딸의 시댁을 벌주려고 벼른다. 이듬해 강원도에 사는 갈가의 아버지가 자기 아들에게 처가에나 한번 다녀오라고 하고, 아들은 서울 처가로 가게 된다.

처가에 강게 장모도 반가이 허고 참 아내도 반가이 허고, 헌디. 장인도 꼴에 해가지고 안좋게 생각혀. 그런게 장인한티 인사를 드렁게 장인이 인사 받고는 뒤, 한참 있다가 허는 말이 뭐라고 허는고니, "내가 너한티 꼭 헐 말이 있다. 무슨 말인고 허니 내가 이렇게 부자로 살고 대감

---

2) 정승 딸을 며느리로 맞은 시아버지, 『한국구비문학대계』 6-8, 348면.

집이 있어도 농사를 한 서너 마지기 짓는다. 그렇게 니가 오늘 모를 쪄
가지고 논을 갈아서 모를 심어주고 가거라." [청중: 딸 보복허더라고.]
인자 보복허느라고 인자 [웃음] 인자 말만 쓰만 후닥탁후닥탁 해 주지.
아 그러자 동시에 대체 인자 중우 잠뱅이를 딱 차고 수건을 딱 둘러쓰
고 쟁기며 써울(써레)이며 소며 딱 짊어지고 나가서 논을 딱 갈아서 딱
써울려 놓고, 가서 모를 찌는디 본게, 두손으로 막 잡아 다리는디 일꾼
이 왔다 뺨맞고 달아나게 잘하네. [조사자: 그렇게 잘 해요?] 잘해. '아
하 우리 사돈은 아들 하나라도 저렇게 잘 가르쳤는디, 나는 딸 하나를
갖고 밥도 안시켜 봤으니 안쫓겨 올 것이냐?' 말이여. [웃음] [조사자:
정승의 집에서.] 응. 안찌겨 올 것이냐? 그러고 이냥 사우를 기가 막히
게 알고 인자 반성을 해버렸어.[3]

　처가에 가자 장모와 아내는 반갑게 맞이하나, 장인은 안 좋게 생각
을 한다. 신랑 집에 벌을 주려고 벼르고 있던 장인은 딸이 쫓겨 온 것
에 대한 보복으로 사위에게 논을 갈아서 모를 심어주고 가면 좋겠다
고 한다. 그런데 사위는 일꾼이 왔다가 뺨을 맞고 갈 정도로 일을 잘
한다. 그 모습을 본 장인은 사돈은 아들 하나라도 저렇게 잘 가르쳤는
데, 자신은 딸에게 밥 짓는 것도 안 시켜 봤으니 쫓겨나는 것은 당연하
다고 생각한다. 사위가 강원도로 돌아가자 정승은 딸을 불러 친정에
서 일생을 살다 죽을 건지, 아니면 시가에 가서 시부모와 서방님을 모
시고 살 것인지 물었다. 그러자 딸은 여필종부(女必從夫)라며 시가에
서 사는 게 마땅하다고 하고, 정승은 딸에게 노비들이 하는 일을 배우
라고 한다. 그때부터 딸은 친정에서 집안일을 연습하였다. 일 년 후 딸

3) 정승 딸을 며느리로 맞은 시아버지,『한국구비문학대계』6-8, 349면.

은 다시 강원도 시아버지 댁으로 신행을 갔는데, 이번에도 시아버지가 오늘 아침에는 조금 된밥, 적당한 밥, 조금 질은 밥을 먹고 싶으니세 가지 밥을 지어 올리라고 하였다. 며느리가 이번에는 상을 제대로차려서 시아버지에게 올렸다. 시아버지는 내가 알아야 남을 시켜 먹을 수가 있다며 앞으로는 직접 일을 하지 말고 노비를 시키라고 하였다.

이 설화에서 처가갈등이 일어나는 지점은 자신의 딸이 친정으로 쫓겨 온 것에 화가 난 정승이, 사위가 처가로 오자 일부러 논을 갈아 모를 심게 하는 대목이다. 그런데 장인의 의도와는 달리 사위는 일꾼보다도 더 일을 잘 하고, 정승은 자신의 행동을 반성하게 되며 딸에게 노비들이 하는 일을 가르친다. 사위를 벌주려고 하던 행동이 오히려 자신의 과오를 깨닫게 되는 계기로 작용하는 것이다.

동일 설화군 〈부자집 사람의 혼인(『한국구비문학대계』 1-7, 39-42면, 강화읍 설화5, 구만서(남, 64)〉의 경우에는 서울 부자에게는 아들이, 황해도 부자에게는 딸이 있어 그 둘을 혼인시키게 된다. 신랑이 처가로 재행을 갔는데, 황해도 부자는 사위에게 팔자모양으로 된 논을 갈라고 시키고, 사위는 논 모양을 살펴보더니 논을 갈았던 흔적이 있는 곳에 쟁기를 꽂아 소가 저절로 논을 갈 수 있도록 한다. 신랑이 일을 하고 있는 곳에 색시가 밥을 가지고 왔는데, 신랑이 반찬을 먹어보고는 색시에게 여태까지 뭘 배웠냐고 하면서 결혼은 없었던 일로 하자고 한다. 장인은 자신이 딸을 잘못 가르쳤다는 것을 깨닫고 딸을 다시 가르쳐 시댁으로 보낸다. 이 설화 역시 장인이 자신의 잘못을 과오를 깨닫고, 곱게만 키웠던 딸에게 집안일을 가르쳐 시댁으로 보낸다. 이에 해결방안으로 제시할 수 있는 것은 장인이 자신의 과오를 깨달은 것이다.

다음으로 살펴볼 설화군은 [은하수 정기를 담은 한일자]이다. 대강의 줄거리는 다음과 같다.


송강 정철이 처갓집에 갔더니 장인이 사위에게 좋은 그림을 얻으려고 팔 폭 병풍을 꾸며서 준비를 해 놓았다. 그리고 사위가 오자 묵화를 쳐달라고 했다. 송강이 그 병풍을 그리는 것은 어렵지 않은데 그 수식이 많다고 했다. 장인이 뭐가 그리 많냐고 하자 송강은 소를 백 마리 먹어야 한다고 했다. 그리하여 하루에 한 마리씩 소를 먹었다. 그렇게 송강이 소 백마리를 다 먹고 나서는 하인에게 큰 돌벼루에 물을 떠놓고 큰 대필이 젖을 수 있도록 먹을 갈라고 했다. 그리하여 하인이 하루 종일 먹을 갈아 놓으니 송강이 그 좋은 팔 폭 병풍을 방에다 죽 둘러쳐놓고 쭈그리고 앉았다. 그리고 벼루가 바싹 마르도록 붓에 먹을 묻혔다. 그리고는 한 일자(一字)를 병풍에 확 그어놓았다. 영의정인 장인이 와서 보니 그 좋은 병풍에 한일자를 그어 놓은 것이었다. 장인은 지금까지 소 백마리를 먹인 것과 좋은 병풍 버린 것이 너무나 아까웠다. 그러나 사위에게 뭐라고 말할 수도 없어서 그 병풍을 그냥 접어 종이에 싸서 윗목에 버려 놓았다. 그리고는 다음에 다시 그려달라고 부탁해야지 했다. 그 얼마 뒤에 중국에서 나온 사신인 주지번(朱之蕃)이 영의정 집을 찾아왔다. 주지번은 중국에서 천기가 그 집에 떨어진 것을 보고 찾아온 것이었다. 그날 밤에 주지번이 주인과 한담을 하면서 집안을 둘러보았으나 보물 같은 것이 없었다. 그래서 잠이 들려는데 어디선가 졸졸 졸 물 흐르는 소리가 나는 것이었다. 주지번이 잠이 깨어 보니 송강 장인이 누워 자는 윗목에서 물소리가 나고 있었다. 잠이 깬 주지번이 살펴보니 웬 병풍이 종이에 두르르 말려 벽장에 걸려 있는 것이었다. 주지번이 대번에 그것이 보물임을 직감했다. 다음날 아침이 되자 주지번은 송강 장인에게 병풍을 구경시켜달라고 했다. 그러자 장인이 사위가 장난친 것이라 구경할 것이 없다고 했다. 그래도 주지번이 간청하자 펼쳐 보였더니 주지번이 그 병풍을 달라고 했다. 장인은 승낙하자 주지번이 생금 벼루를 내놓았다. 장인이 그 금벼루를 받고 그 병풍을 왜 가져가냐고 물었다. 주지번이 말하기를, 이 병풍의 한일자가 바로 은하수 정기를 담은 것이라 천하 보화라고 했다. 그리고는 은하수 정기는 삼천년에 한 번 있는 재주로 빼올 수 있다고 말하였다. 장인이 그 설명을 듣고 나니 좋은 물건을 빼앗긴 꼴이었다. 그래서 송강에게 큰일났다면서 그 사정을 말했다. 그리고는 한 장 더 그려달라고 사정했다. 그러자 사위가 큰 소리로 웃더니 다 틀렸다면서 자기 몸에 있는 기운을 다 빼서 넣은 것이라 이제 그려봐야 진짜는 나오지 않는다고 하였다. 그 좋은 보화는 주지번이 가져가 버린 것이었다.[4]

송강 정철이 처갓집에 갔더니, 장인이 사위에게 좋은 그림을 얻으려고 팔 폭 병풍을 준비해 놓고 묵화를 쳐달라고 했다. 정철은 병풍을 그리는 것은 어렵지 않은데 그 수식이 많다고 했다. 장인이 수식을 묻자, 송강은 소를 백 마리 먹어야 한다고 했다. 그리하여 하루에 한 마리씩 소 백 마리를 다 먹고 나서, 하인에게 큰 돌벼루에 물을 떠놓고 큰 대필이 젖을 수 있도록 먹을 갈라고 했다. 하인이 하루 종일 먹을 갈아 놓으니, 송강이 팔 폭 병풍을 방에다 죽 둘러쳐놓고 쭈그리고 앉은 후 한 일자(一字)를 병풍에 확 그어놓았다.

---

4) 『한국구비문학대계』 1-1, 757-761면, 수유동 설화91, 명필(名筆) 송강(松江)이 쓴 한 일자(一字), 강성도(남, 69)

그래 쟁인이 보니께 그 좋은 펭풍을 돈을 많이 디려서 해놨는데 아이
그 한가운데 한 일짜 한자만 끄어서 그만 조지났단 말야.(청충 : 웃음)
소, 이 돈이 말이지 소가 백 바리 들었고 이 밑천이 얼매가 들었는고니
말이지 소 한 마리에 그만 백ㅡ, 한 냥씩이라도 그 백 냥이 든기고 말이
지 그 펭풍 하나를 맨들기 얼마나 말이지 참대로 물릴라고 맨들어논 펭
풍이야. 그러니 사우가 그 짓을 해놨는데 이걸 뭐라쿨 수도 엄꼬 이기
뭐이 틀어져도 마음에 몬 차서 말이지 묵화는 송강화라쿠믄 세계에서
알아주는 느므 솜씨가 이 짓을 해서 장난을 하구 소백바리를 묵고 장난
을 해비렀으니 아 뭐라쿨 수도 없는기라. 뭐라캐봐야 뭐 그만이고. 내
재주껏 했다쿨끼고. 그래 이늠을 딱 접어설랑은, 그 때 영상으로 있을
때라요. 정승으로 있을 때라 말야. 그래 도로 종으에다 그만 싸가지고
웃목에다 베리서, '이케 암매도 뭐 이 바우에 몬차는게 있으니 이놈 장
난을 한긴데 말이야 뒤에 오믄 하나 더 기려도라고 사정을 할백이다 말
야. 요번에는 이기 장난이다.[5]


영의정인 장인이 와서 보니, 그 좋은 병풍에 한일자를 그어 놓은 것
이었다. 예문을 보면 장인은 사위가 소 백 마리를 먹고 장난질을 해놓
았다고 생각했지만, 사위한테 뭐라고 해봤자 재주껏 했다고 할 것이
기에 아무 말도 못하고 그 병풍을 접어 종이에 싸서 윗목에 버려둔다.
장인은 사위가 이번에는 장난을 한 것이라고 생각하며, 다음에 다시
하나 그려달라고 부탁을 하려고 한다.

얼마 뒤에 중국 사신 주지번(朱之蕃)이 영의정 집을 찾아왔는데, 그
는 중국에서 천기가 그 집에 떨어진 것을 보고 찾아온 것이었다. 그날

---

5) 명필(名筆) 송강(松江)이 쓴 한 일자(一字), 『한국구비문학대계』 1-1, 758-759면.

밤에 주지번이 잠이 들려고 하는데, 어디선가 졸졸졸 물 흐르는 소리가 났다. 잠이 깨어 보니 송강 장인이 누워 자는 윗목에서 물소리가 나고 있었다. 잠이 깬 주지번이 살펴보니 웬 병풍이 종이에 두르르 말려 벽장에 걸려 있는 것이었다. 주지번이 대번에 그것이 보물임을 직감했다. 다음날 아침이 되자 주지번은 송강 장인에게 병풍을 구경시켜달라고 했는데, 장인은 사위가 장난친 것이라 구경할 것이 없다고 했다. 주지번이 간청하여 펼쳐 보이니, 주지번은 생금 벼루를 내놓고 병풍을 가져가겠다고 했다. 장인이 왜 가져 가냐고 묻자, 주지번은 이 병풍의 한일자가 바로 은하수 정기를 담은 것이라 천하 보화라고 했다. 그리고는 은하수 정기는 삼천 년에 한번 있는 재주로 빼올 수 있다고 말하였다. 장인이 그 설명을 듣고 나니 좋은 물건을 빼앗긴 꼴이었다. 장인이 송강에게 큰일이 났다면서 그 사정을 말하고 한 장 더 그려줄 것을 사정하자, 사위는 큰 소리로 웃더니 자기 몸에 기운을 다 빼서 넣은 것이라 이제는 그려봐야 진짜는 나오지 않는다고 하였다.

여기서 장인과 사위 사이에 오해가 생기는 부분은 송강이 소를 백 마리 먹고 그려준 한일자를 장인은 사위의 장난이라고 여기며, 소 백 마리와 병풍을 아까워하는 부분이다. 그러나 후에 장인은 중국 사신의 입을 통해 그것이 사위의 장난이 아니라 천하의 보화임을 알게 된다. 장인이 자신의 생각이 오해임을 깨닫게 되면서, 장인과 사위의 갈등은 해결되고 있다.

마지막으로 살펴볼 설화군은 [배반한 줄 알았던 종의 딸과 혼인한 남자]이다. 대강의 줄거리는 다음과 같다.

편풍 곽씨라는 사람이 부자로 잘 살았다. 곽씨는 권속들 몇을 데리고 있었는데, 어떻게 된 것이 권속들은 점점 부자가 되고 곽씨는 점점 망하게 되었다. 결국 권속들은 부자가 되어 떠나고 곽진사는 아주 가난하게 되고 말았다. 살림이 하도 가난하니까 곽진사는 잘사는 권속들에게 도움을 얻고자 길을 떠났다. 곽진사가 길을 떠났을 때 그의 아들이 여섯 살이었다. 그런데 길을 떠난 곽진사는 몇 년이 지나도록 집으로 돌아오지 않았다. 곽진사의 아들은 서당에 다니면서 공부를 했는데 아주 영특하였다. 서당 선생은 학동들에게 곽진사 아들처럼 잘 해보라고 하면서 자주 회초리를 들었다. 그러니까 학동들이 곽진사의 아들을 미워하기 시작하였다. 하루는 학동들이 모두 함께 목욕을 하러 갔다가 곽진사의 아들을 연못에 던져 버렸다. 그 일로 곽진사의 아들은 서당에 다니지 않겠다고 학동들에게 선언했다. 곽진사의 아들은 서당선생을 찾아가서 옛날 이야기를 해달라고 했다. 서당 선생이 곽진사의 아들에게 예전에 너희 집은 부자로 살았는데, 너의 아버지가 못살게 되었을 때에 권속들에게 돈을 얻으러 떠났다가 아직까지 소식이 없다는 이야기를 해주었다. 그 말을 들은 아이는 어머니에게 가서 정월 초하룻날에 제사를 왜 지내냐면서 사실을 말해달라고 했다. 그러자 곽진사의 부인은 아들에게 아버지가 몇 해 전에 권속들을 찾으러 간 뒤로 소식이 없다고 말해주었다. 그 말을 들은 아들은 어머니에게 명주옷을 한 벌 해달라고 한 뒤에 아버지를 찾아 떠났다. 아들은 권속들이 산다는 동네에 가서 아버지가 찾아갔던 집의 하인이 되었다. 하루는 곽진사네 권속이었던 가족들이 어느 잔칫집에 간다면서 딸만 남겨두고 모두 외출을 하였다. 곽진사의 아들은 그 집 딸에게 장가를 들어야 아버지의 원수를 갚을 것이라 생각하여 지저분한 몸을 씻고 준비해간 명주옷을 입어 나그네로 행색을 차려 그 집으로 들어갔다. 주인 딸은 그 나그네에게 한 상을 차려주고, 나중에 떠날 때에 자기 손수건에 음식을 싸서 주었다. 곽진사의 아들은 그 손수건을 받고 하인의 모습으로 돌아가 원래 하던 불 때는 일을 계속 하였다. 그러다가 곽진사의 아들이 주인 딸에게 그 손수건을 돌려주니, 주인 딸은 자기집에서 불 때는 총각이 지난번 만났던 잘생긴 나그네라는 사실을 알게 되었다. 주인 딸은 곽진사의 아들에게 마음을 빼앗겨서 부모에게 그 총각과 살겠다고 했다. 주인집에서도 남자의 인물이 좋고 글도 잘 아니까 사위로 삼기로 했다. 그리하여 곽진사 아들이 그 집의 사위가 되었다. 그런데 결혼을 한 곽진사의 아들은 부인을 가까이 하지 않았다. 곽진사의 아들은 집안 못 안에 아버지의 시체가 있을 것이라 여기고 장인에게 못의 물을 파내자고 했지만, 장인은 안 된다고 하였다. 그러자 곽진사의 아들은 집에 돌아가서 사람들을 데리고 와 직접 물을 퍼내리라 마음먹고 장인에게 아버지 제사 때문에 집에 좀 다녀오겠다고 했다. 곽진사의 아들이 장인에게 여비를 얻어 길을 떠났다가 도중에 산 속에서 곽진사의 묘를 발견하였다. 곽진사의 아들이 근처 동네를 돌아다니다가 글 읽는 소리를 듣고 그 집에 찾아가 보았다. 그런데 그 곳에서 글을 가르치던 사람이 알고 보니 곽진사였다. 곽진사는 권속에게 돈을 얻어 집으로 돌아가는 도중에 도둑을 만나 돈을 잃고 지금의 동네에 와서 서당 선생이 되었던 것이다. 곽진사의 아들은 아버지를 모시고 어머니가 계신 곳으로 갔다. 그리고 자신은 다시 처가로 돌아가 잘 살았다.[6]

편풍 곽씨라는 사람이 부자로 잘 살았는데, 어찌된 일인지 권속들은 점점 부자가 되고 곽씨는 점점 망하게 되었다. 결국 권속들은 부자가 되어 떠나고, 곽진사는 잘사는 권속들에게 도움을 얻고자 길을 떠

[6] 『한국구비문학대계』 7-9, 1062-1073면. 임하면 설화27, 종의 딸과 결혼한 곽진사 아들, 임치락(남, 64)

났다. 곽진사가 길을 떠났을 때 그의 아들이 여섯 살이었는데, 길을 떠난 곽진사는 몇 년이 지나도록 집으로 돌아오지 않았다. 곽진사의 아들은 아주 영특하였는데 서당 선생이 학동들에게 곽진사 아들처럼 잘해보라고 자주 회초리를 들자, 학동들은 곽진사의 아들을 미워하였다. 하루는 학동들이 목욕을 하러 갔다가 곽진사의 아들을 연못에 던져버렸고, 그 일로 곽진사의 아들은 서당에 다니지 않겠다고 학동들에게 선언했다. 곽진사의 아들은 서당 선생한테 예전 일을 이야기해달라고 했고, 선생은 부자로 살던 너의 집이 가난해졌을 때 아버지가 권속들에게 돈을 얻으러 떠났다가 아직까지 소식이 없다는 이야기를 해주었다. 그 말을 들은 아이는 어머니에게 정월 초하룻날에 제사를 왜 지내냐면서 사실을 말해달라고 하고, 어머니 역시 선생과 동일한 말을 해준다. 아들은 어머니에게 명주옷을 한 벌 해달라고 한 뒤에 아버지를 찾아 떠난다. 아들은 권속들이 산다는 동네에 가서 아버지가 찾아갔던 집의 하인이 된다. 곽진사의 아들은 그 집 딸에게 장가를 들어 아버지의 원수를 갚으려 하고, 식구들이 딸만 놔두고 집을 비우자 지저분한 몸을 씻고 명주옷을 입은 후 나그네로 행색을 하고는 그 집으로 들어간다. 주인 딸은 나그네에게 한 상을 차려주고, 떠날 때에 자기 손수건에 음식을 싸서 주었다. 곽진사의 아들은 하인의 모습으로 돌아가 원래 하던 일을 계속 하다가, 어느 날 주인 딸에게 그 손수건을 돌려주었고, 주인 딸은 자기집에서 볼 때는 총각이 지난번 만났던 잘생긴 나그네라는 사실을 알게 된다. 주인 딸은 곽진사의 아들에게 마음을 빼앗겨서 부모에게 그 총각과 살겠다고 하고, 주인집에서도 남자의 인물이 좋고 글도 잘 아니까 사위로 삼는다.

그래 그이(그러이) 연못이 있었는데, 그 연못을 파가, 저 퍼야, 우리 아부지 불명(분명) 저 연못에 빠져 죽었다는 게래, 야 생각에는. 그 자인(장인)되니, 빙장어른 저 못을 푸시더. 못을 푸시더 카이, 야, 머라 카노? 그 수십 년 니러오는 못을 못 푼다. [큰 소리로] 그 낙엽이 마구 으러져 물이 시커먼 거 거, 그 낙엽도 끌어 냇부고 깨끗하게 푸만 좋으이더. 푸시더. 카이께, [큰 소리로] 아 안된다. 안된다. 그건 몬 푼다. 안주 이적재(이 때까지) 그 못(池) 푼 예는 없다. 못(不) 푼다. 그래 몇 메칠 이얘기해 봐야, 안 들어 조. 하, 이놈 안될다. 나는 집이 가가주 내 기시대로 및 데루와가주 집에 가서 내 생각대로 몇 사람을 데리고 와서. 이 못을 풀 수밲에 없다꼬. 그래가주고,[7]

결혼을 한 곽진사의 아들은 집안 연못 안에 아버지의 시체가 있을 것이라 생각하고, 장인에게 연못의 물을 퍼내자고 한다. 그러나 장인은 이때까지 그 못을 푼 예는 없었다며 퍼낼 수 없다고 한다. 곽진사의 아들은 집에 돌아가서 사람들을 데리고 와 직접 물을 퍼내리라 마음먹고, 장인에게 아버지 제사 때문에 집에 좀 다녀오겠다고 했다. 이처럼 사위는 장인이 자신의 아버지를 죽였을 것이라 의심하며, 아버지의 시체가 연못에 있을 것이라고 생각한다.

곽진사의 아들은 장인에게 여비를 얻어 길을 떠났다가, 도중에 산 속에서 곽진사의 묘를 발견한다. 그리고 근처 동네를 돌아다니다가 글 읽는 소리를 듣게 되면서, 그 집을 찾아간다. 그런데 그 집에서 글을 가르치던 사람이 알고 보니 자신의 아버지였다. 사연인즉 곽진사가 권속에게 돈을 얻어 집으로 돌아가는 도중에 도둑을 만나 돈을 잃

7) 종의 딸과 결혼한 곽진사 아들, 『한국구비문학대계』 7-9, 1067-1068면.

고, 지금의 동네에 와서 서당 선생이 되었던 것이다. 곽진사의 아들은 아버지를 모시고 어머니가 계신 곳으로 갔고, 자신은 처가로 돌아가 잘 살았다.

앞서 [딸에게 일 다시 가르쳐 시댁으로 보낸 정승]이나 [은하수 정기를 담은 한일자] 설화군에서 장인이 사돈 혹은 사위를 오해했다면, 이 설화군에서는 사위가 장인을 오해하고 있다. 이 설화군에서는 사위가 장인이 자신의 아버지를 죽였을 것이라고 오해하면서, 처가갈등이 유발되고 있다. 그러나 우연히 자신의 아버지가 동네 서당 선생이 된 것을 알게 되면서, 자신이 장인을 오해했음을 알게 된다. 이 설화군 역시 오해의 소지가 사라지면서 처가갈등이 해결되고 있다.

이 외 『임석재전집』에는 〈문자 썼다가〉라는 설화가 있다. 이 설화에서는 사위가 장모의 말을 오해하여 아내를 쫓아낸다. 대강의 줄거리는 다음과 같다.

옛날에 점잖지 않은 내외가 살았는데, 하루는 할멈이 사랑방 옆을 지나가는데, 영감의 동무들 여럿이 뭐라고 하면서 웃고 있었다. 가만히 들어보니 요분질이니 용두질이니 뻑이니 하는 말을 하고 있었다. 할멈은 이런 말을 한 번도 들어본 적이 없어서, 나중에 영감한테 물어봐야겠다고 했다. 동무들이 다 간 후 영감한테 요분질이니 용두질이니 뻑이니 하는 말이 무엇이냐고 물었다. 영감은 그런 상스러운 말을 그대로 알려줄 수 없어서, 그건 남자들만 쓰는 문자라고 하며 길쌈하는 것을 요분질이라고 하고, 담배 먹는 것을 용두질이라고 하고, 술 먹는 것을 뻑이라고 한다고 알려주었다. 그런 후에 사위가 이 집을 다니러 왔는데, 장모가 남자들이 쓰는 문자를 한번 써보겠다며, 오래간만에 온 사위를 보고 아이가 요즘 요분질을 잘 하냐고 묻는다. 사위가 장모가 무슨 말을 하나 싶어 대답하지 못하고 있는데, 장모는 내가 나가서 장인을 찾아오겠으니 그 동안에 용두질이나 하고 있으라고 하면서 오래간만에 왔으니 장인과 뼉을 해보라고 했다. 사위는 이런 말을 듣고, 장모가 어떻게 그런 상스러운 말을 하냐며 화를 내고 집으로 돌아갔다. 그리고는 그런 집 딸을 색시로 삼을 수 없다면서 친정으로 돌려보냈다.[8]

이 설화는 해결방안 없이, 문제 상황만을 보여준 채 마무리된다. 설화에서 장모는 장인이 알려준 대로 아무것도 모른 채 사위에게 말을 하지만, 사위는 장모의 말을 오해해 아내를 쫓아낸다. 이처럼 이 설화는 오해로 인한 처가갈등이, 부부 사이를 갈라놓을 수도 있음을 잘 보여준다. 이에 인용하여 보았다.

## 2) 현대 처가갈등에의 적용

[딸에게 일 다시 가르쳐 시댁으로 보낸 정승] [은하수 정기를 담은 한일자] [배반한 줄 알았던 종의 딸과 혼인한 남자] 설화군은 현대 처가갈등에 어떻게 적용될 수 있을까? 먼저 오해로 인해 처가갈등이 유발된 사례들을 살펴보고, 본 설화군의 적용 가능성을 타진해 보고자 한다.

8) 문자 썼다가, 『임석재전집 1: 평안북도 편』, 258면.

**사례 1**  **장모님이 의심을 해요**

결혼 3년차 된 4남매 아빠입니다.(둘째가 삼둥이라 4남매입니다_
섣부른 오해금지) 와이프와는 전혀 다툼도 없는 문제인데(다툼이 있
을 필요도 없는 문제임) 저희 집은 4남매인데요, 엄마가 21살에 결혼
하셔서 22살에 누나를 낳고 25살에 제가 태어났고 37살에 남동생이 태
어났고 49살 되시던 해에 막둥이 여동생이 태어났습니다. 막내 동생이
2016년 기준으로 8살이 되었습니다.(밑의 남동생과 띠 동갑, 막내 동생
과 두 띠 동갑 차이가 납니다) 연애 2년간 할 때도 장모님은 막내 동생
이.. 정말 사돈이 낳은 애가 맞냐며 저보고 어디 가서 사고쳐서 낳고 부
모님 호적에 올린 아이가 아니냐고 그렇게 의심을 하셨었어요. 막내동
생이 어릴 때 제가 나이차이가 많이 나다보니 저한테 아빠 아빠 거리면
서 부르긴 했지만 지금은 당연히 저에게 큰오빠라고 부르고 와이프는
말도 안 되는 소리라며 자기 엄마.. 그러니까 장모님이 하는 이야기는
신경 쓰지 말라고 하는데 요즘 들어 심하게 장모님이 그 이야기를 또
하십니다. 저희 집 가족들을 만나서 아니란 확인도 했고 동생의 출생병
원에 가서 확인도 시켜주었는데도 다 속이려고 맘먹으면 그런 것쯤은
위조할 수 있지 않냐고 하셔서 그럼 유전자 검사라도 해드릴까요 했는
데 장모님께서 하신다는 말씀이 요즘 드라마 안보냐면서 유전자검사도
다 조작 가능하다며 와이프에게 자꾸 이혼을 종용하고 계십니다. 와이
프와 저는 이혼 같은 거 생각한 적도 없고 아내도 자기엄마 정말 왜 저
러는지 모르겠다며 저한테 미안하다고 자꾸 말하고.. 휴 아이들이 어리
니 기저귀 값이라도 더 벌어보겠다는 심정으로 회사일 끝나면 몇 시간
씩 pc방 알바를 하고 집에 오면 새벽이 다 되어 가는데.. 그런 저보고 그
아이 낳은 여자 계속 만나는 것 아니냐면서 막말하시는데 정말 지쳐갑

니다. 생각할수록 이런 문제로 신경써야 한다는 게 기가 차고 우습고.. 장모님과 정말 진지하게 이야기도 해보았고 화가 나서 술김에도 장모님과 이야기해봤는데 장모님의 오해는 멈출 줄 모릅니다. 어떤 방법이 좋은 해결방법일까요.. 여러분들의 조언을 듣고 싶습니다.

### 사례 2 · 임신이 안되는 게 제 탓이랍니다!

38살 남자입니다. 아내는 34살입니다. 결혼한지는 2년이 넘어가네요. 두 사람 모두 아이 욕심이 있었지만 처음 1년은 신혼 기분 내자고 의견이 맞아서 부부생활을 조금 신경써서 했습니다. 물론 그 과정에서 아이가 생긴다면 기쁜 마음으로 낳을 생각이였구요. 그리고 1년이 지난 후부터는 본격적으로 아이를 갖기 위해 노력했습니다. 그런데 1년 동안 특별한 피임도 하지 않았는데 아이가 생기지 않아서 서로 조심스럽게 대화를 한 후에 병원을 방문했습니다. 저 스스로도 불임의 원인은 남자 쪽이 많다는 얘기를 들어서 불안하기도 하고 미안하기도 한 마음으로 검사를 받았는데 뜻밖에도 저는 정상이지만 아내 쪽에 문제가 있다는 결과가 나왔습니다. 난관수종 진단을 받았는데 병원 측에서는 그래도 여러 가지 방법으로 임신이 가능하니까 너무 낙심하지 말라더군요. 저도 아내에게 괜찮다고 신경쓰지 말자고 혹시 수술이나 시험관 같은 거 무섭고 그러면 아이 갖지 않아도 된다고 우리 둘이 행복하게 살면 된다고 걱정하지 말라고 했습니다. 하지만 워낙 아내가 아이를 좋아했고 갖고 싶었기 때문인지 크게 낙심하더군요. 옆에서 계속 달래고 기운 북돋아 주려고 노력했습니다. 문제는 이후인데요. 저희 부모님은 아들딸(제가 2남 2녀 중에 셋째입니다-차남이구요)들이 많고 다들 결혼해서 손주가 있어서 그런지 저희한테 아이 언제 갖고 언제 낳을 거냐고 물어보신 적도 없고 부부 본인의 일이라고 생각해서 자식 계획 같은 것에도 관심이 없으십니다. 그래서 딱히 아내 상황을 얘기할 필요가 없었는데 장인어른과 장모님은 결혼 초부터 계속 손주 이야기를 하시다가(아내 쪽은 딸만 둘인데다 아내가 장녀고 여동생은 아직 시집 전입니다) 저희가 1년 동안은 아이 갖지 않고 신혼 기분 내려고 한다고 했을 때도 못마땅해 하셨었습니다. 이후 아이를 갖기 위해 노력하는 중에도 아이가 생기지 않자 제 탓을 많이 하셨었는데 이번 병원 가는 것에도 참견이 많으셨습니다. 아무튼 결과 나오기가 무섭게 무슨 문제 있냐고 꼬치꼬치 캐물으시는데 일단은 찾아뵙고 말씀드리겠다고 했습니다. 그런데 아내가 전화로 먼저 장모님께 저희가 불임이라고, 임신이 어렵다고 그렇게 말씀을 드렸나 봅니다. 직장에서 일을 하고 있었는데 장모님께 전화가 왔습니다. 상황 파악도 못하고 전화를 받았는데 저를 막 나무라시더군요. 평소에 몸 관리를 어떻게 했길래 불임이냐고. 제가 담배는 피지 않아도 맥주 마시는 걸 좋아하는데 그게 다 술 마시고 밤 늦게까지 놀고 그래서 그런 거라고 결혼하기 전부터 남자는 운동 같은 거 꾸준하게 해야 한다고 하지 않았냐고 막 쏘아붙이시더군요. 그제야 아... 장모님이 뭔가 오해를 하시고 계시는구나 라고 생각했지만 거기에 대고 사실은 아내 결과가 좋지 못합니다... 라는 말은 절대로 못하겠더군요. 퇴근하고 집에 가서 아내에게 장모님께서 이러이러 말씀하셨다고 하니 미안하다고 자기가 지금 전화해서 다시 말씀드리겠다고 다시 전화를 드리고 자초지종을 말씀드렸는데..... 이후 저한테 장모님이 톡을 보내셨는데... 그게 조금 어이없고 화가 나더라구요. 처음에는 말이 너무 심했다고 사과 아닌 사과 같은 걸 하시더니 마지막에는 아무리 땡땡(아내 이름)이 몸이 좋지 않다고 해도 남자가 건강하면 아이는 생기는 거다 땅이 아무리 좋아봐야 씨를 뿌리지 않으면 아무것도 나지 않지만 땅이 아무리 나빠도 씨가 좋으면 싹은 트는 법이라고... 불임인거 다 본인 탓이라고 생각하고 몸 관리 잘해라. 라고 하시더군요. 이게 맞는 말인가요? 이거까지 아내에게 말하면 아내가 너무 자괴감을 느낄까 봐 보여주지는 못했는데 제가 자괴감이 생길 판이네요. 아내 탓할 생각도 없고 오히려 아내가 안쓰러워 미치겠는데 장모님이 이러시니 마음이 울컥울컥 하네요. 정말 가슴이 답답합니다.ㅜㅜ

　사례1〉과 사례2〉는 오해로 인해 처가와 갈등이 유발된 경우이다. 사례1〉에서는 사위의 거듭된 해명에도 불구하고, 장모가 사위를 의심한다. 글쓴이는 결혼 3년차인 4남매의 아빠로, 아내와는 아무런 문제 없이 살고 있다. 그런데 장모가 사위의 형제관계를 의심한다. 글쓴이의 엄마는 21살에 결혼해 22살에 누나를, 25살에 글쓴이를, 37살에 남동생을, 49살 되시던 해에 막둥이 여동생을 낳는다. 막내 동생은 밑에 남동생과는 띠 동갑, 글쓴이와는 두 띠 동갑이다. 연애하는 2년 동안 장모는 막내 동생이 정말 사돈이 낳은 애가 맞느냐고 하며, 글쓴이가 사고를 쳐서 낳고 부모님 호적에 올린 아이가 아니냐고 그렇게 의심을 했다. 그런데 요즘 들어 또 장모는 그 이야기를 한다. 장모는 글쓴이 가족을 만나 아니라는 걸 확인했고, 막내 동생의 출생병원에 가서도 확인을 시켜 주었지만, 장모는 속이려면 얼마든지 위조할 수 있다며 믿지 않는다. 글쓴이는 유전자 검사라도 해드리려고 하지만, 장모는 유전자 검사 또한 조작이 가능하다면서 자꾸 이혼을 종용한다. 장모는 글쓴이에게 애 엄마를 만나는 건 아니냐고 막말을 하고, 장모의 오해에 글쓴이는 난감하고 해결방안을 찾고 있다.
　사례2〉의 경우는 불임의 문제로 장모와 오해가 유발된 경우이다.

글쓴이는 38살 남자로, 결혼한 지는 2년이 넘어간다. 아이가 생기지 않자 병원을 찾았고, 글쓴이는 정상이지만 아내 쪽에 문제가 있다는 결과가 나온다. 장인과 장모는 결혼 초부터 손주 이야기를 하다가, 아이가 생기지 않자 사위 탓을 많이 했는데, 임신이 어렵다는 결과가 나오자 상황 파악을 못한 채 평소 몸 관리를 어떻게 해서 불임이냐며 사위를 나무란다. 사위는 장모가 오해하고 있다고 생각하면서도 장모에게 이야기하지 못했고, 아내에게 장모와의 대화 내용을 이야기한다. 그리고 아내는 친정엄마에게 상황을 설명한다. 이후 장모는 사위에게 아무리 땡땡(아내 이름)이 몸이 좋지 않아도 남자가 건강하면 아이는 생기는 거라고 하면서 땅이 아무리 좋아봐야 씨를 뿌리지 않으면 아무것도 나지 않지만, 땅이 아무리 나빠도 씨가 좋으면 싹은 트는 법이라고, 불임인 것도 다 본인 탓이라고 생각하고 몸 관리를 잘 하라는 톡을 보낸다. 사위는 아내가 상처를 받을까봐 톡 내용을 보여주지는 못하고, 장모의 톡 내용에 상처를 받아 마음이 울컥하고 마음이 답답하다.

그렇다면 이러한 사례들에 설화에서의 해결방안은 어떻게 적용될 수 있을까? 앞서 설화군에서 해결방안으로 제시된 것은 첫째, 장인이 자신의 과오를 깨달음과 둘째, 장인이나 사위가 자신의 생각이 오해임을 알게 됨이다.

사례1〉과 사례2〉에서는 먼저 장모의 오해를 적극적으로 해명해줄 필요가 있다. 사위가 장모와 본가 식구들을 만나게 하여 막내 동생이 자신의 동생이 맞음을 확인시켜준 것이나, 출생병원 기록을 확인시켜준 것은 매우 잘한 일이다. 물론 장모는 사위의 이러한 적극적인 해명에도 자신의 생각을 고집하고 있다. 만약 적극적인 해명에도 불구하고 장모가 자신의 생각을 고집한다면, 더 이상은 장모에게 휘둘릴 필요가 없다. 사례2)의 경우에도 사위는 자신이 불임이라고 생각하는 장모의 오해를 풀어드렸으니, 이후 장모의 행동은 신경 쓸 필요가 없다. 자신의 딸이 불임 판정을 받은 상황에서, 더군다나 사위가 불임이라고 믿고 야단까지 친 상황에서, 장모가 금방 자신의 행동을 수정하기는 어렵다. "땅이 아무리 좋아봐야 씨를 뿌리지 않으면 아무것도 나지 않지만, 땅이 아무리 나빠도 씨가 좋으면 싹은 트는 법이라고, 불임인 것도 다 본인 탓이라고 생각하고 몸 관리를 잘 하라"는 장모의 톡은 자신의 체면을 지키기 위한 장모의 안간힘이라고 봐도 좋다. 그러므로 톡 내용에 상처받을 것이 아니라 넓은 마음으로 장모를 품어준다면, 과오를 깨달은 장모는 사위에게 고마운 마음이 들 것이고, 장모와 사위의 관계는 더욱 돈독해질 것이다.

# 8

## 습관, 성격적 문제

# 8. 습관, 성격적 문제

## 1) 처가갈등 양상과 해결방안

　본 장에서는 습관이나 성격으로 인해 처가갈등이 유발되는 설화들을 살펴보도록 하겠다. 습관(習慣)이란 어떤 행위를 오랫동안 되풀이하는 과정에서 저절로 익혀진 행동 방식을, 성격(性格)이란 개인을 특징짓는 지속적이며 일관된 행동양식을 이야기하는데, 보통 습관이 굳어져 성격이 된다고 한다. 이에 본 장에서는 이 둘을 함께 다루어보도록 하겠다. 먼저 [연산군에게 기운 아내 죽인 이장곤] 설화군이다. 대강의 줄거리를 살펴보면 다음과 같다.

　　연산군 시절에 이장곤이란 사람이 보성으로 피난을 왔는데, 길을 가다가 어떤 처녀에게 물을 달라고 했다. 그런데 그 처녀가 물에다가 버들잎을 확 쓸어서 주는 것이었다. 이장곤이 물을 달라면 그냥주지 왜 이러냐고 했다. 처녀는 물도 급히 마시면 체하기에 그런 것이라고 했다. 이장곤은 그 말을 기특하게 여겨서 그 여자가 누구인지 따라갔더니

버드나무 고리를 만드는 집 딸이었다. 이장곤이 그 집에 들어가서 주인
에게 데릴사위 되기를 청하여 그곳에서 살게 되었다. 그런데 이장곤은
일을 할 줄 몰라서 맨날 밥만 먹고 잠만 잤다. 그러니까 장인 장모가 아
주 미워했다. 하지만 부인은 이장곤을 감싸면서 어머니가 밥도 제대로
안 주면 누룽지라도 긁어서 주었다. 그 뒤에 연산이 물러나고 인조반
정[1]이 일어나자 이장곤을 등용하려고 사방으로 수소문을 했다. 그런데
그 당시 유기는 관가에 납품하는 물건이었다. 그 때에 이장곤이 그 유
기를 직접 납품하겠다고 하니까 장인이 말렸지만, 이장곤은 부득불 자
신이 짊어지고 갔다. 그 당시 보성군수가 이장곤의 친구였는데, 그 모
습을 보고 손을 잡으면서 웬일이냐고 했다. 이장곤이 자신은 유기장수
의 사위가 되었다고 하자, 군수는 조정에서 등용시키려고 찾았다는 사
실을 전해 주었다. 이장곤은 나중에 등용이 되어 갔다.[2]

연산군 시절에 이장곤이란 사람이 보성으로 피난을 왔는데, 길을
가다가 어떤 처녀에게 물을 달라고 했다. 처녀가 물에다 버들잎을 쓸
어서 주었는데, 이장곤이 왜 이러냐고 하자 물도 급히 마시면 체하기
에 그런 것이라고 하였다. 이장곤은 그 말을 기특하게 여겨 그 여자를
따라갔는데, 유기장의 딸이었다. 이장곤이 데릴사위가 되기를 청하여
그 집에서 살게 되었는데, 일을 할 줄 몰라서 매일 밥만 먹고 잠만 자
니 장인, 장모가 아주 미워했다. 그러나 아내는 남편을 감싸면서 어머
니가 밥을 안주면 누룽지라도 긁어주었다. 여기서는 매일 밥만 먹고
잠만 자는 사위의 생활습관으로 인해 장인, 장모와 갈등이 유발되고

---

1) 중종이라야 옳은데 구연자가 혼동을 한 것 같다.
2) 『한국구비문학대계』 6-12, 36-38면, 보성읍 설화11, 유기장수 사위가 된 이장곤 교
리, 안중환(남, 65)

있다.

이후 중종(인조는 오류)으로 인해 연산이 물러나고 이장곤을 등용
하고자 사방으로 수소문을 했는데, 이장곤은 장인을 대신해 관아에 유
기를 납품하러 갔다가 친구인 보성군수와 만나게 된다. 군수는 조정에
서 그를 등용시키려고 찾는다는 이야기를 하고, 이장곤은 등용이 되어
간다. 이장곤이 등용이 되어 가면서 처가와의 갈등은 해결이 되는데,
사위가 자신의 능력을 보여줌으로써 처가갈등을 해결했다고 볼 수도
있고, 아내가 친정부모의 박대에도 개의치 않고 최선을 다해 남편을
내조한 것이 처가갈등을 해결하는 방안이 되었다고도 볼 수 있다.

『한국구비문학대계』에 수록된 것은 아니지만, 이와 동일한 전개를
보여주는 것으로 〈버들잎〉이라는 설화가 있다. 이것은 게으른 사위에
대한 장인, 장모의 박대와 이에 맞서서 적극적으로 남편을 보호해주
는 아내의 내조가 더욱 분명하게 드러난다. 이에 인용하여 보겠다.[3]

---

3) 버들잎, 고사에서 편역, 443-452면(민간설화자료집1, 연변대학교 조선문학연구소
저, 허경진 역, 보고사, 2006.04.28.) (1)교리(校理)는 이조 교서관 승문원(李朝校書
館承文院) 종오품 벼슬인데 도리대로 말하면 신바닥에 흙을 묻히면서 시골로 내려
가지는 않는다. (2)그러나 이조 십대 연산군 때의 교리 이장곤(李長坤)은 홀몸에 보
따리를 짊어지고 낙향하고 있었다. (3)여름날의 햇볕이 내리쬐여 벼락걸음을 걷자
니 목이 마르는지라 어디서 냉수라도 한 사발 마셨으면 좋겠다고 생각했지만 바람
소리와 풀잎소리에도 놀라게 되는 처지로서 백주에 남의 집을 찾아들어갈 수도 없
어 타는 목을 삼키며 길을 걸었다. (4)한 곳에 이르러 발을 멈추고 물을 찾아 근처
를 돌아보니, 멀리 떨어진 곳에 수양버들이 늘어져있고 그 밑에서 물을 푸고 있는
촌 계집애가 있었다. (5)저기 가서 물을 먹자는 생각을 한 이교리가 급히 뛰어가 물
한바가지 달라고 공손하게 말했더니, 계집애가 선뜻 물 한바가지를 폈다가 수양버
들잎 한웅큼 띄워놓고 마시라고 권했다. (6)이교리는 버들잎을 띄워주는 것이 의
아했으나 물어볼 새도 없이 잎을 훌훌 불어가며 물을 죄다 마셨다. (7)그가 바가지
를 돌려주면서 계집애의 얼굴을 자세히 보았더니 18,9세가량 돼 보이는, 어딘가 인
품이 있는 얼굴이라 버들잎을 띄워준 것이 무슨 방법인가고 물었다. (8)계집애는
아니라며 수줍게 대답하더니 이교리가 다시 물어 말이 오가며 많아지자 주저주저

하더니 피곤한 것 같은데 급하게 물마시면 잘 체한다하기에 그랬다고 했다. (9)벽촌의 계집애에게서 이런 말을 들으리라고는 꿈에도 생각 못한 이교리는 무안하기도 하고 기쁘기도 하여 사례를 하면서 좋은 가문에서 태어난 게 틀림없다고 생각하고, 양친께서 뭘 하시냐고 물었다. (10)계집애는 얼굴을 붉히면서 외딴 집을 가리키며, 저것이 저의 집이고 부친은 유기장(柳器匠)인 천한 몸이라고 대답했다. (11)천한 장인의 가문에서 이렇게 영특하고 예쁜 애가 생기리라고는 생각지도 못했던 이교리는 자기가 헛듣지 않았나 의심했지만, 쫓기는 신세라 오랜 걸음에 피곤한데 그 댁에 이삼일 묵을 수 있냐고 물었다. (12)다른 사람들은 유기장이라 하면 말도 안하고 돌아가는 것이 보통이나 이 길손은 뜻밖에도 묵게 해달라고 청하는지라 계집애는 자기들을 평민으로 생각해주는 길손이 고마워 집으로 모시고 갔다. (13)한편 이교리에게는 기막힌 사연이 있었다. (14)연산군은 이조 역사상 제일가는 폭군이었다. 성종이 죽은 다음 아들인 그가 즉위하였는데 탐욕스럽고 호사스러운 생활을 무제한으로 하여 사람들이 항상 진언을 올렸으나 불쾌히 생각하고 사파들을 증오하여 그 주위에는 왕의 등을 빌어 황포한 짓을 하려는 훈구파들만 있었다. (15)마침 성족실록를 편찬하면서 사료를 수집 정리하는 중 죽은 김종직의 저서가운데 세조왕의 찬탈사건을 풍자해 썼다고 볼 수 있는 문장이 있었다. 이를 구실로 연산군은 김종직에게 「부관참시(剖棺斬尸)」의 극형을 적용한 동시에 사림파의 관료들은 수십 명 죽이거나 귀양을 보냈는데 이 참살사건을 무오사화라고 한다. (16)그 후 연산군의 탐욕과 방탕은 날로 극심해져갔는데 그 돈이 다 백성들의 피와 눈물을 짜낸 돈이었다. 이런 기회를 타 양자의 충돌은 더욱 격심해졌는데 훈구파의 편에 선왕은 또 두 번째로 사화를 일으켰다. (17)즉위 14년 만에 생모 윤씨가 행실이 부정하다는 이유로 선종왕에게 방축을 당하고 음독자살의 형벌을 받은 것을 알게 된 연산군은 어머니 원수를 갚기 위해 당시 그 사건에 참가하였던 대신 백여 명을 참살하였는데 이가 갑자사화이다. (18)이런 상황에서 이교리도 사림으로서 화를 면할 수 없어 아내까지 죽였다. 연산군의 신변에서 아양을 떠는 간신들이 이교리의 처는 세상에서 보기 드문 미인이라고 귀를 간질여 이교리의 처를 입시키라는 어정을 내렸던 것이다. 고지식한 이교리는 처를 궁궐에 보냈고 처는 돌아오는 가마 속에서 자살하여 현부로서 부끄럽지 않은 마지막을 마쳤다. (19)이때에야 자신의 어리석음을 한탄한 그는 원한을 풀 때가 꼭 오리라 믿으면서 천지신명에 정도(正道)의 밝음이 올 때까지 살아야겠다는 생각에 닥쳐올 화를 예견하고 도망을 쳐 전라도 보성군의 어느 벽촌까지 오게 되었던 것이다. (20)유기장의 부부는 딸을 따라 들어오는 낯선 사내를 처음에는 영문을 몰라 계면쩍게 대하였으나 딸에게서 온 뜻을 듣고는 환대하였다. 그들은 이교리를 방랑객으로 여겼으며 관을 차린 사람이 집에 온 것이 처음이라 방 한 칸을 내주면서 며칠이건 묵어가라며 기뻐했다. (21)며칠 묵는 사이게 이교리는 그 계집애가 귀엽게 느껴졌으며, 계집의 양친들도 처음에는 신분이 다른 길손이라고 주저하다가 곧장 흉금을 털어놓게 되었다. (22)하루는 이들 부

부가 딸을 심부름을 보내고는 교리에게 사위가 돼달라고 하는지라 이교리는 쾌히
승낙했다. (23)분에 넘치는 사위를 맞았다고 기뻐하던 유기장의 부부는 날이 갈수
록 게으른 사위에 진저리가 났다. 일손을 거들어줄 줄 모르고 밤낮 하는 짓이란 책
을 읽고 잠자는 것인지라 장인은 이렇게 쓸모없을 줄은 몰랐다며 밥 먹일 곳이 없
으니 사위를 삼은 것 같다며 잔소리를 했다. (24)하루 이틀 잔소리하던 장인은 성을
내며 사위에게 밥을 절반 주라고 딸에게 명했으나 사위는 밥이 줄어든 것을 아는
지 모르는지 매일 책을 읽고 낮잠을 잤다. (25)그러나 딸만은 양친께서 아무리 꾸짖
어도 진심으로 남편을 섬겼으며 밥을 절반 줄였을 때에는 자기 밥을 남겼다가 부모
몰래 남편 방에 들여보냈다. (26)삼년이 지나는 기간에 서울에서는 연산군을 방축
하고 중종을 왕으로 즉위시켰다. 이교리도 풍문에 세상이 바뀌었다는 것을 들었지
만 좀 더 형편을 보아 상경하려고 했다. (27)유기장의 집에서는 일 년에 한 번씩 관
가에 유세품을 바치는 것이 상례였는데 그날이 되자 이교리는 오늘은 자기가 가서
바치고 오겠다고 장인에게 여쭈었다. (28)장인은 사위가 처음 집일에 대해 근심하
는지라 희귀하기는 하나 자기도 군졸들에게 괄시를 받고 태반이 되 물림을 받고 돌
아오는데, 못난 사위가 가는 것이 근심되어 인차 응답할 수가 없었다. 이때 딸이 나
서며 보내도 근심 없을 것이라고 간청하자 장인은 승낙했다. (29)이교리가 난생 처
음 지어보는 지게에 유세품을 가득 짊어지고 간신히 점심녘까지 관가에 닿아 성큼
성큼 상문을 지나, 거기 서라는 말에도 아랑곳 하지 않고 잰 걸음으로 동헌까지 와
서는, 수납하러 왔다고 크게 외쳤다. (30)내전에 있던 감사가 내다보니 지게를 지었
을망정 이교리가 틀림없는지라 반가운 김에 내전에 모셔드렸다. (31)왕이 바뀌면
서 전라도에 새로 부임한 이 감사는 이교리와 오랜 벗이었는지라 과거지사를 이야
기했다. (32)이교리의 이야기를 듣고 난 감사가 조정에서도 공의 일로 근심하고 있
으니 빨리 상경하는 것이 좋겠다고 하자 이교리는 일단 집에 갔다가 천천히 상경하
겠다고 했다. (33)감사가 내일 마중 갈 것이니 즉시 상경하라는 말에 이교리는 그렇
게 약조하고는 집에 돌아왔다. (34)빈 지게를 지고 돌아오는 그를 본 장인이 근심
에 싸여 갔던 일이 잘 됐냐고 묻는지라 무사히 수납했고, 금년의 것은 각별히 잘 만
들었다고 칭찬까지 하더라고 했더니, 장인은 한시름 놓고는 딸에게 오늘 저녁은 한
상 차려 들여가라고 가만히 분부했다. (35)이튿날 아침 이교리가 평소보다 일찍 일
어나 대문 앞을 쓸고 있는지라 장인은 전에 없던 일이라 어찌된 일인가고 물었더니
이교리는 감사께서 오시겠는데 마당에 방석이나 펴고 집안을 깨끗이 걷어달라고
했다. (36)이 말에 장인은 비천한 유기장의 집을 방문할 리가 만무하다고 하는데,
좀 지나자 요란스러운 소리와 함께 감사의 행차행렬이 이 집으로 오는지라 꿈이 아
닌가 하여 눈을 비비고 봤으나 꿈은커녕 감사와 사위가 다정히 이야기하는 것이었
다. (37)감사는 이교리와 함께 정좌하여 앉은 후 유기장 부부와 그 딸을 불러 앉혀
오늘까지 잔걱정을 해주시어 감사하다고 정중히 예를 하였다. 이에 부부는 얼굴도
들지 못하고 배알하고 있는데 그 딸은 너무 기뻐 오늘까지 무례함을 양친을 대신하

설화에서 연산군 때 교리 이장곤이라는 사람이 보따리를 짊어지고 낙향하다가, 우물가에서 촌 계집을 만나 물 한 바가지를 달라고 한다. 계집애는 물 한 바가지를 퍼 수양버들잎을 한 움큼 띄운 후 마시라고 권한다. 이교리가 잎을 훌훌 불어가며 물을 마시고 바가지를 돌려주며, 왜 수양버들잎을 띄웠는지 물어본다. 계집애는 급하게 물을 마시면 체한다고 해 그랬다고 한다. 이교리는 양친께서 뭘 하시는지 묻고, 계집애는 얼굴을 붉히며 외딴집을 가리킨다. 계집애는 그 집이 저희 집이고 부친은 유기장(柳器匠)인 천한 몸이라고 했다. 이교리는 그 집에서 묵고 가기를 청하고, 다른 사람은 유기장이라고 하면 말도 안하고 돌아가는 것이 보통이나 묵기를 청하는 길손이 고마워서 계집애는 이교리를 자신의 집으로 모시고 간다. 유기장 부부는 딸을 따라온 낯선 사내를 처음에는 계면쩍게 대하였으나 딸에게 온 연유를 듣고는 환대하였고, 며칠이건 묵어가라고 한다. 며칠 묵는 사이 이교리는 그 계집애가 귀엽게 느껴졌고 계집의 양친도 곧 이교리에게 흉금을 털어놓는 사이가 되었다. 하루는 이들 부부가 이교리에게 사위가 되어달라고 청했고, 이교리는 승낙했다. 분에 넘치는 사위를 맞이했다고 기뻐하던 유기장 부부는 날이 갈수록 게으른 사위에게 진저리가 났다. 사위는 일손을 거들기는커녕 매일 책만 읽고 잠만 자는 것이었다. 장인은 매일 잔소리를 하다가 화를 내며 사위에게 밥을 절반만 주라고 한다. 그러나 딸은 양친이 아무리 꾸짖어도 남편을 진심으로 섬겼으며 밥을 절

---

여 빌었다. (38)이교리는 후처와 함께 상경했으나 신분을 몹시 캐는 때라 왕이 비천한 유기장의 딸이 사대부의 부인이 되는 것을 윤허하겠는지 근심되었다. (39)왕을 알현한 후 이교리가 망명 중에 당한 일을 상세히 보하자 그 이야기를 들은 중종왕은 감동하여 유기장의 딸의 신분을 고치고 정실부인으로 맞아들일 것을 허가하였다. (40)이교리 부부는 5남3녀를 낳아 80고령까지 복되게 살았다.

반을 줄였을 때는 자기 밥을 남겼다가 몰래 남편 방에 들여보냈다.

이처럼 설화에는 게으른 사위에게 진저리를 치는 장인, 장모의 모습과 그런 남편을 전심으로 섬기는 아내의 모습이 잘 드러난다.

이후 상황은 역전이 되는데, 중종반정이 일어난 후 이교리는 상경을 하게 되고, 상경하기 전 유기장 부부와 그 딸을 불러 앉히고 오늘까지 감사했다며 정중히 예를 갖춘다. 유기장 부부는 얼굴을 들지 못하고 그 딸은 너무나 기뻐하며 양친의 무례함을 빈다. 이교리는 처와 함께 상경하였으나 신분을 따지던 때라 왕이 비천한 유기장의 딸을 사대부의 아내로 윤허를 할까 걱정스러웠다. 그러나 이교리가 망명 중 있었던 일을 고하자 왕은 감동하여 유기장 딸의 신분을 고치고 정실부인이 되는 것을 허락하였다. 이후 이교리 부부는 5남 3녀를 낳고 80세까지 복되게 살았다.

남편은 자신의 신분이 회복되어 귀(貴)하게 된 후에도 자신에게 정성을 다한 천민 아내를 버리지 않고, 유기장의 딸은 정실부인이 된다. 또 남편은 아내 때문에 자신을 박대한 장인과 장모를 용서한다. 남편에 대한 아내의 내조가 처가갈등을 해결해주는 방안이 된다는 것은, 비슷한 줄거리로 내용이 전개되지만 아내가 강조되지 않는 작품과 비교해볼 때 더욱 분명해진다. 『청구야담』에 수록되어 있는 〈홍상국조궁만달(洪相國早窮晩達)〉[4]이라는 작품은 앞서 살펴본 두 설화처럼, 사위가 천대를 받으며 처가에 얹혀사는 이야기이다. 그런데 여기에는 아내에 대한 언급이 없다. 이 작품에서 사위인 홍공은 나중에 등제하

---

4) 홍상국조궁만달(洪相國早窮晩達), 최웅(1996), 『주해 청구야담 Ⅱ』, 국학자료원, 391 –392면.

여 좌의정 벼슬이 이르게 되는데, 자신을 박대하고 인격적으로 모욕하던 처남이 옥사에 걸리자 그를 죽게 내버려둔다. 홍공은 처남에게 당했던 모욕을 잊지 못하고 자신의 분한 마음을 되갚고 있는 것이다. 이 작품의 경우 사위를 아끼는 장인의 마음은 잘 나타나지만, 이것은 사위의 마음을 돌리는데 아무런 도움이 되지 못한다. 그러므로 아내의 역할은 더욱 중요하게 부각된다.

다음으로 살펴볼 [임란을 피하게 한 이인과 동고대감] 설화군 역시 사위의 게으름으로 인해 처가갈등이 유발되는 경우이다. 대강의 줄거리는 다음과 같다.

선조 때의 동고 이준경 대감이 영의정으로 있을 때 청지기로 피서방이 일을 보았다. 피서방에게는 딸이 하나 있었다. 피서방은 자기 딸이 열일곱 살쯤 먹자 동고 이준경 대감에게 가서 대감이 자기 사위를 골라주는 것이 소원이라고 말했다. 동고대감이 그 말을 듣고는 내가 봐주겠다고 했다. 그 뒤에 동고대감이 조회를 마치고 올 적마다 피서방이 나와서 "오늘 사윗감을 보셨냐"고 물었다. 그렇게 매일을 근 일 년 동안 물었는데 일 년이 된 어느 날 동고대감이 피서방을 불러 서울 종로 밖에 있는 경조문에 나가면 생강장수가 있는데 그 사람을 데려다가 사위를 삼으라고 말했다. 피서방이 그 곳에 가서 생강장수를 만나보니 사십 나이에 빼빼 마르고 얼굴에도 때가 덕지덕지한 총각이었다. 피서방은 아주 실망했지만 대감이 추천했으니 믿어 보자면서 총각에게 우리 대감님이 모시고 오라는데 가자고 했다. 그러자 총각이 대감이 뭔데 나를 오라고 하느냐면서 만나고 싶으면 직접 오라고 말했다. 피서방은 사정사정해서 데리고 갔다. 대감이 총각을 보고 피서방 집으로 장가들라고 하자 총각이 장가를 들어서 뭐하느냐고 말했다. 대감이 제발 장가들

라며 사정하자 총각이 아무 날 성례할 것이니 그날 안 하면 잊겠다고
했다. 결혼 날짜가 다가오자 피서방은 총각에게 새 옷을 입히고 목욕도
시켰다. 피서방이야 대감이 추천한 것을 믿어보자는 쪽이었고 처녀도
부모님이 시키니 받아들이기로 했는데 피서방의 마누라는 사윗감이 전
혀 마음에 들지 않았다. 게다가 사위는 결혼을 하고 나서 밥만 먹고 잠
만 자는 것이었다. 마누라는 그런 남편에게 싫은 내색도 안하고 밥을
담을 때도 남 보기에는 적고 먹기에는 많도록 꾹꾹 눌러 담아주었다.
그런데 늘 잠만 자던 사위가 어느 날은 일찍 일어나 세수하고 망건도
쓰고 갓을 쓰는 것이었다. 그리고는 장인에게 자기 방에 자리를 한 잎
깔아 달라고 했다. 장인이 무슨 일이냐고 하니까 대감님이 오실 텐데
자리는 깔아야 하지 않느냐는 것이었다. 그리고 조금 있으니 동고대감
이 마당에까지 들어왔다. 그러자 사위가 동고대감을 자기 방으로 들였
다. 대감이 사위 방에 들어가니 다른 사람들은 사위 방이 들어가지 못
했다. 동고대감은 피서방의 사위에게 이제 일을 어떡해야 되냐고 묻자
피서방의 사위는 천운이라 어쩔 수 없다고 말했다. 즉 임진왜란이 일어
나는 것은 천운이라는 말이었다. 동고대감이 자기 후사를 맡긴다고 하
자 피서방의 사위가 대감님 성의를 봐서 저버리지 않겠다고 하였다. 동
고대감과 피서방의 사위가 헤어진 뒤에 피서방 집안사람들은 이것이
무슨 일인가 했다. 피서방 집에서는 동고대감이 다녀간 뒤로 사위를 후
대하였다. 그 며칠 뒤에 장인인 피서방이 동고대감집에서 일을 보고 돌
아오는데 사위가 장인에게 빨리 대감 댁으로 가라고 했다. 장인이 무슨
일이냐고 하자 사위가 대감이 곧 임종할 것이라고 말했다. 장인이 그
말을 듣고는 가서 보니까 동고대감이 운명직전이었다. 동고대감이 아
들 셋과 피서방을 앉히더니 내가 죽은 뒤에 우리 집안과 피서방네는 피
서방 사위의 지도대로 살아가라고 유언을 남겼다. 동고대감이 죽자 피

서방 사위가 삼년 동안 상주노릇까지 하였다. 그리고 삼년이 지나자 사위는 장인에게 장사 밑천을 달라고 했다. 장인이 얼마나 필요하느냐고 물으니 다다익선(多多益善)이라고 말했다. 피서방이 동고대감의 유언을 생각하면서 집에 있는 현찰을 다 주었다. 그러자 사위가 석 달 뒤에 돌아와서 장사해서 망했으니 이번에는 전 재산을 다 팔아서 큰 밑천을 달라고 했다. 장인이 사위 말대로 했다. 사위가 일 년 뒤에 돌아와서 또 망했다면서 이번에는 대감 댁 재산을 털어서 달라고 했다. 피서방이 대감의 아들들에게 가서 말했더니 아들들이 아버지 유언에 따르겠다면서 집을 팔아서 주었다. 사위는 그 재산을 받고 떠나더니 일 년 만에 왔는데 완전히 실패했다는 것이다. 그리고는 이 동네에서는 부끄러워 살 수 없으니 이사를 가자고 했다. 두 집 가족이 동쪽으로 이사를 가는데 가다가 보니 대리석 바위가 막혀 있는 막다른 길에 이르렀다. 그러자 사위가 그곳에서 움막을 짓고 살자면서 짐꾼들을 모두 보내 버렸다. 가족들이 앉아서 보니 온통 바위로 둘러쳐진 곳에서 어떻게 살 것인지 막막해했다. 그러나 동고대감의 아들들은 모두 아버지의 유언을 생각하면서 불평 한마디 안했다. 그렇게 한참을 앉아 있으려니 산꼭대기에서 항아리가 달린 줄이 내려왔다. 그것을 타고 돌을 넘어 가보니 석벽 안쪽에 일백호의 와가가 수두룩했다. 지금까지 사위가 돈을 받아서 그곳에 살림을 꾸려 놓았던 것이다. 그렇게 무릉도원처럼 꾸민 곳에서 잘 지내며 사람들은 삼년을 살았다. 그렇게 세월이 지나는 동안 동고대감의 세 아들들은 세상에 나가고 싶은 마음이 들어 울적해했다. 그러자 피서방의 사위가 세 아들과 장인을 데리고 산 구경을 가자고 하였다. 그래서 산머리에 올라가니 저 동남 해 부산 쪽에 먼지가 자욱하고 대포 소리가 꽝꽝 나는 것이었다. 사람들이 놀라서 물어보니 사위가 왜놈이 쳐들어 온 것이라면서 서울 살았으면 목숨보전을 못했을 것이라고 하였다. 그리고는 앞으로 팔년 후에야 나갈 수 있다고 했다. 그리하여 그 곳에서 팔년을 더 살았다. 팔년이 지나니 선조대왕이 서울로 돌아오고 태평성 대가 되었다. 하루는 사위가 다시 가족회의를 열어서 두 집 모두 서울 로 가자고 했다. 하지만 피서방 내외는 산 속에서 계속 살겠다고 했다. 그러자 사위는 자기 집안은 그곳에서 살아도 동고대감 후손들은 세상 으로 나가야한다고 말했다. 그리고 조화를 부려 동고대감 집안사람들 은 서울 남산에 내려주고 그곳에 집터를 잡아준 뒤에 피서방의 사위는 사라졌다. 그 뒤로 그 사람 소식은 전해지지 않았다.[5]

선조 때의 동고 이준경 대감이 영의정으로 있을 때 피서방이 청지 기로 일을 보았는데, 그에게는 딸이 하나 있었다. 피서방은 자기 딸의 사위를 동고대감에게 골라달라고 했는데, 근 일 년 동안 매일 사윗감 을 보셨냐고 물었다. 어느 날 동고대감이 서울 종로 밖 경조문에 가면 생강장수가 있는데, 그 사람을 데려다가 사위를 삼으라고 한다. 피서 방이 가보니 나이 사십에 빼빼 마르고 얼굴에도 때가 덕지덕지한 총 각이었다. 피서방이 사정사정하여 총각을 대감에게 데려갔고, 대감이 피서방집으로 장가를 들라고 하자 총각이 장가를 들어서 뭐하느냐고 한다. 대감이 설득하여 혼인을 하기로 했고, 총각은 아무날 성례할 것 이니 그날 안 하면 잊겠다고 했다. 결혼 날짜가 다가오자 피서방은 총 각에게 새 옷을 입히고 목욕도 시켰는데, 피서방은 대감의 추천을 믿 어보자는 쪽이었고 처녀도 부모님이 시키니 받아들이기로 했는데 피 서방의 마누라는 사윗감이 마음에 들지 않았다. 게다가 사위는 결혼

---

5) 『한국구비문학대계』 1-1, 726-738면, 수유동 설화86, 동고 이준경과 피서방 사위, 강성도(남, 69)

을 하고 나서 밥만 먹고 잠만 자는 것이었다. 여기서도 밥만 먹고 잠만 자는 사위의 모습이 나타난다. 그러나 아내는 그런 남편에게 싫은 내색도 안하고 밥을 담을 때도 남 보기에는 적고 먹기에는 많도록 꾹꾹 눌러 담아주었다.

어느 날 잠만 자던 사위가 일찍 일어나 세수를 하고 망건과 갓을 쓰고, 장인에게 자기 방에 자리를 깔아 달라고 한다. 장인이 무슨 일이냐고 하니 대감님이 오실 것이라고 했다. 조금 있으니 동고대감이 오고 사위가 동고대감을 자기 방으로 들였다. 동고대감은 피서방의 사위에게 임진왜란에 대해 묻고, 사위는 천운이라 어쩔 수 없다고 말한다. 동고대감이 자기 후사를 맡긴다고 하자 피서방의 사위가 대감님 성의를 봐서 저버리지 않겠다고 하였다. 동고대감이 다녀간 후 피서방 집에서는 사위를 후대하였다. 이것은 처가 사람들이 사위의 능력을 인정하였음을 의미한다. 며칠 뒤 사위는 장인에게 빨리 대감 댁으로 가고 하고, 사위의 말대로 동고대감은 운명 직전이었다. 동고대감이 아들 셋과 피서방을 앉히더니, 내가 죽은 뒤에 우리 집안과 피서방네는 피서방 사위의 지도대로 살아가라고 유언을 남겼다. 동고대감이 죽자 피서방 사위가 삼년 동안 상주노릇까지 하였다. 이후 피서방의 사위는 처가와 동고대감의 재산으로 외부와 차단된 새로운 거처를 마련하였고, 임진왜란 동안 그곳에서 무사히 목숨을 부지할 수 있었다. 선조대왕이 서울로 돌아오고 태평성대가 된 후, 사위는 조화를 부려 동고대감 자손들을 서울 남산에 내려주고 그곳에 집터를 잡아준 뒤에 사라진다.

이 설화에서도 밥만 먹고 잠만 자 처가에서 미움을 받는 사위의 모습이 그려지며, 사위가 자신의 능력을 인정받은 후에야 대우가 달라

짐을 확인해 볼 수 있다. 이렇게 게으른 성격의 사위들은 『임석재전집』에서도 그 모습을 찾아볼 수 있는데, 〈미움받는 사위〉〈미움받는 데릴사위〉두 편의 설화를 제시해보면 다음과 같다.

①

넷날에 어느 집이서 사우를 맞이해서 같이 사는데 이 사우레 일두 않구 게우르느꺼니 미워해서 먹을 것두 잘 주디 않구 뭘 해먹어두 사우 모르게 해먹군 했다. 어느 날 떡을 해서 먹을라구 사우를 새낭해 오라구 내보냈다. 이 사우레 새낭 나가는데 색시는 가만히 저에 신랑과 우리 부모레 떡해 먹겠다구 새낭 내보내는 것이느꺼니 몇 시간 있다가 둘오라구 말했다. 사우는 그카라구 하구 나가서 몇 시간쯤 지나서 집에 돌아와서 방문을 왈칵 열구 들어갔다. 그때는 떡을 해서 한참 잘 먹구 있었드랜넌데 갑자기 사우레 들어오느꺼니 가시 아바지는 떡을 당반에 올레서 감추구 가시 오마니는 떡함지를 초매 밑이다 감추었다. 가시 아바지레 "발세 갔다오네? 그런데 새낭은 어드렇게 됐네?"하구 물었다. 사우는 "예에 다녀왔입니다. 그런데 마이[6]레 꿩을 딸라 가느꺼니 꿩이 숨기를 오마니 초매 밑이루 떡함지 들어가듯이 숨으느꺼니 마이는 아바지 당반에 떡 올리놋듯이 나무에 올라가서 앉습데다"구 말했다. 이 말을 듣구 가시 아바지 가시 오마니레 할수없이 떡을 내주어 먹게 했다. 또 하루는 국을 해먹갔다구 사우를 근체 집에 넝 엮으레 내보냈다. 색시는 또 부모 몰래 신랑을 불러서 근체 집에 넝[7] 엮으레 가라는 거는 국을 몰래 끓여먹을라구 그러느꺼니 이즉만해서 울 밖이 시궁창 옆에서 기두루구 있이먼 내레 국을 내다 주갔시니 그때 받아먹구레 하

6) 매
7) 이엉

구 말했다. 신랑은 그카갔다구 하구 나가 있다가 이즉만해서 시궁창 옆에 가 있었다. 색시는 국이 다 되어서 한 그릇 해서 울 밖에서 기두루는 신랑한테 내다 주었다. 신랑은 그 국을 먹구 있드랬는데 고때는 해례져서 어둑어둑해 있었다. 가시 오마니레 오종이 매리워서 재통으로 가기가 미서워서 시궁창에 나와서 오종을 누었다. 오종을 싸는 소리레 쏼쏼 하느꺼니 시궁창 밖에 있던 사우레 국물을 더 주갔다는 소리루 알구 국 그릇을 대구 있었다. 오종이 넘으느꺼니 국 그만 하는 거를 너머 급해서 국작작국작작 하구 과뎄다. 가시 오마니레 이 소리를 듣구 너머나 갑자기 과테는 소리를 들어서 고만에 놀래서 뛔들어가멘 시궁창에 국짝작귀신이 났다구 과뎄다. 가시 아바지레 무신 귀신이가 하멘 시궁창으루 뛰어나왔다. 사우레 국 그릇을 가시 아바지한데루 내던졌다. 그러느꺼니 가시 아바지두 혼이 나서 국짝작귀신이 없디않아 정말 있다 하멘 뛰여갔다.[8]

②

옛적으 한 놈이 처가살이럴 허넌디 이놈이 게으르고 일도 잘 허지 않고 헝께 장모기 미워허고 먹을 것도 잘 주지 않을라고 했다. 하루넌 재모닥떡[9]을 사우 몰래 히먹을라고 이 사우녀석얼 나무허로 내보냈다. 각시넌 지 서방에게 재모닥떡얼 멕이고 싶어서 가만히 불러각고 오늘 재모닥떡얼 히먹웅께 얼릉 나무히각고 와서 먹으라고 일러 주었다. 이 놈언 나무허로 산으로 올라갔넌디 나무는 허지 않고 처갓집 마당이서 내[10] 나는 것만 바라보고 있었다. 동소리내[11]가 나고 그 담에 말강

8) 미움받는 사위,『임석재전집 1: 평안북도 편』, 195면.
9) 짚이나 마른 풀로 모닥불을 피워서 그 재 속에 넣어 익힌 떡
10) 연기
11) 뭉클하게 올라가는 검은 연기

내[12]가 나넌 것얼 보고 山에서 내레와서 재모박둘 옆으로 가서 아이 추어 아이 추어 험서 모닥불얼 헤쳤다. 그 속에서 떡이 나옹께 아이고 이게 웬 떡이여 험서 다 주워 먹었다.[13]

①에서 사위가 게으르고 일도 잘 하지 않자, 장모는 사위를 미워해 먹을 것도 잘 주지 않는다. 하루는 재모닥떡(짚이나 마른 풀로 모닥불을 피워서 그 재 속에 넣어 익힌 떡)을 사위 몰래 해먹으려고 사위는 나무를 하러 내보낸다. 그러나 아내가 떡을 남편에게 먹이고 싶어 가만히 불러 떡을 해먹을 것이니, 얼른 나무를 하고 와 먹으라고 일러준다. 사위는 나무를 하러 산으로 올라갔다가 나무는 하지 않고 처갓집 마당에 연기가 나는 것만 바라보고 있었다. 검은 연기가 난 후 흰 연기가 올라가는 것을 보자, 사위는 산에서 내려오고 재모박돌 옆에 앉아서 춥다며 모닥불을 헤쳤다. 그리고는 웬 떡이냐고 하면서 다 주워 먹었다. 여기서는 게으르고 일도 잘 하지 않아 미운 사위를 따돌리고, 몰래 떡을 구어 먹으려던 장모가 사위에게 떡을 빼앗기게 된다. 이 설화에서 문제해결 방안으로 제시할 수 있는 것은 아내의 역할로, 아내는 친정 부모보다 남편의 편에 서서 남편을 우선시하고 있다.

②에서도 게으른 사위를 따돌리고 떡을 해 먹으려는 장인과 장모의 모습이 드러나는데, 이들은 사위 모르게 떡을 해 먹으려고 사위를 사냥을 하러 내보낸다. 사위가 사냥을 가게 되자, 아내는 가만히 신랑에게 자신의 부모가 떡을 해 먹으려고 사냥을 내보내는 것이니 몇 시간 동안 있다가 들어오라고 한다. 그 시간이 되어 사위가 방문을 벌컥 열

12) 하얀 연기
13) 미움받는 데릴사위, 『임석재전집 8: 전라북도 편 II』, 254-255면.

고 들어오자, 장인은 떡을 쟁반에 올려서 감추고 장모는 떡함지를 치마 속에 감춘다. 장인이 벌써 사냥을 다녀오냐고 하면서 사냥은 어떻게 되었느냐고 묻자, 사위는 매가 꿩을 따라가는데 꿩은 장모의 치마 밑으로 떡함지 들어가듯이 숨고 매는 장인이 쟁반에 떡 올리듯이 나무에 올라앉았다고 이야기를 했다. 이 말에 장인과 장모는 할 수 없이 떡을 내주었다. 이 설화에서도 아내는 친정부모보다 남편을 우선시하는 모습을 보여준다.

이 두 편의 설화 역시 사위는 성격적인 결함으로 인해 처가에서 미움을 받고 있으며, 성격적 결함으로 이야기되는 것은 게으름이다. 그리고 해결방안으로 제시할 수 있는 것은 친정 부모보다 남편의 편에 서서 남편을 우선시해주는 아내의 역할이다.

마지막으로 살펴볼 설화는 『임석재전집』에 수록되어 있는 〈장인 도둑질 버릇 고치다〉이다. 대강의 줄거리는 다음과 같다.

옛날에 어느 촌(村)에 한 영감이 있었는데, 이 영감이 도둑질 잘 하는 사위를 얻겠다고 하였다. 하루는 한 총각이 와서 나는 도둑질을 잘 하는 사람인데 사위를 삼겠냐고 물었고, 영감은 그 사람을 보니 도둑질을 잘 할 것 같아 사위로 삼았다. 하루는 사위를 불러서 아무날 밤에 산을 넘어 부잣집으로 가 도둑질을 하자고 하였다. 사위는 그러자고 했지만 장인이 도둑질 하는 것이 싫어서, 그 나쁜 버릇을 고쳐보겠다고 마음을 먹고 부잣집으로 찾아갔다. 사위는 아무날 밤에 우리가 도둑질을 하러 올 건데, 장인의 나쁜 버릇을 고쳐보려고 하는 것이니 본인이 시키는 대로 해달라고 했다. 그날 광에 자갈을 궤짝 안에 많이 넣어둔 후 다른 문은 단단히 닫고, 개가 들어가는 구멍만 남겨둔 채로 방안에서

도둑이야 도둑이야 하고 소리만 치라고 하였다. 도둑질을 하러 가겠다
던 날 장인은 사위를 데리고 부잣집으로 갔는데, 개가 들어가는 구멍으
로 그 집 광으로 들어갔다. 사위는 궤짝을 보고 돈궤라고 하며 그 궤짝
을 들고 나오려고 했다. 이때 사람들이 도둑이야 소리를 치고, 장인은
빨리 도망을 가자고 했다. 사위는 이왕 왔으니 돈 궤짝을 들고 가자고
말하며 먼저 광에서 나왔다. 그리고 장인의 떨어진 감투를 주워 거기에
똥을 싸놓았다. 사위가 빨리 나오라고 재촉했는데, 장인은 구멍이 좁아
서 잘 나가지지 않았다. 부잣집 사람들이 저기 도둑이 있다며 소리치
자, 장인은 급해서 돈궤를 버리고 거기에 떨어진 감투를 주워 쓰고 사
위를 따라 뛰었다. 한참 가다가 쉬는데 감투에서 똥이 내려오니, 너무
급하게 뛰었더니 감투에서까지 똥이 내려온다며 그 이후로는 도둑질
하자는 말을 하지 않았다.[14]

이 설화에서는 장인의 도둑질 버릇을 고치는 사위의 기지(奇智)가
드러난다. 사위는 장인의 도둑질 하는 버릇을 고치려고, 장인과 도둑
질을 하기로 한 집을 미리 찾아간다. 그리고 자신들이 아무날 도둑질
을 하러 올 것이라고 이야기한 후, 본인이 시키는 대로 해달라고 부탁
을 한다. 장인은 도둑질을 하러 갔다가 사위의 뜻대로 깜짝 놀라게 되
고, 다시는 사위에게 도둑질을 하자는 말을 하지 않는다.

사위는 장인의 도둑질 하는 버릇을 고치는데, 이 설화에서 해결방
안으로 제시할 수 있는 것은 사위의 기지(奇智)이다. 이것은 다른 말
로 사위의 능력이라고 할 수 있다.

---

14) 장인 도둑질 버릇 고치다, 『임석재전집 1: 평안북도 편』, 253-254면.

## 2) 현대 처가갈등에의 적용

[연산군에게 기운 아내 죽인 이장곤] [임란을 피하게 한 이인과 동고대감] 설화군이나 〈미움받는 사위〉〈미움받는 데릴사위〉〈장인 도둑질 버릇 고치다〉 설화는 현대 처가갈등에 어떻게 적용될 수 있을까? 먼저 성격적 문제로 인해 처가갈등이 유발된 사례들을 살펴보고, 본 설화의 적용 가능성을 타진해 보고자 한다.

**사례 1** 장모님을 어찌해야 할까요

(집사람 아이디로 씁니다) 혹시 가족 중에 자기애성 성격장애(나르시시즘)인 사람이 있으신 분 계신가요? 저는 70대 후반 장모님을 모시고 사는 사위입니다. 저희 장모님이 자기애성 성격장애(이하 그냥 성격장애라 할게요)이십니다. 모든 것이 본인 위주고 남의 사정은 생각지 않습니다. 다른 가족(저, 처, 두 딸)이 저녁에 집에 돌아오면 본인에게 다정히 인사하고 당신 방에서 어느 정도 시간 동안 대화해야하고, 저희 본가의 대소사에 참석하고 돌아올 때 장모님 몫으로 음식물을 챙겨오지 않으면 저희 본가에 서운해 하십니다(예로 아버지 제사지내고 빈손으로 돌아오면 저희 형수님이 생각이 짧고 배려가 없다 노인네가 계신 집에 제사음식이라도 싸서 보내야한다고 불평하시는 거죠. 물론 저한테 하시는 건 아니고 집사람에게...) 며느리와 사이가 나빠 아들과 살지 못하고 혼자 계시는 게 안쓰러워서 같이 사시자고 제가 먼저 말씀 드렸습니다. 그런데 2년 반 정도 지난 지금 내가 왜 그랬나 좀 후회스럽습니다. 모든 것을 참견하고 당신 마음에 들어야 합니다. 작년에 제가 건강이 나빠져서(생명이 위독한 지경까지 갔었음) 집사람이 식단을 저염식

식단으로 바꿨습니다. 노인 분 입장에서 좀 싱거울 수 있습니다. 그렇다고 음식을 두 번 마련한다는 것도 그래서 식탁에 간장이나 소금을 놓아두고 싱거우시면 타드시라고 말씀드려도 싱겁다고 매번 투정이십니다.…… 밥이 싱겁다고 점심은 아파트 노인정에서 식사를 하셨더랬습니다. 며칠 만에 싸우고 안다니십니다. 저희 아파트 노인정에는 식사를 만들어 주시는 도우미(?)분은 계시지만 차리거나 설거지 그리고 방 청소는 당신들끼리 돌아가면서 하는 규칙인데... 허리 아픈 내가 밥 한 끼 먹는데 설거지나 청소는 하기 싫다하여 싸우고 안다니십니다. 허리가 좀 불편하긴 하지만 입식싱크대에서 설거지 못할 정도는 아니시고 또 본인이 좋은 데는 얼마든지 잘 다니십니다. 중학과정을 입학하셔서 다니시다 반 학기 만에 그만두셨습니다. 다른 사람들이 당신을 떠받들지 않아서 기분 나빠서 못 다니겠다는 겁니다. 작년 여름 전철에서 20대 남자를 폭행(뺨 때린 것)하고 파출소에서 난동을 피우셔서 벌금형을 받았습니다(20만원)…… 혼자 사실 때 다니던 교회에 계속 다니십니다. 그 교회는 전철역에서 멀어서 카풀제로 전철역에서 만나서 가는 그룹이 있나봅니다. 장모님이 멋쟁이셔서(외모는 60대 초반까지도 보입니다. 진짜 젊으심) 치장에 시간이 걸려 약속시간에 자주 늦으셨나봅니다. 결국 신도운전자(무료봉사임)가 기다리다 다른 동승자도 있고 교회 시간이 되어 먼저 출발해서 장모님은 택시를 타고 교회에 가셨습니다. 그리곤 그것도 못 기다리느냐고 목사 사모에게 몇 번씩이나 불만을 토로하셨고 화가 난 운전자신도는 교회에 카풀그룹 변경을 요구했다합니다…… 상담을 해보니 자기애성 성격장애(나르시시즘)이라고 하는데... 혹시 가족 중에 이런 분 계셔서 극복하신 분 안계신지요? 그리고 저와 제 처는 어찌해야할까요.

　사례1)은 자기애성 성격장애인 장모로 인해 고민하고 있는 사위의 글이다. 글쓴이는 70대 후반인 장모를 모시고 사는데, 장모는 모든 게 본인 위주이고 남의 사정은 생각하지 않는다. 며느리와 사이가 나빠 아들과 살지 못하고 혼자 계시는 게 안쓰러워서 같이 살자고 먼저 말씀 드리고 함께 살게 되었지만, 2년 반 정도 지난 지금 사위는 자신의 행동을 후회한다. 장모는 모든 것을 참견하고 당신 마음대로 행동한다. 사위의 건강이 나빠져 저염식 식단으로 바꾸자 싱겁다고 매번 투정이고, 노인정에서도 교회에서도 자신이 원하는 대로 행동을 해 다른 사람들을 불편하게 한다. 중학 과정에 입학해서도 다른 사람들이 당신을 떠받들지 않아 기분이 나빠서 못 다니겠다고 하며, 작년여름에는 전철에서 20대 남자를 폭행(뺨 때린 것)하고 파출소에서 난동을 피워 벌금형도 받았다. 사위는 장모의 자기애성 성격장애를 어떻게 해야 될지 난감하다.

### 사례 2　장모와 사위의 갈등

　　35살 결혼 2년차 2살배기 아들을 둔 신랑입니다 처가집이 2층 구조의 양옥집인데 1층에 저희가 2층엔 장인어른, 장모님, 처제가 삽니다. 개인적으로 2살배기 아들을 와이프가 키워주길 바라는데 자꾸 장모님께 맡기네요. 장모님이 보아주시는 게 전 많이 불편하고 불쾌하기도 합니다. 약간 가는 귀를 먹으셔서 소리가 너무 커서 아이 뿐 아니라 저 또한 자주 놀랍니다. 아이가 요즘 투정과 떼가 늘어나는 이유가 장모님의 조급한 성격 때문이라는 생각이 듭니다. 와이프도 알고는 있지만 자기 엄마한테 그런 얘기로 상처주기는 싫은가 봅니다. 뭐... 저야 남자니까 좀 넓게 생각하고 넘어가자 하지만 아들이 성격이 형성되는 시기라 아들의 모습을 보면 잠이 안 올 지경이 되었습니다. 그냥 아들이 불쌍하기도 하고요. 결혼... 이거이 참 용기 있는 거던데요. 다른 곳에서 다른 모습으로 살아왔던 인생들이 합쳐서 살려니까 끊임없는 이해가 필요하던데요. 이것 말고도 장모님과 부딪치는 게 참 많습니다. 사실 전 와이프랑 결혼했지 장모님과 결혼하지는 않았는데요. 뭐 따로 나가 살려고 해도 이제는 와이프가 반대합니다. 집에서 살림하면서 애 보는 게 얼마나 힘든데... 자신의 특성상 일하면서 이렇게 처가에서 살겠다고 하네요... 여자를 이겨보겠다는 생각이 안든 게 아니지만 여태 한번도 이겨보지 못해서요... 어차피 질 게 뻔해요... 자기 엄마가 얼마나 편했는지 결혼하니 알겠습니다. 의지적으로 좋아하려고 하는 게 눈에 보일 때 그것도 불편해집니다. 정말 울 엄마 생각 많이 납니다. 장모님이 자기 딸 편애를 할 때 더 그렇구요. 여자분들... 결혼한 남자들 참 힘든 거 많습니다. 먹는 거 제대로 먹지도 못하고요. 그렇다고 자기 엄마한테 가서 밥 한 끼 먹어도 와이프에게 눈치도 보이고요. 섬세하게 맞추어 산다는 게 참 힘듭니다.

사례2)의 글쓴이는 35살로, 2살 아들을 두고 있으며 2층 구조인 처갓집 1층에 거주한다. 글쓴이는 아들을 아내가 키우기를 원하지만, 아내는 자꾸 아들을 장모에게 맡긴다. 장모는 귀가 잘 안 들리는데, 소리가 너무 커서 아이나 본인이 자주 놀란다. 글쓴이는 아이가 투정과 떼가 늘어나는 이유가 장모의 조급한 성격 때문이라는 생각에, 장모가 아이를 봐주시는 게 불편하고 불쾌하다. 아들의 모습에 잠이 안 올 지경이라는 걸 보면 사위는 장모로 인해 스트레스를 많이 받는 상황이다. 나가 살자고 해도 아내는 처가에서 살겠다며 반대를 한다.

### 사례 3 게으른 장모님 1002 344 980738

눈팅 하다 처음 글 올려요 저는 지금 삼십대 후반 딸 둘의 아빠구요. 마눌은 삼십대 초반에 맞벌이를 하고 있습니다. 맞벌이를 함에 따라서 큰애를 처갓집에 맡기고 있는 상황입니다. 부부관계는 좋은 편이며 연봉은 제가 사천, 와이프가 팔천을 받아요. 딱 두 배입니다. 와이프의 고액연봉을 포기하기 어려워 맞벌이를 하고 있는데 문제는 주말... 처갓집이 차로 삼십 분 거리라 주말마다 장모님이 오셔요. 평일에도 자주 오시구요. 거의 이틀에 한번 꼴로 오십니다. 처갓집 상황을 보면 장인어른이 엄청 부지런하십니다. 회사와 농사일을 병행하시며 집안 청소, 설거지도 하십니다. 장모님이 잘 하지 않으시므로 저의 딸 어린이집 보내고 낮잠, 티비로 거의 시간을 때우십니다. 당연히 장인어른이 장모님께 잔소리를 하시지요. 그 잔소리가 듣기 싫어 저희 집에 자주 오십니다. 저희 부부는 맞벌이라 집안일을 반 반식 분담하고 있구요. 장모님은 우리집에 오시면 잔소리하는 장인어른이 안계시니 맘 편히 쉬었다 가세요. 가끔 설거지만 해 줄 뿐 그냥 누워서 티비만 봐요. 퇴근하면 저녁 아홉시대 저랑 와이프가 밤늦은 시간에 청소하고, 애기 젖병 닦고. 밥 하고 그러고 자요. 퇴근하고 집에 오면 애들 땜에 집이 폭탄 맞은 거 같은데 장모님은 누워서 티비만 보고 계십니다. 솔직히 여기까지는 괜찮습니다. 그래도 애를 봐주시는 덕분에 맞벌이를 할 수 있으니... 근대 장인어른이랑 비교하시며 오히려 장모님이 저랑 와이프한테 잔소리를 하시는데 답답해 죽겠습니다. 와이프는 성격이 워낙 무덤덤해서 반격도 안하고 걍 그러려니 하고 저만 답답해 죽습니다. 나름 회사에서 일하고 퇴근하고 밤늦게 애들 보고 집안일 하고 11시나 돼야 겨우 쉬는데 장모님이라 뭐라 하지도 못하고 답답하네요. "너나 잘 하세요"라고 한

마디 하고 싶어요.ㅜㅜ 걍 늦은 밤 답답하고 잠이 안와 끄적이다 잠이 듭니다.ㅜㅜ

사례3〉은 게으른 장모 때문에 힘들어하는 사위의 글이다. 장모는 주말마다 오시며, 평일에도 이틀에 한번 꼴로 사위의 집을 방문한다. 처갓집은 장인이 매우 부지런하여 회사와 농사일을 병행하고 집안 청소나 설거지도 한다. 장모는 사위의 집에서 손녀를 어린이집에 보내고 낮잠과 텔레비전으로 시간을 때운다. 글쓴이는 장모가 장인의 잔소리를 피해 자신의 집으로 와 마음 편히 쉬다 간다고 생각한다. 퇴근을 하고 오면 집은 아이들 때문에 폭탄을 맞는 것 같은데, 장모는 누워서 텔레비전만 보고 있다. 사위는 자신과 아내에게 잔소리를 하는 장모에게 본인이나 잘 하라고 한마디 하고 싶다.

### 사례 4  와이프와 장모 성격 어찌할까요?

저흰 8년차 부부 애 둘 있구요. 딸만~~ 좀 물어볼게요.…… 결혼 초 저희아버님 사업이 좀 힘들어져 결혼 전 약속? 아닌 약속을 못 지키셨거든요. 전세자금 8천 정도 해준다 했는데 삼천밖에 못해줘서 집 못 사고 좀 어려운 형편에 대출 껴서 전세 살았습니다. 넉넉히 못해줬습니다~ 저희 부자도 아닌데 많이 기대했었나봐요. 장모? 저희 부모님 보고 사기꾼이랍니다. 집 안 해줬다고 내 딸 그럴 줄 알았으면 시집 안 보냈다고 사기결혼. 사기꾼이라고 저한테 4년 동안 괴롭힌 여자입니다.…… 장모 말발이 세니깐 저랑 의견 충돌이 나도 꼭 날 이겨먹을라고. 작년에 너무 힘들어서 모든 걸 접고 진짜 그동안에 받은 스트레스

와 수치심. 모욕감에 견디지 못해. 당신 죽여 버리겠다. 집 앞으로 나와
라 더 이상은 못 참겠다. 저희 어머님한테 했던 말. 사기꾼 년 이건 평생
못 잊으니깐 나오라고 했습니다. 참나 그래도 살고는 싶었던가 봅니다.
장인이 나와서 미안하다고 본인이 대신 사과했습니다. 본인도 한평생
참고 살아왔다고 원래 그런 사람이라 생각하고. 사위 널 믿으니 참고
살라고 하시는데 이건 뭐~~ 참나. 장인어른님은 호인이시거든요 그리
고 장모가 사돈한테 사기꾼 년이라 한 것 말고도 엄청 사건이 많았습니
다. 예를 들면. 집도 안 해줬는데 제사는 뭐 하러 지내러 가냐, 내 딸 애
교 없는데 너희네가 보태준 거 있냐? 저희 엄마 사무실까지 와서 다 뒤
집어 놓겠다, 아주 상스러운 말을 입고 달고 살았죠. 저요? 왜 참았냐고
요? 애들 때문에 참았습니다. 예쁜 내 새끼들 부모 없이 키우고 싶지 않
아서요.……

  사례4)는 장모의 성격때문에 힘들어하는 사위의 글이다. 장모는 성
격이 세고, 다혈질이고, 개인주의이다. 결혼 당시 본가 아버지 사업이
힘들어져 약속대로 전세금을 못 해주자, 장모는 사돈에게 사기꾼이라
고 하며 사위를 4년 동안 괴롭힌다. 사위는 그동안에 받은 스트레스와
수치심, 모욕감을 견디다 못해 장모를 죽이겠다며 장모를 집 앞으로
불러낸다. 장인의 중재로 상황은 해결되었지만, 사위는 자신의 어머니
에게 사기꾼 년이라고 한 장모의 말을 잊을 수 없다. 장모는 상스러운
말을 입에 달고 살며, 집도 안 해줬는데 제사는 뭐 하러 지내러 가냐,
내 딸 애교 없는데 너희네가 보태준 거 있냐는 등 말로 사위의 심기를
건드린다. 글쓴이는 아이들을 부모 없이 키우고 싶지 않아 참고 있는
중이다.

위 사례들이 사위의 입장에서 처가와의 갈등을 이야기했다면, 이어
지는 사례들은 아내의 입장에서 성격적인 문제로 인한 남편과 친정의
갈등을 조심스럽게 이야기하고 있다.

**사례 5** **오늘의 톡 결벽증 장모님-사위와의 갈등(고부갈등 아님
주의)**

안녕하세요? 결혼 4년차에 접어드는 주부입니다. 요즘 장서갈등이
라고 들어보셨나요? 고부(시어머니-며느리)갈등이 아닌, 장서(장모
님-사위)갈등을 얘기합니다. 저에게도 이런 문제가 닥칠 줄 몰랐답니
다. ㅜㅜ 저희 어머니는 결벽증과 강박증 증세가 있으세요. 제가 2달
전 아기를 낳았는데, 혼자 보기가 너무 힘들어 어머니가 한 달 동안 저
희 집에 계셨어요. 얼마 안가서 저희 어머니가 계신동안 남편하고 마찰
이 생기더군요. 저희 어머니는 저희 남편한테 "자네 손 씻고 왔나? 한번
더 씻어야지" 이런 말은 기본이고, "자네 아기를 안을 때 이렇게 하면
안 된다 저렇게 하면 안 된다" 등등 조금 잔소리를 하셨나 봅니다. 30년
간 엄마의 잔소리와 함께 살아왔던 저에게는 익숙한 지시, 명령이지만
그게 남편에게는 그렇지 않았나 봐요. 어제 남편이 저에게 어머니 오시
지 말고 차라리 아줌마를 쓰면 어떻겠냐고 하더라고요. 본인이 너무 힘
들다고. 현재 육아 때문에 저는 회사를 그만둔 상태인데, 아줌마를 쓰
게 되면 비용(최소 250)도 만만치 않게 들어가고, 신생아를 모르는 아
줌마에게 맡긴다는 게 좀 내키지 않더라고요. 그래서 저는 싫다고 이야
기했지요. 그랬더니, 우리 어머니 때문에 스트레스가 이만저만이 아니
라고 하더라구요. 혼자 보기에는 너무 힘든데, 어떻게 해야할 지... 정말
고민이 됩니다. 저희 엄마 강박증과 결벽증은 완벽주의에서 비롯되는

데요, 저는 아이를 대하는 저희 엄마의 깔끔하고 빈틈없는 부분이 고맙기도 하지만, 반면 아이에게 또 결벽증이나 강박증의 영향을 주지 않을까도 염려가 됩니다. 이런 상황에서 아줌마를 쓰는 게 나을지... 엄마가 봐 주시는 게 나을지... 정말 고민이 되네요.

**사례 6** **장모와 사위 관계**

결혼한 지 8개월 정도 됐습니다. 친정엄마가 남편 전화를 쭉 안 받습니다. 전화를 못 받더라도 보통 부재중 전화가 있으면 상대방에게 전화를 다시 걸잖아요? 친정엄마는 그렇게 하지도 않습니다. 제가 전화하면 잘 받으시구요. 뭔가 남편 전화를 피하는 것 같기도 합니다. 하지만 직접 만날 때는 우리 사위~ 하면서 잘 대해 주십니다. 얼굴 볼 때는 잘 해주시면서 남편 전화는 안 받는 친정엄마. 도통 이유를 모르겠습니다. 남편이 어른들에게 막 살갑진 않고 진지한 성격이긴 합니다. 그래서 남편이 좀 불편하신 건지 아님 아직 어색하신 건지... 친정엄마가 좀 가식적이라는 생각도 들고요. 벌써 여러 차례 전화를 안 받아서 남편이 좀 서운해 하고 답답해하네요. 장모임이 나를 별로 안 좋아하시는 게 아니냐면서.. 전화 안 받는 걸 남편에게 말로만 들어서 최근에 남편 휴대폰으로 제가 전화를 걸어봤어요. 친정엄마가 전화를 안 받았고 이후 바로 제 휴대폰으로 전화를 걸었더니 전화를 바로 받으시더라구요. 그래서 제가 남편 전화는 안 받고 왜 내 전화만 받으시느냐 물었더니 좀 전에 씻느라 못 받았고 이제 막 씻고 나왔다고 하시더라고요. 그런데 딸인 제가 들었을 때 거짓말인 게 티가 났습니다. 남편은 가정적인 편이라 자기집에도 전화를 자주하고 친정에도 자주 연락하면서 지내고 싶어 합니다. 오늘따라 자세히 말은 안하지만 저에게 괜히 답답하다 이야기하는 걸 보니 저 모르게 통화를 시도했다가 실망한 것 같습니다. 남편이 우울해하니 저도 기분이 안 좋네요. 우선 제가 친정엄마한테 다시 이야기 해봐야 될 것 같은데 어떻게 이야기를 꺼내면 좋을까요?

　사례5〉와 사례6〉은 친정엄마와 남편 사이의 갈등으로 인해 힘들어하는 여성의 글이다. 사례5〉에서 친정엄마는 딸이 보기에 결벽증과 강박증 증세가 있다. 2달 전 아기를 낳자 친정엄마는 한 달 동안 아기를 봐주셨는데, 얼마 되지 않아 친정엄마와 남편 사이에는 갈등이 생긴다. 친정엄마는 사위에게 손을 씻으라고 요구하고, 잔소리를 한다. 30년 간 엄마의 잔소리와 함께 살아온 글쓴이는 엄마의 지시, 명령이 익숙하지만, 남편은 장모의 그런 행동을 너무 힘들어한다. 남편은 장모 말고 차라리 아줌마를 쓰는 것이 어떻겠냐고 하지만, 글쓴이는 모르는 아줌마한테 아이를 맡기는 것이 내키지 않는다. 글쓴이는 스트레스 받는 남편과 엄마가 아기를 봐주는 것으로 인해 얻을 수 있는 이득 사이에서 어떻게 해야할 지 고민이 된다.

　사례6〉 또한 친정 엄마와 남편 사이에서 난감한 여성의 글이다. 친정엄마는 사위와 대면할 때는 잘 대해 주시지만, 사위가 전화를 하면 받지 않는다. 딸이 보기에 엄마는 사위의 전화를 피하는 것 같다. 남편이 살갑지 않고 진지한 성격이라 그런지 친정엄마는 사위를 좀 불편해하고 어색해 한다. 친정엄마가 전화를 여러 차례 받지 않아, 남편은 장모가 자신을 안 좋아하는 게 아니냐고 하며 서운해하고 답답해한다. 남편은 가정적인 편이라 본가나 친정에 자주 전화를 하며 지내고 싶어 하고, 오늘도 전화를 피한 장모 때문에 사위는 우울하다. 딸은 친정엄마에게 어떻게 이야기를 꺼내야 될 지 난감하다.

그렇다면 이러한 사례들에 설화에서의 해결방안은 어떻게 적용될 수 있을까? 앞서 설화에서 해결방안으로 제시된 것은 첫째, 아내의 내조 둘째, 사위의 능력(기지) 셋째, 남편을 우선시하는 아내의 역할이다. 그런데 여기서 한 가지 생각해볼 문제는 설화에서 성격적 문제의 소지자가 사위라면, 사례들에서 성격적 문제의 소지자는 처가의 부모이다. 특히 장모가 성격적 문제의 소지자로 그려진다. 그렇다면 문제의 소지자가 바뀐 상황에서도 설화의 해결방안은 사용될 수 있을까?

사례1>에서는 장모의 자기애성 성격이, 사례2>에서는 귀가 잘 안 들리는 신체적 요인으로 인한 장모의 조급한 성격이, 사례3>에서는 게으른 장모의 성격이, 사례4>에서는 장모의 강한 성격이 사위와의 갈등 요인이 되고 있다. 또한 사례5>에서는 친정엄마의 완벽주의적인 성격이, 사례6>에서는 사위의 전화를 불편해하는 친정엄마의 성격이 문제가 되고 있다.

먼저 사위가 장모의 성격을 참아낼 만한 요인이 있다면, 갈등은 여전히 존재하겠지만 둘의 관계는 유지될 것이다. 이것이 설화에서는 사위의 능력으로 제시되었지만, 사례들에서는 장모의 능력이 될 것이다. 사례4>의 경우 글쓴이는 아이들을 부모 없이 키우고 싶지 않아 참았다고 이야기하는데 사위가 참아낼 수 있는 요인, 이것이 장모의 능력이 될 것이다. 사례5>와 사례6>에서 첫째와 둘째 해결방안은 아마 동일하게 적용될 수 있을 것이다. 남편이 친정엄마로 인해 불편해하고 힘들어하는 걸 안다면, 글쓴이들은 적극적으로 친정엄마를 설득해 남편이 힘들어하는 요인을 소거시켜줄 필요가 있다. 이 또한 여성의 선택이 될 것이다. 그러나 남편과 함께 행복한 부부생활을 꿈꾼다면, 남편의 편에서 친정엄마에게 적극적인 변화를 요구하는 것이 여성의 소망을 이루는 길이 될 것이다. 힘들겠지만 친정엄마보다 남편을 우선시 해주는 것, 이것이 결국은 아내의 내조이다. 사례6)에서 친정엄마에게 이야기를 꺼내는 방법은, '나-전달법(I-message)'이 효과적일 것이다. 나에게 문제가 되는 엄마의 행동이나 상황을 구체적으로 이야기하고, 그런 행동이나 상황이 나에게 미치는 영향을 구체적으로 말한 후, 그에 대한 나의 감정을 솔직하게 이야기 하면 된다.

# 9

## 경제적 문제

# 9. 경제적 문제

## 1) 처가갈등 양상과 해결방안

본 장에서는 경제적인 문제로 인해, 사위와 처가 사이에 갈등이 발생하는 설화를 살펴보겠다. 먼저 〈배은에 대한 복수와 은혜에 대한 보답〉이다. 대강의 줄거리는 다음과 같다.

현풍리에 사는 곽진사에게 아주 잘 생긴 아들이 있었다. 하루는 곽진사 아들이 서울에 올라가 김정승 집 앞에서 연을 띄우며 놀고 있었는데, 그 모습을 본 김정승이 곽진사 아들의 수려한 외모를 보고 반했다. 마침 김정승에게 자식이 없던지라 김정승은 곽진사 아들을 수양아들로 삼아서 친아들처럼 여기며 공부를 가르쳤다. 아들이 결혼할 나이가 되자 김정승은 하인에게 전국을 돌아다니며 아들에게 어울릴 만한 예쁜 신붓감을 찾아오라고 했다. 하인이 마땅한 신붓감을 찾지 못해 계속 돌아다니다가 전라도 이진사 집에서 예쁜 신붓감을 발견하였다. 하인이 이진사에게 사정을 말하자 이진사도 좋아하며 선뜻 혼인 날짜를 잡아 결혼을 시켰다. 한편 이진사에게 안남국의 구두 장군이 찾아와 자신에게 뛰어난 미모의 여자를 구경시켜주면 금은보화를 잔뜩 주겠다고 했다. 금은보화에 욕심이 생긴 이진사는 딸에게 편지를 보내 어머니가 위독하시니 내려와 봐야 될 것 같다고 했다. 뭔가 이상한 낌새를 차린 김정승은 며느리를 보내지 않으려 하였으나 편지가 계속 오자 어쩔 수 없이 며느리를 친정집으로 보냈다. 이진사는 딸이 오자 금은보화를 받고 딸을 구두 장군에게 구경시켜 주었다. 구두 장군은 금은보화를 더 줄테니 딸을 한번 더 구경시켜 달라고 했다. 이진사가 딸을 구두 장군에게 보내자 구두 장군은 딸을 배에 싣고 사라져 버렸다. 당황한 이진사는 고민 끝에 김정승에게 딸이 죽었다는 편지를 보냈다. 이진사 딸이 죽었다는 소식에 모든 사람들이 식음을 전폐하고 드러누웠고 김정승 수양아들은 아내가 죽은 것을 직접 확인하겠다며 처갓집으로 내려갔다. 사위가 장인에게 아내의 무덤을 가르쳐 달라고 해서 무덤을 파보니 아내의 송장 대신 나무토막이 들어 있었다. 이진사가 사위에게 사실대로 말하자 사위는 장인이 아내와 맞바꾼 재물로 커다란 배를 만들고 수양아버지에게 부탁해 군사 삼천 명을 얻어 아내를 찾으러 안남국으로 갔다. 안남국에 도착한 남자는 군사들에게 배에서 기다리라고 한 뒤 혼자서 구두 장군이 사는 곳으로 갔다. 남자가 구두 장군 집 앞 나무 위에 숨어 있는데 아내의 몸종이 나무 앞으로 오더니 주인어른이 오게 해달라고 기원을 했다. 남자가 나무에서 내려와 몸종 앞에 서자 몸종은 반가워하며 주인아씨에게로 데리고 갔다. 그런데 아내는 구두 장군의 풍족한 재물에 눈이 어두워져 남편을 보고도 반가워하지 않고, 남편에게 구두 장군의 집을 구경시켜 준다며 이 방 저 방을 데리고 다니다가 지옥의 방에 가뒀다. 주인아씨의 행동에 놀란 몸종은 지옥의 방에 빠진 주인어른에게 몰래 밥을 갖다주며 목숨을 보존시켜 주었다. 몸종은 구두 장군이

늘 후원 별당에 있는 물을 퍼먹고 기운이 세졌다는 것을 알게 되어 매일 주인어른에게 그 물을 퍼다 주고 남자도 힘이 세졌다. 밖에 나간 구두 장군이 백일 만에 집으로 돌아오자, 아내는 전 남편을 지옥의 방에 가두었다고 했다. 구두 장군이 지옥의 방에 있는 남자와 결투를 했는데 남자는 군사 삼천 명과 함께 구두 장군과 그 일당을 모두 처치했다. 남자는 아내를 죽여 포를 떠서 산적을 만들고, 장인장모에게 대접하였다. 장인장모가 고기를 다 먹고 나자 사위는 그것이 딸의 고기였다고 말했다. 깜짝 놀란 이진사 내외는 그 자리에서 죽어버렸다. 그 후 남자는 몸종과 결혼하여 잘 살았다.[1]

현풍리에 사는 곽진사에게 아주 잘 생긴 아들이 있었는데, 하루는 곽진사 아들이 서울에 올라가 김정승 집 앞에서 연을 띄우며 놀고 있었다. 자식이 없던 김정승은 곽진사 아들의 수려한 외모에 반하여 자신의 수양아들로 삼고 친아들처럼 여기며 공부를 가르쳤다. 아들이 결혼할 나이가 되자 신붓감을 구하였는데, 전라도 이진사 집에서 예쁜 신붓감을 발견하고 혼인 날짜를 잡아 결혼을 시켰다. 한편 이진사에게 안남국의 구두 장군이 찾아와 자신에게 미인을 구경시켜주면 금은보화를 잔뜩 주겠다고 하고, 보화에 욕심이 생긴 이진사는 딸에게 어머니가 위독하다는 편지를 보낸다. 이 부분은 사위와 처가의 갈등이 시작되는 부분이므로 설화의 본문을 제시해 보겠다.

안남국서 긔 구두 장군이라고 그기 그짓말 같애, 대가리 아홉 가진

---

1) 『한국구비문학대계』 2-5, 230-243면, 서면 설화15, 배은에 대한 복수와 은혜에 대한 보답, 김남수(남, 82)

사람이 어디 있나. 대가리 아홉 가진 장사가 큰 윤선에다가서 금은보화를 한 윤선 싣고서 걸 떡 와이 진사내 집 앞에 바닷물가에 갔다가 배를 대곤 거서 화장을 한단 말야. "어쨌든 여자 인물이 있으면 한번 구경을 시키면 이 윤선으로 하나 실은 재산을 주겠다." 그래 가만이 생각해 보니 그 딸을 보내지 않았다면 그놈의 재물을 다 자기가 뺏겠는데, 자기도 부자로 사는데. 그래 사램이 욕심이 과하면 안 되는 거야. 그래, "그러면 한 달만 말미를 주면 그와 같은 인물을 구경시키겠다." "아, 그러하라." 고. 그래 배를 거다(거기에다) 대 놓고 선인들은 그 배 안에서 자고 밥을 해 먹고 한 달 기대리는데, 서울다 편지를 했거든. 김 정승한테, 긔니까 자기 딸한테다 편지를 했지. "니가 간 지후로 니 어머이가 기지 사경이야. 너를 한번 보고 죽었으면 좋겠다고 원이 없다고 이래니까 너 두 남의 집 외딸로서 그 부모가 그렇다닌데 니가 안 올 수가 있나. 니가 내려 오나라." 이렇게 편지를 했어. 편지를 하니 김 정승이 안 보냈거던. 그 다음에 또 편지가 또 왔어. 메칠 있다 또 편지가 왔는데, "느 어머이는 여러 가지 약을 쓰다보니 병이 나았으나 느 아버지가 병이 들어서 이제 기지 사경이다. 하니까 와서 살아서 와서 얼굴 한번 봐라."[2]

예문처럼 안남국에 머리가 아홉 달린 구두 장군이 있는데, 큰 배에다 금은보화를 가득 싣고 와서, 인물이 있는 여자를 구경시켜주면 배에 실은 재산을 주겠다고 했다. 이진사는 딸을 시집보내지 않았다면 구두 장군의 재물을 다 빼앗을 수 있겠다고 생각하며 아쉬워한다. 이진사는 구두 장군에게 한 달 말미를 주면 미인을 구경시켜 주겠다고 하며, 서울에 있는 딸에게 어머니가 사경을 헤매니 내려오라는 편지

---

2) 배은에 대한 복수와 은혜에 대한 보답, 『한국구비문학대계』 2-5, 233면.

를 보낸다. 그러나 김정승은 며느리를 보내지 않는다. 이진사는 다시 친정어머니는 병이 나았으나 아버지가 병이 들어 죽게 되었으니, 와서 얼굴이나 한번 보라는 편지를 보낸다. 그리고 김정승은 며느리를 내려 보낸다.

이진사는 딸이 오자 금은보화를 받고 딸을 구두 장군에게 구경시켜 준다. 구두 장군은 금은보화를 더 줄 테니 딸을 한번 더 구경시켜 달라고 하고, 욕심이 난 이진사가 딸을 구두 장군에게 보내자 배에 싣고 사라져 버린다. 당황한 이진사는 고민 끝에 김정승에게 딸이 죽었다는 편지를 보내고, 며느리가 죽었다는 소식에 수양아버지인 김정승도 친아버지인 곽진사도 식음을 전폐하고 드러눕는다. 김정승의 수양아들은 아내가 죽은 것을 직접 확인하겠다며 처갓집으로 내려가고, 장인에게 아내의 무덤을 가르쳐 달라고 하여 무덤을 파보니, 아내의 송장 대신 나무토막이 들어 있었다. 사위는 장인에게 어떻게 된 일인지 묻는다.

> "금은보화를 윤선에 싣고 와서 그렇게 잘난 여자 인물이 하나 있으면 이 은금보화를 다 준다고 해서, 그래서 내가 우리 편지로 해 가지고서 우중 딸을 한 번 귀경을 시켰더니 아, 그놈들 배에 싣고 내빼니 그래 딸을 잃어버렸노라. 저희가 어떻게 죽을 목숨을 살려달라."고 사과해, "그래면 그 윤선으로 하나 싣고 온 은금보화는 내 재물이지 당신 재물이 아니야, 긔 내 사람 팔아 가지고 그렇게 했으니까, 이 재물을 다 팔아 없애더라도 당신은 말못한다."고. "그 재물 다 없애고 내 재물까지 다 없애더라도 내거 말 안할 테니까 마음 대로 해라."[3]

---

3) 배은에 대한 복수와 은혜에 대한 보답,『한국구비문학대계』2-5, 237면.

장인은 사위에게 금은보화를 준다고 해 딸을 구경시켰는데, 배에 실고 떠나버렸다는 이야기를 사위에게 한다. 사위는 내 사람을 팔아서 얻은 금은보화는 나의 재물이지 장인의 재물이 아니라며, 장인이 받은 재물을 팔아서 커다란 배를 만들고 수양아버지에게 부탁해 군사 삼천 명을 얻어 아내를 찾으러 안남국으로 간다.

안남국에 도착한 남자는 혼자 구두 장군이 사는 곳으로 가 구두 장군 집 앞 나무 위에 숨어 있는데, 아내의 몸종이 나무 앞으로 오더니 주인어른이 오게 해달라고 기원을 했다. 남자가 나무에서 내려와 몸종 앞에 서자 몸종은 반가워하며 주인아씨에게로 데리고 간다. 그런데 아내는 구두 장군의 풍족한 재물에 눈이 어두워져 남편을 보고도 반가워하지 않고, 남편에게 구두 장군의 집을 구경시켜 준다며 데리고 다니다가 지옥의 방에 가두었다. 주인아씨의 행동에 놀란 몸종은 지옥의 방에 빠진 주인어른에게 몰래 밥을 갖다 주며 목숨을 보전시켜 주었다. 몸종은 구두 장군이 늘 후원 별당에 있는 물을 퍼먹고 기운이 세졌다는 것을 알고 매일 주인어른에게 그 물을 퍼다 주어 남자도 힘이 세졌다. 밖에 나간 구두 장군이 백일 만에 집으로 돌아오자, 아내는 전 남편을 지옥의 방에 가두었다고 한다. 남편은 구두 장군과 결투를 해 이기고 남은 일당들도 모두 처치하였다.

거기 와서 그 마누라는 잡아서 포를 떴단 말이야. 그 괴기를 상적을 떠서 구어 말려 가지고 그래 술을 한 병 받아 가지고 그래 이 진사 집에 들어 갔거든. 들어가니까, "아, 사우가 이제 왔다."고. 두 영감 할멈이 반겨해 술 한잔 주군 그놈의 괴기 한 저름 빼주고 술 한잔 주구 그놈의 고기 한 저름 빼주고, 그래 술 한 병을 두 영감 할멈이 다 먹고 그 괴기 해

가지고 완 걸 다 먹였단 말이여. "그래 당신 딸의 괴기 맛이 어떻소?" 이
래니까 그제서 딸의 괴기라는 소리에 영감 할멈이 긔서 그만 거돌 해서
죽어 버리고는,[4]

구두 장군을 처치하고, 일당들도 처치한 후 고국으로 돌아온 이진
사 아들은 자신을 배신한 아내를 죽여 포를 떠 산적을 만들고, 그것을
장인 장모에게 대접한다. 장인 장모가 고기를 다 먹고 나자 사위는 그
것이 딸의 고기였다고 말하고, 놀란 이진사 내외는 그 자리에서 죽는
다. 그 후 남자는 몸종과 결혼하여 잘 살았다.

설화에서 장인은 금은보화에 욕심이 나서 시집 간 자신의 딸을 친
정으로 불러 외간남자에게 선보이고, 외간남자는 딸을 데리고 사라진
다. 졸지에 딸을 잃어버린 장인은 시댁과 사위에게 딸이 죽었다고 거
짓말을 하지만, 사위는 장인의 욕심으로 인해 아내가 사라졌음을 알
게 된다. 여기서는 장인의 금은보화에 대한 욕심으로 인해, 사위와 갈
등이 유발된다.

그러나 이들의 갈등은 해결되지 않은 채 마무리 되는데, 잡혀간 아
내는 남편보다 자신을 잡아간 외간남자에게 마음이 기울어져 남편을
해하려한다. 부부 사이에 인연이 끊어짐으로써 자연스럽게 처가와의
인연도 끊어지며, 남편을 배신한 아내는 남편에게 징치의 대상이 된
다.

그런데 이 설화에서 하나 지적해볼 수 있는 것은, 장인의 재물에 대
한 욕심 때문에 아내가 구두 장군에게 잡혀간 것을 알고 난 후 사위가

---

4) 배은에 대한 복수와 은혜에 대한 보답, 『한국구비문학대계』 2-5, 243면.

장인에게 이야기하는 부분이다. 사위는 장인에게 "내 사람을 팔아서 얻은 금은보화는 나의 재물이지 장인의 재물이 아니다"라고 말한다. 이것은 사위가 재물의 소유자를 명확하게 밝히는 것이다. 즉 자신의 아내를 팔아 얻은 재물인 이상 그것은 본인의 소유이며, 장인에게는 소유권이 없음을 사위는 분명히 하고 있다.

이어지는 설화는 〈팔모쌀〉 이야기이다. 대강의 줄거리는 다음과 같다.

　　이전에 과부가 부잣집에서 일을 해주며 아들을 데리고 어렵게 살았다. 아들이 커서 열다섯 살이 되자, 자기 어머니에게 부잣집에서 쌀 한 되를 얻어 달라고 했다. 그렇게 얻어다 주니까 쌀을 팔모로 깎아서 전대에 넣었다. 아들은 또 어머니에게 부잣집에서 그 집 도련님이 타고 다니는 나귀와 입고 다니는 옷과 하인을 얻어 달라고 했다. 그렇게 얻어다 주니, 아들은 팔모로 깎은 쌀을 가지고 도련님 옷을 입고 나귀를 타고 하인을 거느리고 집을 나섰다. 아들은 얼마를 가다가 은 궁(구유)과 은 마구(마구간)를 가진 부잣집에 들어가게 되었다. 남자는 자기를 따라온 하인에게 자신의 말이 은 마구간에 들어가지 않으면, 금 마구 금 궁에서 먹던 말이 은 마구 은 궁에 못 들어가느냐고 말하며 채찍으로 때리라고 시켰다. 그리고 남자는 부잣집에 가서 자고 가겠다고 했다. 그런데 말이 마구에 들어가지 않자 하인은 시키는 대로 채찍으로 쳐서 말을 들어가게 하였다. 집 주인이 그 하인의 말을 듣고는 자기보다 더 큰 부자라고 생각했다. 그리고 남자는 하인에게 자기가 저녁을 먹지 않으면 우리 도련님은 팔모로 깎은 쌀밥만 드신다고 말하게 시켰다. 주인이 저녁을 대접했는데 남자가 밥을 먹지 않자, 하인이 시키는 대로 말했다. 주인이 하인의 말을 듣고는 딸 삼형제에게 쌀을 팔모로 깎으라고 시켰다. 주인은 남자가 엄청난 부자인 줄 알고 큰 딸을 시집 보내려고 했는데 둘째, 셋째 딸도 시집가겠다고 해서 세 딸을 모두 시집보냈다. 남편은 세 아내를 가마에 태워 집으로 돌아왔다. 그런데 신랑의 집이 뒷간같이 작은 것을 보고 가마를 들고 왔던 하인들은 모두 도망가 버렸다. 그렇게 남편은 세 아내와 어머니를 모시고 살았다. 다음날 아침에 며느리 셋이 부엌에서 밥을 하는데 둘째가 속았다고 한탄을 하면서 부지깽이로 아궁이 앞을 푹푹 찍다가 금독을 발견했다. 셋째가 속았다고 한탄을 하면서 우물에서 물을 길어 올리다가 두레박에서 황금 수탉을 발견했다. 그랬더니 남편이 숨겨놓은 금덩이를 벌써 꺼냈다고 하면서 웃었다. 그렇게 해서 육간대청 고래등같은 기와집을 짓고 금 마구에 금 궁을 만들었다. 그리고 종들을 데리고 살게 되자, 딸들이 친정아버지에게 편지를 보냈다. 장인이 도망쳐 온 하인들의 말을 듣고 신랑에게 속았다고 생각했는데 직접 와서 보고는 매우 좋아했다.[5]

과부가 부잣집에서 일을 해주며 아들을 데리고 살았는데, 아들이 열다섯 살이 되자 자기 어머니에게 부잣집에서 쌀 한 되를 얻어 달라고 했다. 그렇게 얻어다 주니 쌀을 팔모로 깎아서 전대에 넣고, 부잣집에서 도련님이 타고 다니는 나귀와 입고 다니는 옷과 하인을 얻어 달라고 했다. 그렇게 얻어다 주니, 아들은 팔모로 깎은 쌀을 가지고, 도련님 옷을 입고, 나귀를 타고, 하인을 거느리고 집을 나섰다.

아들은 얼마를 가다가 은 구유와 은 마구간을 가진 부잣집으로 들어가게 되었다. 남자는 하인에게 자신의 말이 은 마구간에 들어가지 않으면, "금 마구, 금 구유에서 먹던 말이 은 마구 은 구유에 못 들어가

5) 『한국구비문학대계』 1-4, 918-923면, 진접면 설화52, 팔모쌀, 최유봉(남, 81)

느냐"고 말하며 채찍으로 때리라고 시켰다. 남자는 부잣집에 가서 자고 가겠다고 했는데, 말이 마구에 들어가지 않자 하인은 시키는 대로 채찍으로 쳐서 말을 들어가게 하였다. 집주인이 하인의 말을 듣고 자기보다 더 큰 부자라고 생각했다. 남자는 다시 하인에게 자기가 저녁을 먹지 않으면, 우리 도련님은 팔모로 깎은 쌀밥만 드신다고 말하게 시켰다. 주인이 저녁을 대접했는데 남자가 밥을 먹지 않자, 하인이 시키는 대로 말했다. 주인이 하인의 말을 듣고는 딸 삼형제에게 쌀을 팔모로 깎으라고 시켰다.

주인은 남자가 엄청난 부자인 줄 알고 큰 딸을 시집보내려고 했는데 둘째, 셋째 딸도 시집을 가겠다고 해서 세 딸을 모두 시집보냈다. 남편은 세 아내를 가마에 태워 집으로 돌아왔는데, 신랑의 집이 뒷간같이 작은 것을 보고 하인들은 모두 도망가 버렸다. 그렇게 남편은 세 아내와 어머니를 모시고 살았다. 다음날 아침에 며느리 셋이 부엌에서 밥을 하는데 둘째가 속았다고 한탄을 하면서 부지깽이로 아궁이 앞을 푹푹 찍다가 금독을 발견했다. 셋째가 속았다고 한탄을 하면서 우물에서 물을 길어 올리다가 두레박에서 황금 수탉을 발견했다. 그랬더니 남편이 숨겨놓은 금덩이를 벌써 꺼냈다고 하면서 웃었다. 그렇게 해서 육간대청 고래등같은 기와집을 짓고 금 마구간에 금 구유를 만들었다. 그리고 종들을 데리고 살게 되자, 딸들이 친정아버지에게 편지를 보냈다. 장인이 도망쳐 온 하인들의 말을 듣고 신랑에게 속았다고 생각했는데 직접 와서 보고는 매우 좋아했다.

이 설화 역시 경제적인 능력으로 인해 장인과 사위 사이의 갈등이 유발되고 있는데, 장인은 사위가 큰 부자라고 생각해 자신의 세 딸을 그에게 시집보낸다. 그러나 가마를 메고 갔던 하인들의 입을 통해 사위가 부자가 아니며, 그에게 속았음을 알게 된다. 다음날 신랑의 집에 실망했던 딸들은 부지깽이로 아궁이를 찍다가 금독을 발견하고, 우물에서 물을 길어 올리다가 황금 수탉을 발견하게 된다. 이것은 의도된 상황이 아니라, 남자의 행운이다. 그들은 그 금덩이로 육간대청 고래등같은 기와집을 짓고, 금 마구간에 금 구유를 만든 후, 종들을 데리고 살게 된다. 딸들은 아버지에게 편지를 보내고, 장인은 직접 와서 그들이 사는 모습을 보고 매우 좋아한다. 사위가 장인이 원하던 부자가 되면서, 장인과의 갈등은 자연스럽게 해결되고 있다.

## 2) 현대 처가갈등에의 적용

〈배은에 대한 복수와 은혜에 대한 보답〉〈팔모쌀〉 설화는 현대 처가갈등에 어떻게 적용될 수 있을까? 먼저 경제적 문제로 인해 처가갈등이 유발된 사례들을 살펴보고, 본 설화의 적용 가능성을 타진해 보고자 한다.

### 사례 1  부모님과 계산

안녕하세요? 여러분들의 의견을 듣고 싶어 올립니다. 저는 처가와 같은 아파트 단지에 살고 있습니다. 그래서 처가와 외식을 자주하고 기념일을 서로 챙겨왔습니다. 금전적으로... 아무래도 자식이니 더 드림... 그런데 올해 장인어른이 퇴직하면서 수입이 줄어서 퇴직연금으로 월 450만원 정도 되시게 되었습니다. 저희는 맞벌이해서 세후 550정도 버네요. 이제 쪼들리시는지 밥값도 거의 저희가 계산하고 기념일에 돈도 거의 안주시게 되었습니다. 그러면서도 골프, 해외여행은 잘하십니다. 품위유지에 들어가는 돈이 금방 줄 순 없겠죠? 그러니 밥값을 거의 대부분 냅니다. 저희 집이 가난해서 그런지 모르지만 450정도면 풍족한데... 왜 돈을 이제 안 쓰실까요? 물론 품위유지를 해야겠지만... 자식들한테까지 그러고 싶으신지... 제가 나쁜 사위이겠죠? 계산적이게 됩니다. 참고로 본가는 가난해서 늘 근검절약하는 어머니시라 더 이해가 안 갑니다. 양가에 매달 20씩 드리고 있습니다. 요점은 왜 부족하지도 않으면서 하나밖에 없는 딸집을 챙겨주지는 못할망정 펑펑 쓰고 계산도 안하냐는 겁니다.ㅋ 나쁜 사위죠.. 그럼 제가 마음을 고쳐먹겠습니다.

### 사례 2  원래 밥값은 사위가 내는 건가요?

결혼 전부터 처가에 가서 식사를 하면 꼭 밥값을 사위인 제가 냈습니다. 첫 인사 가는 날이 마침 장모님 생신 직전이라 대접해 드리려고 제가 레스토랑 예약하고 결제했습니다. 근데 그 이후 2번째 3번째 만날 때도 장인 장모 아무도 계산할 생각이 없어 보이길래 또 제가 냈습니다. 원래 결혼 전엔 사위가 내는 게 맞는 건가? 싶어 그렇게 했습니다. 결혼 한 지금도 역시 계산은 제 몫입니다. 저희 부모님은 저나 아내가 계산 절대 못하게 하십니다. 아껴서 돈 모으라고 먼저 계산을 하면 꾸짖으시며 그 이상 금액을 현금으로 바로 주십니다. 12만원 결제하면 20만원 주십니다. 누나와 여동생 그리고 매형 매제와 식사하실 때에도 절대 자식 사위들이 돈 못 내게 하십니다. 선물 사오면 꼭 그 이상으로 돌려주십니다. 오늘 또 처갓집 방문해서 장인 장모님 모시고 외식을 했습니다. 밥 다 먹고 한참 이야기 나누시다가 가자며 옷 입으셔서 저도 일어났습니다. 카운터 옆에서 커피 뽑으시길래 또 제가 계산했습니다. 빈 말로라도 당신들이 계산하려 하셨다는 말씀도 안 하십니다. 저희 부모님이 특별히 돈이 많으시거나 처가집이 궁하거나 그렇지 않습니다. 그냥 두 집 다 적당히 비슷비슷하게 사십니다. 혹시 저희 집이 조금 특별한 경우고 원래 처갓집 밥값은 사위가 내는 건가 싶어 여쭤봅니다. 아내랑 저는 차로 10분 거리인 저희 본가와 가까이 살고, 처갓집은 차로 1시간 반 거리인 다른 시에 있습니다. 이럴 경우 딸을 시댁 가깝고 친정과는 먼 곳에 데려간(?) 이유로 사위가 밥값을 내는 게 맞는 건가요?

　사례1〉은 처가와 밥값 문제로 고민 중인 사위의 글이다. 글쓴이는 처가와 같은 아파트 단지에 살고 있어, 함께 외식도 자주 하고 기념일도 서로 챙겨왔다. 그러던 중 장인이 퇴직을 하고 수입이 줄어들면서 밥값도 거의 글쓴이가 내고, 기념일에도 돈을 거의 주시지 않는다. 사위가 보기에 처가는 골프를 치거나 해외여행은 잘 한다. 사위는 처가의 수입이 줄었다는 것은 인정하지만, 부족하지도 않으면서 본인에게 밥값을 부담시키는 처가가 못 마땅하다.

　사례2〉도 밥값 계산 문제로 인해 처가와 갈등 중인 사위의 글이다. 글쓴이는 결혼 전부터 처가에 가서 식사를 하면 밥값은 본인이 부담을 했다. 근데 그때부터 결혼한 이후 지금까지 늘 밥값 계산은 글쓴이 몫이 된다. 본가의 경우는 글쓴이 부부에게 절대 계산을 못하게 하며, 먼저 계산을 할 경우 꾸짖으면서 계산한 금액 이상을 현금으로 주신다. 누나나 여동생 부부와 식사를 할 때도 절대 자식들이 계산하지 못하게 한다. 글쓴이는 처갓집 밥값을 늘 계산하게 되는 것이 불만이고,

자신이 밥값을 내는 게 당연한 것인지 궁금하다.

**사례 3** **처가 재산....금기어로 여기며 살아야 남잔가요.**

50대 후반 동갑인 부부입니다. 결혼 30여년 넘었구요. 아내는 사남
매 중 둘째이고 외동딸입니다. 위 오빠는 개인사업하고 아래 남동생은
공무원부부 그리고 막내 남동생은 목회자입니다. 몇 년 전 장인 돌아가
시고, 혼자되신 장모님은 큰아들 내외와 사시고 싶어하셨고 또 아래 동
생들도 그리 알았습니다. 그리고 3억 중반대 되는 아파트는 장모님 모
시는 자식에게 주기로 협의 봤구요. 물론 저희 부부도 당근 그렇게 모
시는 처남에게 주는 걸로 생각했구요. 그러나 이런저런 핑계로 첫째 아
들 부부는 어머님 모시는 것을 거부했고 공무원인 둘째 아들 부부도 이
런저런 핑계로 거부했습니다. 한마디로 장모님은 자기자식들은 안 그
럴 것이다 하시고 사신 믿음이 깨지는 순간이었죠. 그렇게 혼자 사시게
되었고 아파트 상속등기 하는 과정에서 장인 장모가 살아오셨던 이 아
파트에 큰 처남이 6000여 만원의 대출을 받고 이자를 안내서 최촉장이
날아오는 단계가 된 것을 알았습니다. 그냥 놔두면 이마저도 날아갈 것
이라는 위기감을 가졌었구요. 가족들 회의가 있었고 공무원인 둘째 처
남이 일단 대출금 갚고 자기명의로 해 놓은 뒤 나중에 장모님 돌아가
시면 그때 1/N 하겠다 해서 모두 그렇게들 하기로 구두로 협의했습니
다. 그런데 그 진행 과정에서 목회자 처남이 제게 전화를 걸어와서 자
기 지분은 큰 형을 위해 포기할 생각이니 매형도 지분포기해서 큰 처남
을 주었으면 좋겠다 하는 겁니다. 브랜드 따지며 사는 사람들 위해 내
것을 포기한다? 화가 나더군요. 순간, 지금 경솔하게 결정할 일이 아니
고 훗날 판단해도 된다 하고 말았습니다. 집에 와 생각해 보니 기분이

좋지 않더군요. 아들 셋은 다 대학 나왔고 아내만 고교 졸업했습니다. 물론 본인 능력이 문제였겠지만 어떤 것 하나 더 받은 것 없습니다. 경제관념이라고는 전혀 모르고 사시는 장모님이시지만 가끔 아내에게 못해줘서 미안하단 말씀 하시는 거 같더군요. 당연한 거지만 지금껏 아내와 결혼해서 처가에 단 한번 손 벌린 적 없고(장인어른께서만 혼자 힘겨운 육체노동 하시면서 뼈 빠지게 사셨으니까요) 처가 친인척 행사에 빠진 적 없습니다. 장인 장모님 용돈 크지는 못해도 되는대로 드렸습니다. 신앙이 좋지 않은 것 빼고는 저를 괜찮은 사위로 보십니다. 현 싯가로 분배 몫은 약 7~8000만원 될 것 같습니다. 제가 답답한 것은 아내가 그 몫을 받을 생각을 안합니다. 이런 얘길 하는 저를 이상하게 생각합니다. 얼마 전 술 한잔 마시고 이 문제로 처음 아내와 언성을 높였습니다. 제 자신이 비참할 정도로 초라해졌습니다. 솔직히 나이는 들고 갈 길은 멀고 초조해 지다보니 더 집착 하게 되는 것 같네요. 이것을 탐하는 제가 잘못된 건가요?

### 사례 4  난 속 좁은 놈인가 봅니다.

이래저래 우울해져서 처자식 자고 있는 이 시간에 술 한잔 먹으면서 주절거려 봅니다. 2남 1녀 중 장남인 내가 성인이 되도록 단칸방에 살았던 남자입니다. 지금은 하늘나라 간 알콜 중독 아버지에 최저임금 받으며 3남매 뒷바라지한 어머니 밑에서 자라면서 참 못 볼꼴 많이 보고 살았습니다. 불알친구 다섯 놈이 있는데 신기하게도 모두 장남입니다. 다른 친구들은 결혼할 때 아파트 사준 친구부터 전세금 보태준 놈에 저처럼 아무것도 받지 못한 놈이 있지요. 결혼당시 동갑내기 와이프가 모아둔 2,000만원으로 원룸 전세로 시작해서 아직도 임대아파트 전전하고 있습니다. 그나마 직장은 경기를 크게 타지 않아 뭐... 60세까지는 잘릴 걱정 없이 월급도 따박 따박 매년 오르면서 처자식하고 사는 데는 빚 안지고 살 정도지요. 처가는 4녀 1남(딸-딸-딸-딸-아들)입니다. 아주 귀한 아들이지요. 예전에 시청률 좋았던 김희애, 최수종 나오는 '아들과 딸' 뭐... 그런 집안입니다. 작년쯤인가 와이프가 갑자기 그러더군요. "강화도에 있는 선산하고 땅 동생내외한테 명의이전 해줬대" 그래서 제가 "에이 그래도 당신한테 뭐라도 조금 떨어지지 않겠어?" "그건 애시 당초 남동생거야, 우린 어려서부터 하도 들어서 우리 자매들은 아무 미련도 없어" "아무리 그래도 시대가 시대인데, 설마 그러시기야 하겠어" 뭐... 이런 식으로 대화가 이어지다가 결국 와이프가 저한테 "니껏도 아닌데 왜 니가 관심을 갖는데!!"라며 화를 내면서 대화가 종료되었지요. 그 당시 아무것도 없으면서 처갓집 재산 탐내는 파렴치한으로 느껴지면서 부끄럽기도 제 자신에게 화나기도 했었죠. 그러다가 요 며칠 전 처가에서 연락이 왔습니다. 처남 내외가 처가에 왔으니 와서 오랜만에 얼굴이나 보라고 장모님한테 연락이 왔더랬죠. 그래서 갔습니다. 점심 먹으면서 이런저런 얘기하다가 장모님 왈 "오늘 오전에 강화도 선산하고 땅 ○○네로 명의이전 아예 해버렸다. 알아보니까 상속세보다 증여세가 많이 싸다고 하더라고. 그래서 오늘 해주고 왔어" "아니 엄마 재작년에 해줬다고 그랬잖아? 그때 해준 거 아냐?" 두 모녀의 말을 옆에서 들으면서 느꼈죠. '아... 그때 다른 형제들이 어떻게 나오나 간 본 거였구나' 근데 와이프 말대로 내 것도 아니었는데 왜 속이 불편한 걸까요? 나 속 좁은 놈 맞죠?

사례3〉은 처가의 재산문제로 갈등이 생긴 50대 후반 남성의 글이다. 아내는 4남매 중 외동딸로, 장인이 돌아가시면서 자식들은 장모님을 모시는 사람에게 3억 중반 되는 아파트를 주는 것으로 합의를 보았다. 그러나 첫째, 둘째 아들 부부는 이런저런 핑계로 어머님 모시는 것을 거부했다. 그렇게 혼자 사시던 중 아파트 상속 등기를 하는 과정에서, 장인 장모가 살아온 아파트에 큰 처남이 6천여 만원의 대출을 받았고 이자를 안내서 독촉장이 날아오는 것을 알았다. 가족회의 결과 둘째 처남이 일단 대출금을 갚고 자기명의로 해 놓은 뒤, 나중에 장모님이 돌아가시면 1/N을 하는 것으로 구두 협의를 했다. 그런데 진행과정에서 셋째 처남이 글쓴이에게 전화를 해 자기지분은 큰 형을 위해 포기 할 것이니, 매형도 포기해 달라는 요청을 받게 된다. 아들 셋은 다 대학을 나왔고 아내만 고등학교를 졸업했으며, 브랜드를 따지면서 사는 사람들을 위해 글쓴이는 자신의 지분을 포기하고 싶지 않다. 그러나 아내는 그 몫을 받을 생각을 안 하고 이런 생각을 하는 남편을 이상하게 생각해 부부는 언성을 높이며 싸운다. 본인의 몫을 받으려고 하는 것이 잘못된 것인지, 글쓴이는 반문하고 있다.

사례4〉 또한 처가의 재산 분배로 인해 기분이 상한 남성의 글이다. 글쓴이는 결혼 당시 2천만원 원룸 전세로 시작해 아직도 임대 아파트를 전전하고 있다. 처가는 1남 4녀인데, 막내인 처남은 처가에서 귀한 아들이다. 작년에 글쓴이는 아내로부터 강화도의 선산과 땅을 처남부부에게 이전해줬다는 말을 듣게 된다. 당신에게도 뭔가 떨어지지 않겠냐는 말에 아내는 그건 처음부터 남동생 거라 우리 자매들은 아무 미련이 없다고 하고, 설마 그러시겠냐는 말에 아내는 당신 것도 아닌데 왜 관심을 갖느냐며 화를 낸다. 당시 글쓴이는 처갓집 재산을 탐내는 파렴치한이 된 듯싶어, 부끄럽기도 하고 스스로에게 화도 났다. 그러다가 며칠 전 처가에서 연락이 와 갔다가 장모로부터 오늘 강화도 선산과 땅을 처남네로 명의이전 해줬다는 말을 듣게 된다. 재작년에 해주지 않았냐고 아내는 묻고, 모녀 사이의 대화를 들으면서 글쓴이는 다른 형제들이 어떻게 나오나 간을 본 듯싶어 기분이 나쁘고, 마음이 불편하다.

**사례 5** **처가에서 제 재산에 관심이 많아 고민입니다.**

40대에 결혼해서 이제 신혼 1년차입니다. 어젠 처갓집 때문에 와이프와 크게 다퉜습니다. 결혼 전에 아버지께서 토지 하나를 증여해 주셨어요. 조상대대로 내려오는 토지인데, 다 시에서 대지로 변경해버리고 일부를 수용해버렸죠. 수용 전에 증여해 두는 게 낫겠다 해서 해주신 거고.. 그게 대지로 변경되니 토지가가 오르긴 했습니다. 이런걸 아내에게 결혼 후에 자초지정을 이야기했었어요. 근데 이걸 와이프가 장모에게도 이야기하면서 처가 식구들이 다 알게 되었어요.. 어제 처갓집을 갔는데.. 또 그 땅 이야기를 장모가 하시더군요.. 아깝다 왜 놀리냐 하면서.. 저는 그게 왜 관심을 갖으시냐고 물었죠.. 그냥 아까워서 그런다 하시더군요.. 밥먹다가.. 또, 제 아버지께 또 다른 건 없냐 물어보시더군요.. 정말 머리끝까지 화가 올라오는 걸 참았습니다. 아버지께서 말씀해주신 것도 없지만 저도 관심이 없다 했어요. 제 손으로 돈 벌어서 만들어야 맞는 거 아니냐고 했더니.. 지금 부모님 서울 아파트도 자네 거 되는 게 아니냐고 하더군요.. 와이프 형제들도 거들며 제 땅 시세가 얼마 정도 하냐고 묻더군요. 아내는 그 이야기를 듣고 있다가 사태를 수습하려고.. 자기가 그런 거 보고 결혼한 거 아니지 않냐고 그만 하시라고 말리더군요.. 집에 돌아와서 아내와 크게 다툰 건 그런 이유 때문입니다. 처갓집이 가난하다고 지금껏 흉보거나 창피해하지 않았습니다.

정말 아내만 보고 결혼했으니까요.. 그리고 힘들어도 밝게 사는 모습이 좋아 보였는데... 왜 제 재산에 대해 관심을 두고 심지어 제 부모님 재산까지 묻는지 이해가 안돼서... 심지어 결혼도 후회가 되고 있네요.. 이런 걸 한번만 그랬다면 그냥 궁금해서 그러나 보다 하는데.. 얼굴만 보면 그이야기뿐이니..

사례5)는 반대로 처가가 사위의 재산을 궁금해 하면서 갈등이 유발된 경우이다. 글쓴이의 아버지는 결혼 전에 조상 대대로 내려오는 토지를 아들에게 증여해 주었다. 토지가 대지로 변경되면서 토지가격이 오르고 처가는 그 사실을 알게 된다. 사위를 볼 때마다 장모는 땅 이야기를 하고, 또 다른 것은 없느냐고 묻는다. 글쓴이는 자신의 재산에 관심을 갖는 가난한 처가가 싫고, 결혼한 것까지도 후회스럽다.

### 사례 6  처가 부모님 생활비 드려야하나?

처가에 장인 장모님 모두 계시고 장가 안간 처남이 같이 살고 있습니다. 생활은 처남이 벌고 장모님도 벌고 노령연금 나오는 걸로 살고 계십니다. 지금은 별걱정이 아닌데 처남이 장가를 가고 장모님도 연로하셔서 나중에 일을 그만 두시게 되면 그때는 처남도 가정을 꾸려야 하므로 지금같이 본인의 월급을 전부 생활비로 드릴 수도 없고 저희에게도 같이 생활비를 똑같이 분담하자고 할 건데 그때를 생각하니 막막합니다. 처가에 생활비 드리는 것 당연합니다. 하지만 와이프도 제가 일찍 데리고 와서(고등학교 졸업하자마자) 대학도 제가 벌어서 보내고 처가에서는 아들만 귀하게 생각하는 집안이어서 처남은 차도 중형차 새 차로 현찰주고 뽑아 줘 놓고 할부로 샀다고 거짓말 하셨고 또 항상 장모님 하시는 말씀이 집도 당신들 사시는 아파트 한 채 밖에 없으니 처남 장가보낼 때 월세로 집 얻어 줘야겠다고 하시길래 저도 그런 줄 알았는데 우연히 알게 되었는데 다른 아파트를 처남 명의로 그전에 사 놓으셨더라구요. 그래놓고 집도 없는 것처럼 저에게 항상 거짓말로 이야기하셨습니다. 당신은 딸에게는 못 사주셔서 거짓말 하셨겠지만 솔직히 말이라도 해주셨으면 이렇게 배신감은 들지는 않을 겁니다. 제가 처가에 뭘 바라고 그런 사람도 아니고 왜 매사에 속이면서 말씀을 하시는지~ 기분이 정말 안 좋습니다. 그런데도 제가 나중에 생활비 대 드리면서 해야 될까요? 딸에게는 아무것도 해준 게 없고 오로지 아들만 다 해주셨는데 말입니다. 제가 속물인가요?…… 그런데 장모님은 제가 지금도 모르고 있는 줄 아시고 며칠 전에도 월세 타령 하시고 남들은 사위가 생활비 한 달에 얼마주네 어쩌네 하시니 기가 막혀서 처남 명의로 아파트 해주신 거 다 안다고 말씀 드렸더만 얼굴 벌게지시면서 당신은 잘 모르겠다고 하더이다. 아니 처가 재산을 장모님이 모르면 누가 압니까? 그 상황에서도 변명 같지도 않은 변명을 하시니 기가 막히던데요. 재산이 탐난 게 아니라 거짓말 자체가 기분 나쁘다는 겁니다.

**사례 7** **형님(처의 오빠)의 결혼 준비를 지켜보며**…….

얼마 전에 처의 오빠 분(형님이죠 저한테)이 결혼을 해야겠다며 장인 장모님께 2억 5천에서 3억 정도를 요구하고 있습니다. 이 돈은 장인 장모님의 얼마 안가는 시골 땅 조금을 제외하면 거의 전 재산에 육박하는 금액이에요. 그런데 또 그걸 서울에 거주 중이신 집을 팔아서 해주시겠답니다.…… 형님 입장에서는 장인어른이 몇 년 전에 은퇴하시면서, 집안에 돈 들어가는 거 자기돈 많이 들어가고 했으니, 저도 어느 정도 이해는 해서 한 1억~1억 5천정도 해달라고 하고 장인 장모님 작은 어디 보금자리 하나 마련할 금액은 남기겠지 했는데 서울에 집 팔아서 다 달라네요.;; 결혼할 거면서 얼마 전에 멀쩡한 산타페2 냅두고 sm7 풀옵션 새 차 뽑으셨던데... 이 돈만 해도 거의 4천입니다. 모아둔 돈은 거의 없는 거 같구요......... 만원짜리 한 장 가지고도 부들부들 떨면서 아끼시는 장인 장모님이신데 결혼할 맘이었으면 새 차라도 사지 말든가..... 제가 보기엔 도저히 이해가 안가네요... 저희 3년 전 결혼할 때는 처가에서 그릇세트랑 500 해주셨습니다..... 그런데 그 500도 결혼 전 와이프가 처가에 해준 돈들이 있어서 사실 돌려받는 개념이었구요. 시골에 땅들도 나중에 결국 다 형님이 받으실 겁니다. 이 집 마인드가 아들 최고 마인드라 당연히 그런 분위기고 사실 저도 별 관심 없어요. 사실 제가 걱정되는 건 장인 장모님 골수까지 다 뽑아가는 건데 추후에 생활비라든지 병원비라든지 칠순잔치라든지 계속해서 돈 들어갈 건 많을 텐데 과연 저 형님이 받은만큼 계속 해줄 건지 그리고 해주고 싶다 한들 결혼해서 그 결혼하는 여자 분이 부모님한테 금전적 지원을 할 수 있게 해줄런지... 자기는 모은 돈 없지만 시세 3억 하는 자양동 아파트 전세는 꼭 살아야겠다는 마인드의 여자인데 과연 그런 기본적 양심이나 소양이 있을지 의심스럽습니다. 그럼 결과적으로 받은 거 하나 없는 저희가 또 지원해야 될까 솔직히 걱정돼요. 이번일 있기 전에는 사실 저희 부모님보다 나이도 많고 하셔서 많이 찾아뵙고 식사 같은 것도 저희 부모님보다 한 10배~20배쯤 많이 했구요. 집도 처가 근처로 이사했습니다. 용돈같은 것도 이번 일 있기 전까지 저희 부모님보다 한 3배쯤 더 드렸습니다. 저희 결혼할 때 못 도와주신거야, 그냥 당장 돈이 없으시니 그렇겠지 하고 좋게 생각하고 넘겼는데…… 이번 형님 결혼준비 하면서 이런 거 지켜보니, 솔직한 맘으로 처가에 진짜 돈 한 푼 쓰기 싫

어졌습니다. 뭔가 차별 받는 기분에 굉장히 기분 안 좋드라구요. 저희
집은 그냥 형제끼리 다 똑같이 3천씩 받고 결혼 생활 시작했거든요. 나
머지는 각자 모으고 알아서 가구요. 어차피 결과적으로 그 집안일이니
알아서 하는 거 제가 신경 쓸 일이 아니지만 상당히 열받더라구요. 그
래서 와이프한테 처가에 돈 들어가는 일은 어떤 어려운 상황이 오더라
도(장인 장모님이 아프다던가..........) 형님이 알아서 하게 하라고 난 열
받아서 못해 드린다고 했더니 또 와이프도 속상해하고 울면서 그렇게
는 못 하겠다 합니다;;;;;;;; 뭐 당연히 아무리 차별하는 부모래도 부모니
그 마음 이해는 하지만, 가뜩이나 와이프가 난치병(치료가 안 되며, 상
황에 따라 목숨이 위험할 수 있는 병)이 두 가지나 있어서 정말 저희는
돈 없으면 죽어야 하는 입장인데, 결혼할 때 그렇게 힘들 때도 모른 체
하시던 분들이 형님 결혼한다니 저렇게까지 하는 거 보니 화가 너무 나
요. 머릿속에서 막 욕이 나오고 합니다.ㅠㅠㅠ 그래도 좋은 결혼생활 유
지하려면 처가에 이렇게 열받고 좋지 않은 마음을 품고 있는 것도, 결
혼 생활에 좋지 않을 거 같은데 어찌 해야 할지 좋은 의견 좀 부탁드립
니다.

사례6)에서 장인과 장모는 장가를 안 간 처남과 함께 사시는데, 생
활은 처남과 장모님이 벌고, 노령연금으로 하고 있다. 지금은 괜찮지
만 처남이 장가를 가고, 장모가 일을 그만 둘 경우, 글쓴이는 처가의
생활비를 처남과 똑같이 분담해야 될까봐 걱정스럽다. 처가는 아들만
귀하게 생각하는 집안이고, 처남에게 새 차를 사 준 것이나 그 전에 처
남의 명의로 아파트를 사 준 것을 사위에게는 속였다. 글쓴이는 자신
을 속이는 장모에게 배신감이 들고, 자신이 후에라도 처가의 생활비
를 부담해야 될까봐 기분이 나쁘다.

사례7〉에서 글쓴이는 손위 처남의 결혼을 지켜보면서 마음이 상하고 화가 난다. 형님은 결혼을 진행하면서 처가의 거의 전 재산을 요구하고, 장인과 장모는 서울에 거주 중인 집을 팔아 결혼을 시키려고 한다. 글쓴이는 3년 전 결혼 당시 처가에서 그릇세트와 5백 만원을 받은 게 전부이다. 시골에 있는 땅들도 결국은 다 형님에게 돌아갈 것이다. 글쓴이가 걱정이 되는 부분은 전재산이 형님한테 간 후, 차후 처갓집의 생활비나 병원비를 형님이 부담하겠느냐의 여부이며, 받은 거 하나 없는 본인이 처갓집을 지원하게 될까봐 걱정이 된다. 글쓴이는 장인 장모를 많이 찾아뵙고, 식사도 자주 하며, 용돈도 본인 부모님보다 더 드렸다. 결혼 때 못 도와주신 건 당장 돈이 없어서 그런 것이라 생각했다. 그러나 형님의 결혼을 지켜보면서 차별받는 느낌에 기분이 안 좋고, 처가에 돈 한 푼 쓰기가 아깝다.

### 사례 8  처가 때문에 너무 힘드네요

20년 전 없는 사람끼리 만나 지금은 대입 앞둔 큰딸에 고등학교 들어가는 작은 딸.. 저는 50대를 바라보는 아빠입니다. 너무 지치고 힘들어서 몇 자 적어봅니다 20년 전 결혼식도 안하고 단칸방 월세로 살림을 먼저 시작했고 행복하게 살자고 다짐하면서 3월부터 시작한 살림이 12월부터 불행해지기 시작했지요. 처가는 할머니 장인 처남 처제 이렇게 살고 있는데 장인은 가정에 도움이 안 되고.. 와이프가 받는 월급으로 두 동생들 학비 생활비 보내고 내 월급만 갖고 살아가는데 그해 겨울에 처가 할머니께서 담낭에 담석이 막혀서 담낭 제거 수술을 하는데 병원비 그때 돈으로 500만원.. 여기저기 빚을 내어서 퇴원을 했는데.. 6

개월 뒤에는 장인어른이 췌장암으로 병원비 700만원.. 완치되어 나오니 지금까지 당뇨를 달고 사시고.. 저는 열심히 살아서 지방 도시에 아파트 하나 장만했는데 인자 대학 가는 딸 때문에 정신도 없는데.. 이번에는 장인 간에 담석이 있어 현대 아산병원에 입원하셨습니다. 2주에 5백정도 병원비가 나오는데 아직 수술도 못 하고 있네요.. 또 누가 병원비를 낼지 걱정이 앞서는데 장인은 힘없다고 간병인 쓰고 있고.. 정말 병원에 문병 갔다 오면 울화통이 터져서 환장하겠네요. 자식들이 잘 사는 것도 아니고 근근이 먹고 사는데 자식들 돈은 돈도 아닌가봐요. 정말 답답해서 긴 글 씁니다. 죄송....

### 사례 9 처갓집 현실과 와이프와이 생각 차이 등등

…… 결혼 5년차 부부입니다. 어머니 친구분이 소개시켜준 여자 만나서 반년 만에 결혼했습니다. 임시직 교사였지만 사립학교에서 내년 임용이 될 거라고 하더라고요. 장인어른은 안계셨지만, 처갓집 집이 있다고 했고요.…… 전 결혼 전까지 참 돈 악착같이 모았습니다. 연봉은 초기에는 3천이었는데 이 돈 중에서도 부모님께 80만원 매달 드리면서 돈 모았습니다. 결혼 전에 차도 안 샀고요. 그렇게 돈 드리고 6년 동안 1억 2천 현금 모았습니다. 결과적으로 부모님께 돈 하나도 안 받고 그 당시 결혼했죠. 하지만 결혼하고 두 달 후에 와이프 임용이 안 됐네요.…… 이제 애도 두 돌 반이 되고 그 사이 장모님이 애도 잘 봐주셔서 애도 이쁘게 크고 있고요. 그런데 요즘 아내 언니네가 이사하려고 하면서 알게 된 게 처갓집 실제 돈의 절반 이상이 장모님 만나시던 분 돈이고, 실제 그 집에서 대출금 빼고 건질 수 있는 돈은 5천 만원이라고 합니다. 저한테는 아닌 것처럼 계속 얘기하더니 결국 아내 언니네 집을

얻으려다가 보니 사실을 알게 됐습니다. 여기에 아내 언니네 집의 재산은 현금 1억만 있는 상황이고... 마침 아내 언니네 이사를 해야 돼서 거기랑 합치시라고(현실적으로 5천 만원에 집을 얻을 수 있는 곳이 없으니) 해도 따로 사시겠답니다. 그것도 아파트에... 한 달에 관리비 포함 80만원이 나가는데, 그냥 혼자 사시겠답니다.…… 양쪽 드리는 돈이 장모님 90만원 저희 어머니 20만원 있고 대출금 상환 80만원... 이거 빼도 600만원인데 150만원 남네요. 이래도 전 정말 아끼고 아껴서 모았습니다. 그래서 차도 작년에 바꿨고 대출금 중도 상환도 몇 천 했고요.. 그런데 처가 쪽은 마인드가 저와 같지 않네요.... 처가 쪽이 원래 잘 살았답니다. 그런데 장인어른 사업이 안돼 가세가 와이프 20대 초반에 기울고 그러다가 장인어른 돌아가시고 채무 다 갚으니 와이프네 돈 하나도 없어서 월세부터 다시 시작했다고 합니다. 그렇게 밑바닥 겪어봤어도 와이프나 장모님이나 처형이나 한 달에 한 두번 10만원짜리 마사지 관리 받고, 추가적으로 손 관리 월 10만원 정도 받는 것 같고요... 쇼핑도 꽤 하는 것 같네요. 사실, 애가 갑자기 생겨서 애 생길 즈음에 이혼도 생각했었습니다. 그런데 애가 있는 이상 이제는 안하려고 합니다. 제가 어렸을 때 아버지가 돌아가시고 편모가정에서 누나랑 셋이 단칸방부터 살아봤기 때문에 유년 시절 부모 중에 한 분 안 계신 심정 누구보다도 압니다. 꼭 있어야 하기 때문에 제 자식에게는 이런 아픔 안 물려주려고 합니다. 이제는 제가 연봉 총 1억이고 사회적으로 어느 정도 인정받고 사는데, 다시 처가로 인생에서 배움의 대가로 돈이 제 수중에서 날아갈 생각을 하니 답답합니다.…… 그래도 저희 친가는(재혼하신 아버지 포함) 아직도 일하십니다. 언제나 성실하시고 남을 먼저 생각하시죠. 그런데 처가는 참.... 혹시 결혼 전에 이 글을 보신다면, 정말 결혼은 둘 만의 결혼이 아닌 듯 합니다... 전 그냥 장모님이 월세 얻으려고 돈

달라고 하시면 없다고 할 예정입니다. 싸울랍니다.

### 사례 10 결혼 9년... 아내, 처갓집 이젠 모두 지겹습니다.

좀 긴 내용입니다. 36살의 늦은 나이에 지금의 아내를 만났습니다. 사귄지 몇 개월 만에 결혼이야기가 오가고 너무 빠른 거 같다고 말했지만 아내의 고집으로 또 부모님의 성화로 결혼을 서두르게 되었습니다. 결혼 준비과정도 순탄치 않았습니다. 인사를 드리러간 처갓집은 단독주택 2층에 전세 3000짜리에 살고 있었고 벽은 갈라지고 방바닥은 시멘트가 그대로 드러나는... 한마디로 좀 충격이었습니다. 방3개짜리 집에 장인 장모와 막내 동생, 큰오빠네가 같이 살고 있더군요. 결혼이야기를 하니 형편이 이러이러해서 결혼자금을 줄 수 없는 형편이다. 뭐 대충 이런 분위기... 하지만 아내의 고집으로 결혼을 강행하게 되었습니다.…… 결혼 1년 전에 아내는 본인 보험 포함해서 장인 장모 보험까지 다 들었습니다. 그래서 제가 결혼 전 장인 장모 보험은 오빠들이랑 나누는 게 어떠냐고 했더니 알았다고 해 놓구선 결혼하고 계속 우리가 냈습니다. 저희 부모님 보험 하나도 못 들어 드린 저로선 장인장모 보험을 사위가 낸다는 게 아직도 이해가 안갑니다. 이런데도 아내는 큰소리칩니다. 자기가 벌어서 보험 내는데 뭔 상관이냐는 거죠. 위로 오빠가 둘이고 아래 남동생이 있는데 남자가 셋인데 말이죠. 그 당시 아내 월급 60만원인데 보험이 30만원이었습니다. 거기다가 장인은 60도 안됐는데 아무 일도 안하고 집에서 놀고 있었고 화투 좋아해서 동네 가서 화투치다 옵니다. 그 돈 딸내미한테 전화해서 달라고 합니다. 30 다 된 남동생 놀면서 용돈 없다고 누나한테 전화 옵니다. 매달 얼마씩 줍니다. 장모도 전화 와서 돈 이야기 하는 거 같습니다. 제 신혼 생활은 그냥 아내와 처갓집때문에 지옥이었습니다. 지금도 지옥입니다. 얼마 전에는 남동생 보험 들어주는 거까지 저한테 걸렸습니다. 제가 처갓집 호구인가요?…… 저는 처가 가서 제대로 대접 한번 못 받아봤습니다. 사위한테 해준다는 씨암탉도 한번 못 얻어먹었습니다. 집사람은 명절 때면 애들 데리고 1~2주전에 먼저 처가로 내려가서 제가 오기 전까지 지냅니다. 명절뿐만 아니라 본가에 내려갈 일 있으면 자기가 먼저 처가에 내려가 있습니다. 그래놓고는 제가 내려가면 본가에는 마치 같이 내려온 것처럼 말합니다. 내일도 애들 방학이라서 처가로 내려간답니다. 저한테는 한마디 상의 없습니다. 제가 내려가려면 10일은 더 있어야 되는데 그 10일 동안 처가에 있겠다는 겁니다. 너무 이기적입니다. 애들 생각하면 이러면 안 되는데 이제 더는 못 참겠네요. 올라오면 이혼하자고 말하려고 합니다. 애들 때문에 서로 불행하게 사는 거보다는 차라리 헤어져 사는 게 애들한테 더 나은 선택일수 있다 생각합니다.

**사례 11** **진짜 한심하고 한심한 처가 식구들….**

결혼한 지 5년차인 한 여자의 남편이자 한 아이의 아버지입니다. 지금까지 몇 년 간 참아왔었는데 정말이지 시간이 지날수록 제 속만 답답해지고 어디 하소연 할 곳도 마땅치 않아 판에라도 글을 좀 적어볼까 합니다. 저는 2015년도에 결혼을 했고 현재 두 돌 지난 아이가 있습니다.…… 그런데 가정형편이 어려운 이유를 점점 알게 되니 처가가 한심해보이고 짜증이 지속이 되는 것 같습니다. 이유인즉, 처제는 5년째 백수생활(현재 34살, 직장경험 6개월) 중이며, 처남은 고졸에 공장을 십년 다녀서 모은 돈이라곤 600만원이 전부인 상황에 비만성 당뇨 후유증으로 2년 정도 쉬다가 현재는 식당에 아르바이트를 다니고 있습니다. 제가 이 둘을 보면서 한심함을 느끼는 것뿐만 아니라 장인어른 장모님까지 한심해 보인다는 점이 문제입니다. 처제는 집에서 놀면서 이력서를 쓰긴 하는데 제가 봤을 때 티비 편성표를 줄줄 외고 있는걸 보니 별로 절박해 보이지가 않습니다. 절박하고 부끄러운 줄 안다면 형부 앞에서 편성표 얘기 아이돌 얘기는 좀 아닌 것 같은데.... 엑소 콘서트 가고 싶다느니 어쩌니 소리를 자주합니다.... 아르바이트라도 하면 모르겠지만... 정말 아무것도 안하네요... 그리고 처남은 당뇨로 눈 수술을 했는데도 술, 여자만 쫓아다닙니다. 공장을 10년 넘게 다니면서 돈을 모으지 않은 것은 둘째로 치더라도 현재 식당 아르바이트를 하는데 이곳이 프랜차이즈 직영점이라서 열심히 아르바이트를 해서 영업 관리 사원이 되겠다고 합니다. 그런데 대부분 영업 관리사원의 경우 초대졸 이상의 학력을 요하는 것으로 알고 있습니다. 그래서 이러한 사안을 알고 준비를 해야 하는 것 아니냐고 장인어른께 말씀드리니 그냥 아무나 하는 게 어떠냐고 하십니다.... 이렇게 동생들이 자리를 못 잡고 있다가 처가 어른 중 누구 하나 편찮으시기라도 하면 그 짐은 제가 떠맡아야 될 것 같아서 정말 부담스럽고 짜증이 납니다. 저는 현재 국가직 공무원으로 재직 중이며, 와이프는 사립대 무기 계약직으로 근무 중입니다. 월급이 많지 않고, 아이도 있다 보니 여유 있는 삶은 아니지만 저희 부모님 도움으로 부족함 없이 살고 있습니다. 제가 처가 쪽을 걱정하는 이유는 장인어른 연세가 올해 65세이기 때문에 건강관리에 대한 준비를 해야 하기 때문입니다. 현재 상황에서 저리 생각 없이 삶을 사는 처가 식구들 때문에 부모님께서 저희 부부에게 해 주신 것을 유지하지 못하는 것은 아닐까 하는 생각이 지속적으로 들기 때문입니다. 정말 어떻게 해야 할까요... 걱정이 많네요....

사례8〉은 처갓집에 계속되는 지출로 인해 답답한 남성의 글이다. 20년 전 결혼식도 안 하고 단칸방 월세로 살림을 시작했지만, 3월부터 시작한 결혼생활은 12월부터 불행해졌다. 처가 할머니 담낭제거 수술비로 필요한 5백만원을 여기저기 빚을 내어 감당하였지만, 6개월 뒤에는 장인이 췌장암으로 7백만원이 수술비로 들었다. 이후 장인은 당뇨를 달고 살고, 이번에는 담석으로 병원에 입원을 했다. 수술비로 5백 정도가 나온다는데, 아직 수술을 못하고 있는 상태이다. 글쓴이에게는 이번에 대학에 입학하는 딸이 있어 등록금도 마련해야 되는 상황이다. 글쓴이는 병원비 걱정이 앞서는데 장인은 힘이 없다고 간병인을 쓰고 있고, 사위는 장인의 모습에 울화통이 터질 지경이다.

사례9〉는 가난한 처가로 인해 자신의 재산을 잃을까봐 불안한 남성의 글이다. 결혼 후 알게 된 처가의 경제 사정은 5천만원이 전부이다. 여기에 처형은 현금 1억원이 있는 상태이고, 처형이 이사를 해야 한다고 해 장모와 합가를 권하지만 장모는 한 달에 관리비 포함 80만원이 나가는 아파트에서 혼자 사시겠다고 한다. 글쓴이는 아껴서 돈을 모은 자신과는 너무나 다른 처가의 씀씀이를 이해할 수 없고, 처가로 인해 자신의 돈이 날아갈 생각을 하니 답답하다.

사례10〉은 처갓집 돈 요구로 인해 마음이 상한 남성의 글이다. 결혼인사를 드리러 간 처갓집은 단독주택 2층, 3000짜리 전세였고 벽은 갈라지고 방바닥은 시멘트가 그대로 드러난 상태였다. 결혼 1년 전 아내는 본인의 보험을 포함해서 장인 장모 보험까지 다 들었고, 결혼 후에도 보험료는 계속 글쓴이 집에서 냈다. 본가 부모님 보험은 하나도 못 들어드리고 장인, 장모 보험을 사위가 낸다는 게 글쓴이는 지금도 이해가 안 간다. 장인은 60도 안됐는데 집에서 놀고 있고, 동네에서 화투치는 비용까지 딸한테 전화를 해 달라고 한다. 30이 다 된 남동생은 놀면서 용돈이 없다고 누나한테 전화를 하고, 아내는 매달 얼마씩 용돈을 준다. 장모 또한 전화를 해 돈 이야기를 한다. 글쓴이의 신혼 생활은 처갓집 때문에 지옥이었고, 지금도 그렇다. 글쓴이는 아내에게 이혼을 이야기하려고 한다.

사례11)은 처가 때문에 본가에서 해준 것을 지키지 못할까봐 걱정이 되는 남성의 글이다. 글쓴이는 2015년도에 결혼을 했고 현재 두 돌 지난 아이가 있다. 처가의 형편이 어려운 이유를 점점 알아가면서, 글쓴이는 처가가 한심해 보이고 짜증이 난다. 이유인즉 처제는 5년째 백수이며, 처남은 고졸에 십 년 동안 공장을 다녀서 모은 돈은 600만원이 전부이다. 글쓴이는 이들 뿐만 아니라, 장인과 장모까지 한심해 보인다. 글쓴이는 처제나 처형이 자리를 못 잡고 있다가, 장인이나 장모가 편찮으실 경우 그 짐을 떠맡게 될까봐 부담스럽고 짜증이 난다.

**사례 12** **처갓집과의 문제!**

저의 처지를 간략하게 적어보겠습니다. 12년 전에 저의 단독주택을 그 당시 건축업을 하셨던 장인 어르신이 신축했습니다. 장인이 돈이 없었던 시점이라 선불을 드리면서 완공, 완불해서 지금까지 살아왔습니다. 그런데 1달 전에 오셔서 12년 전에 못 받은 공사대금 4천만원과 처의 결혼에 들어간 결혼자금 4천만원을 달라고 하시더군요, 정말 어이가 없어서.... 12년 전에 이미 다 지불했다고 하니 근거를 보여 달라고 하네요. 12년 지난 지금에 근거를 어떻게 찾냐고 하니 그건 너의 사정이다 라고 막무가내로 돈 달라고 하시는데 황당하고 정이 떨어졌습니다. 심지어 돈을 빨리 해 주고 처가에는 다시는 오지 말라고 하시고 욕을 하시더군요......(전에 장인께서 돈을 요구하셨는데 사정상 못해드렸었습니다) 그 후로 며칠을 걸려서 과거의 영수증 등을 다 찾아서(공사대금과 결혼자금까지) 다 주었습니다. 만일 이런 영수증 등을 못 찾았다면 전 어찌되었을까? 하고 생각하니 화가 납니다. 장인께서도 그 후론 아무런 반응을 안보이십니다. 이런 상황에 돌아오는 설날 처가댁에 가야 할지요? 전 마음이 내키지 않습니다.

### 사례 13  처갓집에 돈 빌려줬는데....

처가에서 돈이 필요하다고 해서 돈을 빌려드렸는데 7천만원입니다. 돈 금방 받을 줄 알았는데 그 돈으로 저와 상의 없이 장인어른 명의로 1년 적금을 들었더라고요. 장인어른 명의로 하면 나중에 세금이 없으니 유리하다고요. 저한테 통보만 해서 7천만원이란 돈을 왜 상의도 없이 니 맘대로 하냐고 하니.. 우리 부모님이 떼 먹냐 당장 달라고 하면 될 거 아니냐 니가 왜 그런지 이해가 안 된다. 이런 식입니다. 한번 물어보고 싶어요. 제가 화내는 것이 이해가 안 되는 겁니까?

사례12〉는 장인과 돈 문제로 갈등이 유발된 사위의 사연이다. 12년 전 단독주택을 건축할 당시, 건축업을 하셨던 장인이 집을 지었고 사위는 돈을 선불로 드렸다. 그런데 한 달 전쯤 장인은 12년 전 못 받은 공사대금 4천만원과 딸의 결혼에 들어간 4천만원을 달라고 한다. 사위가 12년 전에 다 지급했다고 하자, 장인은 근거를 보여 달라며 막무가내로 돈을 요구한다. 다행히 영수증을 찾아 해결은 했지만 돈을 요구한 장인에게 기분이 나쁘고, 글쓴이는 설날 처가에 가는 것이 마음에 내키지 않는다.

　사례13〉은 사위가 처가에 빌려준 돈으로, 장인 명의 적금을 든 처가의 행위에 화가 난 남성의 글이다. 처가에서 돈이 필요하다고 하자 글쓴이는 7천만원을 빌려주는데, 처가에서는 사위와 상의도 없이 빌려준 돈으로 장인 명의의 적금을 든 후 사위에게는 통보만 한다. 아내는 친정 부모님 편을 들고, 글쓴이는 빌려준 돈으로 적금을 든 처가의 행위를 이해할 수 없다.

　그렇다면 이러한 사례들에 설화에서의 해결방안은 어떻게 적용될 수 있을까? 앞서 설화에서 해결방안으로 제시된 것은 첫째, 상황에 대한 설명과 재물의 소유자가 누구인지 분명히 밝힘 둘째, 사위가 장인이 원하는 바를 획득함이었다. 여기에 처가갈등이 해결되지 않고 실패로 끝난 이유를 하나 더 덧붙이자면, 돈에 대한 처가부모의 욕심에 아내 또한 동조하면서 처가와는 결별을 하게 된다.

　먼저 사례1〉 사례2〉는 식사비 계산을 누가 하느냐의 문제로, 사위는 늘 자신에게 식사비를 계산하게 하는 처가부모가 못마땅하다. 글쓴이들은 아마도 돈에 관해 언급하는 것이 교양이 없는 일이라고 생각해, 마음속으로만 불만을 가질 뿐 이에 대해 언급하지 못하고 있다. 그러나 본인의 마음이 불편하고 그로 인해 처가갈등이 야기된다면, 넌지시 장인 장모의 생각을 물어보는 것도 괜찮은 방법이 될 수 있다. 만약 식사비를 사위가 내야 된다고 생각한다면 그에 대한 타당한 이유를 설명할 것이고, 그렇지 않다면 처가 쪽에서는 행동을 수정하게 될 것이다.

　사례3〉 사례4〉 사례5〉는 재산으로 인해 처가갈등이 유발된 경우로,

사례3〉 사례4〉가 처가의 재산이 문제가 된다면 사례5〉는 사위의 재산
이 문제가 된다. 사례3〉과 사례4〉는 아내가 친정의 재산에 관심이 없
기에, 글쓴이가 처가 재산에 욕심을 부린다면 아내와도 불화할 가능
성이 농후하다. 사례5〉의 경우는 반대로 처가에서 사위의 재산에 관
심이 많은데, 이 경우 역시 돈에 대한 필요 이상의 관심은 사위에게 불
편함을 줄 뿐이다. 그러므로 재산을 가진 자가 처가이든 사위이든, 내
것이 아닌 이상 돈에 대한 관심을 끊는 것이 가장 좋은 방법이다. 이것
은 재물의 소유자를 분명히 하는 것과 관련이 된다.

　사례6〉 사례7〉 역시 재산문제로 볼 수 있는데, 글쓴이들은 처남에
게 돌아가는 분배의 몫, 즉 자신의 아내와는 비교할 수 없을 만큼 과도
한 금액에 마음이 상한다. 이 두 사례에서 사위들은 처남과 비교하여
상대적인 박탈감을 느끼며, 받지도 못한 자신이 처가의 생활비를 부
담하는 상황이 될까봐 기분이 나쁘다. 이 사례들에서 가장 좋은 방법
은 앞선 사례들과 마찬가지로 본인의 돈이 아닌 이상 처가 재산에 대
한 관심을 끊는 것이다. 그리고 아들에게 재산을 몰아준 것이 처가의
선택이라면, 처가에 생활비를 지원할 지의 여부 또한 사위의 선택이
될 것이다.

　사례8〉 사례9〉 사례10〉 사례11〉은 가난한 처가로 자신의 돈이 들어
가는 것이 아까운 사위들의 글이다. 이런 사례들에서는 처가로 들어
가는 돈에 대해, 분명한 선을 그어줄 필요가 있다. 무한정으로 처가에
돈이 들어간다면, 결국 글쓴이들의 가정은 파탄이 날 수밖에 없다. 그
러므로 처가에 자신의 생각을 분명히 전달하고, 본인의 가정과 처가
사이에 돈 문제를 확실히 구분할 필요가 있다.

　사례12〉는 장인의 돈에 대한 과도한 욕심이 문제가 되며, 사례13〉

은 사위가 빌려준 돈으로 적금을 든 처가의 행위가 문제가 된다. 이들 사례에서는 글쓴이가 처가에 자신의 감정을 확실히 설명하는 것이 필요하다.

돈은 인생의 모든 좋은 것들에 대한 상징이 될 수도, 우리가 겪는 모든 문제의 근본적인 원인이 될 수도 있다. 돈이 행복이나 불행의 중요한 원인임을 누구나 알고 있지만, 다른 사람과의 만남에서 돈에 관하여 개인적인 상황을 언급하는 것은 금기시되고 있다. 무엇에 드는 비용이나 봉급, 재산에 관한 이야기는 교양 없는 일로 여겨지기 때문이다. 경제적인 문제로 인해 처가갈등이 유발되었을 경우에도, 마음에만 불만을 쌓아두고 있을 뿐 서로가 돈에 관해 언급하기는 쉽지 않다.

그러나 돈은 결혼생활과 가족생활의 토대가 된다. 그러므로 아내와의 이혼이나 처가와의 결별을 원하지 않는다면, 돈에 관한 자신의 생각을 분명하게 전달할 필요가 있다. 또한 처가든 사위든 남의 돈에 대해서는 아예 기대를 하지 않는 편이, 서운함을 근본적으로 차단하는 방안이 될 것이다. 즉 돈의 소유자가 누구인지 분명히 할 필요가 있다.

# 10

# 손위, 손아래 처남과의 문제

# 10. 손위, 손아래 처남과의 문제

## 1) 처가갈등 양상과 해결방안

본 장에서 살펴볼 설화는 손위, 손아래 처남과 처가갈등이 유발된 경우이다. 먼저 [칠십에 얻은 아들에게 물려준 유산] 설화군이다. 대강의 줄거리는 다음과 같다.

이서구에게 딸과 사위가 있었는데, 칠십에 아들을 낳았다. 이서구는 아들이 귀중한데 자신이 곧 세상을 떠날 것 같아 유서를 써서 사위에게 맡기면서 처남을 잘 키워달라고 당부했다. 유서에는 "칠십생남비오자(七十生男非吾子), 칠십에 아들을 낳았으나 내 자식이 아니라.", "가장십물제여서(家藏什物諸與壻), 집 안의 살림살이를 다 사위에게 주니.", "여서외인물범(女壻外人勿犯) 여서외인은 범하지 말라."라고 적혀 있었다. 사위가 보니 유서만 있으면 살림은 전부 자신일 것 같아 이서구가 죽자 살림을 전부 차지하고 처남을 키웠다. 처남이 자라 철이 들 만한 나이가 되자 옆 사람들은 처남에게 너의 매형 살림은 전부 너의 살림이니 도로 찾으라고 했다. 그러나 매형은 유서를 내 보이며 그럴 수 없다고 하여 재판을 하게 되었다. 판사가 이서구의 아들에게 유서를 읽어보라고 했는데 이서구의 아들은 "칠십에 자기 아들을 낳았던들, 왜 내 자식이 아니겠는가, 가장십물은 다 사위를 주었는데, 사위는 외인이니까 범하지 말라."라고 했다. 판사는 살림이 전부 아들의 것이라는 판결을 내렸고 이서구의 아들은 살림을 찾게 되었다.[1]

이서구라는 사람이 나이 칠십에 아들을 낳았는데, 자신이 세상을 떠날 것 같아 유서를 써 사위에게 주며 처남을 잘 키워달라고 부탁하였다. 유서에는 "칠십생남비오자(七十生男非吾子), 칠십에 아들을 낳았으나 내 자식이 아니라." "가장십물제여서(家藏什物諸與婿), 집 안의 살림살이를 다 사위에게 주니." "여서외인물범(女婿外人勿犯) 여서외인은 범하지 말라."라고 적혀 있었다. 사위는 장인이 죽자 살림을 전부 차지하고 처남을 키웠다. 처남이 자라 철이 들 만한 나이가 되자 사람들이 너의 매형의 살림은 전부 너의 살림이니 도로 찾으라고 한다. 매형은 처남에게 장인의 유서를 내 보이고 둘은 재판을 하게 되었다. 판사가 이서구의 아들에게 유서를 읽어 보라고 하자, "칠십에 아들을 낳았던들, 왜 내 자식이 아니겠는가, 가장십물은 다 사위를 주었는데, 사위는 외인이니까 범하지 말라."라고 이야기를 했다. 이에 판사는 이서구의 아들에게 모든 살림을 찾아주었다.

이 설화군의 모든 설화에서는 재산을 둘러싸고 매형과 처남의 갈등이 드러난다. 〈70세에 낳은 사람(『한국구비문학대계』 5-5, 104-107

1) 『한국구비문학대계』 8-14, 695-697면, 황천면 설화22, 이서구의 유서, 정경갑(남, 75)

면, 정주시 설화21, 백남철(남, 69)〉에서는 부자가 나이 칠십에 마누
라를 하나 얻어 아들을 낳았는데, 얼마 지나지 않아 아버지가 죽고 매
형이 처남을 길렀다. 처남이 열아홉 살이 되자 매형은 자기 처남이 아
니니 집에서 그만 나가라고 한다. 처남이 그 이유를 묻자 병풍을 하나
가져오는데, 거기에는 칠십에 아들을 낳았으니 내 자식이 아니라는
글이 적혀있었다. 처남은 송사를 하였는데, 병풍 글귀 구석에 백마를
탄 청년이 부채를 들고 백마를 가리키고 있었다. 원님이 이상하게 생
각해 병풍의 한쪽 구석을 벌려보니 "칠십에 아들을 낳았으니 내 아들
이 아니리오"라는 글귀가 적혀있었다. 장인이 재산을 지키기 위해 그
렇게 해놓은 것이었다. 〈허미수 일화와 칠십생남비오자(七十生男非
吾子)(『한국구비문학대계』 1-6, 658-663면, 이죽면 설화14-(2), 장
희주(남, 81)〉에서도 열두 살 먹은 아이가 병풍을 들고 원님에게 오는
데, 이방은 "칠십에 생남자하니 비오자요"라고 토(吐)를 달았지만, 원
님은 토를 잘못 붙였다고 하며 "칠십에 생남잔들 비오자요"라고 토를
달았다. 즉 "칠십에 생남자한들 왜 내 아들이 아니겠는가?" 라는 뜻이
었다. 원님은 아이 어머니에게 병풍을 보낸 이유를 묻고, 여자는 자신
이 아이 아버지 칠십에 시집을 와 아이를 낳았는데, 하루는 남편에게
남편이 죽은 후 딸과 사위에게 쫓겨나지 않고 살 방도를 묻자 남편이
다락 안 병풍 한 자리면 산다는 말을 남겼다고 한다. 남편이 죽자 이튿
날 사위와 딸에게 쫓겨나 걸식을 하는 것이나 다름없이 생활을 하고
있다고 했다. 원님이 병풍을 쭉 펼치자 한쪽에 노인이 그려져 있는데
손가락을 뻗어 다른 칸을 가리키고 있었다. 원님이 손가락 끝을 벌려
보게 하자, 그 안에서 문서가 쏟아져 나왔다. 영감이 이것을 딸과 사위
에게 맡기게 되면 아이에게 주지 않을 것 같고 딸과 사위에게 아이가

죽을지 몰라 병풍 속에 넣어두었던 것이다. 원님은 문서들을 사위에게 보여주며 아이에게 절반을 갈라 나누어 주라고 한다. 이처럼 칠십에 아들을 낳은 아버지는 사위와 딸로부터 아들을 지키는 방도로 자신의 재산을 사위에게 주지만, 다 자란 아들은 아버지의 재산을 되찾게 된다. 여기서 해결방안으로 나타나는 것은 원조자로, 여기서는 원님이 원조자로 처남에게 도움을 주고 있다.

다음으로 〈대감 딸과 결혼한 머슴〉 설화이다. 대강의 줄거리는 다음과 같다.

어떤 남자가 서른이 넘도록 머슴을 살았는데 세경 받는 날 저녁에는 꼭 병이 나서 세경을 다 써버리고 다시 머슴살이를 하면 병이 낫곤 했다. 남자는 자기 팔자가 기가 막혀서 일 년 세경을 미리 받아 서울에 점을 잘 본다는 점쟁이를 찾아갔다. 점쟁이는 다른 사람들 점은 다 봐주고 이 남자만 봐주지 않다가 해가 다 넘어갈 때쯤 종들에게 남자를 서대문 밖 연못가에 있는 수양버드나무에 매달고 오라고 하였다. 별안간 나무에 매달린 남자는 밤이 되어서야 겨우 빠져나와 깜깜한 곳을 헤맸는데 갑자기 소나기가 와서 어느 산 밑 초분 아래에서 비를 피했다. 초분 안에서 무슨 소리가 나기에 남자가 열어보니 예쁜 처녀가 있었다. 그래서 남자는 여자를 어느 주막에 데리고 가 잘 보살펴서 기력을 되찾도록 했다. 처녀는 자기집에 편지를 써서 남자에게 전하도록 했고, 편지를 본 부모는 하나밖에 없는 딸이 살아 있다는 것을 알게 되어 아들을 시켜 데려오도록 하였다. 여자가 살아 돌아오자 집안에서는 어느 대감 집에 시집을 보내려고 하였다. 그러자 여자는 아버지에게 자기를 살려준 사람이 아니면 시집가지 않겠다고 하였다. 그래서 할 수 없이 여자의 집안에서는 딸을 남자와 결혼시켰다. 그런데 처녀의 오빠는 머슴

살던 놈이 매제가 된 것이 체면이 서지 않는다고 생각해 매제를 죽이려
고 하였다. 그 동네에는 귀신이 나와 그 집에서 자는 사람은 죽어나가
는 흉가가 있었다. 처녀의 오빠는 그 집을 잘 고치고 남자를 불러 신혼
집을 마련해 줄 것이니 그 집에 먼저 가서 하룻밤을 자라고 하였다. 남
자는 그 집에서 자면서 술 생각이 날 때마다 한잔씩 따라 마시고 있었
는데 갑자기 마루에서 '우당탕' 소리가 나더니 색색의 옷을 입은 것들
이 춤을 추었다. 남자가 뭣 하는 놈들이냐고 소리치자, 춤을 추던 것들
이 이 집은 원래 서울 일등 가는 기생이 살던 집인데 자기들은 마루 밑
단지 속의 금이 사가 되어 된 귀신이라고 하였다. 남자가 어떻게 하면
귀신이 없어지냐고 묻자, 귀신들은 땅 속의 금이 바람을 쐬면 된다고
하였다. 남자가 마루 밑을 보니 금이 든 단지가 있었는데, 남자는 처녀
의 오빠가 남자의 초상을 치르려고 가져다놓은 관에 그 금을 모두 담았
다. 아침에 처녀의 오빠가 보낸 종들이 남자가 금을 담고 있는 것을 보
고 가서 그대로 고하자, 처녀의 오빠는 남자에게 가서 사정얘기를 듣고
팔자가 좋은 사람이라고 하였다. 그 뒤로 남자는 부자로 잘 살았는데
사실 남자는 죽을 고생을 한 후에야 복이 들어오는 팔자라 점쟁이가 일
부러 그렇게 한 것이었다.[2]

　어떤 남자가 서른이 넘도록 머슴을 살았는데, 세경 받는 날 저녁에
는 꼭 병이 나서 세경을 다 써버리고 다시 머슴살이를 하면 병이 낫곤
했다. 남자는 자기 팔자가 기가 막혀서 서울에 점을 잘 본다는 점쟁이
를 찾아갔고, 점쟁이는 해가 다 넘어갈 때쯤 종들에게 남자를 서대문
밖 연못가 수양버드나무에 매달고 오라고 하였다. 남자는 밤이 되어

---

2) 『한국구비문학대계』 5-4, 180-185면, 군산시 설화39, 대감 딸과 결혼한 머슴, 이용
　덕(남, 76)

서야 겨우 빠져나왔는데, 갑자기 소나기가 오자 산 밑 초분 아래에서 비를 피했다. 초분 안에서 소리가 나서 열어보니 예쁜 여자가 있었고, 남자는 여자를 주막에 데리고 가 잘 보살펴서 기력을 찾도록 했다. 처녀는 편지를 써서 자기집에 전하도록 하고, 편지를 본 부모는 하나뿐인 딸이 살아있다는 것을 알게 되어 아들에게 데려오도록 하였다. 여자의 집안에서는 딸을 어느 대감 집에 시집보내려 했지만, 여자는 자신을 살려준 사람이 아니면 시집을 가지 않겠다고 하였다. 그래서 할수 없이 그 남자와 결혼을 시켰다. 그런데 처녀의 오빠는 머슴 살던 놈이 매제가 된 것이 체면이 서지 않는다고 생각해 매제를 죽이려고 했다. 처녀의 오빠는 남자에게 신혼집을 마련해준다면서 귀신이 나오는 흉가로 매제를 들여보냈다. 남자가 흉가에 들어가 있자 갑자기 마루에서 '우당탕' 소리가 나더니 색색의 옷을 입은 것들이 춤을 추었고, 남자가 뭣 하는 놈들이냐고 소리치자 자기들은 마루 밑 단지 속의 금이 사가 되어 된 귀신이라고 하였다. 남자는 어떻게 하면 귀신이 없어지냐고 묻고, 귀신들은 땅 속의 금이 바람을 쐬면 된다고 하였다. 남자는 마루 밑의 금을 처녀의 오빠가 초상을 치르고자 가져다놓은 관에 담아놓았고, 아침에 처녀의 오빠가 보낸 종들은 남자가 금을 담고 있는 것을 상전에게 고하였다. 처녀의 오빠는 남자에게 가서 사정얘기를 듣고 팔자가 좋은 사람이라고 하였다.

이 설화에서 매형과 처남 사이의 갈등이 나타나는 부분은, 자신의 여동생과는 어울리지 않는 머슴을 산 남자가 자신의 매제가 되자 그를 죽이려고 하는 대목이다. 그리고 남자는 자신의 복으로 매형의 속임수를 이겨내고 매형의 인정을 받게 된다. 여기서 해결방안으로 제시해줄 수 있는 것은 그것이 운이든, 팔자이든, 복이든 남자가 가지고 있는 능력이며, 매형을 만족시킴으로써 갈등이 해결되고 있다.

마지막으로 [나무꾼과 선녀] 설화군 중 〈천국의 시련〉이다. 이 설화에서 나무꾼과 처남 사이의 갈등과 해결방안이 나타나는 부분을 제시해보면 다음과 같다.

거기서 인제 사는디, 장인 장모를 가서 뵈야한다구 그런단 말여. 그러니 장인장모가 옥황상제지. 그래 장인 장모를 인저 보러 갔지? 가서 인사를 했어. "저는 인간에서 올러온 아무개라."구. 인사를 허닝개. "인간 사위, 참 인간사위냐."구. 그랬단 말여. "그렇다."구. 그러구 집이를 왔는디. 인저 그 아마 그 처남덜이 멫 있덩개벼. 뒷이나 있덩가 처남덜이 써억허니, 암만해두 이 잉간 사람을 천상이 올려다가서 자기 동상허구 살리기를 싫거던? 이걸 워트개라두 읎이야겄어.[3]

소리개나 차 갔으면 왕솔밭이나 찾어가 봤으면 혹시 떨어트릴란지두 모루겄는디 독수리란 눔이 차 가지구 갔으니, 소루개가 차 가지구 가는 눔 독수리란 눔이 뺏어 가지구 갔으니, 소루개가 차 가지구 가는 눔 독수리란 눔이 뺏어 가지구 내빼더랴. 워디 가 찾을 곳이 읎단 말여.……소루개는 즈 오빠덜이 가서 그렇게 돼가지구 뺏었는디 즈 동생이 독수리가 돼가지구 차 가지구 왔단 말여. 그래 인제 목숨을 살었지.[4]

설화에는 선녀의 오빠들이 등장을 하는데, 손위 처남들은 인간 사람이 천상에 올라와 자기 동생과 사는 것을 싫어해 나무꾼을 없애려

---

3) 천국의 시련,『한국구비문학대계 4-5』, 308-309면.
4) 천국의 시련,『한국구비문학대계 4-5』, 312면.

고 한다. 즉 처남들은 지상에서 올라온 나무꾼이 천상 사람들보다 부족하다는 생각을 가지고 있으며, 이것은 다른 환경에서 성장한 사람에게 느끼는 일종의 편견이다. 처남들은 장인과 장모를 감출 테니 찾아내라고 하고, 나무꾼은 선녀의 도움으로 처남들이 돼지로 변신시켜 놓은 장인과 장모를 찾아낸다. 처남들이 장인과 장모를 다시 항아리로 변신시켜 놓자, 나무꾼은 선녀의 도움으로 다시 그들을 찾아낸다. 다음으로 처남들은 나무꾼에게 화살을 쏠 테니 활촉을 찾아오라고 한다. 나무꾼은 선녀가 일러준 대로 시체에서 활촉을 뽑아오게 되는데, 오다가 소리개로 변신한 처남들에 의해 활촉을 빼앗기게 된다. 선녀는 독수리로 변해 나무꾼이 잃어버린 화살을 도로 찾아오고 나무꾼은 목숨을 구하게 된다.

이렇게 선녀의 처남들은 몇 번에 걸쳐 나무꾼을 위기상황으로 몰아넣고, 나무꾼은 그들과 갈등을 일으키고 있다. 설화에서 선녀는 나무꾼을 적극적으로 도와주며, 자신의 오빠들보다 남편을 우선시하고 있다. 이에 해결방안으로 제시해줄 수 있는 것은 적극적인 아내의 내조와 처가보다는 남편을 우선시하는 아내의 태도이다.

『임석재전집』에도 선녀의 오빠들이나 남동생이 등장하는 설화들이 보이는데, 〈나무꾼과 선녀(『임석재전집: 충청남도편, 충청북도편』, 310~311면)〉와 〈나무꾼과 선녀(『임석재전집: 평안북도편 I 』, 59면)에서 나무꾼과 처남 사이의 갈등이 나타나는 부분을 제시해보면 다음과 같다.

① 

그른디 슨녀으 남동생은 이 총각을 보구 "위디 지상으 인간이 여그

츤상 세계에 다 올라왔느냐? 지상으 인간이 이 츤상에 살려믄 여그스
살 만한 재주가 있이야 한다. 니가 그른 재주가 있는가 시흠해 보아야
겠다. 만일에 그른 재주가 없이믄 쥑이 쁘리겠다" 함스, "니얄 아침에
내가 웨데 가 숨으 있일 팅게 챚으내 보라. 못 챚으내문 죽인다!"구 하
구 갔다.[5]

②

선녀는 얼른 총각을 학갑 안에다 숨겼다. 쿵쿵거리며 선녀 오래비들
이 들어오더니 "야 원 벌거지 내레 난다. 원 노릇이가?" 하멘 벅작 과텠
다. 선녀는 방을 잘 쓸디 안해서 그러무다레 하멘 구둘을 쓸었다. 그래
두 오래비는 벌거지 내레 난다구 했다. 선녀는 내레 모욕을 하딜 안해
서 그러는가무다레 하구서리 모욕을 했다. 그래도 벌거지 내가 난다구
하멘 한참 돌아가다가 하깝을 열구서 총각을 보구서리 데거이 머이가
하구 물었다. 선녀는 그제야 인간세상에서 같이 살던 서나라구 했다.
그러느꺼니 오래비덜은 총각과 학갑에서 내리오라구 하구서리 내리오
느꺼니 절을 하넌데 반절만 하구 벌거지 내레 나서 더 못 있갔다 하구
가 삐렸다. 오래비덜이 총각에서 대하는 꼴을 보느꺼니 아무래두 못살
것같이 굴 것 같았다.[6]

①에서 선녀의 남동생은 나무꾼에게 "천상에서 살려면 그만한 재
주가 있어야 한다" 면서, "재주를 시험해보아 그런 재주가 없으면 죽
이겠다"고 한다. 먼저 처남은 나무꾼에게 자신이 숨을 테니 찾아내라
고 하고, 나무꾼은 선녀의 도움으로 누런 개로 변신해 있는 처남을 찾

---

5) 나무꾼과 선녀, 『임석재전집: 충청남도편, 충청북도편 』, 310-311면.
6) 나무꾼과 선녀, 『임석재전집: 평안북도편 Ⅰ 』, 59면.

아낸다. 다음으로 처남은 화살을 세 대 쏠 테니, 활촉을 찾아오라고 한다. 나무꾼이 고민하자, 선녀는 부잣집 딸의 뱃속에 활촉이 박혀있음을 가르쳐준다. 나무꾼은 활촉을 찾아 돌아오던 중 처남댁이 변신한 까치에게 활촉을 빼앗기게 되는데, 선녀가 매로 변신해 활촉을 되찾아준다. 여기서는 선녀의 남동생이 나무꾼을 시험하는 주체로 나타나며, 나무꾼에게 천상에서 살만한 재주를 요구하고 있다. ②에서는 오래비들의 태도를 통해, 이들이 나무꾼과 갈등을 일으키리라는 것을 짐작해볼 수 있다. 선녀는 하늘로 올라온 나무꾼을 오래비들이 찾지 못하도록, 학갑 안에 숨긴다. 벌거지 냄새가 난다며 돌아다니던 오래비들은, 결국 학갑 안에서 총각을 발견하고 저것이 뭐냐고 묻는다. 선녀가 인간세상에서 자신과 살던 남편이라고 하자, 오래비들은 "절은 반절만 하고, 벌거지 냄새가 나서 더 못 있겠다"고 하며, 나무꾼을 무시하고는 가 버린다. '벌거지'라는 건 '벌레'의 사투리로, 선녀의 오래비들은 나무꾼을 벌레 정도로 취급하고 있는 것이다. 이 두 설화 중 예문①의 경우는 앞서의 설화와 마찬가지로 나무꾼이 손아래 처남의 시험을 잘 통과함으로써 갈등이 해결되고 있으며, 예문②에서는 나무꾼은 손위 처남과 목베기 칼싸움을 하게 된다.

총각은 센네 오래비과 칼싸움을 하게 됐넌데 총각은 센네 오라비 목을 텄다. 그랬더니 오래비 목이 툭 떨어뎄넌데 이 목이 다시 가서 부틀라고 했다. 이때 센네레 와서 매운 재를 오래비 목이 베인 자리에 뿌렸다. 그랬더니 떨어진 목이 도루 와서 부틀라구 하다가 붓딜 못하구 떨말데서 오래비는 죽구 말았다. 그 후보타는 아무 일 없이 총각은 센네

와 잘 살았다구 한다.[7)]

　예문에서 나무꾼은 선녀의 오래비와 목베기 내기를 하는데, 오래비 목이 다시 붙으려고 하자 선녀가 매운 재를 오래비 목에 뿌린다. 그러자 떨어진 목이 제자리에 붙지 못하고, 오래비는 죽어버린다. 그 후 선녀와 나무꾼은 아무 일 없이 천상에서 잘 살게 된다. 이 예문은 선녀가 자신의 남편을 살리기 위해, 혈육인 오래비를 희생시킨다는 점이 좀 특이하다. 여기에는 결혼을 한 이상 여성은 친정과 독립되어야 하고, 모든 것은 남편을 중심으로 이루어져야 된다는 화자의 의식이 반영되어 있는 것으로 보인다. 이에 해결방안으로 제시될 수 있는 것은 갈등을 유발하는 방해자의 부재와 남편을 우선시하는 아내의 태도이다.


## 2) 현대 처가갈등에의 적용

　[칠십에 얻은 아들에게 물려준 유산] [나무꾼과 선녀] 설화군과 〈대감 딸과 결혼한 머슴〉 설화는 현대 처가갈등에 어떻게 적용될 수 있을까? 먼저 손위, 손아래 처남과 처가갈등이 유발된 사례들을 살펴보고, 본 설화의 적용 가능성을 타진해 보고자 한다.

---

7) 나무꾼과 선녀, 『임석재전집: 평안북도편 I 』, 53면.

### 사례 1  나이어린 손위처남, 의견 구합니다

집사람과 결혼해서 나름 잘살고 있습니다. 처갓집 분들도 좋은 분들
이고요. 그런데 한 가지 불편한 부분이 있습니다. 다름이 아니고 나이
어린 손위처남이 저에게 반말을 한다는 것입니다. 물론 저는 존댓말을
하고요. 이게 과연 예법에 맞는 것인지 궁금합니다. 보통 나이어린 또
는 동갑인 손위처남과 어떻게들 대화하나요.

### 사례 2  손위 처남 스트레스...

아내의 오빠가 저보다 두 살이 어립니다. 하지만 손위이기 때문에 상
호 존대하면서 편하게 지내고 있는데.. 남매다 보니 처남식구들과 자주
어울리게 됩니다. 또 처갓집에서도 같이 많이 보구요. 그런데 처남 성격
이 좀 강하고 자존심 세고 그런 스타일입니다. 남한테 돈도 잘 쓰고 사교
성도 있어요. 다만 모든 게 본인 위주로 돌아가야 하고 누구한테 조금이
라도 무시 당하면 극단적으로 대하는 스타일입니다. 예를 들어 불쑥 찾
아온다거나 여행약속을 일방적으로 통보한다거나(물론 시간 안 되면
안 따라가지만) 같이 집안일이든 집안 행사를 하면 본인 스타일대로 진
행합니다. 부지런하긴 하지만 다른 사람이 고집 피우면 찍어 누르는 스
탈이고 빠릿 빠릿 안 움직이면 짜증내는 스타일... 하지만 자주 안보니
그러려니 했는데... 근처로 이사 가게 되면서 좀 더 자주 보다보니 두 살
많은 저에게 처가 식구들 다 있는 데서 게으르다느니... 잘 좀 하라느니...
제가 뭔가 아는 척을 하면 살짝 찍어 누릅니다. 손위긴 하지만 버릇이 없
어 보이는데... 보통 이런 경우가 많은가요? 고로 힘으로 눌를 상대도 아
니고 장인 장모님조차도 처남이 화내면 피하는 정도입니다.

사례1)에서 글쓴이는 나이 어린 손위처남이 반말을 하는 것이 불편하다. 사례2)에서도 아내의 오빠는 글쓴이보다 2살이 어리다. 그러나 처남의 성격이 강하고 자존심이 세서 본인 위주로 모든 일이 돌아가야 된다. 손위처남은 두 살이 위인 글쓴이에게 게으르다, 잘 좀 하라는 말을 하고 글쓴이는 이런 처남이 버릇없이 보인다.

### 사례 3  미치겠습니다. 처남스트레스

우선 내용이 길어질 수 있으니 최대한 간단히 적겠습니다. 결혼하자마자 장모님과 처남을 3년쯤 같이 데리고 살다가 이번에 아파트로 오면서 처남이 자취방을 얻어 나갔습니다. 장모님은 계속 모시고 있구요... 저희가 맞벌이라 둘다 바쁘고 장모님도 직장을 가지고 계시고, 장모님과 같이 사는 거에는 크게 어려움이 없었습니다. 그런데 처남을 같이 살다가 분가를 시켜 놓으면서 또 다른 스트레스가 계속 발생되네요.. 처남은 저희 아파트에서 그리 멀지 않은 곳에 처남이 원해서 얻게 되었고 그 돈도 장모님이 마련해주었습니다. 처남은 나이가 30살이지만 돈 500만원 모아놓은 게 전부입니다. 처남과 장모님은 상당히 밀착되어 있는 관계인데 심지어 아직까지 장모님과 처남은 침대에서 같이 자곤 합니다.. 아직까지 코흘리개 아들로 보고 있는 거지요. 제가 가장 스트레스 받는 거는 집에 온다는 연락도 없이 장모님에게만 연락을 해서 자기 배고플 때 와서 저녁밥 먹고 통조림, 반찬만 얻어가고 와서 샤워하거나, 대변보거나 그러고 갑니다. 심지어 장모님은 3일에 한번정도 야채주스를 갈아서 처남 방에 놔두고 옵니다. 즉 누나나 매형을 보러 오는 것이 아니고 먹는 것과 본인 필요한 것, 장모님을 보러오는 거지요. 장모님은 아들이고, 나에겐 처남인데.. 제가 이해를 못하는 건지..

지금까지 잘해준다고 3년 이상 같이 지내며 독립할 시간을 주었는데 뭔가 고쳐지는 게 없이 그 자리를 돌고 있습니다. 와이프에게 이야기해도 별로 고쳐지지도 않고 그렇다고 갑자기 장모님 나가시라고 하기도 껄끄러운 관계가 될 듯합니다. 지금도 요리를 하시길래 왠 요리냐 라고 하니 처남이 온다고 계란말이랑 함박스테이크 해달라고 했다네요... 와이프와 저에게는 연락도 없었습니다...

### 사례 4  앞으로 계속 이렇게 살아야 할까요?

무슨 말을 어떻게 써야할 지 모르겠습니다. 결혼 10년차입니다. 딸 둘 있구요. 여느 가정과 마찬가지로 평범하게 살고 있습니다. 저희끼리만 있을 때는 말이죠.... 참고로 전 큰아들이고 어머님 혼자 계십니다. 따로 떨어져 살고 있고 저희 어머님 수시로 생활비와 용돈을 보내주십니다. 어머님도 형편이 넉넉한 편이 아니셔서 계속 일하시는 중이구요. 결혼까지 했는데도 자식이 변변치 못하니 며느리에게 미안해서 그러시겠지요. 지금부터 제 고민을 말해보겠습니다. 처갓집 얘기인데요 형제간이 2남 1녀입니다. 처남들은 나이가 30 중후반인데 아직 장가도 못 간 상태입니다. 무슨 일만 생기면 무조건 저희한테 연락을 해서 사소한 것까지(택배 붙이는 일) 다 얘기를 하는데 한두 번도 아니고 참 신경 쓰이네요.(저희는 맞벌이입니다) 일 안하고 집에 있는 사람이 있는데 말이죠(큰처남) 그리고 사소한 것까지 다 얘기를 하네요(치킨 먹고 싶다. 맥주 좀 사와라 등등) 그러면서 돈은 한 푼도 안줍니다. 지갑을 꺼낼 때 슬쩍 봤더니 만원짜리가 몇 십만원은 돼 보이던데. 자기 사고 싶은 건 다 삽니다. 이번에도 핸드폰 신형으로 사버리더군요.(참고로 저는 용돈 많이 받는 날에는 10만원 정도 씁니다) 그리고 둘째 처남 일을 하다 말다 하다가 한 달 전쯤 직장을 잡아서 일은 하는데, 예전부터 어린아이도 아니고 왜 돈 관리를 누나한테 맡기는지 이해가 안 됩니다. 그러면서 갑자기 필요하니 통장을 갖다 달라는 등, 1시간 거리인데 말이죠…… 저희부부 둘이 아둥바둥하면서 행복하게 살려고 노력 중인데. 참고로 전 어머님 혼자 계셔도 제대로 찾아가지도 못하는 상황이구요. 저희 어머님 차라리 직접 오시는 게 편하시다고 가끔 오셔서 애들 얼굴만 보고 용돈만 주시고 가십니다. 전화도 자주 못하게 하시구요(저희 편하라구) 근데 처가에서는 사소한 일에도 밤낮 안 가리구 수시로 전화가 오니 신경 안 쓸려구 해도 신경 쓰이는데 이렇게 생각하는 제가 이상한 겁니까? 쓰다 보니 두서없이 적었네요…… 요즘은 별의별 생각이 다 듭니다.(참고로 차가에선 10원짜리 하나 안 가져다쓉니다)

**사례 5**　처남 때문에 너무 힘들어요

…… 각설하고 저에게는 처남이 있습니다. 올해 33살이죠. 6년 전 창원에 있는 처가댁에 인사 갔을 때 처남을 처음 보았는데 아는 척도 안 하고 뒷머리만 북북 긁더니 자기 방으로 가서 아주 긴 시간 푹 자더군요. 뭐 그러려니 했습니다. 저는 서울이고 결혼 후 서울에서 살기 때문에 크게 신경 안 썼습니다. 문제는 2년 전 장인어른이 돌아가시고 처남하고 장모가 서울로 이사 오면서입니다. 처남이 조울증이 있다는 이야기는 들었지만 자주 보지 않았기에 그 상태가 어느 정도인지도 모르고 일반인도 약간의 조울증은 누구나 조금씩 있다고 하길래 그러려니 했습니다.…… 2달 전 장모님 처남 그리고 우리 4식구 같이 식당을 갔습니다. 돈 문제로 장모님하고 처남이 이러쿵 저러쿵 하길래 그냥 모른 척 했는데 갑자기 처남이 식당에서 무슨 방언이라고 해야 할까요 뜻

모를 말을 하며 방방 뜨면서 온 식당을 돌아다녔습니다. 도저히 저 혼자 힘만으로 제어할 수 없어 식당 주인 아저씨와 제어하려 했으나 당해낼 수 없어 119와 112가 왔습니다. 뭐 시간이 좀 지나니 진정되어 처남이 정신 차려서 다행히 병원은 안 갔지만 저로서는 상당한 충격이었습니다. 상황 수습하고 보니 장모님은 식당에 안 계시더군요. 추후 와이프한테 물어보니 술에 취한 상태이고 꼴보기 싫어서 그 자리를 떴다고 하더군요. 아니 자기 아들이 발작을 하는데 꼴보기 싫다니요. 제가 사위지만 냉정하게 보면 제 3자 아닌가여. 그 이후 처남 얼굴만 보면 사실 짜증이 납니다. 울증 증상 중에 하나가 과대 행동인지는 모르겠지만 수입은 없으면서 별의별 비싼 거를 다 삽니다. 당연히 카드는 빵구 났겠죠. 제 와이프 그러니까 누나한테 알게 모르게 손 벌렸고 큰 금액은 아니지만 많이 빌려줬더라구요. 아니 그냥 줬겠죠. 그리고 위 문제보다 가장 큰 문제는 폭력성입니다. 저희 집이 6층 빌라에 5층입니다 한번은 제 구형 3G폰 회사후배에 줄려고 집안 곳곳을 찾았으나 없더라구요. 와이프한테 물어보니 우물쭈물하다가 하는 말이 저번에 처남이 낮에 놀러 와서 또 살짝 발작을 일으켰는데 그때 구형 핸폰을 1층 바닥에 던졌다고. 하!! 손이 떨리더라구요. 5살 첫째 아기도 그 장면을 봤다고 합니다. 어쩐지 며칠 전에 첫째애가 삼촌이 휙 던졌어 던졌어 하길래 뭔 소린가 했습니다. 문제는 장모님도 처남도 이게 얼마나 중요한 사항인지 모르고 스스로 정상으로 생각하고 치료를 안 받는다는 겁니다. 네 마음 이해합니다. 하지만 이제는 제가 두렵습니다. 처남의 행동이 두려운 게 아니라 만약 한번 더 제 딸들 앞에서 그런 행동을 하면 보호차원에서라도 제가 어떻게 할 것 같습니다. 이사를 가는 것도 생각해 봤지만 올 봄에 산 집 아직 잉크도 안 말랐는데 왜 내가 이런 고민으로 이사를 가야하나라는 생각이 들어 제가 다 우울합니다. 솔직히 처남 얼굴

보기도 싫구요. 제가 폭력적으로 변할까 두렵습니다. 검도를 즐겨하여 개인죽도가 있는데요. 그걸로 칠까봐 아예 치워버렸습니다. 앞으로 어떻게 해야할 지 도저히 답이 안 나옵니다.

사례3〉은 손아래 처남 때문에 스트레스를 받고 있는 남성의 글이다. 글쓴이는 결혼을 하자마자 장모, 처남과 3년을 함께 살았는데 이번에 아파트로 거처를 옮기면서 처남은 자취방을 얻어 나갔다. 처남은 나이가 30살이지만 돈 5백만원 모아놓은 게 전부이며, 아직까지 장모와 한 침대에서 잔다. 글쓴이가 스트레스를 받는 것은 처남이 본인이나 아내에게는 연락도 없이 장모와 연락을 해, 본인 배고플 때 저녁을 먹고, 통조림이나 반찬만 얻어가지고 간다는 것이다. 장모 역시 3일에 한 번씩은 야채주스를 갈아 처남의 방에 두고 온다. 글쓴이가 생각하기에 처남은 누나나 매형을 보러오는 것이 아니라, 먹는 것과 본인이 필요한 것, 장모를 보러 온다. 아내에게 이야기를 해도 고쳐지는 것은 없고, 장모를 나가시라고 하기에는 불편한 관계가 될 듯싶고 글쓴이는 처남이 오는 것이 불편하다.

사례4〉에서 처갓집은 2남 1녀이고, 처남들은 나이가 30대 중후반인데 아직 장가를 못 간 상태이다. 그런데 무슨 일만 생기면 무조건 맞벌이인 글쓴이 부부에게 전화를 해, 택배를 부치는 사소한 것까지 요구를 한다. 더군다나 큰처남은 일도 하지 않는 상태이며, 치킨이나 맥주 같은 것을 사오라고 하면서 돈은 한 푼도 안 준다. 글쓴이가 보기에 돈이 없는 것도 아니고, 본인들이 필요한 것은 잘 산다. 본가 어머니는 혼자 계셔도 잘 찾아가지 못하며, 어머니는 직접 오시는 게 편하다고 하시며 가끔 오셔서 애들 얼굴만 보고 용돈만 주고 가신다. 그런데 처가는 사소한 일에도 밤낮 없이 수시로 전화가 오니 신경이 쓰이고 기분이 나쁘다.

사례5)는 조울증인 처남으로 인해 스트레스를 받고 있는 남성의 글이다. 글쓴이는 처남이 조울증이 있다는 이야기는 들었지만 그 정도가 심한지는 몰랐다. 그러나 식당에서 처남은 뜻 모를 말을 하며 온 식당을 돌아다니고, 식당주인과 본인이 제어해보려 하지만 당해낼 수 없어 결국 119와 112까지 부르게 된다. 글쓴이는 처남의 행동에 충격을 받았는데 더 화가 나는 것은 장모가 자신의 아들이 발작을 하는 동안 그 꼴이 보기 싫어 식당을 떠났다는 것이다. 이후 글쓴이는 처남의 얼굴만 봐도 짜증이 난다. 그런데 처남이 글쓴이의 집에 와 살짝 발작을 일으켜 구형 핸드폰을 1층으로 던졌고, 5살 아이가 그 장면을 보았다는 사실을 알게 된다. 글쓴이는 처남이 한번만 더 자신의 딸들 앞에서 그런 행동을 할 경우, 자신이 처남을 폭력적으로 대할까봐 두렵다.

**사례 6  설날 손아래 처남의 욕설과 폭언 및 폭행**

설날 처갓집에서 저녁식사로 광어회, 참치회와 처형이 선물 받은 52도짜리 중국 백주를 먹었습니다. 술이 맛있었던지라 처형이 예전에 장인어른께 드렸다는 백주를 한 병 더 먹었지요.…… 그런데 대화 도중 갑자기 처남이 반말과 욕을 하기 시작하더군요. 어이가 없었지만 이유를 물어봤지요. 왜 그러냐고. 넌 XX야 평소부터 다 마음에 안 들었어. XX야. 와 같은 대답이 나옴. 기분 나쁘면 나가서 한판 붙자대요. "그럴 용기나 있냐 XX야" 등등의 말도 나옴. 폭력 쓰면 신고한다고 했더니 일단 맞고 신고 하라대요. 말보다 욕이 더 많더군요. 어디서 배운 대화법인지. 그냥 자리를 피하는 게 좋을 거 같아 일어났더니 장모님이 술 마시고 어딜 가냐고 만류하심. 담배 피러 나왔다가 대화나 좀 하자며 달래기 시작했습니다. 그때까지만 해도 순진하게 제가 자기 누나한테 잘못한다고 화가 났구나 라는 생각을 했었구요.…… 니 누나한테 잘못하는 거 땜에 화내는 거 이해하는데 아무리 그래도 매형한테 이러는 거 아니다. 그랬더니 나이 처먹고 대접받고 싶냐 XX야? 이러더군요. 도대체 왜 그러냐고 이유나 알자고 했더니 지 아내에게 – 저한테는 처남댁이죠 – 왜 살갑게 대해주지 않냐고 하대요. 처형도 그렇고 저도 그렇고 처남댁 안 좋아하고 따돌리는 거 자기가 모를 줄 알았냐고.…… 완전 어이상실이었지만 그게 기분 나빴냐 미안하다, 앞으로는 처남댁한테 잘할게(뭘 잘해야 하는 건지 모르겠지만)라면서 어깨를 두드려 주었지요. "나이 더 먹었다고 나잇값 하려고 그러냐?"라더니 화가 풀렸는지 다시 존댓말을 쓰더군요. 담배 피우면서 미안하다길래 "남자가 술 마시고 그럴 수도 있지 뭐"라고 대답해 줬습니다. 집으로 들어갔더니 술 한잔 더하자면서 겉옷을 걸치고 나가잡니다. 그냥 집에서 한잔 더 하자.. 술 좀 찾아봐라 그리고는 두 잔 정도 마셨나? 위로한답시고 요즘 증권회사 힘들지? 이게 처남을 자극한 모양입니다. 저는 무슨 일 하냐 네요. 그래서 제가 하는 일을 애기해 줬습니다. 듣고 나더니 "나이 처먹고 회사 생활하기 힘들지 않냐? 이 XX야?"이러면서 또 반말과 욕을 하더군요.…… 처남보다 제가 5살 많습니다. "욕 하는 거 보니까 너 완전 쓰레기구나" 뭐 이런 식의 말을 하기 시작했죠. 저도 욕을 섞기 시작했습니다. 한 판 붙자고 또 덤벼들대요.…… 장인 장모님이 말리시는 와중에 멱살을 잡길래 저도 같이 잡았고 주먹질을 당하고 안경다리 부러지고 나중에 보니 안경 때문인지 얼굴에 상처가 세 군데 생겼고 웃옷 단추 하나가 떨어졌습니다. 그냥 참았어야 했는데 맞고나니 저도 되갚아 주려고 때리려 했습니다. 하지만 장인어른께 붙들려서 때리지는 못했습니다. 이 상황에서는 저도 욕 많이 했습니다. 장인 장모님 옆에 계셔도 참을 수 없더군요. 그리곤 처남댁인지 처형인지가 몰고 온 차를 타고 가버리더군요.…… 아니 아무리 기분 나쁜 일이 있어도 그렇지 지 누나 남편한테 이러는 처남이 또 있을까 싶네요.

### 사례 7  처가하고 인연 끊었습니다. 그런데

결혼 13년차를 살고 있는 평범한 가정남입니다. 현재는 제 가정에 큰 문제는 없고 그럭저럭 살아가고 있습니다. 그런데 내막에 들어가면 현재 전 처가와 완전히 인연을 끊고 살아가고 제 아내와 이 이야기는 결국 싸움만 하고 상처만 남기기에 묻어놓고 삽니다. 원인은 제가 좀 소심하고 내성적이어서 별 표현이 부족한 것은 있었습니다. 알고 있죠. 그런데 지금으로부터 6년 전 2006년에 제 할머니께서 작고하시면서 일이 발생했습니다. 상을 다 치르고 며칠 후 처가에 갔었습니다. 참고로 처가는 위로 처남 4명이 있고 처형은 타지에 당시 처제 이렇게 있고 장인은 돌아가셨고 장모는 현재도 살아 계십니다. 그 전에 처가에 갔을 때마다 느꼈지만 문제는 처남들이 위라고 말들을 함부로 한다는 것입니다. 어이 x서방 하는 것이 아니라 야! 야! 이런 식으로 말을 막하는 형태의 사람들이라 갈 때마다 마음 고생을 많이 했었죠. 그래 생활 중 저의 할머니께서 돌아가셨는데 그 후 어떤 처남(조직 폭력배는 아니지만 버금가는 뉘앙스와 말투 짧은 머리 그런 분위기)이 내게 이렇게 말하더군요. 야 너 사회생활이 그 정도 밖에 안돼! 이유는 저의 할머니 상이 자신에게 연락 안됐다는 것이었는데요. 당시 전 처가에 집사람을 통해서 알리라고 하였고 또 처가 식솔들도 왔는데 그 처남에게는 전달이 안 되었나 봅니다. 그런데 그것을 처가에 사람들이 그리 많이 있는데 그 앞에서 야 너 사회생활 그 정도 밖에 안돼 그렇게 사회생활 하냐!! 말을 듣는 순간 정신이 어질어질하고 초점이 없어지는 듯 하였습니다. 한참 어질하여 앉아 있다가 아기 데리고 집에 갈려고 하니까 집사람이 왜 그래 하면서 알면서도 묻더군요. 아무 소리하지 않고 갈려면 차에 타고 아니면 애기 데리고 나 먼저 간다고 했더니 아내도 타고 같이 왔습니다. 그 뒤로 아내와 이 문제는 크게 이야기를 하지 않고 있고 또 처가와 연락도 하지 않고 있습니다. 그 처남의 문제만 있은 것이 아니라 처남들의 말투와 장모의 사위 대하는 태도가 너무 힘들었기 때문입니다. 처남들이 사위는 개xx들이여 도적놈들이여 빈정대며 하는 말들 그리고 그동안 쌓여 있는 것도 너무 많았기에 그 감정이 한꺼번에 이런 결과를 가져왔나 봅니다. 결혼부터 전 가난했습니다. 물론 집사람도 시집올 때 달랑 혼수품과 몸만 왔습니다.…… 6년이 지난 지금도 처가와 이렇게 살면 안되는데 하면서 그 처남들과는 만나기가 싫습니다.

사례6)은 처남의 폭언과 폭행으로 인해 갈등이 유발된 남성의 글이다. 설날 처갓집에서 술을 먹고 취한 상태에서 처남은 5살이 많은 매형에게 반말과 욕설을 하기 시작했고, 결국에는 서로 욕을 하며 싸우게 된다. 장인과 장모가 말리는 와중에 처남은 글쓴이의 멱살을 잡고, 주먹질을 한다. 글쓴이 또한 때리려고 했지만 장인한테 붙들려 때리지는 못한다. 글쓴이는 장인과 장모 보기가 불편하며 처남이 괘씸하다.

사례7)은 처남의 막말로 인해 마음에 상처를 받고, 처가와 인연을 끊은 남성의 글이다. 처가는 위로 처남이 4명 있고, 처형과 처제가 있다. 그런데 처남들은 손위라고 글쓴이에게 말을 함부로 했었다. 그러던 중 글쓴이의 할머니가 작고하시고, 그 소식을 전달받지 못해 문상을 오지 못한 처남이 "야 너 사회생활이 그 정도 밖에 안돼? 그렇게 사회생활 하냐"는 말을 한다. 그 말을 듣는 순간 글쓴이는 정신이 어지럽고 초점이 없어지는 듯한 충격을 받는다. 이후 이 문제에 대해 이야기를 한 적은 없고, 처가와 연락도 하지 않고 있다. 그동안 처남들이 사위는 개xx들이여, 도적놈들이여 라며 빈정댔던 일들과 쌓였던 것들이 한꺼번에 떠올라 글쓴이는 처가와 연락을 하고 싶은 마음이 없다.

**사례 8  친정오빠와 신랑사이에서 피가 마릅니다**

친정엄마는 젊어 혼자되셨어요. 친오빠와 저는 세 살 터울이고 어려서 아빠 없이 고생해서인지 가족 간 끈끈한 뭔가가 있지요. 저는 결혼 십 년차 딸만 셋이고 제 신랑은 저보다 5살 많아요. 신랑은 울 오빠를 무척 싫어합니다. 첫 단추가 잘못 끼워진 것일 수도. 결혼하겠다 인사갔을 때 오빠가 신랑을 못 마땅해했지요. 그냥 날카로워 보이는 외모 때문인지ㅜㅜ 여튼 결혼 후엔 서로 잘? 하며 지냈지요. 신랑도 빡센 회사 다니며 친정아빠 제사나 명절 때 꼭 찾아뵈었고 문제는 삼년 전쯤 구정 때 터졌습니다. 그때 상황은 저 혼자 벌어 먹고 사는 외벌이 상태에 남편은 그저 알바 정도 되는 돈을 벌고 저 혼자 애들 챙기고 집안일하고 돈 벌고 힘든 상황이었고 친정오빠는 그런 저를 좀 불쌍하게 보고 있던 상황 당연 울 신랑이 미웠겠죠. 그땐 저 역시도 많이 지치고 힘든 스트레스 상황이였습니다. 구정 때 저희부부가 친정집에서 부부쌈을 했고 친정엄마는 속상하신 상태에서 말리셨는데 참다못한 울 친정오빠가 삿대질하며 신랑한테 큰소리쳤었더랬어요. 욕을 하진 않았지만 울 신랑은 충격을 받았고 곧바로 정신이 돌아온 친정오빠는 바로 사과를

했지만 삼 년이 지난 지금도 신랑은 친정가는 걸 꺼리며 더욱이 오빠와
대면하는 걸 무척 싫어합니다. 둘 다 술을 못해 술 먹으며 풀지도 못하
고 여전히 속으로는 서로 못마땅해합니다. 우선 오빠는 본인이 윗사람
이고 장모님이 있는데 거기서 부부싸움한 걸 이해 못하고 배워먹지 못
한 인간이라 하고 있고 신랑은 자기가 더 나이가 많은 윗사람이며 감히
함부로 대할 수 없는 사위인데 그런 대접 받았다는 거에 자존심이 많이
상했다고 하고 있습니다. 저는 중간에서 참 난감합니다. 제가 할 수 있
는 일이 뭘까요?

사례8)은 오빠와 남편 사이에서 난감한 상황에 처한 여성의 글이
다. 글쓴이는 결혼 10년차 딸이 셋이고, 남편은 5살이 많으며, 오빠와
는 3살 터울이다. 오빠는 결혼인사를 갔을 때부터 남편을 못마땅했
다. 그러다가 남편이 알바 정도만 하고 글쓴이가 집안의 경제를 책임
지는 힘든 상황 중에 구정을 맞게 되었고, 이들 부부는 친정에서 부부
싸움을 하게 된다. 친정엄마는 속상한 상태에서 딸 부부를 말리고, 친
정오빠는 삿대질을 하며 매제에게 큰 소리를 친다. 남편은 충격을 받
았고, 정신이 돌아온 친정오빠는 곧바로 사과를 했지만, 남편은 3년이
지난 지금도 친정에 가는 것을 꺼려하고 처남과 대면하는 것을 무척
싫어한다. 오빠는 본인이 윗사람이고 장모님이 있는데 부부 싸움한
걸 이해하지 못하고 매제를 배워먹지 못한 인간이라 하며, 남편은 자
기가 더 나이가 많고 함부로 대할 수 없는 사위인데 그런 대접 받았다
는 것에 자존심이 많이 상해있다.

그렇다면 이러한 사례들에 설화에서의 해결방안은 어떻게 적용될

수 있을까? 앞서 설화에서 해결방안으로 제시된 것은 첫째, 원조자의 존재 둘째, 사위의 능력 셋째, 아내의 내조와 방해자의 부재이다.

사례1〉 사례2〉에서는 원조자가 필요하다. 사례1〉의 경우 나이 어린 손위처남이 반말을 하는 것은 예법상으로 맞지 않는다. 이 경우 대개 상호 존대하는 것이 관례이다. 그러므로 그것이 처가 부모이든, 아님 아내이든, 아님 그 외 사람이든 예법을 이야기해 줄 원조자가 필요하다. 사례2〉의 경우는 나이 어린 손위처남이 두 살 많은 글쓴이에게 게으르다거나 잘 좀 하라는 등 글쓴이를 무시하는 버릇없어 보이는 말투가 문제가 된다. 이 상황에서 제일 적절한 원조자는 장인, 장모가 될 것이다. 그러나 사례의 내용을 보면 장인, 장모조차도 처남이 화를 내면 피한다고 이야기를 한다. 그러므로 글쓴이가 손위처남의 언행을 통해 스트레스를 받는다면, 처남과 마주하는 자리를 줄이거나 피하는 것이 하나의 해결방안이 될 것이다. 즉 방해자의 부재는 이런 경우 사용될 수 있을 것이다.

사례3〉은 매형 집에 와서 본인의 필요만 채우고 가는 처남으로 인해, 사례4〉는 사소한 일까지 시키거나 간식을 사오라고 하고 돈은 주지 않는 처남들로 인해, 사례5〉는 조울증을 앓는 처남으로 인해 처가갈등이 유발되고 있다. 이 경우 또한 글쓴이의 마음을 전달해 줄 원조자의 존재나 방해자의 부재를 생각해 볼 수 있다. 방해자의 부재란, 갈등을 유발하는 당사자와 글쓴이 사이에 거리를 두는 것으로 이해하면 된다. 특히 사례5〉의 경우 조울증을 앓는 처남은 치료를 요하는 상황이다. 그러나 처가에서 처남의 치료에 무관심하고, 처남의 병이 개선될 여지가 없다면, 글쓴이가 취할 수 있는 방안은 처남과 거리를 두는 수밖에 없다.

사례6)과 사례7)은 처남의 폭언이나 폭행 혹은 막말로 인해 상처받은 사위들의 글이다. 사례6)은 자신에게 폭언을 하고 폭행을 한 처남이 괘씸하여 장인 장모까지 보기가 불편한 상태이며, 사례7)은 처남들의 막말로 인해 상처를 받고, 6년이 지난 지금도 그 상처로 처가와 연락을 끊고 처남들 만나는 것을 불편해한다. 사례7)의 대처방안이 방해자의 부재가 될 것이다. 사례6)의 경우 처남의 속상한 부분을 이해하고, 폭언과 폭행을 용서해줄 수 있는 능력이 있다면, 매형과 처남 사이의 관계는 지속될 것이다. 그러나 그렇지 못하다면 잠시 처남과 거리를 두고, 둘 사이의 관계에 관하여 생각해 보는 것도 하나의 해결방안이 될 것이다.

앞서의 사례들이 사위의 입장에서 작성된 글이라면, 사례8)은 친정오빠와 남편 사이에서 힘들어하고 있는 여성의 글이다. 이 사례에서 친정오빠가 매제에게 화를 낸 이유는, 경제적으로 고생하고 있는 자신의 여동생이 불쌍해 보였기 때문이다. 글쓴이는 이미 오빠와 남편이 왜 서로에게 화가 났는지 알고 있다. 그렇다면 삼자간의 대화가 필요하다. 서로 마음속에 상대에 대한 화난 마음을 품고 있기에, 겉으로 드러나지 않을 뿐 이 둘의 관계는 언제라도 폭발할 준비가 되어 있다. 3년이나 지난 지금, 두 사람이 예전 이야기를 꺼내기는 힘들 것이다. 그러므로 글쓴이가 적당한 기회에 예전 이야기를 꺼낸 후 서로의 마음을 이야기하게 하는 것이 가장 적절한 방법이 될 것이다. 즉 글쓴이가 둘 사이에서 원조자로서의 역할을 할 필요가 있다.

그리고 이 모든 사례들에서 아내는 [나무꾼과 선녀] 설화군에서의 선녀처럼 친정보다 남편을 우선시하면서, 갈등상황에 처한 남편을 적극적으로 도와줄 필요가 있다. 이것이 진정한 아내의 내조이며, 아내

가 나의 편이라는 믿음은 남편이 자신의 처가갈등을 해결하는데 커다
란 도움을 줄 것이다.

# 11

# 처형, 처제와의 문제

# 11. 처형, 처제와의 문제

## 1) 처가갈등 양상과 해결방안

본 장에서 살펴볼 설화는 처형, 처제와 처가갈등이 유발된 경우이다. 처형과의 문제가 나타나는 대표적인 설화는 [나무꾼과 선녀]와 [구렁덩덩 신선비] 설화군이다. 그런데 [구렁덩덩 신선비] 설화군은 '처가위주의 생활'이라는 장에서 자세히 다루었다. 그러므로 본 장에서는 [나무꾼과 선녀] 설화군만을 대상으로 처가갈등을 확인해 보고자 한다.[1]

[나무꾼과 선녀] 설화군 중 처형들과의 갈등이 나타나는 설화는, 나무꾼이 선녀를 따라 천상으로 올라가는 설화들에서다. 선녀의 언니들은 선녀가 지상에서 위기에 처했을 때, 모르는 척 동생만 남겨두고 하늘로 올라가 버렸던 인물들이다. 그러므로 애초 동생에 대한 애정이

---

[1] 『한국구비문학대계』나 『임석재전집』에서 처제와의 갈등이 나타나는 설화는 찾아볼 수 없었다. 연장자를 우대하던 사회 분위기상, 옛날 설화에서 처제가 형부와 갈등을 유발하기는 어렵지 않았을까 생각된다.

없었으며, 자매간의 우애(友愛)도 존재하지 않는다.

선녀의 언니들은 동생에 대한 시기심에 아버지를 사주하여 나무꾼을 죽이려고 한다. [나무꾼과 선녀] 설화군 중 〈천국의 시련〉 설화에서 이 부분을 제시해보면 다음과 같다.

> 그런데 저이 성들 둘은 아 그 저이는 사내가 없는데 동생은 아들꺼지 있으니까 뵈기 싫었지. 즈 아버지더러 그걸 죽이라구 해는 중이여. 그 동상을 죽이라구, 그 모두 죽여 달라구 그러니까, 즈 아버지가 '인간 사람이래두 그 못 죽인다.' 이러구 줄곧 내버려 두는 차인데, 두레박에 올라앉아 있으니까, 이 저 아들 둘이 양짝에서 잡아대리구, 그 어머니두 거기서 겹줄루 쥐구 잡아대리구, 아 이 마누라가 잡아대리구 보니까 자기 영갬이 올러 온단 말여. 그러니까 줄을 놓구, "아이구 우리 지하에 아부지 올러온다."구. 아 이 형제늠이 냅대 둘러줘구 그 이거 지-지금엔 줄다래미웁지, 예전에 줄다래미 줄이 굉장했어. 아 이 잡아대려 올렸다 말여. 아뜩 올리니까 "아이그-아유." 그 마누라는, "어이구, 저 인저 아부지한테 또 구박-성덜한테도 또 구박맞겠다."구 하는데, "아버지 온다."구, 아버지한테, "아 아버지 인제 와 만날 줄을 누가 알았나?"구. 아 그래서 인제 같이 살지. 아 같이 사는데 아 이 성-성년덜이 즈 아버지더러 그 죽이라구 그런 말여. "그 시 식구 다 죽이라."구. 아 그래 즈 아-즈아버지가, "그 그럴 수 웁다. 아무리 생각해두 그거 느이는 냄편덜이-너이 사내들이 없지만, 그건 그러구 그거 인간 사람이래두 만내서 아들꺼지 낳았으니 그 죽일 수가 있으냐?" "아 죽여야지 안 죽이믄 우리 둘이 죽는다." 이런 말여. 딸만 삼 형젠데 둘이 죽는대니 어떡허느냐 이런 말여. "아 그거 할 수 없다."구. 그런데, "그 죽여 주슈." 그래 아무리 생각을 해야 죽일 수가 있나. "애 그러믄 가만 있거라. 내가

의사를 내마."[2]

　선녀의 언니들은 자신의 동생이 지상에 있는 나무꾼과 결혼하여 자식까지 낳아오자, "자신들은 남편도 없는데 동생은 자식까지 있다"는 질투심과 시기심에 제부와 조카들을 모두 죽이려고 한다. 이들은 아버지에게 제부를 죽이라고 하고, 장인은 "인간 사람이지만 아들까지 낳았는데 죽일 수가 있느냐"며 거절을 한다. 그러자 "제부를 죽이지 않으면 자신들이 죽겠다"고 하고, 장인은 딸이 셋인데 두 딸이 죽겠다고 하자 할 수 없이 사위를 죽이려고 한다. 이처럼 처형들은 나무꾼을 죽이려고 하고, 둘 사이에는 갈등이 유발된다. [나무꾼과 선녀] 설화군의 다른 설화에서도 선녀의 언니들이 동생에 대한 시기심 때문에, 나무꾼에게 시험을 요구하는 장면들은 쉽게 찾아볼 수 있다.

　①

　그래 만족한 살림을 인자 하늘에 산다. 산께 우로 저거 언니 둘이 저거 막내동생은 내우간에 만내가 아들을 놓고 딸 놓고, 저리 재미지가 잘사는데 저거는 시집도 가도 못하고 그냥 있다. 저거 큰언니가 본께 용심이 잔뜩 나는 기라. 고만 샘이 나서 그래 한 분은 카기로, "제부, 제부 우리가 수수꺼끼를 해가 주고 어 내가 모르면 생금장을 서말로 줄게고 제부가 모르면 내한테 목숨을 바치야 된다." "그래, 수수께이 하자."[3]

　②

　저의 성님들이 보니까 참 욕심이 나 죽겄든. 저동생은 냄편넬 얻어

2) 선녀와 나뭇군[다시 찾은 옥새], 『한국구비문학대계 1-6』, 68-69면.
3) 은혜 갚은 짐승들, 『한국구비문학대계 8-6』, 916면.

서 잘 사는데, 즈덜은 시집두 못 가구 그냥 있는 생각을 하니까, 참 으떻
게든지 즈 동생의 냄편을 죽여야겠거든. 그러니까 즈 아버지허구 어머
니한테 가서 자꾸 동생의 냄편을 죽여달라구 모햄(謀陷)을 허니까 영
성가시러워서 백여낼 수가 있어야지. 그래 즈 아버지가, "그럼 그렇게
해라."[4]

③

좋은 집을 지어서는 줘서 잘 살구 있는디, 언니들이 시기가 나서 어
떻게 하면 죽이나 둘이가 짜구서는, 둘이가 막 아프다구 허자구. 그러
구서 아무 약도 소용 없다구 허구 고양이 나라에 가면 팔자각이 있다는
디, 팔자각은 사람의 뼈와 같이 생긴 건디, 천장에다 달아 놓구 항상 그
걸 고양이들이 쳐다보구 산대야. 그런 고이 나라가 있는디, 그걸 따다
가 삶어 먹어야 산다구 허자구, 형제가 짜구서는 막 아프다구, 배 아프
다구 둘이가 대굴대굴 둥글구 야단인디, 임금님이 백 가지루 약을 써두
하나두 낫지두 않구, 점점 더 그러더니, "나는 저 인간에서 온 사위가,
동상의 남편이 쥐 나라를 건너 고이 나라에 가 팔저각을 따다가 그걸
삶어 먹어야 산다."구 그러거든.[5]

①에서 선녀의 언니들은 선녀가 나무꾼과 천상에서 재미있게 잘 사
는 것에 대해 샘을 낸다. 언니들은 나무꾼을 불러 수수께끼 내기를 제
안하며, 나무꾼이 맞히면 생금장을 서 말 주고 못 맞히면 목숨을 바치
라고 한다. 나무꾼이 집으로 돌아와 고민하자, 선녀는 언니들이 암탉
으로 변해있을 테니 가서 맞히라고 하고, 나무꾼은 생금장을 서 말 따

---

4) 선녀와 나뭇군, 『한국구비문학대계 1-6』, 626면.
5) 선녀와 혼인한 나무꾼, 『한국구전설화집 6: 충남홍성편 I 』, 144면.

집으로 돌아온다. 선녀의 언니들이 다시 수수께끼를 내자, 선녀는 나무꾼에게 언니들이 대들보 위에 지네로 변해있을 테니 가서 맞히라고 한다. 나무꾼이 두 번의 수수께끼를 맞히자, 선녀의 언니들은 나무꾼에게 쥐국에 가서 천도를 따오라고 시킨다. 쥐국에 천도를 따러 가라는 것은, 결국 쥐국에 가 잡아먹히라는 것이다. 이렇게 선녀의 언니들은 계속하여 나무꾼을 죽이려고 한다.

②에서 선녀의 언니들은 동생은 남편을 얻어서 잘 살고 있는 반면, 자신들은 결혼도 못하고 그냥 있다는 생각에 질투심을 느낀다. 그래서 질투의 대상인 나무꾼을 제거하려고 한다. 언니들은 부모에게 동생의 남편을 죽여 달라고 모함을 하고, 그녀들의 요구가 귀찮은 장인은 그것을 허락한다.

③에서도 언니들은 동생이 잘 살고 있는 것을 시기한다. 그래서 둘이 짜고 아프다고 데굴데굴 구르며, 고양이 나라에 있는 팔자각을 삶아먹어야 병이 낫겠다고 이야기한다. 어떤 약을 먹여도 차도가 없자, 장인은 할 수 없이 사위에게 고양이 나라에 가서 팔자각을 따오지 않으면 죽이겠다고 명령을 내린다.

또 선녀의 언니들은 시험 도중에도 나무꾼을 곤경에 빠뜨린다. 그들은 나무꾼이 화살을 찾아 돌아오는 것을 보고, 동물로 변신하여 화살을 빼앗아간다. 이러한 장면들을 제시해보면 다음과 같다.

④

비둘기가 구여워. 이뻐. 참 좋다구 아 만져도 가만 있어. 게 싸서는 이 주머니 이런 데다, "나하구 같이 가서 살자." 하구서 몸둥이 짐 속에다 집어 쳐 넣구, 아 그런디 중간쯤 가다가 비둘기 두 마리가 홍 날라간단

말야. 아 보니께 활촉을 빼 물고 날가아요.[6]

⑤

장인이 쏜 화살촉을 시 개를 다 주워서 가슴에 품고 오는디 오다가 이 화살촉이 어떻게 생긴 것인가 하고 가슴에서 꺼내서 볼라고 허넌디 난디없이 깐치 한 마리가 날라오더니 그 화살촉을 채가지고 날라갔다. 그렁께 까마구가 날러오더니 깐치헌티서 화살촉을 뺏어서 날라가넌디 솔개미가 나타나서 까마구헌티서 활촉을 뺏어각고 공중 높이 떠서 어디론가 가 버렸다.[7]

④에서 활촉 세 개를 찾아 집으로 돌아오던 나무꾼은, 오는 도중 비둘기를 만나게 된다. 비둘기가 귀여운 나무꾼은 비둘기를 품속에 넣고, 비둘기는 나무꾼의 품속에서 활촉을 물고 날아가 버린다. 그리고 곧이어 독수리가 등장해 비둘기를 채더니 어디론가 사라져 버린다. 활촉을 잃어버린 나무꾼은 실망하여 돌아오는데, 선녀는 비둘기가 물고 갔던 활촉을 내주며 비둘기는 자신의 언니들이 변신한 것이고, 독수리는 자신이라고 이야기 해준다.

⑤에서도 선녀가 내준 강아지를 데리고 화살촉을 찾아오던 나무꾼은, 어디선가 나타난 까치에게 화살촉을 빼앗기고 만다. 곧이어 까마귀가 나타나 까치에게서 화살촉을 빼앗아가고, 다시 소리개가 나타나 까마귀에게서 화살촉을 빼앗아간다. 나무꾼이 풀이 죽어 근심하면서 집으로 돌아오자 선녀는 화살촉을 내주며, 까치와 까마귀는 언니들이

---

6) 나뭇군과 선녀, 『한국구비문학대계 4-3』, 412면.
7) 나무꾼과 선녀, 『임석재전집: 전라북도편 Ⅰ』, 174면.

고 소리개는 자신이 변신한 것이었다고 이야기 해준다. 이렇게 선녀의 언니들은 나무꾼이 시험에 통과하지 못하도록 그를 곤경에 빠뜨린다.

그런데 여기서 선녀가 자신의 언니들보다 더 강한 동물로 변신하여 서로 경쟁하는 이러한 장면은, 〈동명왕편〉에서 하백이 해모수의 능력을 시험하기 위해 변신하여 다투는 장면[8]이나 〈김수로신화〉에서 탈해와 수로가 왕위(王位)를 두고 서로 다투는 장면에서도 찾아볼 수 있다.[9] 〈동명왕편〉에서 하백이 잉어가 되자 해모수는 수달이 되며, 하백이 사슴이 되자 해모수는 늑대가 된다. 그리고 하백이 꿩이 되자 해모수는 매가 되어, 그를 이기고 있다. 〈김수로신화〉에서는 탈해가 매가 되자 수로는 독수리가 되고, 탈해가 참새가 되자 수로는 새매가 되는 등 경쟁자보다 우수한 동물로 변신을 한다. 그리고 이러한 변신경쟁을 거쳐 결국 수로가 왕위를 차지하게 된다.

이처럼 선녀의 언니들은 혼자인 자신의 처지와 가족을 이룬 동생의 처지를 비교하며, 시기를 부린다. 그리고 그 시기심은 나무꾼을 죽이려는 행동으로 나타난다. 이렇게 동생을 시기하던 언니들의 말년은 행복하지 않다. 작품에서 선녀의 언니들은 쥐국왕이 나무꾼 편에 보내온 동생의 구슬을 욕심내다가 죽기도 하고, 선녀와의 변신경쟁에서 눈을 다쳐 실명을 하기도 한다. 또 시집은 갔지만 "남을 죽이려 했었던 과거의 잘못으로 좋지 못하게 되었다"고 이야기되기도 한다.

그렇다면 [나무꾼과 선녀] 설화군에서 이러한 처형과의 갈등은 어

---

8) 서대석, 『한국의 신화』, 집문당, 1997, 23면.
9) 서대석, 앞의 책, 38면.

떻게 해결될까?

⑥

　아침 먹구 그 이튿날 옥샐 들구 오니 아 눈 먼 예미 저 큰딸 둘이 옥새를 가주구 오건 봐야 뭘 어떡허지. 그저 눈만 꿈먹꿈먹해. 아 그래 갖다 옥새를, "아 빙장어른, 여기 가져왔읍니다." 그러니까, "하, 애 지하지에 사람이 하늘에까지 도를 닦어…이렇게 좋은 사람을 저런 망한 년들 대민에 그 줵이라구…이년 느이 눈깔 둘 다-눈깔이 다 멀어두 괜찮다." 그래서 개가 하늘에서 사는 거여.[10]

⑦

　그래 천도복숭을 세 개를 따 주민선, "하나는, 저거 제일 묘한 거는 저그 마누래 주고, 제일 몬한 거는 저거 처형을 주고." 그래 하민선, 그래 구실을 세 개를 내주는 기라. "이기 섞이고서는, 이 구실이 참 보물인데 에 이 세 개를 가져가서." 제일 존걸 딱 막하민선, "요걸랑은 참 우리 형수를 디리고 제일 몬한 걸랑 처형을, 큰 처형을 주라꼬. 그래 하면 이후에 다시는 후환이 없을 듯 하다꼬." 카미 주거던.……그래 제일 존 놈을 저거 마누래 주고 제일 몬 한 놈을 저거 큰 처형을 주고 좀 낮은걸 작은 처형을 주고 그래 인자 구실도 그래 갈라 줏다. 제일 존 놈 그래 주고, 저거 동상 구슬이 어여기, 저거 처형이 본께, 좋든지, 그기 욕심이 나서 말할 수가 없어, 그래 어 그 구슬을 보고, 딱 차라보고 정신을 잃었다가 고만 저거 큰 처형이 거서 작심해 죽었삐맀어. 떡 죽고 나닌께 저거 처형 죽고 나닌께 아무 탈없이 그 사람이 짐승들을 구제해 준 바람

10) 선녀와 나뭇군[다시 찾은 옥새], 『한국구비문학대계 1-6』, 77면.

에 하늘 사람이 되어서 가 잘 사더랍니다.[11]

⑥에서 선녀의 언니들은 나무꾼이 고양이 나라에서 옥새를 가지고 오는 것을 보고, 수리로 변해 옥새를 **빼앗으려고** 한다. 이러한 사실을 알게 된 선녀는 매로 변신해 수리로 변신한 언니들의 두 눈을 할퀴고 옥새를 찾아온다. 선녀의 언니들은 목숨을 잃지는 않았지만 가장 중요한 두 눈을 잃었고 아버지에게 신망 또한 잃었기 때문에, 더 이상은 방해자로 작용하지 못한다. 이 경우는 방해자가 부재(不在)하게 된 것으로 볼 수 있다. ⑦에서는 쥐국의 왕이 나무꾼에게 천도 복숭아를 세 개 따주고 구슬 세 개를 주며, "제일 좋은 것은 선녀를 주고 제일 못한 건 선녀의 큰언니를 주면 이후에 후환이 없을 것"이라고 말한다. 쥐국의 왕 말대로 나무꾼은 선녀에게는 제일 좋은 구슬을, 큰처형한테는 제일 나쁜 구슬을 주는데, 큰처형은 동생의 구슬에 욕심이 나서 구슬을 바라보다가 정신을 잃고 결국 죽어버린다. 큰처형이 죽어버림으로 인해, 나무꾼은 아무 문제없이 선녀와 잘 살게 된다.

여기서 문제해결 방안으로 제시해줄 수 있는 것은 남편을 적극적으로 도와주는 선녀의 내조와 방해자의 부재이다.

## 2) 현대 처가갈등에의 적용

[나무꾼과 선녀] 설화군은 현대 처가갈등에 어떻게 적용될 수 있을

---

11) 은혜 갚은 짐승들, 『한국구비문학대계 8-6』, 918-919면.

까? 먼저 처형, 처제로 인해 처가갈등이 유발된 사례들을 살펴보고, 본 설화의 적용 가능성을 타진해 보고자 한다.

### 사례 1 처형과의 호칭 및 존대 무

결혼한 지 몇 개월 안된 신혼부부입니다. 결혼 전이나 후로 큰 문제는 없구요.. 아내랑도 정말 잘 지내고 있습니다. 그런데 처형님(아내의 언니)과의 호칭과 존대 문제가 조금 있네요.. 우선 저와 아내는 동갑, 처형님은 한 살 많습니다. 저희가 연애를 오래해서 결혼 전부터 처형님을 몇 번 봤구요.. 그러다보니 자연스럽게 처형님은 저에게 반말+이름으로 부르고, 저는 존대했습니다. 그리고 결혼 후 아내와 서로의 호칭에 대해서 정리하고 각 집에 알렸습니다. 앞으로는 ~~라고 불러달라고.. 그리고 처형과는 서로 존대했으면 하고, 이름으로 부르지는 말아줬으면 좋겠다 라고 아내를 통해 얘기했습니다. 일단은 말을 전한 것 같은데 장인어른도 처형님도 호칭은 당연하지만 굳이 존대를 해야 되냐는 입장이구요.. 아내는 그냥 반말하면서 친구처럼 지내면 안되겠냐고 하는데.. 그건 서로 친구처럼 지낼 수 있을 때 얘기지 않는가 하는 생각이 듭니다. 저희 아버지는 처형님과 제가 서로 존대하고 지냈으면 하시더라구요. 서로간의 예의를 지킬 수 있도록 하는 게 좋겠다면서..(추가로 제게는 형이 있는데 형과 아내도 서로 존대합니다.) 그런 입장이니 처형님은 저희 부모님과 같이 만나게 될 때나 카톡, 영상처럼 기록이 될 만한 곳에서는 제게 존대를 합니다. 그리고 장인어른께 처형이 저를 지칭할 때 OO이가 한대~ 라고 종종 얘기하구요... 존대하는 상황을 보면 왜 그러는지 알면서도 좀 당황스럽고, 저희 부모님 앞에서 그냥 눈 가리고 아웅 하는 것 같아서 기분이 좋지 않더라구요... 사실 이

주제로 아내랑도 꽤 많이 얘기했는데 나아지는 게 별로 없는 거같네요.. 그냥 참고 살아야 하는 걸까요.. 조금 답답해서 글 남겨봅니다..

**사례 2** **처형과의 갈등 어떻게 풀어야할까요?**

아내와 같이 씁니다. 결혼 2년차 30대 남자고 아이는 없습니다. 저는 아내보다 5살 연상이고, 처형은 아내랑 쌍둥이라 저보다 5살 어립니다. 처형이 제게 처음 불만을 가진 원인이 자기가 더 높은 사람임에도 불구하고 제가 자기를 어린 사람이라 생각했다는 건데, 솔직히 어느 정도는 인정합니다. 근데 그 어리다는 게 그저 저보다 나이가 연하라는 뜻이지 서열 자체를 낮춘 적은 없습니다. 처음부터 지금까지 저는 존댓말, 처형은 처음부터 반말이었습니다. 장인어른, 장모님께서 서로 존대하라 하셔도 안 듣습니다. 그런데 오히려 사회에서 처형은 나이, 서열에 무감각한 개방적인 사람이고 저한테만 그럽니다. 저번 추석까지 제부 이거해 저거해 삿대질하며 시키는 것까지는 참았는데 야, 라는 소리 듣는 순간 저도 화나서 아무리 제부라도 야는 뭐냐고 따지니까 뭐가 문제냐네요. 저는 정말 친한 동갑 친구들 아닌 이상 야라는 소리 안하고, 당연히 아내와도 서로 야 해본 적 없습니다. 아내도 처형한테 저 좀 존중하라니까 처형이 뭐가 잘못했냐고 도리어 더 따져서 자매끼리 한판 싸웠습니다. 처형은 아내에게 남편한테 애기 짓 하고 눈치보고 꼼짝 못하는 여자라고 비난했습니다. 정말 너무 화가 났던 게 우리 집 서열 1위가 아내입니다. 제가 더 기분 나빴지만 아내가 너무 울어서 제 감정 상한 것 얘기하는 거 보다는 아내편 더 들고 그냥 집에 왔습니다. 아내도 처형이랑 성인이 되어서 이렇게 싸운 거 처음이라네요. 점점 서열문제가 아닌 대체 제 어떤 점이 싫길래 이러는 건지 모르겠습니다. 아내가 아무

> 리 물어봐도 없다, 모른다 이렇게 대답한다네요. 아내한테도 그랬냐
> 까 그런 적 없다고 언니가 아닌 너라고 해도 기분 나빠한 적 없는 사람
> 이 왜 갑자기 꼰대짓하는지 모르겠다고 자기도 답답하답니다..

사례1)은 결혼한 지 몇 개월 안된 신혼부부이다. 글쓴이는 결혼 후 처형과 서로 존대를 하고 자신의 이름을 부르지 않기를 원하지만, 처형은 연애할 때처럼 제부에게 반말을 하고 이름을 부른다. 장인과 처형은 호칭은 당연하다고 생각하면서도 굳이 존대를 해야 되냐는 입장이고, 아내도 그냥 반말을 하면서 친구처럼 지내면 안되겠냐고 한다. 그러나 글쓴이 아버지는 아들과 처형이 서로 존대를 하고 지냈으면 한다. 처형은 글쓴이 부모님과 만나거나 카톡, 영상처럼 기록이 될 만한 곳에서는 존대를 하지만, 장인한테는 ○○이가 한대 라고 하며 종종 이름으로 지칭을 한다. 글쓴이는 처형의 행동이 당황스럽고 기분이 좋지 않다.

사례2)는 결혼한 지 2년차 30대 남자의 글이다. 글쓴이는 아내보다 5살 연상이고, 처형 또한 아내와 쌍둥이라 글쓴이보다 5살이 어리다. 처형이 글쓴이에게 처음 불만을 가진 이유는 본인이 더 높은 사람임에도 불구하고 글쓴이가 자기를 어린 사람으로 생각했다는 것이다. 글쓴이는 처형의 나이가 어리다고 생각은 하면서도 서열 자체를 낮춘 적은 없고, 처음부터 지금까지 글쓴이는 존댓말, 처형은 반말이다. 장인과 장모가 서로 존대하라고 했지만 처형은 말을 듣지 않는다. 그런데 추석 때 처형은 글쓴이에게 삿대질을 하며 일을 시키고, '야'라는 소리까지 한다. 글쓴이는 처형에게 화가 나 아무리 제부라도 야는 뭐냐고 따지고, 처형은 뭐가 문제냐고 하며, 이 일로 아내와 처형은 싸운

다. 글쓴이는 처형의 행동을 이해할 수 없다.

**사례 3** **개념 없는 처형**

5월에 다니던 직장을 관두고 한 5개월가량 쉬다가 지난 10월 중순에 합격해서 이제 10월 30일부터 다시 출근하게 됩니다. 3주전이었던가요. 처가에 가서 '꽃보다 청춘-라오스편'을 보고 있었죠. 낮잠 자다가 나온 처형이 채널 딴 데 보면 안 되냐고 묻길래, 저 지금 보고 있습니다 라고 했죠. 그러더니, 제부는 회사 안나가니 평일 낮에 보면 안되냐고 하더라구요. 안 그래도 직장을 구하느라 정신없는데, 저런 말을 하는 건 도대체 무슨 정신으로 하는 건지. 제가 와이프한테 집에 빨리 가자고 한소리 하니, 처형은 저보고 아니 채널 가지고 왜 그러냐고 되레 소리를 지르더라구요. 참고로 처형은 올드미스이고(저와 동갑. 77년 뱀띠) 모아놓은 돈은 없고, 시집갈 수 있을 지 의문입니다. 그러다가 감정이 격해지고, 처형이 제 딸내미 물건을 집어던져서, 참고 있던 제 와이프도 치고 박고 싸우고. 그 이후로 처가댁 방문하지 않고 있습니다. 장모님도 처형한테 어찌 그럴 수 있냐며, 저보고 이해하라는데,,, 전 처형이 직장 못 구하고 처가에 백조로 빈대 생활할 때 단 한마디도 안했거든요. 본인 돈은 쓰는 게 아깝고, 지난 번 처형 여름 휴가 때는 갈 곳이 없었는지, 우리집에 와서 3일을 삐대더라구요. 이런 처형 어떻게 상대해야 할까요? 개념이 없는 걸까요? 아님 자격지심일까요?

**사례 4** **처형에게 돈을 또 빌려주자 해서 싸웠네요.**

30중반남자입니다. 아내는 2살 아래이고 크지 않은 회사에서 사무

직을 하고 있고 210정도 법니다. 저는 프리랜서 프로그래머로 돈 벌고 있고 월 평균 600~650정도 법니다. 저 모은 돈과 부모님이 도와주셔서 강북 수유에 32평 아파트 자가 거주 중입니다.…… 다른 문제는 없는데 처형이 자꾸 아내를 통해서 돈을 빌려 달라네요. 처형은 미혼이고 통신사 전화상담원을 하고 있습니다. 자세히는 모르지만 상담사면 하청업체겠죠. 아무튼. 결혼한 지 1년 조금 안되었을 때 처형이 2000 빌려 달래서 아내가 괜찮냐고 물어보더라구요. 흠.. 이건 뭐지 했는데 아내가 돈이 1200밖에 없다더군요. 빌려줄 건데 800을 저보고 달라는 거였어요. 어디 쓸 거고 언제 준다고 하냐고 물어보니 처갓집을 리모델링을 한다나. 처가집이 낡기는 했죠. 그래서 아니 그 조그만 집 리모델링을 하는데 2000이나 드냐. 그냥 우리 보러 다 내라는 거냐 했더니 아내 말로는 빌리는 거랍니다. 그래 뭐 좋은 마음으로.. 아내에게 800 주면서 이건 내가 주는 거니 이건 갚지 말고 니 돈 1200은 받아라.. 하고 800 아내에게 보내줬습니다. 그 이후 그 돈은 어떻게 되었는지 몰라요. 제가 상관할 바가 아니라고 생각을 했습니다. 그런데 어제 또 아내를 통해서 이번에는 6000을 빌려달라고 연락이 왔나봅니다. 아내가 돈이 없으니 저에게 말을 했겠죠. 이건 또 뭐냐. 그리고 전에 빌려준 1200은 받았냐 물어보니 그건 말하지 말랍니다. 못 받은 거겠죠. 6000은 어디 쓰고 언제 준다고 하시냐. 그랬더만 모른답니다. 아니 어디 쓰는지도 모르고 언제 줄지도 모르는 돈을 600도 아니고 6000을 지금 나한테 달라는 거냐. 니가 안 된다고 끊고 나한테 말이 안 오게 하는 게 맞지 않냐. 했더만 자꾸 부탁하는데 어떻게 하냐고 오히려 저한테 화를 냅니다. 결혼하고 처음 다툰 것 같네요. 저도 짜증이 나서 이게 지금 니가 나한테 화를 낼 문제냐 하고 화를 냈습니다. 그랬더니 울더라구요. 처형이 아내에게 너야 남편 잘 만나서 ___;;.. 편하게 사는데 나는 이 나이 먹도록 부모 간섭 받으면서 집에서 산다고 ___;; 자기도 독립을 하고 싶은데 반전세로 어디 가고 싶은데 돈이 부족해서 보증금이라고 하더라구요. 아니 진짜 어이가 없어서. 처형 나이가 애도 아니고 나보다 한살이 더 많은데 맨날 여행 다닌다고 놀러 다니면서 모아놓은 그만한 돈도 없냐. 돈 한 푼 없으면서 집에 살면서 악착같이 모으던가 해야지 나가서 무슨 월세방 얻을 돈도 없으면서 나가산다고 하냐. 그 말은 나 못 들은 걸로 하겠다. 하고 이틀째 냉전중입니다.

**사례 5  처형이 너무 자주 놀러와요...**

안녕하세요. 30대 중반의 남편입니다... 저희 집만 그런가 아니면 다른 집도 그런가 궁금해서 글을 올리게 되었습니다. 다름이 아니오라 저희 집에 처형이 한분 계시는데 너무 자주 집에 놀러오는 것 같습니다. 물론 같은 가족이니 놀러 오는 것은 문제가 아니지만 한번 놀러오면 보통 일주일씩 있다가 갑니다. 처음에 결혼해서 얼마 되지 않았을 때는 저희 집사람이 출산한지 얼마 되지 않아서 우울증 예방 차원에서 별말을 안했는데... 이제는 기본으로 한번 놀러오면 일주일은 놀다가 갑니다... 평일에서 저야 뭐 항상 야근에 집에 늦게 들어가니 크게 문제가 되진 않지만... 매번 이렇게 두세 달에 한 번씩 이렇게 올라오면 기본 일주일은 이렇게 놀다가니 지금은 좀 이상해서 이렇게 글을 올리게 되었습니다.... 저도 누나들이 많아서 저희 집사람이 형님들이 많은 편인데... 저희 누나들은 한 번도 집사람 힘들다고 자고 가 본 적이 없습니다... 장남을 둔 저희 부모님도 마찬가지로 집사람 힘들다고 자고 가봐야 하루가 다이고요... 근데 저희 집 처형은 기본이 일주일입니다... 물론 처형 집이 저희 집하고는 좀 멀어서(처형댁이 경주입니다..) 한번 올라오면 오래 있고 싶은 것은 이해가 가나... 이건 정도가 좀 심한 거 아닌가 싶어서 궁금해서 글을 올립니다... 제가 너무 소심한 것일까요?! 아님 저희 집 처형이 눈치가 없는 것일까요?! 이것을 어떻게 집사람한테 얘기해야 좋게 풀릴 지 걱정입니다... 참고로 처형네는 자식이 두 명 있는데 같이 놀러옵니다... 근데 애들 뛰어놀고 울고 난리치면 정말 정신이 하나도 없어요 ㅠ_ㅜ 저는 정말 제집에서 좀 쉬고 싶은 마음밖에는 없어요. 흑흑

사례3)은 텔레비전 채널 문제로 갈등이 생긴 경우이다. 처가에서 글쓴이가 '꽃보다 청춘'을 보고 있던 중 낮잠을 자다 나온 처형은 채널을 돌리려고 하고, 글쓴이가 보고 있다고 하자 처형은 제부는 회사를 안나가니 평일 낮에 보면 안되냐고 한다. 처형의 말에 기분이 상한 글쓴이는 아내에게 빨리 집에 가자고 하고, 처형은 채널을 가지고 왜 그러냐며 소리를 지른다. 결국 처형은 글쓴이 딸의 물건을 집어던지고, 아내는 처형과 몸싸움을 하며, 이후 글쓴이는 처가댁을 방문하지 않고 있다.

사례4)는 처형과의 돈 문제로 인해 갈등이 유발된 경우로, 처형은 자꾸 아내를 통해서 돈을 빌려달라고 한다. 결혼한 지 1년이 조금 안되었을 때 글쓴이는 아내의 부탁으로 처형에게 2천만원을 빌려주었는데, 처형은 돈을 갚지 않았다. 근데 어제 또 아내를 통해 6천만원을 빌려달라고 연락이 온다. 글쓴이는 처형의 부탁을 거절하지 못하는 아내에게 화를 내고, 아내는 자꾸 부탁을 하는데 어떻게 하냐며 오히려 화를 낸다. 글쓴이는 아내와 이틀째 냉전 중이며, 처형이 자꾸 돈을 요구하는 것이 못마땅하다.

사례5)는 너무 자주 놀러오는 처형 때문에 힘이 든 남성의 글이다. 처형은 한번 놀러오면 보통 일주일씩 머물다가 간다. 글쓴이의 누나들은 아내가 힘들다고 한 번도 자고 간 적이 없으며, 부모님도 아내가 힘들다고 하루 자고 가는 것이 끝이다. 그런데 처형은 기본이 일주일이다. 물론 처형 집이 좀 멀어서, 한번 올라오면 오래 있고 싶은 것은 이해가 가지만 이건 정도가 심한 듯싶다. 처형은 자식이 두 명 있는데 같이 놀러오고, 애들이 뛰어놀고 울고 난리를 치면 글쓴이는 정신이 하나도 없다. 글쓴이는 본인의 집에서 좀 편안하게 쉬고 싶다.

### 사례 6  어디 가서 얘기도 못하는 처제와의 갈등

안녕하세요. 결혼 1년이 조금 넘었는데요. 처제와의 갈등이 있습니다. 진짜 온라인 아니면 어디 가서 얘기도 못 하겠네요. 부끄러워서.. 사실 갈등이라기보다는,... 처제가 저한테 단 한번도 인사도 안하고 존대도 안합니다. 처가댁이 근처라서 처가 식구들을 굉장히 굉장히 자주 봅니다. 결혼한 지 1년 갓 넘었는데 대충 100번은 더 본 것 같습니다.(아무리 못해도 1주일에 평균 2번은 보니깐요. 우리 가족은 10번도 안본 거 같네요) 보통 남자들 처가댁 가면 처제들이 먼저 "안녕하세요 형부~" "형부 오셨어요?" 이러지 않나요? 이게 정상 아닌가요?(당연히 나이는 제가 처제보다 위) 처제한테 먼저 인사 받고 싶어하는 것도 제 욕심인가요? 형부 소리는 지금까지 단 한번도 들어본 적 없을뿐더러, 먼저 인사하는 경우도 단 한번도 없습니다. 겪어보니 낯가림이 좀 있긴 한데 싸가지가 없거나 나쁜 성격은 아닌 거 같더군요... 먼저 인사는 안하더라도 제가 먼저 인사하면 그냥 어색한 눈웃음 정도 하는? 평생 형

부소리는 못 들을 거 같아서 어느 정도 포기하고 인사도 그냥 '내가 먼
저 하자'라고 생각하고 그러려니 하고 지내고 있었는데 충격적인 건 어
제 와이프랑 카톡하는 걸 우연찮게 봤는데 저를 부르는 호칭이…… 대
놓고 이름을 부르더라구요? "XX 집에 왔어?" 이렇게요…. 이걸 어떻게
받아들여야 하나요? 자매끼리의 대화니까 그냥 모른 척 해야 하나요?
엄청 기분이 나빴지만 오늘까지 분을 삭이며 이 글을 쓰고 있습니다…
앞으로 제가 처제를 어찌 대해야 할까요?

사례6)은 인사도 존대도 하지 않는 처제로 인해 기분이 나쁜 남성
의 글이다. 처가가 근처라 남성은 처가 식구들을 자주 보는데, 처제는
한번도 인사를 하거나 형부라는 호칭을 한 적이 없다. 그러던 중 아내
가 처제와 카톡을 하는 걸 우연히 봤는데, 처제는 형부라는 호칭 대신
대놓고 이름을 부른다. 글쓴이는 처제의 행동에 엄청 기분이 상하고
처제를 어떻게 대해야될 지 모르겠다.

**사례 7  처제의 너무 편한 복장 때문에 민망합니다**

안녕하세요, 2년 가까이 만나고 지난달에 식을 올린 20대 중후반 신
혼부부입니다. 처가가 새로 이직한 직장과 멀지 않아서 1년쯤 전부터
퇴근하면서 들르고, 주말에 근무 나갔다 오면서 들르고 하면서 장모님,
장인어른, 대학생인 처제와도 자연스럽게 친해지게 됐는데요. 살면서
앞으로 고민거리가 얼마나 많은데 고작 이런 걸 고민이라고 쓰고 있나
고 뭐라고 하실 분이 있을 지도 모르겠지만…. 이번 여름에 처제가 집에
서 너무 편한 복장으로 있어서 시선을 어디에 둬야 할 지 잘 모르겠을
때가 많았습니다. ㅠㅠㅠ 지난 가을, 겨울, 봄에도 제가 처가에 가면 누가

봐도 집에서 입는 편한 옷으로 나와서 인사하고 같이 거실에서 놀고 얘기하고 했는데요, '처제가 내가 많이 편한가보다. 그러니까 저렇게 편한 복장으로 있는 거겠지' 생각했었는데 여름이 되니 본의 아니게 불편한 일이 생기더라고요. 통이 넓은 데다가 길이도 짧아서 앉는 자세에 따라 속옷이 보이는 반바지에 목둘레가 넓어 숙이기라도 하면 역시 속이 훤히 보이는 티셔츠나 나시라든지 입고 거실 소파나 바닥에 편하게 누워있거나 왔다 갔다 하니 혼자 괜히 민망할 때가 많았는데 처제는 그걸 아는지 모르는지..... 제 아내나 장모님 장인어른은 이런 모습이 평소의 집안 모습이어서 그런지 이런 모습에 신경 쓰시지는 않는 눈치였고요. 지난번에는 집에 오면서 아내한테 슬쩍 '처제가 내가 편한가봐 집에서 너무 편하게 입고 있는 거 아니야?' 말했더니 '그럼~ 이제 가족인데 뭐 어때~' 라며 아무렇지도 않게 넘어가는 걸 보니 아내도 대수롭지 않게 생각하는 것 같고요. 이러다보니 제가 혼자 처제의 복장을 의식하면서 어쩔 줄 모르는 변태가 된 기분이고 혼란스럽습니다.ㅠㅠ 이게 제가 문제가 있는 건지, 아니면 제가 이렇게 느끼는 게 정상인 건지 궁금하네요... 조언 부탁 드립니다.

**사례 8**  **처제와 같이사는게 좀...**

결혼 1년차 직장인입니다. 와이프와 결혼생활 6개월 후부터 처제가 취직문제로 우리 집에서 같이 살게 되었습니다. 첨엔 좀 그랬었는데 조만간 원룸 구해서 나갈 거라고 해서 일단 작은방 주고 생활을 하고 있습니다. 근데 시간이 지날수록 같이 지내는 게 편한 건지 좀처럼 나갈 생각은 안하는 거 같아요. 와이프한테 내보내자고 말하기도 좀 그렇구요. 좀 더 기다리고 있는 중인데요. 문제는 부부관계 할 때마다 눈치가 좀 보이고 옷도 편안한 차림으로 할 수도 없고 불편한 게 점점 많아지네요. 어쩌다가 처제가 짧은 반바지에 민소매 입고 있는 모습이나 샤워하는 물소리만 들려도 간혹 욕구가 생기곤 합니다..(잘못된 거 알지만) 더군다나 신혼이라 성생활도 많이 하는 편이라 처제보기가 좀 그렇더라구요.. 아... 정말 따로 살고 싶은데 와이프한테 말을 해볼까 하는데 어떤 식으로 말을 해야 할런지? 답변 부탁드려요!!

사례7)은 처제의 복장으로 인해 민망한 남성의 글이다. 처가가 직장과 멀지 않아 글쓴이는 자주 처가에 들르는데, 처제는 집에서 너무 편한 복장으로 있고 글쓴이는 시선을 어디에 둬야될 지 난감하다. 아내나 장인 장모는 처제의 복장을 대수롭지 않게 생각하고, 글쓴이는 혼자 민망한 자신이 변태같이 느껴져서 좀 혼란스럽다.

사례8)은 처제와 함께 사는 것이 불편한 남성의 글이다. 결혼 6개월 후부터 처제는 취직문제로 글쓴이 부부와 같이 살게 되었는데, 처음에는 원룸을 구해 나갈 것이라고 했지만 시간이 지날수록 편한 건지 처제는 나갈 생각을 하지 않는다. 글쓴이는 부부관계를 하는 것도, 편안한 복장을 하는 것도 처제 때문에 신경이 쓰인다. 또 처제가 짧은 반바지에 민소매를 입고 있거나 샤워하는 소리에 성적 욕구가 일어나기도 한다. 글쓴이는 처제와 따로 살고 싶다.

그렇다면 이러한 사례들에 설화에서의 해결방안은 어떻게 적용될 수 있을까? 앞서 설화에서 해결방안으로 제시된 것은 남편을 적극적으로 도와주는 아내의 내조와 방해자의 부재이다.

사례1) 사례2)는 호칭으로 인해 문제가 발생한 경우이다. 사례1)의 경우는 처형이 글쓴이와 동갑인데, 글쓴이는 처형이 자신과 서로 존대를 하고 이름을 부르지 않기를 원한다. 그러나 처형은 연애할 때처럼 글쓴이의 이름을 부르고 반말을 한다. 이 경우 처형이, 더군다나 나이 많은 처형이 제부에게 반말을 하는 것은 사회적 관습에 위배되지 않는다. 글쓴이는 자신의 아버지가 처형과 서로 존대를 하고 지냈으면 하고, 자신의 형 부부도 상호 존대를 하기에 그게 당연하다고 생각될 수도 있다. 하지만 이 경우는 본인의 집안의 예법을 고집할 것이 아니라, 사회적 관습을 따르는 것이 올바른 처사이다. 사례2〉는 글쓴이인 제부가 처형보다 5살이나 연상이지만 처형은 글쓴이에게 반말을 하고, 삿대질에 '야'라는 호칭까지 사용을 한다. 이 경우 처형의 언행은 사회적 관습에 어긋나는 행동이다. 보통 제부가 나이가 많을 경우, 처형과는 상호존대를 하는 것이 일반적이다. 글쓴이들이 자신의 고민을 인터넷에 올린만큼, 아내와 함께 댓글을 살펴보면서 다른 사람들의 의견을 청취하는 것은 문제해결에 도움이 될 것이다. 사회적 관습을 확인한 후, 본인이 옳다고 생각된다면 아내를 통해 처형에게 본인의 의사를 전달하고 그렇지 않다면 본인의 생각을 수정하면 된다. 남편의 의사를 전달해주는 아내의 행동은 큰 범주에서 아내의 내조가 될 것이다.

사례3〉은 처형과 텔레비전 채널로 인해, 사례4〉는 처형과 돈 문제로 인해, 사례5〉는 너무 자주 놀러와 일주일씩 머물다 가는 처형으로 인해 처가갈등이 유발되고 있다. 이 사례들에서는 방해자의 부재를 생각해볼 수 있다. 즉 처형과 거리를 두는 것이 문제 해결에 도움이 될 것이다. 특히 사례4〉와 사례5〉는 처형의 행동을 그대로 수용할 것이 아니라, 글쓴이의 생각을 직접, 혹은 아내를 통하여 전달할 필요가 있다. 사례3)의 경우 글쓴이는 처형이 개념이 없고 자격지심이 있다고 하지만, 필자가 보기에 자격지심은 글쓴이에게도 있다고 보인다. 글쓴이는 백수인 상태에서, "회사에 안 나가니 평일 낮에 보라"는 처형의 말이 고깝게 들린 것이다. 글쓴이가 본인의 마음을 들여다보는 것도 문제해결에 도움이 될 것이다.

사례6)은 인사도 존대도 하지 않는 처제로 인해 기분이 나쁜 남성의 글이다. 처제는 언니와의 카톡에서도 형부라는 호칭 대신 이름을 부른다. 글쓴이는 혼자 기분 나빠할 것이 아니라, 아내를 통해 분명한 본인의 의사를 전달할 필요가 있다. 이 경우 처제만의 문제라기보다는 그것을 수용해주는 아내 또한 문제가 있다고 보인다. 그러므로 본인의 생각을 확실히 하여 처제의 언행을 수정하여야 하며, 만약 그것이 이루어지지 않을 경우 처제와 거리를 두는 것이 문제해결 방안이 될 것이다. 또한 아내와 처제 사이의 카톡을 보고 기분이 나빴다면, 다음에는 기분 나쁠 상황을 만들지 않는 것이 본인의 정신건강에 이롭다. 방해자의 부재는 갈등을 유발하는 사람에 대한 차단뿐만 아니라, 본인에게 갈등을 유발하는 상황에 대한 차단까지도 포함될 수 있을 것이다.

사례7) 사례8)은 처제에게 느껴지는 성(性)적 감정이 문제가 된다. 가족이라고 하기에는 아직 익숙하지 않은 처제의 복장이 민망할 수도, 처제에게 성적 욕망이 일어날 수도 있다. 그것은 건강한 남성이기에 일어날 수 있는 감정이다. 다만 의식적으로 노력하여 그런 생각이 드는 것을 차단할 필요는 있다. 사례7)의 경우 처가에 가는 횟수를 줄이거나, 사례8)의 경우 아내와의 합의 하에 처제를 내보내는 것이 문제를 해결하는 방안이 될 것이다. 갈등의 요인이 되는 대상과 거리를 두는 것, 이것이 방해자의 부재이다.

# 참/고/자/료/

• 연변대학교 조선문학연구소, 『민간설화자료집』 1 2 3, 보고사, 2006.
• 임석재, 『한국구전설화』 전 12권, 1988~1990.
• 정운채 외, 『문학치료서사사전』 I II III, 문학과 치료, 2009.
• 한국정신문화연구원, 『한국구비문학대계』 전 82권, 1980~1988.

http://miznet.daum.net(다음 미즈넷 게시판)
https://pann.nate.com(네이트 판 게시판)
http://www.ubtalk.co.kr(유부토크 게시판)

# 작/품/색/인/

## 설화군

[구렁덩덩 신선비] · · · · · · · · · · · · · · · · · 105

[글 지어 장모의 괄시 면한 사위] · · · · · · · · · · 133

[기생 덕에 고자 면한 사람] · · · · · · · · · · · · · 83

[나무꾼과 선녀] · · · · · · · · · · · · · · · · · · 277

[남편을 반정공신 만든 이기축의 아내] · · · · · · · 58

[두꺼비 신랑] · · · · · · · · · · · · · · · · · · · 159

[딸에게 일 다시 가르쳐 시댁으로 보낸 정승] · · · · 179

[밀 냄새에 취했다던 술고래 사위] · · · · · · · · · 14

[바보 온달과 평강공주] · · · · · · · · · · · · · · · 49

[배반한 줄 알았던 종의 딸과 혼인한 남자] · · · · · 188

[상놈 시아버지 양반 만든 정승 딸] · · · · · · · · · 41

[신립장군과 원귀] · · · · · · · · · · · · · · · · · 20

[어사가 된 막내사위] · · · · · · · · · · · · · · · · 51

[연산군에게 기운 아내 죽인 이장곤] · · · · · · · · 203

[은하수 정기를 담은 한일자] · · · · · · · · · · · · 185

[임란을 피하게 한 이인과 동고대감] · · · · · · · · 210

[정직해도 말 안 해도 거짓말해도 탈인 사위] · · · · 16

[처남 셋 따돌린 평안감사] · · · · · · · · · · · · · 53

[칠십에 얻은 아들에게 물려준 유산] · · · · · · · · 271

## 설화

〈거짓말 하나 하고 부자집 사위가 된 이야기〉 · · · · · · · · · · · · · 18

〈골불견(骨不見) 이야기〉 · · · · · · · · · · · · · · · · · · · · · 136

〈괄시 받은 막내 사위의 보복〉 · · · · · · · · · · · · · · · · · · 136

〈기생 덕분에 고자 면한 사람〉 · · · · · · · · · · · · · · · · · · 85

〈대감 딸과 결혼한 머슴〉 · · · · · · · · · · · · · · · · · · · · 274

〈며느리 덕에 양반행세를 한 최서방〉 · · · · · · · · · · · · · · · 44

〈못 생긴 사위의 꾀〉 · · · · · · · · · · · · · · · · · · · · · · 165

〈문자 썼다가〉 · · · · · · · · · · · · · · · · · · · · · · · · 193

〈미움받는 데릴사위〉 · · · · · · · · · · · · · · · · · · · · · · 215

〈미움받는 사위〉 · · · · · · · · · · · · · · · · · · · · · · · · 215

〈배은에 대한 복수와 은혜에 대한 보답〉 · · · · · · · · · · · · · 235

〈버들잎〉 · · · · · · · · · · · · · · · · · · · · · · · · · · · 203

〈부자집 사람의 혼인〉 · · · · · · · · · · · · · · · · · · · · · · 184

〈살릴 여자 죽인 신립 장군〉 · · · · · · · · · · · · · · · · · · · 23

〈셋째 사위의 글재주〉 · · · · · · · · · · · · · · · · · · · · · · 136

〈신립장군과 탄금대〉 · · · · · · · · · · · · · · · · · · · · · · 23

〈왕신에 관한 이야기(1)〉 · · · · · · · · · · · · · · · · · · · · · 86

〈원귀 때문에 탄금대에서 패한 신립〉 · · · · · · · · · · · · · · · 23

〈원혼 때문에 죽어간 장군〉 · · · · · · · · · · · · · · · · · · · 23

〈이야기 잘 하는 막내 사위〉 · · · · · · · · · · · · · · · · · · · 140

〈잘 고른 사위〉 · · · · · · · · · · · · · · · · · · · · · · · · 163

〈장인 도둑질 버릇 고치다〉 · · · · · · · · · · · · · · · · · · · 218

〈장인의 버릇을 뗀 사위〉 · · · · · · · · · · · · · · · · · · · · 18

〈처녀귀신 탓에 일본군에 패한 신립장군〉 · · · · · · · · · · · · · · · · · · · · · · 23

〈천국의 시련〉 · · · · · · · · · · · · · · · · · · · · · · · · · · · · · · · 277

〈팔모쌀〉 · · · · · · · · · · · · · · · · · · · · · · · · · · · · · · · · · · 242

〈허미수 일화와 칠십생남비오자〉 · · · · · · · · · · · · · · · · · · · · 273

〈홍상국조궁만달(洪相國早窮晩達)〉 · · · · · · · · · · · · · · · · · · · 209

〈70세에 낳은 사람〉 · · · · · · · · · · · · · · · · · · · · · · · · · · · · 272

서은아(徐銀雅)

서울여자대학교 교육심리학과를 졸업하고, 동 대학교 대학원 국어국문학과에서 석사 · 박사학위를 받았다. 서울여자대학교 인문과학연구소 전임연구원, 연구교수를 역임하였다. 현재 서울여자대학교 인문사회학술연구교수로 재직중이다. 최근 저서로『구비설화를 활용한 가족상담모형 개발: 부부관계영역』(지식과 교양, 2015.7.25.),『구비설화를 활용한 계모가정 내 가족상담 프로그램 개발』(지식과 교양, 2015.10.15.),『구비설화를 활용한 고부갈등 상담 프로그램 개발』(지식과 교양, 2016.11.25.)이 있다.

# 구비설화를 활용한
# 처가갈등 상담 프로그램 개발

**초 판 인 쇄** ǀ 2020년 8월 28일
**초 판 발 행** ǀ 2020년 8월 28일

**지 은 이** 서은아

**책 임 편 집** 윤수경

**발 행 처** 도서출판 지식과교양
**등 록 번 호** 제2010-19호
**주 소** 서울시 강북구 우이동 108-13, 힐파크 103호
**전 화** (02) 900-4520 (대표) / 편집부 (02) 996-0041
**팩 스** (02) 996-0043
**전 자 우 편** kncbook@hanmail.net

ISBN  978-89-6764-159-7  93810            **정가** 23,000원